# GEFÄHRLICHE TIEFEN - DANGEROUS WATERS

# Gefährliche Tiefen - Dangerous Waters

## Im Sog des Barkley Sound

### Toni Anderson

Übersetzt von
Martin Wick

# IMPRESSUM

**Gefährliche Tiefen - Dangerous Waters**



Toni Anderson. Toni Anderson Inc. Fillmore Riley LLP, 1700-360 Main Street, Winnipeg, MB, Canada. R3C3Z3. Telephone: (612) 440-1355.

Einbandgestaltung: Wicked Smart Designs

Print ISBN: 978-1-990721-92-2

Digital ISBN: 978-1-990721-93-9

Die in diesem Buch dargestellten Personen und Ereignisse sind rein fiktiv. Jede Ähnlichkeit mit realen Personen, ob lebend oder tot, ist zufällig und von der Autorin nicht beabsichtigt.



E-Mail: info@toniandersonauthor.com

Weitere Informationen zu Toni Andersons Büchern erhältst du, wenn du dich für ihren Newsletter anmeldest oder auf ihrer Website (https://www.toniandersondeutsch.com).

# Deutsche Bücher von Toni Anderson

### Kalte Gerechtigkeit Serie

*Ein kalter, dunkler Ort (A Cold Dark Place)*

*Kalte Jagd (Cold Pursuit)*

*Kaltes Morgenlicht (Cold Light of Day)*

*Kalte Angst (Cold Fear)*

*Kalte Schatten (Cold in the Shadows)*

*Kaltes Herz (Cold Hearted)*

*Kalte Geheimnis (Cold Secrets)*

*Kalte Bosheit (Cold Malice)*

*Eiskaltes Versprechen (A Cold Dark Promise)*

*Kaltblütig (Cold Blooded)*

### Kalte Gerechtigkeit – die Verhandler Serie

*Kalt und tödlich (Cold & Deadly)*

*Kälter als die Sünde (Colder Than Sin)*

*Kalte böse Lügen (Cold Wicked Lies)*

*Kalter grausamer Kuss (Cold Cruel Kiss)*

*Eiskalt (Cold as Ice)*

### Kalte Gerechtigkeit – Most Wanted Serie

*Kalte Stille (Cold Silence)*

*Kalter Verrat (Cold Deceit)*

*Kaltes Grollen (Cold Snap)*

*Kalte Wut (Cold Fury)*

*Kalte Tücke (Cold Spite)* - Demnächst

IHR - ROMANTISCHER SPANNUNGSROMAN

*Ihr Zufluchtsort (Her Sanctuary)*

*Ihr letzter Ausweg (Her Last Chance)*

*Ihr Risiko (Her Risk To Take)*

ROMANTISCHER MILITÄR-THRILLER

*Tödliches Spiel (The Killing Game)*

IM SOG DES BARKLEY SOUND

*Gefährliche Tiefen (Dangerous Waters)* - Demnächst

*Stille Wasser (Dark Waters)* - Demnächst

Eine frühere Übersetzung des englischen Originals wurde unter dem Titel Im Sog der Gefahr veröffentlicht. Dieses Buch ist eine neue Übersetzung.

*An Gary, meinen wilden irischen Ehemann.*
*Für deine Liebe, Unterstützung und Heldeninspiration.*

# PROLOG



Hohe Kiefern ragten bedrohlich gen Himmel, aber nichts rührte sich. Die Schatten beunruhigten sie. Bären waren auf der Insel weit verbreitet, und sie hatte keine Lust, einem hungrigen Exemplar zu begegnen. Ein Ast knackte im Wald, und sie wirbelte herum.

„Mama, Mama! Schau mal!"

Bianca zwang sich zu einem müden Lächeln, als ihre Tochter von einem Baumstamm am Rande des Kiesweges sprang. Sie hielt den Kinderwagen an und applaudierte dem kleinen Mädchen für dessen Tapferkeit. „Wow. Das war großartig. Du kannst ja fliegen." Sie musste grinsen, als Leah sich mit ausgebreiteten Armen im Kreis drehte und den Kopf in wilder Hingabe nach hinten warf.

Wurde jeder Mensch mit dieser Fröhlichkeit geboren? Und wurde sie mit den Tränen und dem Scheitern langsam aus einem herausgesaugt, oder verschwand sie einfach, während sich das Leben mit Sorgen und Enttäuschungen füllte?

Ein schriller Schrei drang aus dem Kinderwagen.

„Ich habe dich doch gerade erst gefüttert, du kleiner Vielfraß." Sie waren auf dem Weg zur örtlichen Bibliothek, aber wenn man bedachte, wie die Schreie des sechs Wochen alten Tommy immer weiter eskalierten, würde er nicht mehr lange durchhalten. Jedes Wimmern durchbohrte ihren Schädel geradezu, bis sie es keine Sekunde länger aushielt. „Komm, setz dich hierher, Leah. Ich muss deinen Bruder füttern, bevor er mich in den Wahnsinn treibt."

Sie schob den Kinderwagen an den Rand des Weges und bürstete den losen Schmutz und die Tannennadeln vom Stamm eines gefällten Baumes ab. Dann löste sie Tommys Gurte, und sein wütendes rotes Gesicht wurde noch wütender. „Verstanden. Füttere mich, und zwar sofort, ja?"

Bianca setzte sich auf die flache Oberfläche, zog das T-Shirt hoch, das sie unter ihrem dicken Jeanshemd trug, öffnete ihren BH und half dem Baby beim Anlegen. Sie hätte auf ihre Mutter hören und dem kleinen Monster einfach Babymilch geben sollen.

Schuldgefühle waren eine schreckliche Sache.

Ihr Herz krampfte sich zusammen, als zwei winzige Hände ihre Brust umklammerten und er sie mit großen, unschuldigen Augen ansah. Die völlige Stille des Waldes wirkte erdrückend auf sie, während ihr Sohn eifrig trank. Eine plötzliche Erkenntnis ließ ihr ein seltsames Kribbeln über die Haut laufen. Ihr Kopf schoss nach oben und nach links. „Leah?"

Bianca reckte ihren Hals so weit sie konnte, ohne aufzustehen. „Spielst du Verstecken mit mir, Süße? Denn Mami kann dich jetzt nicht suchen kommen. Gib mir nur zwei Minuten ..." Wie oft hatte sie diese Worte in den letzten Wochen zu ihrem geduldigen kleinen Engel gesagt? Sie presste ihre Lippen zu einer festen Linie zusammen.

Eine undefinierbare Sorge zerrte an ihren Nerven, aber sie war müde, und auch wenn sie gerade die sogenannten Terrible Twos - die Trotzphase der Zweijährigen - erreicht hatte, war Leah ein tolles Kind. Sie würde sicher nicht weit weggehen. Tommy nuckelte noch etwas mehr, und seine Zufriedenheit machte sie schläfrig.

Der erste Anflug von Panik kam aus heiterem Himmel, und sie richtete sich auf. Hier draußen gab es nicht nur Bären, sondern auch Pumas. „Leah? Leah! Komm sofort wieder her." Sie stand mit

Tommy an der Brust auf, und machte sich auf den Weg zu der Stelle im Gebüsch, an der sie ihr kleines Mädchen zuletzt gesehen hatte.

War sie gestürzt und hatte sich verletzt? Saß sie hinter einem Busch und wartete darauf, gefunden zu werden, mit einem verschmitzten Lächeln auf dem Gesicht?

Bianca ging tiefer in den Wald hinein, schützte den Kopf des kleinen Tommy davor, von den Ästen zerkratzt zu werden, und sah sich um, um nach der roten Jacke Ausschau zu halten, die ihre Tochter trug. Tommy fing an, gegen ihre Schulter zu heulen, und sie wiegte seinen Kopf und versuchte, ihn sicher zu halten, während eine eisige Welle der Verzweiflung ihren Rücken hinunterlief. „Leah." Ihre Stimme klang singend, obwohl sie schreien wollte. „Süße, komm zu Mami. Wir müssen jetzt in die Bibliothek gehen. Du willst doch ein paar neue Bücher, oder? Bitte versteck dich nicht."

Bianca blieb an einer Lichtung stehen. Sie war leer, im Laub waren keine Fußabdrücke zu sehen. Niemand war diesen Weg entlanggegangen. Sie wich zurück, als eine Gestalt aus dem Gebüsch zwischen ihr und der Straße trat. Angst durchflutete sie bis ins Mark. Er trug eine schwarze Maske, hatte einen Werkzeuggürtel um die Hüfte und einen Hammer in einer Hand. Ihr Mund war wie ausgetrocknet. Das Pochen ihres Herzens ließ lauter winzige Explosionen in ihrem Körper detonieren, und sie zitterte. Sie wollte weglaufen, konnte sich aber nicht bewegen.

„Was haben Sie mit meinem kleinen Mädchen gemacht?" Biancas Stimme war rau und kiesig. Sie war wie erstarrt vor Unentschlossenheit, so verängstigt, dass sie am ganzen Leib zu zittern begann. Sie konnte ihr kleines Mädchen nicht im Stich lassen, konnte nicht fliehen, während sie das Baby hielt. Der Mann zog seine andere Hand hinter seinem Rücken hervor und ließ etwas auf den Boden fallen. Ein scharlachroter Blitz. Leahs Jacke.

„Wo ist sie?" Verängstigt, aber auch wütend, machte sie einen halben Schritt nach vorne. Sie wollte sich auf ihn stürzen. Wo war

Leah? Was hatte er mit ihr gemacht? Sie machte einen weiteren Schritt auf ihn zu und erkannte ihn. Der Ansturm der Erleichterung ließ ihre Knie weich werden, und sie stolperte. Erleichterung, Bedauern, Wut.

Warum trug er diese dumme Maske? Wie konnte er es wagen, sie so zu erschrecken? „Wo ist sie?"

Vögel flatterten aus den Bäumen und flogen hektisch davon.

Er sagte nichts, und sie stieß einen verwirrten Atemzug aus.

Warum sagte er nichts? Das verstand sie nicht. Sie griff mit der freien Hand nach seinem Hemd und versuchte, eine Antwort aus ihm heraus zu rütteln. Er roch wie der Wald – rauchig und erdig.

Dann blickte Bianca auf ihren schönen Sohn hinab, der von dem Fremden betört schien.

War es das, was er wollte?

Unsicher hielt sie das Baby ein wenig höher. Das erste Lächeln ihres Sohnes war das Letzte, was sie sah, als etwas Gewaltiges und Schweres ihren Schädel zerschmetterte.

# EINS



Finn setzte die Tauchflaggen aus und vergewisserte sich, dass die Lichter eingeschaltet waren. Die Anker waren gesichert.

„Fertig?"

Sein Chef nickte und führte einen letzten Ausrüstungscheck durch.

Finn reichte ihm eine Tauchlampe. „Schalte sie noch nicht ein." Er ließ seinen Blick über die felsigen Klippen schweifen, die die geschützte Bucht umgaben. Die Felsen waren mit knorrigen Kiefern und Douglasien bewachsen. Crow Point war abgelegen und nur dünn besiedelt, keine Chance auf Rettung, falls die Sache schiefgehen sollte.

Es ging bereits auf die Dämmerung zu und würde völlig dunkel sein, wenn sie wieder auftauchten. Er war im örtlichen Meereslabor für die Tauchsicherheit und die Tauchausbildung zuständig, und es verstieß gegen jeden Grundsatz, bei einem so gefährlichen Tauchgang keine Oberflächencrew einzusetzen.

Die Bedingungen *waren* perfekt.

Am unteren Rand eines Nipptide-Zyklus. Es war windstill, und die Wettervorhersage gab keinen Anlass zur Besorgnis. Aber es gab einen Grund, warum dieser Teil von Vancouver Island als

„Friedhof des Pazifiks" bekannt war, und sich auf Vorhersagen zu verlassen, war etwas für Narren und Anfänger. Der Barkley Sound war berüchtigt für heftige Sturmböen und Brandungswellen, die aus dem Nichts kamen, einen in die erbarmungslose, schwarze Tiefe hinabzogen und nicht mehr losließen. „Bist du sicher, dass du das wirklich tun willst?", fragte er.

Professor Thomas Edgefield, Direktor des Bamfield Marine Science Center, nickte und stand unbeholfen mit seinen drei auf dem Rücken befestigten Sauerstoffflaschen da – zwei Flaschen und eine Ponyflasche als Reserve.

Wenn es jemals einen Bedarf an Fehlertoleranz und eingebauter Redundanz gab, dann deckte dieser Mann alles auf einmal ab. Er schlurfte hinüber zur Tauchplattform am Heck des Bootes. Finn vergewisserte sich, dass die Schläuche seines Tauchpartners sicher waren und sich nicht in den Wrackteilen verfangen konnten, während Thom seine Flossen anzog. Thom tat dasselbe für ihn und klopfte Finn auf die Schulter, als sie startklar waren. Thom steckte sich seinen Atemregler in den Mund, hielt seine Maske fest und sprang ins Meer. Finn warf einen letzten Blick auf die brodelnden Klippen und tauchte hinter ihm ein.

Das Erste, was ihn immer traf, war das Aufblitzen der Kälte, wenn der Pazifik auf entblößte Haut traf.

Er gab ein Zeichen, und Thom erwiderte die Geste mit dem Daumen nach unten. Sie begannen, die Leine zum Anker hinabzutauchen und schwammen dann in Richtung des Gebiets, in dem sie vor zehn Tagen das Wrack eines unbekannten, bisher nicht dokumentierten Schiffs entdeckt hatten.

Das Zweite, was unter Wasser immer auffiel, waren die bedrohliche Stille und die stark gedämpften Geräusche, die die Wahrnehmung von Körper, Atem und Herzschlag verstärkten. Eine trügerische Ruhe, die den Geist einlullte und einen die sehr reale Gefahr eines nächtlichen Wracktauchgangs ohne angemessene Oberflächenunterstützung vergessen ließ.

Aber Thom hatte darauf bestanden, und er war der Chef.

Schlimmer noch, wenn Finn sich weigerte, ihm zu helfen, würde er es allein tun. Der klassische Fall einer Situation, in der er nicht gewinnen konnte.

Finn schaltete seine Lampe ein und leuchtete an der Ankerleine entlang, überprüfte seine Messgeräte, drehte sich zu seinem Tauchpartner um, der dasselbe tat, und beide gaben das OK-Signal.

Sie tauchten geradeaus nach unten, Luftblasen strömten aus ihren Mündern. Zehn Meter. Zwanzig. Mit zunehmender Tiefe glichen sie den Druck auf den Ohren aus. Dreißig Meter, und sie waren fast da. Der Druck presste das Neopren fest an Finns Haut. Unten angekommen, machte er sich an der Ankerleine fest und vergewisserte sich, dass er sicher saß. Anschließend befestigte er Blinklichter und hängte eine Leinenrolle ab, damit sie den Rückweg leichter finden konnten. Er hatte zwar niemandem gesagt, was sie vorhatten, aber er würde ganz sicher nicht mit ihrer Sicherheit herumspielen.

Der Rumpf war ein dunkler, bedrohlicher Schatten, durchzogen von Rissen, aber unzugänglich. Potenziell verräterisch. Unwillig, seine Geheimnisse preiszugeben. Die Nachforschungen, die er angestellt hatte, ließen darauf schließen, dass das Schiff ein Relikt aus dem neunzehnten Jahrhundert war. Mehr hatte er nicht erfahren. Warum hatte niemand jemals davon gehört? Warum hatte niemand von der Besatzung überlebt?

Finn mochte keine Rätsel. Er mochte es geradlinig. Direkt. Ohne Bullshit. Aber es war nicht das erste Schiffswrack in diesem Teil der Welt, das ohne Aufzeichnungen über Überlebende oder Besatzung gefunden wurde.

Die meisten Wracks im Westen der Insel wurden von den Wellen überrollt und in winzige Teile zerschlagen oder vom Sand verschluckt. Aber in dieser geschützten Bucht wurden die Wellen gehemmt, und in dieser Tiefe, in diesem abgelegenen, geschützten Teil des Pacific Rim National Park Reserve, war der Rumpf intakt und das Wrack all die Jahre unentdeckt geblieben. Bis er und Thom eine ungewöhnliche Seeotter-Sichtung in der Bucht untersucht hatten und spontan getaucht waren, einfach so, aus Spaß.

Ein Glücksfall? Das dachte Thom jedenfalls.

Finn blickte durch das Wasser nach oben und sah in dieser kalten Tiefe nichts als obsidianfarbene Schwärze. Er leuchtete mit seinem Lichtstrahl über den Metallrumpf und entdeckte Seesterne und Anemonen, die in leuchtend bunten Farben schimmerten. Aber sie waren nicht der Grund, warum Thom beim letzten Mal, als sie hier unten waren, fast an seinem Regler erstickt wäre. Finn bewegte sich vorsichtig über das Deck zu einer der Türöffnungen und band seine Leine ab. Im Inneren des Wracks war die Leine eine Gefahr statt einer Hilfe. Die pechschwarze Öffnung verschlang ihn mit einem entschlossenen Schluck. Er spürte, wie Thom sich dicht hinter ihm bewegte.

Ein Schauer des Grauens lief an seiner Wirbelsäule hinauf. Er schüttelte das Gefühl ab und bewegte sich weiter in das Schiff hinein. Sie mussten sich mit äußerster Vorsicht bewegen. Andernfalls würden die Sedimente die Sicht völlig verdunkeln, und sie müssten sich auf den Tastsinn verlassen, um aus diesem tödlichen Labyrinth herauszukommen. Eine gute Art, mitten in der Nacht in einem unbekannten Wrack zu sterben, ohne dass irgendjemand an der Oberfläche sie vermisste.

Sein Puls pochte unnachgiebig in seinem Ohr. Jahre der militärischen Ausbildung hatten ihn gelehrt, seinen Stresspegel zu kontrollieren. Er war schon viele Risiken eingegangen, als er in feindlichem Terrain nach militärischen Zielen getaucht war, aber diese Situation fühlte sich nicht weniger tödlich an. Und Thom mochte ein erfahrener Taucher sein, aber er war zu alt und ... zu gebrechlich ... um das allein durchzuziehen.

Thom hielt auf gleicher Höhe mit ihm inne, leuchtete mit seiner Tauchlampe unter sein Kinn und zog ein komisches Horrorgesicht. Plötzlich sah er so glücklich aus, wie Finn ihn seit Jahren nicht mehr gesehen hatte, und die Sorge verflog. Vielleicht war es das wert. Diese Entdeckung würde Thom eher berühmt als berüchtigt machen, und das wurde auch verdammt nochmal Zeit.

Er bedeutete seinem Freund, die Führung bei der Schatzsuche zu übernehmen. Das Wasser begann sich zu trüben, also verlangsamte er sein Tempo und glitt präzise und vorsichtig voran, um die heimtückische Schlammschicht, die jede Oberfläche bedeckte, nicht aufzuwirbeln. Die Strahlen der Lampe durchdrangen die Düsternis nur um wenige Meter. Sie waren nichts als ein paar helle Flecken in der schweren, klaustrophobischen Dunkelheit. Finn überprüfte seine Armbanduhr und den Luftdruckmesser, jede Bewegung war kontrolliert und vorsichtig.

Schatten schwirrten durch das Wasser. Fischschwärme flitzten in den Lichtkegeln hin und her wie Sonnenblitze auf der Schneide einer Klinge.

Sie tauchten eine Treppe entlang und weiter in das Innere des Schiffes. In den Maschinenraum, wo Finn nach scharfen Kanten Ausschau hielt, die Gummischläuche oder Neopren durchschneiden könnten. In der Nacht herrschte in dem Schiff eine völlige Abwesenheit von Licht, und er fühlte sich wie Jona im Bauch des Wals. Nur dass er ein Messer hatte und wusste, wie man es benutzte.

Thom begann zu fotografieren, das Blitzlicht leuchtete verblüffend hell in der Leere dieses stillen Grabes. Dies war die gefährlichste Phase. Thoms Aufmerksamkeit war auf seine Beute gerichtet, ohne dass er etwas anderes wahrnahm. Finn musste für sie beide denken.

Er ließ den Mann arbeiten, hielt sich ganz still im Hintergrund, während Thom in sein Unterwasser-Notizbuch schrieb, die Wassertemperatur ablas, weitere Fotos machte und schließlich seinen Schatz sorgfältig einsammelte. Die Kälte begann in Finns Muskeln zu sickern, und er spannte seine Finger an. Er trug keine Handschuhe – er mochte es nicht, wie sie seine Fingerfertigkeit einschränkten. Fünf Minuten später überprüfte er noch einmal die Messgeräte. Er sah, dass Thom in seiner Aufregung nach Luft schnappte. Er klopfte ihm auf die Schulter und gab ihm den Daumen hoch, das Signal, das bedeutete, dass es Zeit war, aufzutauchen. Thom schaute finster drein und schüttelte den Kopf. Finn tippte ihn erneut an – diesmal mit seiner Faust. Er gab ihm noch einmal das Daumen-hoch-Signal. Diesmal war es keine Frage. Thom mochte sein Boss sein, aber Finn war der Tauchmeister. Hier unten hatte er das alleinige Sagen.

Thom nickte mit einem finsteren Blick und steckte seine Beute in eine Tasche an seiner Seite. Er begann, zum Ausgang zu tauchen. Finn fing ein Funkeln von etwas im Licht seiner Lampe auf und hielt inne. Er leuchtete mit seinem Lichtstrahl auf die Stelle und erkannte das Objekt. Stirnrunzelnd schwamm er hinunter, um es sich genauer anzusehen.

Es war ein Gewichtsgürtel, wie er von Tauchern getragen wurde, um den Auftrieb zu verringern. Er fluchte und schwamm zügig zu Thom. Er wollte nicht, dass sein Freund wie ein Korken an die Oberfläche knallte, wenn er ohne Gürtel aus dem Wrack kam. Und er wollte sicher nicht die Nacht in einer Dekompressionskammer verbringen oder erklären müssen, was sie hier unten gemacht hatten. Er packte seinen Mentor und Freund und drehte ihn um – aber Thoms Bleigurt saß fest an seinem Platz. Thom runzelte verwirrt die Stirn, und Finn schwamm zurück zum Grund, hob den Gürtel auf, wirbelte Schlick auf und fluchte leise bei jedem lauten Einatmen. Vorsichtig glitt er zurück zu Thom, der neben der Tür schwebte.

Thom lenkte den Lichtkegel seiner Lampe über seinen Gürtel und legte die Stirn in Falten. Dann blickte er auf, an Finns Schulter vorbei, und sein Gesichtsausdruck verwandelte sich in Entsetzen. Er schrie und geriet in Panik, als er im Versuch, sich aus der Situation zu befreien, den Regler verlor und gegen den Türrahmen schlug. Finn warf einen kurzen Blick über seine Schulter, bevor der Bodensatz die Sicht wie eine Tintenwolke auslöschte.

*Scheiße.*

Er hatte keine Zeit, sich damit zu befassen. Thom steckte in großen Schwierigkeiten. Er war gegen etwas Scharfes geprallt, und ein verwirrender Schwall von Luftblasen umhüllte ihn nun und wirbelte Sand und Schlick um sie herum auf. Finn griff nach Thoms Ponyflasche, schaltete sie ein und schob ihm den Regler in den Mund, wobei er ihn an der Brust festhielt, damit er nicht in der Dunkelheit verschwand. Irgendetwas hatte Thoms Verteiler durchbohrt und beide Sauerstoffflaschen entleert. Finn schüttelte ihn kräftig, um seine Aufmerksamkeit zu erregen. Er stellte sicher, dass sie sich an der Luke orientierten, damit sie sich in dieser samtigen, alles umschließenden Schwärze nicht verirrten. Panik würde sie genauso sicher umbringen wie Sauerstoffmangel, und so wollte er nicht sterben. Thom schnappte nach Luft wie ein Asthmatiker, seine Augen quollen hervor von dem schrecklichen Gefühl des Erstickens, das Finn nur zu gut kannte.

Bei Nullsicht zerrte er seinen Freund durch die Luke. Das derangierte Wrack drückte sich eng um sie herum und machte es schwer, sich zu bewegen. Es war erstickend und unheimlich.

Das war die Gefahr bei Wracktauchgängen. Man musste mit dem Unerwarteten rechnen. Sie rumpelten die enge Treppe hinauf. Jede hektische Bewegung wirbelte mehr Sediment und Schlamm auf, der sie bedrängte und jedes Lichtfünkchen, jede Andeutung von Form und Gestalt auslöschte.

Sein Puls schlug lauter in seinen Ohren, immer noch gleichmäßig, aber verstärkt durch den „Oh Scheiße"-Faktor. Lampen waren jetzt nutzlos. Finn nutzte seinen Tastsinn und musste auf seinen angeborenen Orientierungssinn vertrauen. Mit Thom in seinem eisernen Griff schaffte er es aus dem Treppenhaus, durch das Steuerhaus und aus dem Schiffswrack. Das Sediment wurde weniger, als sie auf offenes Wasser trafen. Die Dunkelheit umgab sie immer noch, aber sie war anders. Weniger bedrückend. Weniger klaustrophobisch. Er zog Thom schnell zu den Blinklichtern, die die Ankerleine markierten. Mit der Ponyflasche hatten sie nicht mehr viel Zeit, aber wenn sie leer war, hatte Finn noch genug Luft in seiner Reserveflasche. Solange Thom nur nicht ausflippte.

Er musste ihn festhalten, sonst wäre der Mann direkt an die Oberfläche geschossen. *Verdammt noch mal.* Finn zerrte ihn wieder nach unten. Sein Tauchcomputer zeigte an, dass sie ein paar Minuten dekomprimieren mussten. Er hielt Thom entschlossen fest, starrte ihm in die Augen und zwang den Mann, sich vom Rand des Wahnsinns zurückzuziehen.

Thoms Haut war so wächsern, dass sein Gesicht aus der Nähe wie der Vollmond leuchtete. Finn hatte ihn noch nie so verzweifelt gesehen – jedenfalls nicht in den letzten Jahrzehnten.

Sie kannten sich schon lange.

Sie vertrauten einander schon lange.

Er zwang Thom, ihm jetzt zu vertrauen und versuchte ihm zu übermitteln, dass er ihn sicher an die Oberfläche und lebend aus diesem Schlamassel herausbringen würde. Langsam beruhigte sich Thoms ruckartiger Atem und seine Augen wurden ruhiger. Finn überprüfte seine Uhr und seine Messgeräte. Er signalisierte Thom das OK-Signal und stellte im Stillen die Frage.

Thom nickte, umklammerte Finns Arme, schloss die Augen und atmete tief ein. Schließlich erwiderte er das Signal, den Daumen an den Zeigefinger gepresst, die anderen Finger aufrecht. OK.

Alles würde gut werden.

Finn gab das Signal zum Auftauchen, wobei er langsam aufstieg und die Luft in tiefen Atemzügen ausstieß, um zu verhindern, dass seine Lungen bei der Ausdehnung der Luft explodierten. Er musste Thom daran erinnern, das Gleiche zu tun, was ihm sagte, dass der Mann – ein erfahrener Taucher – in schlechter Verfassung war.

Sie durchbrachen die tintenblaue Oberfläche und folgten der Leine zurück zum Boot, das sanft auf der ankommenden Flut schaukelte. Keiner von beiden sagte ein Wort. Sie warfen ihre Flossen an Deck, kletterten an Bord und legten ihre schwere Ausrüstung ab. Dann saßen sie schwer atmend da und sahen sich einen langen Moment an. In Thoms Augen konnte er die Geister der Vergangenheit erkennen.

„Ich muss das der Polizei melden", sagte Finn. Das Bild des Tauchers, der leblos im Wasser hing, brannte sich in sein Gehirn ein.

Thom schluckte schwer. Er nickte. Schnell zog er ein kleines Probengefäß heraus und betrachtete seine Beute, die sanft im Wasser schwamm. Dann stützte er seinen Kopf in die Handflächen und begann zu weinen.

———

Holly Rudd stieg aus dem Schnellboot und sah sich um. Vancouver Island war so groß wie Schottland, hatte aber nur eine dreiviertel Million Einwohner, von denen die meisten in der Provinzhauptstadt Victoria lebten. Der Rest verteilte sich auf winzige Außenhäfen und Gemeinden wie diese hier – Bamfield. Laut der letzten Volkszählung wohnten hier einhundertfünfundfünfzig abenteuerlustige Seelen.

„Das kann man dort nicht festmachen", blaffte ein Mann.

Sie musterte den Kerl von oben bis unten. Blonde Surferfrisur und nackte Füße. Schroffes, gutes Aussehen und ein entsprechendes Benehmen. Sie stellte ihre Tasche zu ihren Füßen ab, wandte sich an den Mann, der sie von Ucluelet herübergebracht hatte und gab ihm ein Trinkgeld von fünfzig Dollar. „Danke fürs Mitnehmen."

Er winkte, als er davonfuhr.

Holly wandte sich wieder dem Kerl zu, der mit über der breiten Brust verschränkten Armen dastand und Ungeduld und Feindseligkeit ausstrahlte. *Verdammt sexy.* Sie war müde vom Schlafmangel und aufgeregt beim Gedanken daran, was der Tag bringen könnte, aber sie war ganz sicher nicht blind.

„Das ist Privatbesitz." Seine blauen Augen funkelten. Blasses Haar glühte wie weißes Gold in den Strahlen der aufgehenden Sonne. Heiß, braungebrannt, wunderschön.

Was für ein Glück.

Sie hob eine Augenbraue und sah auf ihre Uhr. „Ich bin hier mit jemandem verabredet."

„Die öffentliche Anlegestelle ist noch eine Minute in dieser Richtung." Er wies mit dem Daumen auf die Stelle.

Sie lächelte kühl. Zwölf lange Jahre in diesem Job, und sie musste sich immer noch mit Macho-Scheiß herumschlagen. „Außer wenn jemand ein Auto für mich *genau hier* abstellt." Sie zeigte auf das Schild des Ministeriums für Fischerei und Ozeane an der Seite eines großen Holzgebäudes und ging darauf zu.

Er versperrte ihr den Weg. „Heute ist niemand da."

Sie wippte auf ihren Fersen zurück und ließ ihren Blick über sein kantiges Kinn und die hitzigen Augen schweifen. „Sie sind nicht gerade sehr freundlich."

Er verzog keine Miene. „Steht nicht in meiner Stellenbeschreibung."

In ihrer auch nicht, aber sie fand, dass Lächeln bessere Ergebnisse erzielte als Knurren, wenn man Informationen sammelte.

Sein Mund verengte sich, dann wich er zurück und lenkte ein. „Sagen Sie mir, wen Sie hier treffen sollen, und ich werde jemanden beauftragen, die Person aufzuspüren."

„Wer sind Sie?" Sie hatte das Gefühl, dass sie es wusste.

Er stieß einen ungeduldigen Seufzer aus. „Hören Sie, Lady, ich habe keine Zeit für diese–"

„Sergeant."

„Wie bitte?" Die blassen Augenbrauen zogen sich zu einer furchterregenden Linie zusammen.

Sie streckte eine Hand aus. „Sergeant Holly Rudd. Ich gehöre zur Vancouver Island Integrated Major Crime Unit."

„Sie sind ein Mountie?"

Ein stolzes Mitglied der Royal Canadian Mounted Police, jawohl. Sie nickte.

Er stand ganz still, nichts bewegte sich außer dem Glitzern in seinen Augen. Schließlich holte er tief Luft und reichte ihr die

Hand. „Schöne Uniform."

Sie warf einen Blick auf ihr zerfetztes altes T-Shirt, die Shorts und die Flip-Flops. „Ich wurde heute Morgen etwas unvorbereitet erwischt, da ich offiziell im Urlaub war. Zum Glück habe ich immer eine Uniform dabei." Holly tippte mit dem Fuß gegen ihre Tasche, lächelte breit und beobachtete, wie seine Augen viel freundlicher wurden. Und dann wurden sie sofort wieder misstrauisch, als er merkte, dass sie seine Mimik wie ein Gesichtsanalyseprogramm katalogisierte. „Und Sie sind?"

„Finn Carver."

*Ah.* Ihre Finger krallten sich in seine, als er sie loslassen wollte.

„Sie haben es gemeldet?"

„Das habe ich." Er trennte ihre Finger gewaltsam.

„Ich brauche die gesamte Ausrüstung, die Sie gestern Abend getragen haben. Und die des anderen Tauchers. Die Spurensicherung wird sie überprüfen wollen."

Er betrachtete sie mit einem dieser stummen, ruhigen Blicke, die Leute aufsetzen, wenn sie eigentlich streiten wollten, aber nicht konnten. „Ich brauche alles so schnell wie möglich zurück. Ich habe diese Woche einen vollen Tauchplan."

„Sie können doch für ein oder zwei Tage etwas anderes benutzen, oder? Ich sorge dafür, dass die Techniker sich schnell darum kümmern." Sie brauchte diesen Mann auf ihrer Seite.

Die wenige Zeit, die ihr vor der Bootsfahrt zur Vorbereitung geblieben war, hatte sie genutzt, um Hintergrundinformationen über die beiden Männer zu sammeln, die die Leiche gefunden hatten. Finn Carver war beim Militär gewesen. Im Moment sah er aus, als wäre er bereit, in den Kampf zu ziehen. „Ist das Tauchteam schon eingetroffen?", fragte sie.

„Nein. Wir erwarten sie um elf Uhr. Der West Coast Marine Service hatte letzte Nacht einen Einsatz nördlich von Prince Rupert. Es wird ein paar Stunden dauern, bis sie wieder hier sind. Bis jetzt sind Sie allein." Seine Augen taxierten ihre Figur. Er sah nicht beeindruckt aus. Sie sollte beleidigt sein, aber sie arbeitete am besten, wenn man sie unterschätzte.

„Ich möchte mir den Tatort so schnell wie möglich ansehen."

Sein Gesicht verriet nichts als Skepsis. Die Arme waren wieder über der muskulösen Brust verschränkt, der Mund zu einer festen Linie zusammengepresst. Sie ließ ihren Blick über ihn schweifen. Er war wirklich sehr attraktiv und absolut unantastbar. Das zu wissen, gab ihr einen klaren Vorteil.

„*Sie* könnten mich doch hinbringen", schlug sie vor.

Er warf ihr einen dieser Blicke von der Seite zu. Nicht feindselig. Aber auch nicht freundlich. „Wer auch immer mit den Ermittlungen betraut ist, wäre darüber wahrscheinlich nicht sehr glücklich."

„Ich. *Ich* bin mit den Ermittlungen betraut. Zumindest vor Ort." Obwohl sie das jüngste Mitglied der Einheit für Schwerverbrechen hier auf der Insel war, hatte sie reichlich Erfahrung. Diesmal ließ sie ihr Grinsen bis in ihre Augen reichen. Dies war ihr erster Fall als Hauptermittlerin in einer Mordermittlung, und normalerweise musste sie sich nicht so anstrengen, um jemanden zu überreden. „Ich habe gerade geholfen, einen Fall in Blaine zu lösen." Es war eine Zusammenarbeit von RCMP, Stadtverwaltung und FBI. Eine verdammt große Sache. „Ein Typ hat seine Frau ermordet und sie in der Semiahmoo Bay entsorgt. Wir haben genug Indizien gefunden, um zu beweisen, dass er gelogen hat, und er hat gestanden." Ihr gegenüber hatte er gestanden, mit einem blutigen Messer in der Hand. Sie rieb sich die frisch verheilte Narbe auf ihrem Arm. „Ich arbeite seit einiger Zeit mit Forensikern in Burnaby zusammen und untersuche Verwesungsmuster, nachdem die Opfer dem Meerwasser ausgesetzt waren."

Seine Lippen wurden schmaler. Er kaufte ihr das definitiv nicht ab.

„Wenn Sie zu viel Angst haben, wieder da runterzugehen, dann ..."

Er schnaubte. „Für was halten Sie mich? Ein Kind?"

„Wenn Sie mich nicht hinbringen, finde ich jemanden, der es

tut", rief sie ihm zu, als er sich umdrehte und auf den Weg machte.

Er blieb stehen, die Muskeln in seinen Schulterblättern spannten sich an. „Ich dachte, die Leute, die die Leichen finden, sind immer verdächtig?"

Kenntnisse über polizeiliche Ermittlungen? Check. „In diesem Stadium ist jeder verdächtig, aber ich kann auf mich selbst aufpassen."

Seine Antwort kam in einem rauen Tonfall. „Genau das, was ein potenzieller Tauchpartner hören will." Er drehte sich zu ihr um und kam ihr so nahe, dass sie seinen Duft roch und seine Körperwärme spürte. Holly blieb standhaft und beobachtete, wie sich seine Nasenlöcher aufblähten. Er wollte sie einschüchtern, aber sie war seit über einem Jahrzehnt Polizistin und war mit Polizisten aufgewachsen. Es gab nicht viel, was sie nicht schon gesehen oder womit sie nicht zu tun gehabt hatte, und bullige Typen mit arroganter Einstellung machten ihr keine Angst. „Das ist hier kein Macho-Piss-Wettbewerb. Wracktauchen ist gefährlich, besonders in dieser Tiefe. Nur erfahrene Taucher sollten dort unten sein."

„Ich komme schon klar damit." Ihre Stimme war scharf. Er war kein Schwächling, der auf weiblichen Charme oder ein hübsches Lächeln hereinfiel. Vielleicht sollte sie stattdessen beweisen, dass sie verdammt gut in ihrem Job war.

Er wollte sich abwenden, aber sie berührte seinen Arm.

„Ich habe eine Tauchausbildung." Diesmal sprach sie leiser. Sie hatte gelernt zu tauchen, um genau diese Art von Ermittlungen durchführen zu können.

Er hielt inne, seine Augen waren hart wie Diamanten. „Beweisen Sie es."

Holly ließ seinen Arm los und bückte sich, um ihre Tasche zu nehmen. Dann öffnete sie die Tasche und holte ihren brandneuen PADI-Tauchschein heraus. „Ich habe erst gestern die Tauch-Grundausbildung abgeschlossen."

„Was für ein Zufall." Er riss ihr das kleine Heft aus den Fingern und blätterte es durch. „Sie haben ganze vier Freiwassertauchgänge

hinter sich und glauben also, Sie seien bereit für einen Wracktauchgang in dreißig Metern Tiefe?" Er drückte ihr das Dokument
wieder in die Hand und stakste davon. „Nie im Leben, Sergeant
Rudd."

„Ich habe Sie überprüft, Mr. Carver."

„Ja, ich wette, das haben Sie."

Sie folgte ihm in ein niedriges, einstöckiges Gebäude. Das
Zimmer war voller Sauerstoffflaschen und Neoprenanzüge. Der
Schreibtisch quoll über mit Papieren, Schlüsseln, Kaffeetassen. Wo
waren alle? Es war still wie auf einem Friedhof. Er nahm den
Hörer ab.

„Ich habe gehört, Sie sind der beste Tauchlehrer diesseits des
Pazifiks. Wenn mich jemand in dieses Wrack bringen kann, dann
Sie."

„Sie in das Wrack zu bekommen, wäre nicht das Problem."
Sein Blick musterte, ungerührt von Schmeicheleien. Er begann zu
telefonieren. „Johnny? Finn Carver hier. Ich habe hier eine Frau
namens Holly Rudd, die behauptet, sie habe gerade einen PADI-
Kurs bei dir absolviert?"

Es wurde still. Holly lehnte sich gegen den Türrahmen und
versuchte, das Geräusch des Wassers draußen zu ignorieren.

„Wie hat sie sich unter Druck verhalten? Glaubst du, dass sie
bei einem Wracktauchgang in dreißig Metern Tiefe mithalten
könnte?"

Sie beobachtete sein Gesicht und versuchte, die Antworten
abzuschätzen, aber seine teilnahmslosen Gesichtszüge verrieten
nichts.

„Würdest du ihr dein Leben anvertrauen?" Die Antwort
brachte Finn zum Lächeln. „Das habe ich mir gedacht. Wir sprechen uns später." Er legte auf.

„Was hat er gesagt?" Sie hätte sich für diese Frage in den
Hintern treten können.

Er starrte sie an, dann bückte er sich und begann, eine Sauerstoffflasche zu füllen. „Das wollen Sie nicht wissen."

Ihre Augen weiteten sich, obwohl sie sich bemühte, ihre Gefühle zu verbergen. „Nun, es wird nichts sein, was ich nicht schon gehört habe." Sie lebte in einer Männerwelt und vergaß das nie, aber sie war fertig mit den Spielchen. „Bringen Sie mich nun da runter oder nicht? Bis jetzt haben wir nur Ihr und Professor Edgefields Wort, dass es überhaupt eine Leiche gibt. Und selbst wenn es eine Leiche gibt, heißt das noch lange nicht, dass es sich um einen Mord handelt."

Er schnaubte. „Glauben Sie mir, es handelt sich um Mord."

Dies war ihr erster Mord als Hauptermittlerin, und sie wollte sich nicht beirren lassen. Die Untersuchung des Tatorts, während sich die Leiche noch an Ort und Stelle befand, war unerlässlich, solange sie den Tatort dabei nicht kontaminierte. Die Jungs vom Unterwasser-Bergungsteam würden sie genauso wenig davon abhalten wie er selbst. Sie bereitete sich auf einen Streit vor.

„Sie tun genau das, was ich sage. Es gibt keine Rangordnung oder irgendeinen anderen Bullshit, wenn wir da unten sind. Und Sie sind mir etwas schuldig." Carver trennte einen Zylinder ab und begann einen anderen zu füllen. Seine Augen waren zusammengekniffen und unnachgiebig.

„Sie werden mich also da runterbringen?" Ein Adrenalinstoß schoss durch sie hindurch. „Gut, solange es nichts Illegales ist, stehe ich in Ihrer Schuld."

„Da unten bin ich der Boss. Sie müssen mir bedingungslos vertrauen." Er trat einen Schritt näher und ihr Mund wurde trocken. „Wenn ich meine Hände auf Sie lege ..." Er legte beide Hände auf ihre Hüften und sie spürte den Abdruck jedes einzelnen brennend heißen Fingers. Sie zwang sich, nicht zu reagieren. Dies war ein Test. Und sie war bei Tests nie durchgefallen. Niemals. „Wenn ich Sie so packe, flippen Sie nicht aus. Sie helfen mir, das zu tun, was ich tun will und muss. Sie befolgen meine Anweisungen ganz genau, dann kommen wir beide lebend da raus."

Sie ertappte sich dabei, wie sie in diese strahlend blauen Augen starrte, die nur Zentimeter von ihren entfernt waren. Energie knisterte zwischen ihnen. Eine plötzliche Welle sexuellen Bewusstseins vermischte sich mit gegenseitigem Misstrauen, ein subtiler Duft der Komplikation.

Seine Wangen wurden rot und er ließ sie los. Das hatte er auch nicht erwartet.

„Ich muss da unten auch Ihnen vertrauen. Glauben Sie, ich kann das?" Blaue Augen hielten ihren Blick fest.

Sie machte keine Witze darüber, dass sie vielleicht einmal Hand an ihn legen müsste, weil es plötzlich nicht mehr lustig war. Erstens war er ein Verdächtiger, und sie weigerte sich, irgendetwas für ihn zu empfinden, das nicht streng professionell war. Zweitens würden sie zusammen in ein gefährliches Schiffswrack in dreißig Metern Tiefe tauchen, noch dazu eines, in dem sich eine verwesende Leiche befand. Es war nicht die Art von Schatz, von der die meisten Taucher träumten, aber Holly war nicht wie die meisten Menschen. Sie hielt ihren Mund und nickte.

———

Das Schiffswrack sah bei Tag anders aus. In dieser Tiefe, in unberührtem Wasser, hatte der Rumpf etwas Romantisches – ein Abenteuer, ein Geheimnis. Aber es war auch ein Sarg, und der Gedanke, ihn freiwillig zu betreten, verdrehte Finn die Eingeweide. Er sah Holly an. Dann bedeutete er ihr, stillzuhalten, während er sie umkreiste und überprüfte, ob die Schläuche fest an ihrem Körper angebracht waren. Er testete sie, indem er an ihr herumzog, um sicherzustellen, dass alles festsaß. Sie hielt still, war angespannt, aber sie tat, was er ihr gesagt hatte, auch wenn es ihr nicht gefiel.

Sie stieg in seiner Wertschätzung eine Stufe höher. Nicht weil er gefügige Frauen mochte, sondern weil er kluge Leute mochte.

Der Vorteil war, dass sie frisch ausgebildet war, was bedeutete, dass sie ihren Ausbilder wie einen Gott behandeln sollte, weil ihr die Grundlagen gerade erst eingebläut worden waren. Der Nachteil war, dass er sein Leben in die Hände einer Anfängerin legte, die noch nie ein Wrack von innen gesehen hatte und den Tauchgang wahrscheinlich vermasseln würde, noch bevor sie den Maschinenraum erreichten. Was in Ordnung war, solange keiner von ihnen dabei ums Leben kam.

Er hatte ihr einen Anzug besorgt und sie beide mit Doppeltanks und separaten Atemreglern sowie einer unabhängigen Pony-Flasche ausgerüstet. Sie hatten so viel Sauerstoff, wie ein Mensch tragen konnte, und trotzdem war das keine Garantie dafür, dass sie diese Erfahrung überleben würden.

Aber diesmal war ein Schiff der Küstenwache an der Oberfläche, und die Strömung war nicht stark. Zwölf Stunden später, und sie wären auf eine weitere Ebbe getroffen. Er hatte Glück.

Finn näherte sich dem Wrack auf demselben Weg wie zuvor. Er schaltete sein Licht ein und gab ihr das OK-Signal. Sie spiegelte die Antwort, ihre grauen Augen waren ernst.

Er zeigte auf seine Flossen und schüttelte den Kopf. Es war eine Ermahnung, sie nicht im Inneren des Schiffes zu benutzen. Sie nickte und gab ihm das OK-Signal. So weit, so gut. Er nutzte den Schwung, um sich in das zerstörte Schiff treiben zu lassen, und zog sich mit den Händen langsam und stetig vorwärts. Es war so eng und dunkel, dass sie hintereinander tauchen mussten. Er konnte nicht glauben, dass er es geschafft hatte, Thom letzte Nacht hier lebendig herauszuholen. Es war knapp gewesen, und es war dumm von ihm gewesen, ihn hier herunterzubringen.

Und doch war er nun wieder hier – mit einer verdammten Anfängerin.

Er schwamm ins Steuerhaus und wartete. Hier gab es viel Licht, aber im Treppenhaus herrschte auf etwa fünf Metern fast völlige Dunkelheit. Er hatte Holly davon erzählt, aber die Realität sah anders aus. Er überprüfte ihre beiden Messgeräte. Ihre Augen folgten jeder seiner Bewegungen, suchten nach etwas, das er nicht definieren konnte. Schwäche?

Aggression? Schuldgefühle?

Sie vertraute ihm nicht, und er nahm es ihr nicht übel.

Es wäre nicht schwer, sie hier festzunageln, ihr den Atemregler aus dem Mund zu ziehen und zuzusehen, wie sie Wasser einatmete. Wenn er ein Killer wäre, würde es ihn wahrscheinlich erregen, eine junge Frau zu töten, die auch noch Polizistin war. Dann würde er ihre Leiche dem Meer überlassen und behaupten, sie sei in Panik geraten und abgehauen. Keiner könnte das Gegenteil beweisen. Oder er würde verschwinden. So schwer war das nicht. Finn würde sich eher die Kehle aufschlitzen, als die Hand gegen eine Frau zu erheben, aber das wusste sie nicht, also sollte sie sich ruhig weiter vor ihm in Acht nehmen, solange es ihnen den Tauchgang nicht vermasselte.

Er konnte sehen, dass sie glaubte, es mit ihm aufnehmen zu können, falls es nötig würde. Verrückt, selbst für eine Polizistin. Ihre schnelle Überprüfung seines Hintergrunds hatte sicher nicht viel mehr ergeben als die Tatsache, dass er in der Armee gewesen war.

Er überprüfte ihre Anzeigen und ließ sie die Sauerstoffflasche wechseln, weil sie mehr Luft verbraucht hatte, als ihm lieb war. Falls es ein Problem mit der zweiten Flasche gab, wollte er es wissen, bevor sie weitertauchten. In ihren Augen glänzte jetzt verzweifelte Geduld, und das erregte ihn so unerwartet, dass er grinste. Dann wurde er nüchtern. Dies war nicht die Zeit für Vergnügungen irgendeiner Art.

Er tauchte voran und hielt seinen Lichtstrahl direkt auf die Luke gerichtet, durch die sie mussten. Das unerschütterliche Licht war ihr Leuchtfeuer, und er hoffte, dass Holly den Mut hatte, ihm zu folgen. Er wartete an der Öffnung und spürte eine Bewegung neben seinem Körper, als jemand neben ihm auftauchte. Holly drückte seinen Arm und gab das OK-Zeichen.

Finn machte sich auf das gefasst, was im Inneren der Kammer lag. Vorsichtig schob er sich vorwärts und nutzte die Seiten der Luke, um sich hindurch und in das Herz des Schiffswracks zu ziehen.

Holly folgte ihm, stieß mit ihm zusammen, und er packte sie an der Taille, um ihren Vorwärtsdrang zu stoppen. Finn spürte, wie sie bei der Berührung erstarrte und sich dann zwang, sich zu entspannen. Sie beobachtete ihn durch die Luftblasen hindurch, Fragen standen in ihren Augen. Er drehte sie, bis sie in die richtige Richtung blickte, und hielt sie fest, während sie beide die Leiche betrachteten. Der tote Taucher hing mit baumelnden Armen und Beinen im Wasser. Er trug einen schäbigen alten Neoprenanzug, und seine Maske saß schief. Seine Pressluftflaschen fehlten. Ein riesiges Messer war an seinen Oberschenkel geschnallt.

Ein noch größeres Messer ragte aus seiner Brust heraus.

Finn ließ Holly mit einem warnenden Druck los.

Er hatte in seinem Leben schon viele Todesarten gesehen, aber er wusste nicht, welche Art Mensch sie absichtlich herbeiführen würde. Ermittler bei der Mordkommission schien eine seltsame Berufswahl für eine schöne junge Frau wie Holly Rudd zu sein. Sie zuckte zusammen, als sie nahe genug herankam, um mit ihrem Lichtkegel über den Schaden zu fahren, den ein Fisch bei dem Kerl angerichtet hatte, was bewies, dass sie zumindest ein Mensch war. Dort, wo seine Lippen hätten sein sollen, war ausgefranstes Fleisch, und die Zähne zeichneten sich in der Dunkelheit ab. Auch an den Händen war das Fleisch abgefressen worden. Holly machte eine Reihe von Fotos. Finn kam näher heran. Das Messer, das aus der Brust des Tauchers ragte, war wohl ein gutes Indiz für einen Mord. Der Griff war schwer, schwarz und durch das Alter abgenutzt.

*Verdammt.* Finn runzelte die Stirn, sein Herz zog sich schmerzhaft zusammen. Er erkannte das Messer.

Er überprüfte seine Messgeräte und klopfte Holly auf die Schulter, damit sie dasselbe tat. Sie starrte ihn einen Moment lang an. Sie war damit beschäftigt, die für sie wichtigen Details zu katalogisieren, so wie Thom gestern Abend mit seinem Schatz beschäftigt gewesen war. Finn deutete auf die Anzeige. Ihre zweite Flasche war fast leer, und sie blinzelte überrascht. Ihr Körper war an diese Tiefe nicht gewöhnt; sie hätte regelmäßiger nachsehen müssen. Das war der Grund, warum Anfänger ihren ersten Wrack-Tauchgang nicht in dreißig Metern Tiefe machten oder ihren ersten Dreißig-Meter-Tauchgang nicht in einem Wrack. Eine doppelte Katastrophe.

Er reichte ihr den Atemregler für die halbvolle erste Flasche und justierte den anderen Atemregler, bis er unter ihrem Kinn saß. Während er ihre Aufmerksamkeit hatte, zeigte er auf die Stelle, an der er den Bleigürtel hatte fallenlassen. Sie nickte und wollte gerade los, als er sie festhielt und auf ihre Flossen zeigte, die eine Welle von Sediment aufgewirbelt hatten. Sie konnten es sich nicht leisten, Schlamm aufzuwühlen, jetzt da die Taucheinheit hoffte, die Leiche zu finden, wenn sie hier ankam. Ihm war nicht wirklich bewusst, wie sehr er es genoss, diese selbstbewusste, sexy Polizistin zu berühren. Mit etwas Zeit und unter den richtigen Umständen war sie genau der Typ Frau, den er gerne noch viel genauer erkunden würde. Aber er hatte keine Zeit, und dies waren definitiv nicht die richtigen Umstände.

Er überprüfte seinen Tauchcomputer.

Zeit zu gehen. Er klopfte Holly auf die Schulter, nachdem sie eine weitere Reihe von Fotos des Bleigürtels gemacht hatte, aber sie wich ihm aus. Er tat es wieder, und sie schlug seine Hand weg. Genervt hielt er ihr seine Hand ins Gesicht und gab ihr das Daumen-hoch-Signal. Ihr Körper spannte sich an, und sie stieß eine Fülle von Luftblasen aus. Sie gab ihm das gleiche Zeichen zurück.

Finn wartete an der Luke auf sie. Es fühlte sich falsch an, den toten Mann quasi dort hängen zu lassen. Holly glitt an seine Seite, und er deutete ihr an, dass sie ihm den Weg durch das Treppenhaus nach draußen zeigen sollte. Sie hielten beide inne und beobachteten einen Schwarm kleiner Fische, die an einem länglichen rosa Klumpen knabberten. Es dauerte einen Moment, bis er erkannte, dass es sich bei dem Klumpen um einen Augapfel handelte. Ein reflexartiger Würgereiz überkam ihn, aber er unterdrückte ihn. Hollys Gesicht war im Schein seiner Tauchlampe aschfahl, aber wenigstens hatte sie sich nicht übergeben. Er kramte in seiner Tasche nach einem Probengefäß und fing das Auge ein, wobei er sich das genaue Aussehen des Dings aus dem Kopf schlug. So kam er damit zurecht. So hatte er gelernt, die Dinge zu tun, die ihn zu Tode ängstigten. Er steckte das Glas in eine Tasche und neigte dann den Kopf, um sie dazu zu bringen, vor ihm herzuschwimmen. Dann folgte er ihrer schlanken Gestalt durch den dunklen Tunnel.

Als sie das Wrack verließen, warteten vier schwarz gekleidete Taucher auf sie. Sie hatten gerade begonnen, das Äußere des Schiffes zu fotografieren. Finn forderte einen der Männer mit Handzeichen auf, Holly an die Oberfläche zu bringen. Sie schüttelte energisch den Kopf. Sie versuchte, sich ihm zu widersetzen.

Finn kramte nach dem Glas mit dem Augapfel, da er wusste, dass sie eine Beweiskette zu verfolgen hatte. Sie nahm es ihm mit einer Explosion von Luftblasen ab. Er zeigte auf ihre Luftanzeige, die sich dem roten Bereich näherte, und wiederholte die Daumen-hoch-Geste. Dann deutete er auf seinen Computerbildschirm, der anzeigte, wie lange und in welcher Höhe sie dekomprimieren musste. Ihr Gesichtsausdruck war wütend, aber er ignorierte es. Es war seine Aufgabe, sie für die Dauer dieses Tauchgangs am Leben zu erhalten, und er wusste, wie er seinen Job zu machen hatte.

Mit einem weiteren Atemzug folgte Holly schließlich dem Polizisten an der Ankerleine. Finn wandte sich wieder dem Wrack zu. Er prüfte seine Luft und wies die anderen Männer an, ihm zu folgen. Polizeitaucher waren professionell und erfahren, und er machte sich keine Gedanken darüber, ihnen zu sagen, was sie tun sollten. Er würde ihnen zeigen, wo sich die Leiche befand, und dann auftauchen. Dies war das allerletzte Mal, dass er in die Eingeweide dieses verfluchten Wracks tauchen würde.

# ZWEI

Holly kam an die Oberfläche und nickte ihrem Begleiter dankend zu. Sie war hin- und hergerissen zwischen der Dankbarkeit gegenüber Finn Carver, dass er sie nach unten gebracht hatte, und dem Unmut darüber, dass er sie dann wieder so schnell an die Oberfläche geschickt hatte. Der Taucher des Unterwasserbergungsteams glitt zurück ins Wasser und verschwand aus ihrem Blickfeld. Als sie aufblickte, sah sie acht Augenpaare auf sich gerichtet. Eine Gruppe Officers hing über die Bordwand des Küstenwachtschiffs, darunter einer, von dem sie gehofft hatte, ihn nie wiederzusehen – Staff Sergeant Jimmy Furlong.

*Scheiße.* Ihr Herz krampfte sich zu einem kleinen Ball zusammen, aber äußerlich lächelte sie und hob die Hand zum Gruß, während sie im Geiste ihre Lieblingsschimpfwörter aufzählte. Dann schwamm sie zu dem kleinen Boot, mit dem Carver sie hinausgebracht hatte. Sie kletterte an Bord, legte ihre Ausrüstung ab und räumte sie so sorgfältig beiseite, wie Carver es zuvor getan hatte.

Jimmy Furlong. Was für eine Wendung. In diesem Teil Kanadas wurden Morde von einer Gruppe engagierter Polizeibeamter untersucht, die von einem Hauptermittler – ihr – angeführt, aber von einem Teamleiter überwacht wurden. Sie war in die Abteilung für Schwerverbrechen auf der Insel gewechselt, als sie gehört hatte, dass Furlong in eine Abteilung in Surrey wechselte, und doch war er nun hier. Wenn die Ressourcen knapp waren, wurde manchmal Personal aus anderen Abteilungen hinzugezogen. Sie musste die Frau mit dem größten Pech auf der Welt sein. Diese Erkenntnis hinterließ einen bitteren Geschmack in ihrem Mund.

Doch ihr Herzschlag beruhigte sich langsam. Sie konnte das durchstehen.

Das Opfer war wichtiger als ihr angeknackster Stolz. Sie hatte ihr Glück mit Carver in diesem Wrack herausgefordert. Er war am Ende stinksauer auf sie gewesen, aber sie hatte bekommen, was sie brauchte, und keiner von ihnen war umgekommen, obwohl sie fast ihre Zunge verschluckt hätte, als dieser verdammte Augapfel in ihre Richtung getrieben war. Menschliche Augäpfel schrumpften im Meerwasser. Der Professor, mit dem sie an der Simon Fraser University zusammengearbeitet hatte, würde sich sehr dafür interessieren, dass das Auge sich aus dem Schädel gelöst hatte.

Sie fand den Reißverschluss ihres Anzugs auf der Rückseite ihrer Schultern und zerrte daran, um ihn zu öffnen. Es war, als wollte man eine Schildkröte aus ihrem Panzer befreien, aber schließlich zog sich das Neopren langsam über ihren Kopf. Sie fluchte, als sie sich eine Handvoll Haare ausriss.

Ein kleines Schlauchboot raste auf sie zu. Staff Sergeant Furlong saß am Steuer, und es dauerte nur wenige Augenblicke, bis er neben dem Boot des Marinelabors anhielt.

„Haben wir nun einen Mord oder nicht?", rief er über das Kielwasser und den Motorlärm hinweg.

„Ein Messer im Herzen bedeutet wohl, dass wir es mit einem Mord zu tun haben, Sir." Sie straffte ihre Gesichtszüge, um nichts zu verraten. „Wenn Sie mir fünf Minuten Zeit geben, ziehe ich mich an und bringe alle auf den neuesten Stand."

Es gab eine lange Pause. „Wie geht es dir, Holly? Ich habe gehört, du hast dich bei deinem letzten Einsatz verletzt."

„Es war nur ein Kratzer. Mir geht es gut, Sir." Sie nahm ein Handtuch in die Hand und rubbelte sich die Haare. „Wie geht es Penny und dem Baby?", fragte sie strahlend.

„Beiden geht es großartig." Seine Zähne blitzten, während seine Augen sie auf vertraute Weise musterten. Übelkeit wirbelte in ihrem Bauch herum. „Du warst schnell hier."

„Ich war zur richtigen Zeit am richtigen Ort. Mein Vater und ich hatten beschlossen, unseren Jahresurlaub zu nehmen, bevor ich meinen neuen Job in Victoria antrete. Wir haben in der Nähe von Tofino tauchen gelernt und haben die Reise abgebrochen, als ich von dem Fall hörte." Sie biss die Zähne zusammen.

Seine Lippen pressten sich zusammen. „Dies ist dein erster Fall als Hauptermittlerin, richtig?"

„Jawohl, Sir." *Kein Druck*. Sie zupfte an ihrem klatschnassen, zerzausten Haar. „Ich muss mich abtrocknen, bevor mir zu kalt wird." Sie nahm das Beweisglas und drückte es ihm in die Hand, wobei sie darauf achtete, keine Haut zu berühren. „Darf ich vorstellen: das Opfer. Jedenfalls ein Teil von ihm."

„Ich verstehe." Er runzelte die Stirn. „Wird das ein Problem sein – das mit uns?"

Sie lachte und freute sich darüber, dass es eher klirrend und leicht als rasend und böse klang. „Es gibt kein ‚uns', also gibt es auch kein Problem, Sir."

Er nickte, und ein Rauschen im Wasser am Ende des Bootes ließ sie zusammenzucken. Finn Carver hievte sich auf die Plattform und begann, seine Ausrüstung abzulegen. Wie lange war er schon dort gewesen? Was hatte er gehört?

Staff Sergeant Furlong nickte ihr zu. „Ich sehe dich dann in dreißig Minuten auf dem Schiff der Küstenwache. Sie haben uns dort einen Platz angeboten, um mit den Vorarbeiten zu beginnen."

Sie richtete sich auf. „Jawohl, Sir", stieß sie hervor. Und dann war er weg.

Stille lag in der Luft. Der blaue Himmel und das sanfte Plätschern des Wassers gegen den Schiffsrumpf schienen nicht zu ihrer Stimmung zu passen, aber ein Wirbelsturm wäre auch nicht gut. „Danke, dass Sie mich heute mitgenommen haben, Mr. Carver. Ich kann verstehen, warum Sie nicht so scharf darauf waren."

Ein sexy Grübchen erschien auf seiner Wange, als er sich lässig bis auf die Badeshorts auszog. „Nennen Sie mich einfach Finn."

„Okay, Finn." Sie musste vorhin abgelenkt gewesen sein, denn sie hatte nicht bemerkt, wie viele Muskeln in diesem Körper steckten. Dieser Mann war in bester körperlicher Verfassung und verfügte über eine hervorragende Beobachtungsgabe. Er ertappte sie beim Starren.

„Suchen Sie nach Waffen?" Er hob eine seiner blonden Augenbrauen an.

Der Gedanke, ihn in irgendeiner Form zu durchsuchen, beunruhigte sie ein wenig, besonders so kurz nach dem Gespräch mit Jimmy Hab-vergessen-zu-sagen-dass-ich-verheiratet-bin Furlong. „Ich behalte Sie nur im Auge, Mr. Carver." Holly schälte sich weiter aus dem nassen Neopren und stellte fest, dass sie stank. Sie saß müffelnd und fröstelnd da und dachte sich, dass es Tage gab, an denen es schwer war, eine Frau zu sein.

„Unter Deck gibt es eine Dusche. Gehen Sie ruhig duschen, bevor Sie sich bei Ihren Kollegen melden."

Rücksichtsvolle Männer waren die gefährlichsten. Jimmy Furlong war ein verdammt rücksichtsvoller Kerl gewesen, direkt bis ins Schlafzimmer hinein. Und er musste einen gottverdammten Herzinfarkt bekommen haben, als er herausgefunden hatte, wer ihr Vater war.

Sie strich sich das nasse Haar aus der Stirn. „Sie müssen auch auf das andere Schiff kommen und eine offizielle Aussage machen."

Er schnaubte. „Ich muss zurück an die Arbeit, Sergeant Rudd. Kommen Sie doch einfach bei der Marinestation vorbei, wenn Sie hier fertig sind. Dann können sie mich und meinen Tauchkumpel von letzter Nacht gleichzeitig befragen." Er blickte zu den beiden Booten hinüber, die den Tatort bewachten. „Ich sage dem Koch, er soll einen großen Kessel mit Eintopf aufsetzen, falls eure Jungs Hunger bekommen. Wenn nicht, können die Schüler ihn morgen essen."

Sie zog überrascht die Brauen zusammen. Die Leute widersetzten sich ihr selten, aber dieser Plan ergab Sinn. Sie schnappte sich ihre Tasche und ging die Treppe hinunter.

„Typen wie der da betrügen immer. Das wissen Sie doch, oder?"

Holly erstarrte.

„Sie sollten wohl besser seine Frau bemitleiden." Er hatte vermutlich den Ring entdeckt, den Jimmy Furlong in der Woche, in der sie sich bei einem Training der FBI-Akademie kennengelernt hatten, nicht getragen hatte.

Ihre Finger krümmten sich fest um das Geländer. „Ich weiß nicht, wovon Sie reden."

„Ich hoffe, Sie haben seine Eier an die Wand genagelt, als Sie es herausgefunden haben."

Sie stand wie angewurzelt auf der obersten Stufe, so als wäre es ein hundert Meter tiefer Abgrund unter ihr. Dann schaute sie über ihre Schulter, aber sie hielt den Mund fest geschlossen. Ein Hauch von Mitleid umspielte seine Lippen, aber sie wollte kein Mitleid. Sie würde lieber einen Schlag ins Gesicht bekommen. Sie nickte und ging unter die Dusche.

Man hatte sie zum Narren gehalten, und es war eine verdammt gute Lektion gewesen. In Wahrheit war sie Staff Sergeant Jimmy Furlong dankbar. Er hatte ihr eine der wichtigsten Lehren im Leben erteilt, nämlich niemandem zu trauen, nicht einmal ihren Kollegen von der Polizei.

———

Finn vertäute das Boot. Sein Kiefer schmerzte, denn seine Muskulatur hatte sich durch das starke Zusammenbeißen verkrampft, als er das Messer gesehen hatte, das aus der Brust des Toten ragte. Er musste die Flaschen auffüllen, die Dichtungen überprüfen und die Ausrüstung abspritzen, um Schäden durch das Salzwasser zu vermeiden. Dann musste er die Ausrüstung einpacken, die sie gestern Abend beim Tauchgang benutzt hatten, damit die Polizisten sie auf Gott weiß was untersuchen konnten. Er musste sich einloggen, überprüfen, ob in den letzten Stunden etwas Wichtiges passiert war, und sicherstellen, dass alles für die morgigen Tauchgänge bereit war. Wie er Holly gesagt hatte, hatte er Arbeit zu erledigen.

Ein schwarzer Kormoran saß am Ende des Piers und beobachtete ihn. Möwen waren seltsamerweise nicht zu sehen.

Der Geruch von Salzlake lag in der Luft, eine Konstante in dieser feuchten, gemäßigten Region. Seine Füße trommelten auf die Holzbretter, während er die Umgebung scannte. Es war still. Niemand war zu sehen. Es gab zwei Kurse, aber in beiden wurden heute Vorlesungen und Praktika abgehalten, anstatt der geplanten Arbeit im Wasser. Da er niemanden sah, ging er in den Tauchschuppen und direkt zu Thoms Spind. Dort durchsuchte er schnell dessen Sachen. Seine Hand verweilte auf dem nagelneuen Tauchermesser, das auf dem obersten Regalbrett des Schrankes lag. *Verdammt.* „Finn, bist du hier drin?" Er drehte sich langsam um.

Mike Toben, dessen Familie der Eisenwarenladen gehörte, trat mit wachsamen Augen durch die offene Tür. „Ich habe den RCMP draußen. Ich dachte, ich könnte die Schlüssel bei dir lassen?" Die Polizisten hatten immer ein Auto in der Stadt, falls der West Coast Marine Service Nachforschungen an Land anstellen musste. Die Tobens vermieteten ihnen einen Parkplatz in ihrem Lagerhaus.

Mike griff über den Schreibtisch, auf dem ein Whiteboard mit den Tauchplänen der Woche stand. An der Wand befand sich ein Schlüsselbrett

„Klemm die Schlüssel einfach hinter die Sonnenblende."

Mikes Augenbrauen zogen sich auf halber Höhe seiner Stirn zusammen, während er die Schlüssel festhielt. „Warum kann ich sie nicht hierlassen? Was ist los?"

„Ich werde wohl anfangen, die Außentür abzuschließen."

„Warum? Wurde etwas gestohlen?" Im Gegensatz zu Finn hatte Mike die Gegend nie verlassen. Sie tranken ab und zu ein Bier, aber das war auch schon alles.

Finn hatte nicht vor, sich dem Kerl anzuvertrauen. „Wir haben hier eine Menge teurer Ausrüstung. Ich will nicht, dass sie Beine bekommt." Er drängte Mike nach draußen.

Der jüngere Mann musterte ihn scharf. „Irgendetwas geht hier vor. Was ist los?"

Finn ging zum Boot hinunter und begann, die Ausrüstung in den Schuppen zu schleppen.

„Brauchst du Hilfe?", bot Mike an.

Finn starrte den anderen Mann ohne ein Lächeln an. Er wollte im Moment mit niemandem reden. „Das schaffe ich schon allein."

Wie aufs Stichwort hupte ein Auto, und Mike drehte sich um, um seinem Vater zuzuwinken, der oben auf dem Hügel auf ihn wartete.

„Sehen wir uns später bei O'Malley's?"

„Klar." Finn drehte den Schlauch an und begann, die Anzüge abzuwaschen. Er wollte nicht einmal in die Nähe von O'Malley's oder einen anderen verdammten Ort, an dem er von den Einheimischen verhört werden würde. Er musste herausfinden, wie Thoms altes Tauchermesser im Körper dieses Tauchers gelandet war. Und er musste sicherstellen, dass niemand sonst davon erfuhr.

———

„Irgendwelche Hinweise auf die Identität unseres Opfers?"

Holly schüttelte den Kopf, als sie ihre Unterwasserkamera an

Corporal Steffie Billings weiterreichte, die für die Kommandoeinheit, die zur Untersuchung dieses Mordes eingesetzt worden war, die Beweisstücke betreute. Sie hatte mit Steffie vor Jahren in Chilliwack zusammengearbeitet, und seitdem waren sie eng befreundet. Sie freute sich darauf, wieder mit der nüchternen Blondine zusammenzuarbeiten. „Lade bitte die Fotos herunter, ja? Sie sind mit einem Zeitstempel versehen. Hast du den Augapfel?"

„Habe ich." Steffie warf ihr über ihre Brille einen skeptischen Blick zu. „Vielen Dank dafür."

Holly grinste. „Tut mir leid. Wir konnten ihn ja nicht einfach herumschwimmen lassen, damit er von den Fischen angeknabbert wird."

„So genau wollte ich es gar nicht wissen." Steffie hob ihre Hand. „Ich werde alle blutigen Details bei der Obduktion erfahren, also muss ich das jetzt wirklich nicht hören." Sie erschauderte. „Wasserleichen sind immer die Schlimmsten. Na ja, abgesehen von Fällen mit Kindern." Sie hörte auf zu sprechen, und beide hielten einen Moment inne. Bestimmte Aspekte ihres Jobs ließen selbst das Schaurige wie Sonnenschein aussehen. Das Einzige, was die Arbeit lohnenswert machte, war die Verbrecher hinter Gitter zu bringen, damit sie niemandem mehr etwas antun konnten.

„Ich habe den Augapfel an die Jungs von der Forensik zur Identifizierung weitergegeben." Sie deutete auf eine Seite des Raumes, an der drei IFIS-Leute eine Reihe von Geräten und Schläuchen auspackten. Einer hatte das Probengefäß neben einem Monitor. „Sie sind von Port Alberni gekommen. Sie sagten, die Straßen seien in einem furchtbaren Zustand."

Holly presste die Lippen zusammen. Sie konnte nichts gegen die schlechten Straßen oder den Ort tun, aber die äußeren Umstände machten alles noch komplizierter. Die meisten Beamten waren von Victoria über Comox eingeflogen worden. Sie hatte es nicht einmal ins Hauptquartier geschafft, um ihren neuen Job anzutreten. Aber sie freute sich auf die Chance, sich zu beweisen, und dies war genau der richtige Fall dafür.

„Kommst du mit Du-weißt-schon-wem klar?", fragte Steffie.

Steffie war eine von zwei Freundinnen, denen Holly ihre Affäre mit diesem Bastard anvertraut hatte. In diesem Moment wünschte sie sich, sie hätte ihren Mund gehalten. „Das wird schon werden." Sie senkte ihre Stimme. „Vor allem, wenn er nach Hause geht und uns unsere Arbeit machen lässt."

Die schiere Anzahl der Mitarbeiter machte es schwierig, sich auf dem Schiff zu bewegen. Aber die meisten würden das Schiff verlassen, sobald die Leiche und die Beweise geborgen waren.

An Deck befanden sich auch ein Gerichtsmediziner des BC Coroners Service und zwei seiner Assistenten. Keiner von ihnen war Taucher, sodass sie sich eindringlich mit Mitgliedern des Unterwasser-Bergungsteams unterhielten, die über der Reling hingen und darauf warteten, dass ihre Kameraden auftauchten. Holly hatte bereits mit dem Pathologen gesprochen und ihm Einzelheiten über den Zustand des Körpers, des Substrats, der Temperatur und der Tiefe mitgeteilt. Und sie hatte den Namen des Professors an der Universität weitergegeben, der bereit sein könnte, sie in dem Fall zu beraten. Jetzt mussten sie die Leiche nur noch bergen. Die größte Befürchtung war, dass sich die Bauchgase, falls sie sich nicht schon verflüchtigt hatten, ausdehnen könnten und ... nun, das wäre nicht schön.

Da waren drei Beamte von der *Nadon*, einem der Boote, die als mobile Polizeikreuzer entlang der Küste fungierten und vom West Coast Marine Service betrieben wurden. Leute von der Küstenwache liefen umher, aber keiner war im Raum, den Holly für die Einsatzzentrale hielt. Das Team, das das Verbrechen untersuchen würde, bestand aus ihr selbst, Steffie Billings, vier weiteren Ermittlern aus der Abteilung für Schwerverbrechen und ihrem Teamleiter.

Sie straffte die Schultern. Sie würde das hinkriegen.

Der Teamleiter war eher ein Manager als ein Ermittler, der für die Personalausstattung, Überstunden, Sonderausgaben und so weiter zuständig war. Fälle wie dieser belasteten das Budget am stärksten, was alle unter zusätzlichen Druck setzte. Furlong stand auch mit den übergeordneten Verantwortlichen in Verbindung, und mit etwas Glück würde er auf das Festland zurückkehren, sobald die Leiche geborgen worden war.

Ihr geflochtenes Haar verursachte eine nasse Linie in der Mitte ihres hellgrauen Hemdes, was ihr etwas unangenehm war. Furlong blickte über einige Köpfe hinweg und fing ihren Blick auf. Sie setzte sich zu der Gruppe, als er sie vorstellte. „Sergeant Holly Rudd ist die leitende Ermittlerin in diesem Fall. Kennst du die Anwesenden, Holly?"

Sie wechselte von einer förmlichen Haltung in eine legere.

„Ich erkenne ein paar Gesichter." Sie lächelte Jeff Winslow an, mit dem sie vor vielen Jahren die Grundausbildung absolviert hatte.

„Die Corporals Ray Malone, Freddy Chastain und Rachel Messenger." Staff Sergeant Furlong wies auf jeden Einzelnen hin, und sie nickte zur Begrüßung. Die Rangstruktur stammte noch aus den Anfängen der Polizei, als diese im späten neunzehnten Jahrhundert noch eine paramilitärische Gruppe gewesen war. Steffie winkte sie herüber. Sie hatte einen großen Computerbildschirm aufgestellt, auf dem der Umriss des Wracks zu sehen war.

„Cool", sagte Chastain.

„Weißt du etwas über das Schiffswrack?", fragte Furlong.

„Bis jetzt noch nichts. Wir müssen mit der Küstenwache sprechen und die Möglichkeit diskutieren, das Schiff zu heben ..."

„Moment mal." Furlong hob beide Hände in die Luft. „Das ist eine ziemlich ernste Angelegenheit. Gibt es denn einen Grund zur Annahme, dass das Bergen des Wracks den Ermittlungen überhaupt helfen wird?"

„Es ist ziemlich schwierig, alle Beweise zu sammeln, wenn das Ding in dreißig Metern Tiefe liegt."

„Aber wir werden die meisten Beweise verlieren, wenn das Wasser abläuft." Er schüttelte den Kopf. „Sprich mit der Küstenwache, aber mach nicht weiter, bevor du es mit mir besprochen hast. Ich bin nicht davon überzeugt, dass es uns irgendetwas Nützliches bringen wird."

Das stimmte, und sie wollte keine Zeit damit verschwenden, jahrhundertealte Trümmer zu durchforsten, aber von einem Vorgesetzten zurechtgewiesen zu werden, war nie sonderlich erbauend.

„Mach weiter", sagte sie zu Steffie, die daraufhin zum nächsten Foto blätterte. Finn Carver war auf dem Bild zu sehen. Er war ihr ein Rätsel und jemand, der sie auf mehreren Ebenen faszinierte. Auf jeden Fall jemand, den sie meiden sollte, es sei denn, es hatte direkt mit den Ermittlungen zu tun.

„Bisher wissen wir, dass zwei Taucher letzte Nacht in dem Wrack waren und mehr gefunden haben, als sie erwartet hatten. Dieser Mann ist Finn Carver. Er ist Tauchlehrer im Bamfield Marine Science Center. Den zweiten Mann habe ich noch nicht kennengelernt. Er ist der Leiter des Meereslabors. Ich werde die beiden befragen, sobald die Leiche geborgen ist."

„Gibt es einen Hinweis auf die Identität des Opfers?", fragte Furlong erneut.

Steffie klickte, und das grausige Bild einer Leiche, die im Wasser hing, begrüßte sie. Gesichter wurden verzogen. Holly war dankbar, dass sie noch nicht gegessen hatte. „Er trägt weder einen Bleigürtel noch Sauerstoffflaschen", berichtete sie. Seine Maske war schief, das Fehlen eines Auges wurde durch Schatten verdeckt.

Freddy Chastain deutete auf das Messer, das aus seiner Brust ragte. „Wer immer ihn damit erstochen hat, muss ungeheuer stark sein."

Holly stimmte dem zu.

„Wir haben einen Augapfel gefunden. Er ist jetzt bei den IFIS-Leuten."

„Hoffentlich bringt uns das die DNA."

„Können wir denn sicher sein, dass das *sein* Augapfel ist?", fragte Jeff Winslow. Jeff war der Mann für die Details. Der Nerd mit dem schwarzen Gürtel in Jiu-Jitsu.

„Meinst du, jemand anderes hat vielleicht einen verloren?",

scherzte Chastain. Auch Furlong lachte mit. Jeffs Wangen wurden rosa.

„Das ist ein gutes Argument, Jeff. Wir müssen die DNA noch einmal überprüfen und das bestätigen." Holly gab ihm Rückendeckung.

„Jemand hat ihn also erstochen, seine Ausrüstung genommen und ihn dann einfach da unten gelassen?", fragte Corporal Messenger verblüfft.

„Ich habe schon seltsamere Dinge gesehen." Furlong lehnte sich näher an den Bildschirm.

Holly erschauderte angesichts der Heldenverehrung, die sie in Messengers Blick erkannte, als diese ihren Teamleiter anstarrte. Wahrscheinlich hatte sie ihn damals auch so angestarrt, und jetzt wurde ihr bei dem Gedanken schlecht.

„Es ist möglich, dass die Ausrüstung zur Identifizierung des Opfers verwendet werden könnte." Holly hatte darüber nachgedacht. „Vielleicht hat der Täter sie deshalb mitgenommen."

„Oder die Ausrüstung war geliehen? Vielleicht vom Mörder", meldete sich Jeff zu Wort.

„Dieser Kerl ... Carver." Furlong blickte stirnrunzelnd auf den Bildschirm. „Hat er das Opfer erkannt?"

„Nicht, dass ich wüsste." Holly stellte sich aufrechter hin, fast auf Augenhöhe mit ihrem Vorgesetzten. „Ich habe vor, die Männer, die die Leiche entdeckt haben, zu befragen, sobald das Opfer geborgen ist", wiederholte sie.

Furlong presste die Lippen zusammen und starrte auf das Gesicht der Leiche auf dem Bildschirm. „Das ist keine gute Basis, um weiterzumachen. Wie sieht dein Plan für das weitere Vorgehen aus?"

„Als Erstes müssen wir das Opfer identifizieren. Wir müssen die Zahn- und DNA-Tests beschleunigen. Hoffentlich kann uns die Obduktion einen Hinweis auf den Todeszeitpunkt geben." Das war bei Fällen, bei denen sich die Leiche unter Wasser befunden hatte, bekanntermaßen schwierig. „Wir machen Fotos vom Tauchanzug und der Tatwaffe und lassen sie in der Gegend zirkulieren, um zu sehen, ob jemand sie wiedererkennt. Wir werden die Einheimischen befragen und herausfinden, wer noch von diesem angeblich unentdeckten Wrack wusste. Dazu suchen wir nach vermissten Personen."

Sie atmete aus und fing die wachsamen Blicke ihrer Kollegen auf. „Steffie ist die Beweismittelverwalterin. Ich möchte Jeff als Koordinator für die Akten. Die Öffentlichkeitsarbeit wird die Pressemitteilung verfassen und eine Hotline einrichten. Corporal Messenger, sehen Sie nach, was Sie über das Schiffswrack herausfinden können. Chastain, Malone und ich werden anfangen, Befragungen durchzuführen."

Draußen vor dem Fenster gab es einen Tumult.

„Sieht aus, als würden sie ihn jetzt hochbringen." Chastain spähte aus dem Fenster.

Sie drehten sich alle um und gingen an Deck.

Furlong berührte ihre Schulter. „Ich habe etwas für dich." Sein Lächeln war schief, wahrscheinlich sollte es jungenhaft wirken. Er griff in eine Tasche, zog einen Gegenstand heraus und drückte ihn in ihre Handfläche.

Zuerst zuckte sie zusammen, dann erkannte sie, dass es ihre Neunmillimeter Smith & Wesson war. Holly konzentrierte sich darauf, das Holster an ihrem Gürtel zu befestigen, und nicht auf die Tatsache, dass sie ihm eine Ohrfeige geben wollte, weil er sie angefasst hatte. „Woher hast du die?"

„Dein Vater hatte angerufen, bevor wir hierher aufgebrochen sind, und Corporal Messenger gebeten, sie aus dem Waffenschrank in deiner Wohnung zu holen. Sie hat sie mir gegeben."

Holly hatte nur eine Nacht in ihrer neuen Wohnung verbracht, bevor sie und ihr Vater zu ihrem jährlichen Vater-Tochter-Urlaub aufgebrochen waren. Seltsam, dass Messenger auch dort gewesen war.

„Danke."

Furlong sah sich um, bevor er leise sagte: „Ich nehme an, er weiß nichts von ...“

„Nein.“ Holly holte scharf Luft und schluckte die Scham hinunter, die in ihrer Kehle brannte. „Du hast es ihm wohl nicht gesagt?“

„Ich habe siebzehn Dienstjahre hinter mir. Ich werde das nicht riskieren für einen ...“ Furlong brach ab. *Einen schnellen Fick. Eine Runde im Heu. Ein bisschen Spaß.* Ihr Magen rumorte. Sein Blick blieb teilnahmslos. „Hätte ich gewusst, dass du die Tochter des Deputy Commissioners bist, hätte ich dich nie angefasst.“

Ihr Vater war der Commanding Officer der „E“-Division, der größten Abteilung innerhalb der RCMP, dem etwa ein Drittel aller Mitarbeiter unterstellt war.

Sie wies Furlong nicht darauf hin, dass er damals bereits verheiratet gewesen war und sich niemandem in dieser Weise hätte nähern dürfen, der nicht seine hochschwangere Frau war. „Ich will nicht, dass er es herausfindet.“

Er lehnte sich ein wenig näher heran. „Von mir wird er es nicht erfahren.“

Sie hatte mit einem verheirateten Mann geschlafen. Allein der Gedanke daran ließ sie vor Ekel würgen. Was, wenn seine Frau es herausfand? Oder ihr Vater?

Finn Carver hatte es erraten. Würde er versuchen, es gegen sie zu verwenden?

Furlong berührte erneut ihren Arm, und Holly zwang sich, nicht zu knurren. Aber sie konnte das *hinkriegen*. Jimmy Furlong würde bald weg sein, und sie würde die ganze Show hier leiten. Sie hob ihr Kinn. Dann gesellten sie sich beide zum Rest des Teams an Deck, als die Leiche umständlich aus dem Pazifik auf das Schiff der Küstenwache gehievt wurde. Ein weiteres Opfer dieses tödlichen Küstenabschnitts.

Aber dieses Mal war es nicht Mutter Natur, die die Zerstörung angerichtet hatte.

Mutter Natur hatte diesem Mann nicht sechs Zentimeter

geschliffenen Stahl zwischen die Rippen und in die Brusthöhle geschoben. Es war Hollys Aufgabe, herauszufinden, wer es getan hatte.

———

Finn betrat die örtliche Schule und ging den breiten Korridor hinunter in das zentrale Atrium. Das Geräusch seiner Schritte hallte durch den großen Raum. Das war gut. Die Kinder waren aus dem Weg. Weniger Leute, die ihn bemerkten.

Thom war in einer Telefonkonferenz, also musste er warten, bis er ihn nach dem Messer fragen konnte. Sie ließen den Tauchschuppen oft unverschlossen und zugänglich, weil verschiedene Tauchteams zu unterschiedlichen Zeiten kamen und gingen. Nachts schloss Finn ab, wenn alle fertig waren, aber in der übrigen Zeit konnte jeder hinein, und jeder wusste es. Jetzt nicht mehr.

War es tatsächlich das Messer von Thom? War jemand – sprich, der Mörder – an Finns Arbeitsplatz gewesen und hatte sich das erstbeste Messer geschnappt, das zur Hand war? Oder wollte man den alten Mann bewusst zum Sündenbock machen?

Thom hatte die letzten drei Jahrzehnte damit verbracht, die Geheimnisse der Stadt auszugraben, nach Antworten auf die Morde an seiner Frau und seinem Kind zu suchen und zu versuchen, irgendeine Spur der Tochter zu finden, von der er hartnäckig glaubte, dass sie noch lebte. In dieser Zeit hatte er es geschafft, fast jede Familie in der Stadt mit seinen verschiedenen Theorien zu belasten. Dann hatte er die Polizisten verärgert, indem er sie mit Hinweisen bombardiert und sich öffentlich über ihre mangelnden Fortschritte beschwert hatte. Er meldete *jede* ungewöhnliche Aktivität und hatte so dazu beigetragen, dass das organisierte Verbrechen in der Gemeinde nicht Fuß fassen konnte. Freunde hatte er sich damit nicht gerade gemacht. Vor zwei Jahren war dann jemand bis zum Äußersten gegangen und hatte versucht, ihn dauerhaft zum Schweigen zu bringen.

Finn ging um die Ecke und klopfte an die Glastür, hinter der die Bibliothekare arbeiteten. Er betrat das Büro.

„Hallo, mein Hübscher." Gina Swartz stand auf und kam auf seine Seite des Schreibtischs. „Was kann ich heute für dich tun?"

„Hast du jemandem erzählt, dass ich letzte Woche hier war?"

Sie verschränkte die Hände vor der Brust und senkte ihr Kinn. „Warum sollte ich?"

Finn legte seine Hand an die Stirn und kam sich plötzlich unglaublich dumm vor. Er hatte gedacht, dass Gina ihm vielleicht über die Schulter geschaut und die Websites und Nachschlagewerke gesehen hatte, in denen er geblättert hatte, während er versucht hatte, das Wrack zu identifizieren, und dass sie es jemandem verraten hatte. Das war dumm. „Ach, nur so."

Sie lachte. „Du siehst furchtbar besorgt aus. Hat das etwas mit den ganzen Polizeiaktivitäten drüben in Crow Point zu tun?"

Er zuckte mit den Schultern, hielt aber seinen Mund. Egal, wie sehr die Stadt ihre Geheimnisse hütete, Nachrichten verbreiteten sich hier immer wie ein Lauffeuer. Das Wrack und der Mord würden nicht lange geheim bleiben, aber er wollte sich nicht einmischen. Sollte die Polizei doch ihre Arbeit machen. Er legte ihr die Hand auf die Schulter. „Hast du Brent in letzter Zeit gesehen?" Er versuchte, die Frage beiläufig zu stellen.

Sie rollte mit der Schulter, und er nahm seine Hand weg. „Ich habe dir doch gesagt, dass ich mich nicht mehr mit deinem Bruder treffe."

„Das sagst du schon seit Jahren. Ihr kommt immer wieder zusammen."

Sie zog ihre blaue Strickjacke über ihre saubere Baumwollbluse. „Diesmal nicht." Ihre Augen sahen gequält aus. Sie versuchte zu lächeln. „Ich habe mir wohl den falschen Bruder ausgesucht, was?"

Finn zog sie in eine Umarmung. Sie war klein, zerbrechlich, zu süß für einen Mann mit Carver-Blut. Dann küsste er sie flüchtig auf den Kopf. „Du bist zu gut für uns beide."

Sie drückte ihn eine lange Sekunde fest an sich, bevor sie sich zurückzog. „Tatsächlich treffe ich mich mit jemand anderem. Nichts Ernstes. Ein Junger. Mehr Ausdauer. Weniger Skrupel. Keine emotionale Verwicklung."

„Er hat hoffentlich ein paar verdammte Skrupel. Wer ist es?"

Sie grinste ihn an. Gina war immer noch hübsch, obwohl der Glanz ihrer Augen im Laufe der Jahre abgenommen hatte. „Das geht dich nichts an – ich habe nur etwas Spaß. Es geht ihm doch gut, oder?", fragte sie plötzlich.

„Wem?"

„Brent." Sie stieß einen weiteren Seufzer aus, als er den Kopf schüttelte.

„Ich muss ihn besuchen gehen." Das war nichts, worauf er sich freute. Finn steckte die Hände in seine Gesäßtaschen.

„Er wird dich nicht gerade willkommen heißen." Sie ging und setzte sich wieder hinter ihren Schreibtisch, ganz die sittsame Bibliothekarin, die jahrelang darauf gewartet hatte, dass sein Bruder aus dem Gefängnis kam. Und dann, als er endlich herausgekommen war, hatte der Mistkerl sie sitzenlassen.

„Er will niemanden sehen. Aber dieses Mal wird er mit mir reden." Er hatte keine andere Wahl.

———

ZWANZIG MINUTEN SPÄTER BETRAT FINN THOMS BÜRO und schloss die Tür leise hinter sich. Ihre Beziehung war kompliziert, und er schuldete Thom mehr, als er jemals zurückzahlen konnte.

Thomas Edgefield hatte ihn von seinem dreizehnten Lebensjahr an aufgezogen – nachdem sein Bruder seinem Vater eine Bierflasche über den Kopf gezogen und ihn damit getötet hatte. Dank eines skrupellosen Staatsanwalts, eines beschissenen Verteidigers und eines strengen Richters war der sechzehnjährige Brent Carver als Erwachsener angeklagt und wegen Mordes zweiten Grades verurteilt worden und hatte schließlich zwanzig Jahre

Haft abgesessen. Diese Jahre im Gefängnis hatten Brent von einem liebevollen und überfürsorglichen Bruder in einen abgebrühten Ex-Knacki verwandelt, der jeglichen Versuch von Finn, in den Jahren seit seiner Verurteilung eine freundschaftliche Beziehung aufrechtzuerhalten, zurückgewiesen hatte. Als Brent dann vor drei Jahren entlassen worden war, war er zu einem kaltblütigen Fremden geworden, der nichts mehr von der unbeschwerten Art seiner Jugend hatte. Er hatte nach und nach alle, die ihm je etwas bedeutet hatten, aus seinem Leben verdrängt, und obwohl Finn schon seit fast zwei Jahren wieder in Bamfield war, hatten sie immer noch nicht wirklich miteinander gesprochen.

Finn hatte vor, das zu ändern, aber zuerst brauchte er Antworten auf einige schwierige Fragen von Thom – einem Mann, der großzügig genug gewesen war, sich eines vorlauten, rotznäsigen Bengels anzunehmen, obwohl er selbst noch unter dem Verlust seiner eigenen Familie gelitten hatte.

Thom schenkte ihm ein müdes Lächeln. „Waren die Cops schon bei dir?"

Finn betrachtete ihn genau. Thoms Gesicht hatte eine ungesunde Farbe, die vielleicht nur auf die Erschöpfung zurückzuführen war. Tiefe Furchen säumten die ledrige Haut. Die letzten vierundzwanzig Stunden waren zermürbend gewesen.

„Ich habe einer Beamtin die Leiche gezeigt. Sie sind alle draußen am Crow Point, um Beweise zu sammeln. Ich habe ihnen gesagt, dass sie hier essen können, wenn sie wollen, und uns dann auch befragen können."

„Gute Idee. Ich habe noch eine weitere Information, die ich ihnen geben wollte, über die Zeit, als Bianca verschwand–"

„Ich glaube nicht, dass dies der richtige Zeitpunkt dafür ist, Thom." Finn ließ seine Ungeduld durchblicken.

Thom musste die Bewegungen aller Personen im Dorf an dem Tag, an dem seine Frau ermordet worden war, verfolgt haben. Entweder war es ein Fremder, der Bianca angegriffen hatte, oder jemand aus dem Dorf hatte gelogen. Thom hatte sein ganzes Leben damit verbracht, zu beweisen, was davon der Wahrheit entsprach.

„Du denkst, ich bin unsensibel?", blaffte Thom. „Weil ich diesen neuen Mord dazu nutzen will, das Interesse an einem Fall zu wecken, den sie seit fast dreißig Jahren nicht lösen konnten?"

*Herr im Himmel.* Finns Gedanken kamen ins Stocken. Würde Thom sogar töten, um das Interesse am Tod seiner Frau wieder zu erwecken? Er hatte die Polizei seit Jahren dazu gedrängt, die Ermittlungen wieder aufzunehmen.

Er verengte seine Augen. Die meisten Leute dachten, Thom wäre in seiner Besessenheit durchgedreht. Finn hatte jedoch immer nur Verzweiflung in ihm gesehen. Was, wenn er sich irrte?

Finn starrte aus dem großen Panoramafenster in Thoms Büro. Es bot einen Blick auf die Station der Küstenwache und die Broken Islands. Es gab wahrscheinlich keine spektakulärere Aussicht auf der Welt, aber keiner von ihnen bewunderte sie in diesem Moment.

„Ich habe mir die Leiche genauer angesehen, als ich die Polizisten hingebracht habe." Er beobachtete seinen Vorgesetzten genau.

Thom drückte eine Hand auf seinen Bauch. „Gott. Was für eine schreckliche Sache." Er blickte auf, seine Wangen waren so hohl wie Teetassen. „Ohne dich wäre ich nicht mehr lebend aus dieser Gruft herausgekommen. Du hast mir das Leben gerettet. Ich danke dir."

„Ich hätte mich nie von dir zu einem verdammten Nachttauchgang überreden lassen sollen."

Thom hatte den Anstand, beschämt dreinzuschauen. „Wenn ich auch nur geahnt hätte, dass da unten ein Toter liegt, glaube mir, dann hätte ich nie darauf bestanden."

„Wann hast du das neue Tauchermesser bekommen?"

Der ältere Mann wirkte verwirrt über die schroffe Unterbrechung. „Ich habe es letztes Wochenende in Tofino abgeholt." Er stand auf.

„Warum?" Die Frage war wie ein Schuss aus einer Pistole, und

Thom zuckte zusammen. Finn mochte es nicht, belogen oder manipuliert zu werden. Nicht von der einzigen Person, der er vertraute.

Thom lehnte sich schwer gegen die Fensterbank. „Weil ich mein altes nicht mehr finden konnte." Seine Lippen pressten sich zusammen, sie waren blutleer. „Was ist denn los?", fragte er leise.

Finn rückte näher an ihn heran, damit ihn wirklich niemand belauschen konnte. „Ich bin mir ziemlich sicher, dass das dein altes Messer ist, das da unten aus der Leiche ragt."

Thom wurde so blass, dass Finn befürchtete, er würde einen Herzinfarkt bekommen, aber verdammt, er brauchte Antworten. „Hast du ihn umgebracht? Hast du diese ganze Sache eingefädelt, um die Cops wieder hierherzulocken?"

Thom schüttelte den Kopf. „Ich würde nie jemandem wehtun."

„Sicher?" Finns Lippen kräuselten sich. Das war so gar nicht sein Stil. „All die Mistkerle, die dich über die Jahre verspottet und verleumdet haben? Der Typ, der dich fast zu Tode geprügelt hat? Du würdest nicht wollen, dass sie auch nur ein bisschen leiden?"

„Ich glaube nicht an Gewalt. Das weißt du doch." Es war ein geflüstertes, vehementes Zischen.

„Nicht einmal, wenn es um den Mann geht, der den Kopf deiner Frau mit einem Hammer eingeschlagen und deinen kleinen Sohn und deine Tochter ermordet hat?"

Thoms Gesicht verzog sich zu einem Netz aus feinen Falten, und Finn, verspürte den starken Wunsch, ihn nicht weiter zu bedrängen, konnte es sich aber nicht leisten. Es stand zu viel auf dem Spiel.

Thom stützte sein Gesicht in beide Hände. „Ich wünsche ihm nicht den Tod. Ich will Gerechtigkeit. Ich will die Wahrheit." Sein Kiefer arbeitete krampfhaft, als wolle er sich selbst überzeugen. „Gott, vielleicht wünsche ich ihm doch den Tod."

Sein Atem stockte in der Brust, und Finns Wut verflüchtigte

sich. Er schüttelte den Kopf und zog den alten Mann in eine unbeholfene Umarmung.

„Erzähl der Polizei nichts von dem Messer", flüsterte er leise in Thoms Ohr.

Thom zog sich zurück, sein Mund stand offen. „Ich kann sie doch nicht anlügen."

„Du wirst ganz oben auf der Liste der Verdächtigen stehen, und wir beide wissen, wie viele Leute dich gerne den Wölfen zum Fraß vorwerfen würden."

Thoms Augen waren blutunterlaufen und weit aufgerissen. „Ich habe niemanden umgebracht."

„Vielleicht ist das nur ein weiterer Versuch, dich loszuwerden. An mir beißen sie sich die Zähne aus, also versuchen sie, dich auf jede erdenkliche Weise loszuwerden."

Vor zwei Jahren hatte jemand Thom fast zu Tode geprügelt, und Finn hatte seine Karriere als Soldat aufgegeben, um dafür zu sorgen, dass sich so etwas nicht wiederholen würde. Es war anscheinend immer noch nicht genug.

„Ich bin nicht so wichtig."

Finn lachte. „Du hast das organisierte Verbrechen seit Jahren im Alleingang aus Bamfield herausgehalten."

Thom schüttelte wieder den Kopf. „Ich kann die Polizei nicht anlügen. Was ist, wenn der Grund, warum sie den Mord an Bianca nicht aufklären können, darin liegt, dass jemand auch damals eine kleine Notlüge erzählt hat, von der niemand dachte, dass sie Schaden anrichten könnte?"

„Sie können den Mord an Bianca nicht aufklären, weil er vor dreißig Jahren geschah und niemand etwas gesehen hat, verdammt noch mal. Sie traf allein im Wald auf einen Verrückten mit einem Hammer." Warum konnte der Mann es nicht einfach auf sich beruhen lassen? Es war schrecklich und furchtbar, aber warum konnte er es nicht einfach sein lassen und weitermachen?

Aber das war das Einzige, was Thomas wirklich interessierte.

„Die Forensik war damals nicht das, was sie heute ist." Thom grub sich hartnäckig in eines seiner vielen wiederkehrenden Argumente ein.

Es gab nur eine Möglichkeit, und Finn hasste sich dafür. „Hör zu, wenn du den Cops sagst, dass dein Tauchermesser die Mordwaffe ist, wirst du im Gefängnis landen. Und wer wird dann weiter nach Biancas Mörder suchen? Die RCMP?"

Thoms Miene verhärtete sich. „Die haben schon vor langer Zeit aufgegeben."

„Eben. Sie wird von allen vergessen werden." Finn ergriff den Arm seines Freundes, er tat das hier zu seinem eigenen Besten. „Lass uns das ruhig angehen und herausfinden, wie und warum jemand dein Messer gestohlen hat, bevor wir es der Polizei erzählen, ja?"

„Du hast recht. Wir wissen, dass wir ihn nicht getötet haben." Der ältere Mann nickte energisch. „Ich werde auf Unwissenheit plädieren. Die Leute scheinen immer davon überzeugt zu sein, dass ich sowieso keine Ahnung habe, wovon ich rede." In seinen verblichenen grauen Augen lag ein selbstironischer Humor. Thom Edgefield war ein guter Mann, aber es gab keinen Zweifel, dass er Momente des Wahnsinns durchlebte.

„Lass uns einfach einen Deckel draufhalten, hm? Versuchen wir so zu tun, als ob keiner von uns beiden am Arsch ist."

Es klopfte, und einen Moment später steckte Sergeant Holly Rudd ihren Kopf zur Tür herein. „Darf ich hereinkommen?"

Thom warf einen Blick auf sie und fiel in Ohnmacht.

# DREI

„Was zum Teufel? Haben Sie diese Wirkung auf viele Leute?"

„Ich habe ein paar in den Hintern getreten, aber ... nein, ich bringe normalerweise niemanden dazu, ohnmächtig zu werden." Toll. Genau das, was sie brauchte.

Finn beugte sich über den bewusstlosen Mann und prüfte dessen Puls.

„Ist er in Ordnung?"

„Ich weiß es nicht. Sein Puls ist stark. Atmung gleichmäßig. Keine Vorgeschichte von Herzproblemen. Seine Gesichtsfarbe ist nicht gut, aber wir waren beide die ganze Nacht wach, also ist er vielleicht nur müde. Ich glaube, er kommt wieder zu sich." Er lehnte sich auf seine Fersen zurück. „Gladys!", rief er.

„Ist das die Sekretärin? Sie ist nicht mehr da." Holly neigte ihren Kopf, um in das leere Vorzimmer zu sehen.

Finn zückte sein Handy. „Sie sollten besser gehen. Ich hole den Arzt."

Sie bemerkte, wie er schützend bei dem Mann blieb. Oh, Mann, hatte sie ihn vorhin falsch eingeschätzt. Ein Anflug von

Erleichterung überkam sie. „Wie lange sind Sie beide schon zusammen?"

„Ich bin vor ein paar Jahren hierher zurückgekommen, um zu arbeiten." Er hielt einen Moment inne, und seine Pupillen weiteten sich, als er sie ansah. Dann verzogen sich seine Lippen zu einem verärgerten Lächeln. „Sie denken, ich und er sind ..."

„Schwul?" Ihre Stimme klang krächzend.

„Wirklich?" Er ließ seinen Blick über ihren Körper wandern, und sie spürte eine plötzliche Hitzewallung, als das Blut ihre Haut durchströmte. „Denken Sie das tatsächlich?"

„Na ja, Sie wuseln um ihn herum wie eine alte Ehefrau. Ich dachte nur ..."

„Ha. Eine alte Ehefrau?" Seine hellen Augen sahen nun aus wie blaue Tinte. „Nun, da haben Sie falsch gedacht, Sherlock. Er ist ein Freund von mir. Und ich kümmere mich gut um meine Freunde."

Holly fühlte sich plötzlich dumm. Und ein wenig bedroht, obwohl er sich keinen Zentimeter bewegt hatte. Seine kräftige Statur und die kontrollierte Art, wie er sich bewegte, hatten etwas an sich, das darauf hindeutete, dass er jede Situation beherrschen konnte. Als Schwarzgurt im Aikido und Boxmeisterin in ihrer Gewichtsklasse hatte sie nicht viel zu befürchten. Sie wusste, dass er sie verletzen konnte, wenn er wollte, aber sie war nicht bereit, klein beizugeben, nur weil ein Kerl größer war als sie selbst. Schmerz war ein Teil des Lebens; es kam darauf an, wie man mit ihm umging.

Der Blick auf seinem Gesicht war grimmig. „Sagten Sie nicht, dass Sie eine gute Polizistin sind?"

Ihre Lippen zogen sich zu einer Linie zusammen. „Ich *bin* eine gute Polizistin."

„Nun, Ihre Instinkte scheinen ziemlich im Eimer zu sein."

„Vielleicht haben Sie sich einfach noch nicht geoutet?"

Sein Lachen ließ ihr einen heißen Schauer über den Rücken laufen. Sie hatte geblufft, und sie wussten es beide. „Tun Sie mir einen Gefallen und suchen Sie nach handfesten Hinweisen, anstatt halbherzige Vermutungen anzustellen. Thom ist wie ein Vater für mich. Ich bin genauso hetero wie Sie." Ihre Blicke trafen sich, und ihr Mund wurde staubtrocken. Sie musste ihren Blick abwenden.

Holly hatte sich gewünscht, dass er schwul wäre. Ein heißer, schwuler Kerl. Das wäre absolut fantastisch gewesen, aber wieder einmal war das Glück nicht auf ihrer Seite. Es amüsierte ihn, das konnte sie sehen. Offensichtlich war er von ihren Fähigkeiten nicht sonderlich beeindruckt, aber trotz allem knisterte es zwischen ihnen. Es war so offensichtlich wie Blitze in einer mondlosen Nacht.

Sie hob ihr Kinn an. „Es war ein mögliches Szenario."

„Bianca?" Thom Edgefields Stimme rasselte in seiner Kehle. Holly hatte den armen Mann fast vergessen. Seine Augen weiteten sich, und er starrte sie an, als hätte er einen sprichwörtlichen Geist gesehen.

Finns Blick fokussierte sich auf ihre Züge. Dann schaute er zurück zu dem älteren Mann. „Das ist nicht Bianca, Thom. Das hier ist Sergeant Holly Rudd. Sie ist eine Polizistin."

„Wer ist Bianca?", fragte sie.

Professor Edgefield versuchte, aufzustehen, aber Finn drückte ihm eine Hand auf die Brust. „Bleib ganz ruhig. Sie ist es nicht."

„Von wem redet er? Wer ist Bianca?"

Keiner der beiden Männer sprach. Als der alte Mann sich nicht beruhigen wollte, half Finn ihm auf die Beine, und er stürzte unsicher auf sie zu. Plötzlich wurde ihr bewusst, dass sie allein in einem Raum mit zwei möglichen Verdächtigen war. Ihre Hand ruhte auf ihrem Elektroschocker.

„Nicht", sagte Finn fest, bewegte sich aber nicht auf sie zu. *Schlauer Kerl.* „Er wird Ihnen nichts tun."

„Sir", sprach sie den Professor in scharfem Ton an, „Sie müssen einen Schritt zurücktreten." Thom umklammerte ihre Finger, als wollte er ihre Hand halten. Unbehagen kroch unaufhaltsam über ihre Haut.

Finn musste ihren Mangel an Belustigung erkannt haben, denn er packte den Mann und zerrte ihn entschlossen in einen Sessel.

„Das ist nicht Bianca, Thom. Das ist sie nicht. Bianca ist tot, erinnerst du dich?"

*Whoa.* „Tot?"

Der alte Mann starrte sie nur an, als wäre er plötzlich taub und stumm geworden.

„Seine Frau. Ermordet vor Jahren, zusammen mit ihrem kleinen Sohn im Wald." Finn ruckte mit dem Kopf in Richtung der Stadt. „Die Leiche seines kleinen Mädchens wurde nie gefunden, und obwohl ich es vorher nicht erkannt habe, sind Sie der Frau wie aus dem Gesicht geschnitten."

„Mein Vater lebt und befindet sich in Vancouver." Seine DNA prägte jeden Tag ihres Lebens. Jede Entscheidung, die sie je getroffen hatte.

Thomas Edgefields graue Augen blickten in die ihren, und es war beunruhigend festzustellen, dass ihre Augen genau denselben Farbton aufziehender Sturmwolken hatten. „Das mit Ihrer Familie tut mir leid, Professor, aber ich bin nicht Ihre verloren geglaubte Tochter. Ich bin die leitende Ermittlerin in einem Mordfall." Sie schluckte ihr Mitleid mit dem Mann hinunter. Sie hatte eine Aufgabe zu erledigen. „Ich muss Ihnen ein paar Fragen zu letzter Nacht stellen. Zu der Leiche, die Sie gefunden haben. Sind Sie dazu in der Lage, oder soll ich warten, bis Sie einen Arzt aufgesucht haben?"

„Besser erst, nachdem der Arzt ihn untersucht hat", entschied Finn mit fester Stimme.

„Ich bin nicht krank. Ich hatte nur einen kleinen Schock." Edgefields Blick blieb an Finns hängen, und er tätschelte die Hand, die immer noch sein Hemd hielt. „Du kannst mich jetzt loslassen. Ich bin wieder ganz bei mir." Er stieß ein leises Lachen aus, das Finn einen finsteren Blick entlockte, bevor er ihn losließ.

Finn warf Holly einen starrköpfigen Blick zu und schüttelte

verärgert den Kopf. „Möchten Sie erst mit mir oder mit ihm reden?“

„Mit ihm zuerst. Wenn das in Ordnung ist, Professor?“

„Ich würde mich gerne mit Ihnen unterhalten, Officer.“

Sie holte ein digitales Aufnahmegerät und einen Spiralblock hervor. „Stört es Sie, wenn ich diese Sitzung aufnehme?“

„Überhaupt nicht. Ganz und gar nicht.“ Edgefield rieb seine Handflächen an den Oberschenkeln auf und ab.

Holly erschauderte. Er stieß sie auf einer subtilen Ebene ab. Und das beschämte sie, weil er offensichtlich einen enormen Verlust erlitten hatte. Sie richtete ihre Aufmerksamkeit auf Finn. „Wo finde ich Sie, wenn ich fertig bin?“

Seine Augen leuchteten mit kontrollierten Emotionen. „Ich warte draußen auf den Arzt und schicke ihn dann rein.“ Er wollte sie offensichtlich nicht allein lassen, aber sie war hier die Verantwortliche. „Hütte sechzehn. Sie sind alle nummeriert, sodass Sie nicht allzu viele detektivische Fähigkeiten einsetzen müssen, um mich zu finden.“ *Witziger Mann.*

Er zeigte mit einem Finger auf seinen Vorgesetzten. „Der Arzt wird in fünf Minuten hier sein. Wenn es ein echter Notfall wäre, wärst du schon tot, aber lass dich trotzdem untersuchen.“

Thom nickte. Seine Sekretärin stand plötzlich mit einem schockierten Gesichtsausdruck in der Tür.

„Heilige Mutter Gottes.“ Sie bekreuzigte sich, während sie auf Hollys Gesicht starrte. „Ich kann nicht glauben, dass ich das nicht vorher gesehen habe.“

Nun, *das* war beunruhigend.

„Würdest du uns bitte einen Tee oder Kaffee holen, Gladys?“, fragte der Professor.

Finn Carver wandte seinen Blick nicht von Holly ab, als er zur Tür ging. Er hatte wunderschöne Augen. Ehrliche Augen, die direkt in ihre Gedanken zu sehen schienen. Gerade als sie dachte, er würde gehen, blieb er neben ihr stehen. Er lehnte sich dicht an ihr Ohr, und sie zwang sich, nicht zurückzuweichen. „Er hat in den letzten Jahren viel durchgemacht. Er hat mehr ertragen, als ein Mann ertragen sollte. Behandeln Sie ihn sanft, oder ...“

„Oder was?“ Sie drehte sich ruckartig um und sah ihn an. Die blauen Augen waren starr wie Stein. Seine Lippen waren nur wenige Zentimeter von ihren entfernt. Ein primitiver Schauer glitt über ihre Haut.

„Oder Sie werden es mit mir zu tun bekommen.“

„Mr. Carver, wollen Sie mir drohen?“

Seine Lippe kräuselte sich. „Ich bedrohe keine Frauen. Ich will nur nicht, dass Sie eine ohnehin schon schlechte Situation mit Ihren überzogenen Schlussfolgerungen noch schlimmer machen.“

„Sagen Sie mir nicht, wie ich meine Arbeit machen soll.“ Ihre Kiefermuskulatur verspannte sich vor Wut, als sie sich gegenseitig anstarrten.

„Dann machen Sie Ihre Arbeit.“ Sein Blick wanderte zu ihren Lippen. Ein weiterer Schuss sexueller Erregung ließ ein Kribbeln durch Hollys Körper jagen. Ihr Herz pochte heftiger, und sie richtete sich auf. Er nutzte seine animalische Anziehungskraft, um zu beweisen, dass sie sich geirrt hatte. Aber er könnte es auch nur vortäuschen. Verdammt, manche Männer schienen in der Lage zu sein, das wie einen Wasserhahn auf- und zuzudrehen. Wie auch immer, sie war sauer.

„Es wäre eine tolle Abwechslung, wenn die Cops hier mal einen Mörder fangen würden.“

Sie erwiderte seine grimmige Intensität mit ihrer eigenen. „Ich werde diesen Mörder finden, Mr. Carver. Wer auch immer es sein mag. Sie können sich darauf verlassen.“

———

Gina Swartz legte ihren Kopf auf die Brust ihres Liebhabers und ließ ihre Finger darüber gleiten. Sie hatten nur eine Stunde Zeit. Er war ursprünglich vorbeigekommen, um ihre

Klempnerarbeiten durchzuführen. Geendet hatte es dann aber damit, dass er ihr gebrochenes Herz repariert hatte.

„Finn Carver hat mich heute besucht." Ein Grunzen war die einzige Antwort.

„Er hat gefragt, ob ich jemandem erzählt habe, was er sich letzte Woche in der Bibliothek angeschaut hat."

Die Muskeln unter ihrer Hand spannten sich an. „Was hast du ihm gesagt?"

Ihre Hände glitten über die straffe, glatte Haut. „Ich habe ihm gesagt, dass ich niemandem ein Wort verraten habe. Hast du eine Ahnung, was das mit den ganzen Polizisten auf sich hat?" Ihre Hände glitten unter die Decke, und er stöhnte und schloss die Augen.

„Wenn du so weitermachst, wird es nur eine Sache geben, die hier gleich los ist." Er zog ihren Mund zu einem langen, heißen Kuss auf seinen. „Erzähl niemandem etwas von uns oder den Bullen. Ich will nichts mit Finn Carver oder seinem verrückten Bruder zu tun haben."

„Man könnte denken, du würdest dich für mich schämen." Sie drückte ihre Finger zusammen, fest, zum Teil als Strafe dafür, dass er Brent erwähnt hatte, während sie nackt in ihrem Bett lagen.

Seine Fersen drückten gegen die Matratze, die Oberschenkel waren stark und muskulös. Er stöhnte. „Ich will nicht, dass die Leute ihre Nasen in Dinge stecken, die sie nichts angehen." Das Stöhnen verwandelte sich in ein Knurren. Er schwitzte und spannte sich in lustvoller Qual an. „Das geht niemanden sonst etwas an."

„Ich werde kein Wort sagen. Warum sollte ich?" Das war ihre Sache. Es hatte lange gedauert, aber sie fühlte sich wieder ganz. Gina hatte ihre Vergangenheit endlich dort gelassen, wo sie hinge-hörte. Sie fuhr mit ihrer Zunge über sein Ohrläppchen. „Das letzte Mal ist noch nicht so lange her. Ich denke, du könntest hier ein wenig Hilfe gebrauchen." Er lachte, als er heiß und steif gegen ihre Handfläche zuckte.

„Du kannst mir immer gerne helfen." Ein verruchtes Grübchen erschien an der Seite seines herrlichen Mundes. „Ich kann sowieso nicht mit dir mithalten."

„Gut." Sie schlüpfte unter die Decke und nahm ihn in den Mund. Sie hatte mit diesem Mann Dinge getan, die sie bis vor ein paar Wochen nicht für möglich gehalten hatte, und das gab ihr ein Gefühl der Macht. Seine Hände umfassten ihren Kopf, als er sie dazu drängte, ihn tiefer zu nehmen. Sie genoss die Macht, die es ihr gab, das Wissen, dass sie ihn mit ein paar gut platzierten Stößen in die Knie zwingen konnte. Er füllte die leeren Stellen in ihr. Er ließ sie den einen Mann vergessen, den sie ihr ganzes gottverdammtes Leben lang von ganzem Herzen geliebt hatte.

Aber jetzt nicht mehr.

An manchen Tagen brachte ihr neuer Liebhaber ihr Blumen und behandelte sie wie eine Dame. An anderen Tagen war er grob und fickte sie wie eine Hure. Sie spielten erotische Spiele. Es war aufregend, und sie wusste nie, in welche Richtung sich seine Fantasien entwickeln würden. Sie hatte entdeckt, dass sie selbst ein paar Fantasien hatte, die er gerne erforschte. Gina sehnte sich nach der Ablenkung durch ihn wie nach einer Droge. Sie gab sich dem Rausch mit wilder Hingabe hin, aber sie war nicht süchtig. Sie wollte nie wieder nach einem Mann süchtig sein.

———

Sie tranken Tee. Aus einer Kanne. Mit Porzellantassen und Untertassen. Es erinnerte sie schmerzlich an ihre Mutter, die vor achtzehn Monaten an Bauchspeicheldrüsenkrebs gestorben war. Jetzt gab es nur noch sie und ihren Vater, ihre alles verzehrende Arbeit und ihren jährlichen Vater-Tochter-Urlaub.

Er war alles, was sie hatte. Und sie würde ihn nicht im Stich lassen.

Professor Edgefields Hautfarbe war jetzt besser, seine Wangenknochen leuchteten rosa. Der örtliche Arzt war gekommen und gegangen und hatte dem Professor gesagt, er müsse so schnell wie möglich zu einer vollständigen Untersuchung in die Praxis kommen.

Jetzt saßen sie sich in bequemen Stühlen gegenüber und schwiegen unbehaglich. Edgefields Blick wich nicht von ihrem Gesicht.

Holly nippte an ihrem Tee und begann. „Also, erzählen Sie mir, was passiert ist."

„Die Polizei hat Kopien all meiner Akten. Ich schicke ihnen regelmäßig Updates." Er wollte aufstehen und nach etwas greifen, aber sie hielt ihn auf.

„Nein, Professor." Sie winkte ihn zu seinem Platz zurück. „Von gestern Abend. Erzählen Sie mir, was genau passiert ist."

Verständnis glitt über seine Züge. Er schloss die Augen, als ob er Schmerzen hätte. „Es tut mir leid. Es ist nicht so, dass es mir egal wäre, dass der arme Mann ermordet wurde. Ich bin es nur gewohnt, an meine eigene Familie zu denken."

„Ich verstehe."

Es gab eine weitere unangenehme Pause – denn wie konnte sie wirklich annehmen, dass sie verstand, was er durchgemacht hatte?

„Sehen Sie Ihren Eltern ähnlich?", fragte er.

„Es geht jetzt nicht um mich, Professor."

„Nein, natürlich nicht." Sein Adamsapfel wippte in seiner mageren Kehle auf und ab. Er sah aus wie ein kranker Mann – hohl, schmächtig, substanzlos. „Nun, schauen wir mal. Gestern Abend habe ich den Tauchmeister der Marinestation – das ist Finn – angewiesen, mich nach Crow Point zu bringen, um ein Wrack zu erforschen, das wir dort vor etwa zehn Tagen gefunden haben."

„Sie haben anderen Leuten von diesem Wrack erzählt?"

„Haben wir nicht." Seine Augen waren jetzt intelligent und scharf.

„Warum nicht?"

„Weil ich nicht wollte, dass es gestört wird." *Warum nicht?*

„Haben Sie einen Schatz gefunden, Professor?"

„Nennen Sie mich doch Thom. Und ja, wir haben einen Schatz gefunden." Er zwinkerte.

Sie lehnte sich in ihrem Stuhl zurück. Aus diesem Kerl Informationen herauszubekommen, war wie eine Schachpartie. Er verheimlichte etwas. „Es gibt Regeln für die Bergung. Haben Sie deshalb niemandem davon erzählt? Haben Sie gegen das Gesetz verstoßen und jetzt Angst, dafür verhaftet zu werden und vielleicht Ihren Job zu verlieren? Der Schatz ist mir egal, Thom. Mich interessiert nur, wie dieser Mann gestorben ist."

Sein Gesichtsausdruck war fast mitleiderregend. „Es ist nicht so, wie Sie denken."

Sie nahm all ihre Geduld zusammen und blickte stirnrunzelnd auf ihren Notizblock. „Was genau denke ich denn?"

„Dass Finn und ich dort unten Gold oder wertvolle Edelsteine gefunden haben. Dass wir vielleicht jemand anderen dort unten entdeckt und ihn getötet haben, um den Schatz zu schützen. Aber ich kann Ihnen versichern, dass das *nicht* der Fall ist."

Der Tote war nicht gestern umgebracht worden, also hatten sie ihn nicht während dieses Tauchgangs ermordet. Der Gerichtsmediziner schätzte, dass er mindestens vier oder fünf Tage tot war.

„Das Unterwasser-Bergungsteam hat keinen Schatz gefunden, Thom. Was ist dann damit passiert?"

„Des einen Schatz ist des anderen ...", wieder eine irritierende Pause, „... Schrott. Wir haben niemandem davon erzählt, weil ich nicht wollte, dass jemand das Wrack stört." Sein Gesichtsausdruck verwandelte sich in tiefe Besorgnis. „Der Schaden, der bereits angerichtet wurde, ist wahrscheinlich irreparabel."

„Besonders bei dem Toten", bemerkte Holly ironisch.

„Wie alt sind Sie?"

Sie runzelte die Stirn. „Ich gebe keine persönlichen Informationen heraus."

„Zweiunddreißig?"

Sie zuckte zusammen. Es war nur ein Glückstreffer. „Haben

Sie vielleicht noch jemanden gesehen, als Sie auf dem Weg zum Tauchplatz waren?"

Thoms Augen wanderten nach oben und nach rechts, als würde er in seinem Gedächtnis kramen. „Wir sahen ein paar Boote in der Ferne. Niemand war an Land oder in der Bucht."

„Und Sie sind sicher, dass Sie niemandem von diesem Wrack erzählt haben?"

„Ich bin mir absolut sicher."

„Was ist mit Mr. Carver. Hat er es jemandem erzählt?"

„Finn würde nicht wollen, dass das Wrack unerfahrene Taucher anzieht. Die Tatsache, dass er Sie mitgenommen hat, ist übrigens ein großes Kompliment. Wie lange tauchen Sie schon?"

Sie gab es auf, ihn daran zu erinnern, dass ihr Privatleben ihn nichts anginge. „Sie und Carver scheinen sich ziemlich gut zu verstehen."

„Wir sind uns gegenseitig sehr verbunden." Das letzte Wort klang falsch, als es von seinen Lippen kam. „Ich nahm ihn auf, als sein Vater ermordet wurde."

*Ermordet?* Sie hatte so viele Fragen, aber sie musste am Ball bleiben und herausfinden, was sie in dem Wrack gefunden hatten.

„Warum haben Sie ihn aufgenommen?"

„Es gab sonst niemanden. Ich hatte Platz." Sein Lachen war freudlos.

Sie brauchte viel mehr Informationen, als sie bis jetzt hatte sammeln können. Über Edgefield. Über Carver. Ersterer war ein hervorragender, wenn auch verrückter Wissenschaftler, letzterer war beim Militär gewesen und hatte nie Probleme mit dem Gesetz gehabt. Mehr gab es bisher nicht, aber sie hatte für beide eine sorgfältige Hintergrund-Überprüfung beantragt.

„Erzählen Sie mir von diesem Schatz."

„Besser noch." Ein Grinsen erhellte sein Gesicht, als er aufstand und sich eine Windjacke schnappte. „Ich zeige es Ihnen."

Holly zog ihre dunkelblaue Polizeijacke an und folgte ihm zur Tür. Die Sekretärin warf ihr noch einen dieser seltsamen Blicke zu, dann sagte sie Thom, dass sie für heute nach Hause gehen würde. Andere Leute gingen ein und aus und warfen ihr neugierige Blicke zu, als sie dem Direktor die gefühlt tausend Stufen hinunter folgte, dann eine Tür aufstieß und von dem lebhaften Wind, der vom Sound herüberwehte, durchgeschüttelt wurde. Sie blickte über die Bucht zur Station der Küstenwache. Ein Weißkopfseeadler saß auf der Spitze einer massiven Kiefer und starrte aufs Meer hinaus. Es war noch hell, aber die Sonne begann, am Horizont unterzugehen. Sie gingen weitere Stufen hinunter, bis sie das Wasser erreichten. Edgefield tippte einen Code ein und betrat ein quadratisches, modernes Gebäude. Es war keine Menschenseele zu sehen.

Der Innenraum war schwach beleuchtet und bis auf das Dröhnen der Geräte im Hintergrund still. Er knipste die Lichtschalter an. „Um diese Jahreszeit ist es hier unten sehr ruhig, genau richtig für das, was ich vorhabe."

Plötzlich schienen die Stille und die Isolation sie zu erdrücken. Holly hatte einen taktischen Fehler begangen. Winslow, Malone und Chastain gingen von Tür zu Tür und führten Befragungen durch. Staff Sergeant Furlong und Corporal Rachel Messenger hatten sich auf den Weg gemacht, um mit der Gemeinschaft der Ureinwohner südlich des Unglücksortes zu sprechen.

Der Professor legte den Finger auf die Lippen und drängte sie hinein.

Die kühle Luft in ihrem Rücken war besser als das Unbehagen, das sie darüber empfand, mit diesem exzentrischen Mann allein zu sein. Sie entsicherte ihren Taser und legte ihre Handfläche auf die Waffe. Sie hatte ihre Position ihren Kollegen gegenüber nicht mitgeteilt, hatte nicht erwartet, das Hauptgebäude zu verlassen. Sie beäugte den Rücken des Professors mit seinem schütteren Haar. Sie könnte es mit ihm aufnehmen.

Sie gingen eine Treppe hinauf. Hier stank es nach Antiseptika und Salzlake. An jeder Wand waren Warnschilder über Chemikalien und Strahlung angebracht.

„Hier ist es." Das Leuchten in seinen Augen grenzte ans Fieberhafte. Der Kerl sah sie an, als wäre sie seine lange verschollene Tochter oder – schlimmer noch – eine wiedergeborene Ehefrau direkt aus dem Grab.

Holly nahm sich vor, fünfzigtausend Volt in seinen Körper zu jagen, falls er irgendetwas versuchen sollte.

„Gehen Sie weiter." Sie ruckte mit dem Kinn, um ihm zu signalisieren, dass er sich weiter vorwärtsbewegen sollte. Sie erwartete fast, dass Finn Carver aus dem Schatten springen und sie zu Boden stoßen würde. Alle Sinne waren in höchster Alarmbereitschaft, und ihr Herz klopfte unregelmäßig. Sie richtete sich auf und spannte sich innerlich an. Er konnte es ruhig versuchen.

Der Professor schritt zu einem Fischbecken. „Sie dürfen noch niemandem davon erzählen", bat er ernsthaft, als ob sie eine Ahnung hätte, wovon er sprach.

Er beugte sich näher an das Becken heran und knipste ein Licht an. Langsam erwachte das Aquarium zum Leben, und sie entdeckte mehrere ungewöhnliche Kreaturen, die im Wasser herumschwammen. Sie waren schwarz mit gelben Flecken und violetten Rändern.

„Exquisit, nicht wahr? Wir haben sie gesehen, als wir das Wrack zum ersten Mal betaucht haben, aber ich musste im Labor genau die richtigen Bedingungen schaffen, bevor ich es riskieren konnte, sie an die Oberfläche zu bringen."

„Seeschnecken?" Sie versuchte, den Zweifel aus ihrer Stimme zu verbannen.

„Eine bisher unentdeckte Art von Nacktschnecken." Er strahlte.

„*Das* ist Ihr Schatz?" Ihr Puls pochte so laut in ihren Ohren, dass sie sich wie eine verdammte Närrin fühlte.

Er nickte. „Sie sehen also, dass der Schatz für niemanden einen finanziellen Wert hat. Und schon gar kein Motiv für uns darstellt, jemandem davon zu erzählen."

*Verdammt.* Das machte Sinn. Oder es war ein verdammt guter Trick, weil sie eine Seeschnecke nicht von einer anderen unterscheiden konnte. Sie würde es herausfinden. „Danke für Ihre Zeit, Professor."

„Es war mir ein Vergnügen, Sergeant Rudd." Und immer noch schweiften seine Augen über ihr Gesicht wie die Fühler einer Kakerlake. „Werden Sie die Ermittlungen zum Mord an meiner Frau wiederaufnehmen?"

Der Mann war hartnäckig, das musste sie ihm lassen. „Ich werde die Akten nach Ähnlichkeiten durchsuchen, wenn ich Zeit habe, aber ich bezweifle, dass da etwas zu finden ist."

Er packte ihren Arm und krallte sich mit den Fingernägeln in den Ärmel ihrer Jacke. „Sind Sie denn nicht einmal im Entferntesten neugierig?" Seine Augen brannten mit einer undefinierbaren Inbrunst.

Sie löste sich aus seinem Griff und verzichtete darauf, ihn wegen Angriffs auf einen Polizeibeamten zu verhaften.

Sie empfand vor allem Mitleid mit ihm. „Ich werde mir den Fall ansehen, aber nach so langer Zeit ist die Chance, den Mord an Ihrer Frau aufzuklären, leider äußerst gering."

In seinen blutunterlaufenen Augen schwamm der Kummer.

„Es tut mir leid." Holly machte auf dem Absatz kehrt und ging davon. Sie mochte es nicht, wenn man sie verunsicherte. Sie mochte es nicht, aus dem Tritt gebracht zu werden. Das war nicht die Art, wie Polizisten Fälle lösten. Das Geräusch von herzzerreißendem Elend folgte ihr die Treppe hinunter und zur Tür hinaus.

---

Finn saß in der Dunkelheit und trank ein kaltes Bier. Er konzentrierte sich auf die Frau, die seine Treppe heraufschlich. Sie bewegte sich leise, vielleicht wollte sie ihn überrumpeln. *Viel Glück dabei.*

Sie bog um die Ecke und sog erschrocken den Atem ein, als sie ihn in einem Leinenstuhl vor seiner Haustür sitzen sah.

„Möchten Sie ein Bier?" Er griff nach einem ungeöffneten Bier, das neben ihm auf dem Boden stand.

Sie schüttelte den Kopf. „Ich bin im Dienst."

Er stellte es zurück. „Und was machen Sie so, wenn Sie nicht im Dienst sind, Sergeant Rudd?"

Sie musterte ihn, als ob sie sich entscheiden wollte, welchen Standpunkt sie einnehmen sollte. Knallhart oder freundlich. „Letzte Woche habe ich zum Beispiel Tauchen gelernt."

„Warum?"

Sie lachte, und der Klang flackerte über seine Haut wie Elektrizität. Er wünschte, sie hätte sich für die harte Tour entschieden.

„Warum lernt jemand tauchen?"

Um feindliche Stellungen heimlich zu infiltrieren. Um Sprengstoff anzubringen und Schiffe lahmzulegen, die man nicht fahren lassen wollte. Um Abhörgeräte und/oder Peilsender anzubringen. Um feindliche Kommunikationssysteme auszuschalten. Um coole Tiere unter Wasser zu beobachten. Die Liste war endlos.

Er lehnte sich in seinem Stuhl zurück und beobachtete sie so aufmerksam, als würde er einen Hammerhai beobachten. „Sie haben heute da unten gute Arbeit geleistet ...", sie begann bei seinem Lob zu lächeln, „... bis Sie sich am Ende dumm verhalten haben."

Ihre Lider fielen tiefer über die Augen und verdeckten ihre Reaktion. „Sie haben recht. Ich habe mich danebenbenommen. Es tut mir leid."

Zerknirschung war bei ihr keine natürliche Reaktion und hielt nicht lange an.

Ihr Grinsen war ansteckend. Sie setzte es bewusst ein, und das störte ihn. Sie benutzte ihr Lächeln, um die Leute zu überlisten, und es gefiel ihm nicht, dass es bei ihm genauso funktionierte wie bei allen anderen.

„Sie sind ziemlich witzig, Mr. Carver. Ich sage Ihnen, dass ich vorbeikomme, um Sie über einen Mord zu befragen, und Sie versuchen, das Thema zu wechseln, indem Sie meine Tauchleistung kritisieren.“

„Tauchleistungen sind nun einmal meine Spezialität.“ Er hielt ihren Blick fest, ohne zu lächeln. Die Worte waren voller sexueller Anspielungen, und er ließ diese Bilder wirken. Er wollte sie verunsichern, ablenken. Er war bereit, alles zu tun, was nötig war, um sie aus dem Konzept zu bringen. Genauso wie sie ihr Lächeln einsetzte, um zu bekommen, was sie wollte.

Ihr Grinsen wurde noch breiter. „Hat man Ihnen das bei den Special Forces beigebracht?“

Er lächelte schließlich zurück. Touché. „Spielen wir jetzt Ratespielchen, Süße?“

„In Ihrer Militärakte steht das mit den Special Forces.“

Er ließ ihren Blick nicht los. „Ich darf nicht darüber sprechen. Das ist gegen die Regeln.“ Er nahm einen weiteren Schluck Bier, das dunkel und bitter auf seiner Zunge schmeckte.

„Halten Sie sich immer an die Regeln, Finn?“

„Das tue ich, Holly. Immer.“ Er sagte nicht, an wessen Regeln.

„Warum haben Sie dann nicht gemeldet, dass Sie ein Wrack gefunden haben?“

Seine Schultern zuckten hoch. „Thom wollte die Möglichkeit haben, ein paar Exemplare zu sammeln, bevor wir uns an die Küstenwache wenden. Sobald die Tauchwelt von einem neuen Wrack hört, stürzen sich alle darauf. Ich nehme an, er hat Ihnen seinen Schatz gezeigt?“ Sie nickte. „Kaum wert, dafür zu töten, oder?“ Er zuckte wieder mit den Schultern und spürte, wie das Gewicht der Schuld schwer auf seinen Schultern lastete. „Ich dachte, es würde nichts ausmachen, wenn wir ein paar Wochen warten.“

Ihr Haar war tiefschwarz im Schatten und zu einem strengen Zopf im Nacken geflochten. Keine Spielchen. Professionell. Trotzdem sah sie heiß aus in dieser Uniform, mit ihrem Polizeiabzeichen und dem goldenen Streifen an der Seite ihrer Hose. Und sie schien gut mit den Waffen an ihrer Hüfte umgehen zu können.

Finn mochte Menschen, die für sich selbst und für andere einstehen konnten. Ihre Gesichtszüge waren ungeschminkt, aber ein solches Gesicht brauchte kein Make-up oder Verschönerungen. Er hatte immer das natürliche Aussehen bevorzugt. Ihr selbstbewusstes Auftreten und ihre Autorität machten ihn ebenfalls an, wie er nur ungern zugab. Und trotz ihrer vorherigen Annahme, würde er wetten, dass sie eine gute Polizistin war.

Doch nichts davon spielte eine Rolle.

Das Einzige, was zählte, war, sie weit weg vom Marinelabor zu halten und, was noch wichtiger war, weit weg von Thom. Ihre unheimliche Ähnlichkeit mit Bianca Edgefield war ein Joker, auf den der ältere Mann sicher ansprang. Das Wiederaufflammen einer Hoffnung, die schon fast erloschen war.

„Wracktauchen kann süchtig machen. Glauben Sie, dass Sie süchtig werden?" Er ließ seinen Blick träge über ihren Körper wandern; lange Beine, eine schlanke Taille, ein schöner runder Hintern, der gut in seine Hände passen würde, wenn er ... *Whoa!* Das war nicht das, was er zu tun vorhatte.

„Es hat Spaß gemacht." Sie lehnte sich gegen das Geländer, ohne sich zu verstecken, aber auch ohne eine Einladung auszusprechen. „Ich kann verstehen, warum es die Leute anregt."

Er nahm einen Schluck Bier, in der Hoffnung, seine Fantasie abzukühlen. „Falls es Sie interessiert ... ich war heute Morgen beeindruckt. Ich tauche lieber mit einem Anfänger mit Mumm als mit einem erfahrenen Taucher ohne Rückgrat."

„Machen Sie mir ein Kompliment, Mr. Carver?"

„Vielleicht versuche ich nur, Ihnen an die Wäsche zu gehen."

Sie lachte, aber ihr Blick glitt von ihm weg. „Das wird nicht passieren. Fantasieren Sie ruhig weiter. Ich bin Polizistin, und Sie sind Teil dieser Ermittlung."

„Ist das der einzige Grund?" Seine Stimme klang schroff.

Sie antwortete nicht. Die Nachtluft war kühl um sie herum, aber Finn spürte die Kälte nicht.

„Bin ich ein Verdächtiger?"

„Ich habe es Ihnen bereits gesagt. Jeder ist ein Verdächtiger. Haben Sie etwas über das Schiff herausgefunden? Wie es hieß oder wie lange es schon da unten liegt? Was es geladen hatte?"

Er schüttelte den Kopf. „Die Küstenwache wird es wahrscheinlich in fünf Minuten herausbekommen, aber ich konnte nichts finden."

„Sie haben sich also erkundigt?"

„Ich habe Online-Datenbanken durchsucht und eine Reihe von Karten in der örtlichen Bibliothek und einige historische Referenzen ausgeliehen. Ich habe *nicht* herumgefragt."

Sie verzog das Gesicht. Das wäre ihre nächste Frage gewesen.

Er wollte ihr nicht sagen, dass Gina gesehen haben könnte, was er vorhatte. Auf keinen Fall würde eine süße Frau wie Gina einen Mann mit einem riesigen Tauchermesser erstechen. Und wenn sie jemanden hätte ermorden wollen, dann wäre es sein Bruder gewesen, und zwar schon vor Jahren.

„Haben Sie irgendetwas an der Ausrüstung erkannt, die der Tote trug?"

Finn hob sein Bier an und nahm einen weiteren eiskalten Schluck. „Nein."

Sie schaute ihn scharf an. „Könnte seine Ausrüstung von der Marinestation stammen?"

„Natürlich." Finn zuckte mit den Schultern. „Aber seine Sauerstoffflaschen fehlten, und das wäre wohl das Eindeutigste, was ich erkennen würde." Bei Flaschen und Atemreglern war er sehr vorsichtig, bei allem anderen weniger. „Wenn Sie wollen, mache ich morgen eine Inventur, aber wir haben eine Menge Ausrüstung und ein Fundbüro, in das die Leute immer wieder hineinschauen. Den Bleigürtel habe ich nicht erkannt, und der Anzug war etwas, aus dem ich Flicken gemacht hätte."

„Was ist mit dem Messer?"

„Es sah aus wie tausend andere Tauchermesser." Er erhob sich und machte einen Schritt auf sie zu. „Wie ging es Thom, als Sie bei ihm fertig waren?"

Ihre Augen verfolgten ihn aufmerksam. „Er war verärgert."

„Hat er Sie gebeten, die Ermittlungen zum Mord an seiner Frau wiederaufzunehmen?"

Sie nickte und biss sich auf die Lippe.

„Dachte ich mir." Das Schweigen dauerte ein paar Augenblicke. „Er wird darüber hinwegkommen. Glauben Sie mir, er ist an Enttäuschungen gewöhnt."

„Der Professor erwähnte, Sie seien nach dem Tod Ihres Vaters zu ihm gezogen. Wann war das?"

Spannung knisterte zwischen ihnen. Ihre Unterlippe sah prall und verlockend aus. Sein Blick blieb dort hängen, er konnte nicht wegsehen. „Ist das Teil der Ermittlungen oder etwas Persönliches?"

Sie straffte die Schultern. „Es gibt nichts Persönliches, Mr. Carver."

Er lehnte sich an das Geländer neben ihr, berührte sie nicht, war aber nahe genug, um jeden in seiner Nähe, der bei klarem Verstand war, zu verunsichern. Hollys Neuronen liefen auf Hochtouren. Sie drehte sich zu ihm um. „Wann ist Ihr Vater gestorben?"

Der altbekannte Zorn ließ seine Brust eng werden. „Neunzehnnachtundneunzig. Ich war dreizehn."

Ihre Augen beobachteten sein Gesicht. Er machte sich nicht vor, dass sie in ihn vernarrt war. „Sie müssen ihn vermissen."

„Ich habe den Mistkerl gehasst." Ihre Augen verengten sich. „Wir wachsen nicht alle in glücklichen Familien auf, Holly." Er ballte die Faust an seiner Seite. „Seien Sie dankbar."

„Das bin ich."

„Haben Sie Geschwister?" Er wollte mehr über sie erfahren. Wollte herausfinden, wie sie tickte. Wollte sie ablenken.

Sie schüttelte den Kopf. „Ich bin ein Einzelkind." Ihr Mund zog sich nach unten, als sie in den Nachthimmel blickte. „Verwöhnt von liebevollen Eltern. Mein Vater ist auch Polizist. Meine Mutter ist gestorben, vor fast zwei Jahren." Sie sah ein wenig verloren aus, als sie ihre Mutter erwähnte.

„Sie vermissen sie."

Sie nickte. Dann sah sie sauer aus, als hätte sie ihm gar nichts sagen wollen. Er nahm einen weiteren Schluck Bier, um sich davon abzuhalten, etwas Dummes zu tun, wie zum Beispiel herauszufinden, wie ihre pralle Unterlippe schmeckte.

Sie wechselte das Thema. „War der Professor schon immer so …"

„Durcheinander?" Finn nickte. „Seit er seine Frau und sein Kind mit eingeschlagenen Köpfen gefunden hat, klammert er sich an den schmalen Grat der Vernunft. Das Einzige, was ihn aufrecht hält, sind seine Nachforschungen, die Suche nach dem Mörder und die Hoffnung darauf, vielleicht herauszufinden, was mit seinem kleinen Mädchen passiert ist." Sein Blick strich über ihre Gesichtszüge. „Sie sehen wirklich aus wie Bianca Edgefield, wissen Sie?"

„Sie kannten sie?"

„Ich war sechs, als sie ermordet wurde, aber sie war eine von diesen Frauen, die immer viel Aufhebens um uns Kinder machten. Sie kaufte uns Süßigkeiten und zerzauste uns die Haare."

Er hatte sie gemocht. Alle anderen hatten ihn behandelt, als ob er dumm wäre. Thom hatte das geändert.

„Was hat Ihre Mutter von ihr gehalten?"

„Meine Mutter?" Eine Strähne ihres Haares hatte sich in der Brise gelöst, und er steckte sie vorsichtig hinter ihr Ohr. Sie sah aus, als wolle sie seine Eier mit einer Nagelschere entfernen, aber sie hielt still. „Meine Mutter war nicht da."

„Wo war sie?"

„Ich habe keine Ahnung. Sie ging weg, als ich klein war, und kam nie mehr zurück."

Er beobachtete, wie sie eine weitere Notiz auf ihre mentale To-Do-Liste setzte. Glaubte sie ihm nicht, dass seine Mutter vor ihrem schwachsinnigen, alkoholkranken Arschloch von Ehemann weggelaufen war und ihre Kinder seiner nicht vorhandenen Gnade überlassen hatte? „Sie hat ein paar Wochen nach ihrer Abreise eine Postkarte geschickt. Abgestempelt in Florida."

Sie nickte, aber er wusste, dass sie das trotzdem überprüfen wollte. Was kümmerte ihn das?

„Haben Sie gestern Abend auf dem Weg zum Tauchplatz jemanden gesehen?"

„Nein."

„Haben Sie jemandem gesagt, wo Sie hinwollen?" Zurück zum starren Polizistenmodus.

„Nein." Er runzelte die Stirn. „Aber ich habe unsere Koordinaten auf die Tauchblätter geschrieben, falls wir nicht zurückkommen. Das ist das Standardvorgehen."

„Haben Sie die beim ersten Mal auch aufgeschrieben?"

„Sicher. Es gab eine Seeottersichtung, was in dieser Bucht ungewöhnlich war. Wir haben es überprüft, aber nichts gefunden. Dann haben wir beschlossen, einen kurzen Tauchgang zu machen, damit der Ausflug nicht ganz verschwendet war."

„Keine Oberflächencrew?"

„Beide Male gab es keine Oberflächencrew. Thomas betonte, dass das Schiffswrack ein Geheimnis bleiben sollte. Und Nacktschnecken sind nachts aktiver – daher der Nachttauchgang." Finn wünschte sich, dass sie ihn so genau beobachtete, weil sie ihn wollte, und nicht, weil sie ihn beim Lügen erwischen wollte. Hitze breitete sich in seinem Körper aus. Seine Muskeln spannten sich an vor ungewollter Anziehungskraft. Viele gutaussehende Frauen kamen durch das Marinelabor, aber er würde niemals seine Autorität missbrauchen. Er wäre allerdings froh, wenn Holly ihre missbrauchen würde. Er wollte sie. Aber er musste sicherstellen, dass sie weit, weit weg von ihnen allen blieb.

„Haben Sie irgendwelche Theorien, wer das Opfer sein könnte?" Er verschränkte die Arme vor der Brust und schüttelte den Kopf.

„Natürlich nicht. Danke für die Information." Sie entfernte sich von ihm, als hätte er ihr einen wichtigen Hinweis in dieser Ermittlung gegeben.

„Holly?"

Auf der obersten Stufe hielt sie inne.

„Sind Sie mit jemandem zusammen?"

„Nein." Ihre Augen funkelten misstrauisch. Vielleicht erinnerte sie sich daran, dass er ihr Gespräch mit ihrem Teamleiter mitgehört hatte. Zu schade.

Er hob seine Flasche an. „Wenn Sie nach dem Dienst mal tauchen gehen wollen, lassen Sie es mich wissen."

„Ich bin nicht auf der Suche nach einer Beziehung, Mr. Carver. Ich bin hier, um einen Mord aufzuklären."

Er öffnete seine Haustür, um hineinzugehen. „Wer hat etwas von einer Beziehung gesagt? Ich biete nur ein unverbindliches Freizeittauchen an."

In der nächsten Hütte ging das Licht an, und ein eisiger Schimmer überzog ihre Züge. „Gute Nacht, Mr. Carver", sagte sie mit bemerkenswerter Gelassenheit für eine Frau, die so wütend war, dass sie mit ihrem Blick hätte töten können. Er grinste. „Nacht, Sergeant."

———

Bianca Edgefields Leiche verrottete unter sattem Präriegras, aber die Frau, die zu dem am Straßenrand geparkten Polizeigeländewagen schritt, war ihre Doppelgängerin. Die Gerüchte hatten sich als wahr erwiesen, und ein Schuss unheiliger Angst durchzuckte ihn bis ins Mark.

*Wie oft muss diese Schlampe noch sterben?*

Hass stieg in ihm auf. Hass auf dieses hübsche Gesicht und diese langen, anmutigen Gliedmaßen, die so gerne die Schwachen in Versuchung führten. Er kam näher und wog im Stillen die Möglichkeit ab, sie jetzt zu töten. Erneut. Es war ruhig. Es waren nur wenige Leute da. Das könnte die einzige Chance sein. Er kam noch ein Stück näher, während die Frau in ihr Polizeifunkgerät sprach. Sein Blick schoss zur Hütte, in der Finn Carver wohnte, und er entdeckte den Mann, der sie vom Fenster aus beobachtete.

Zu nah. Dieser Bastard war heimtückisch und gefährlich, und man konnte ihm nicht trauen.

Er zog sich in die Schatten zurück, wurde eins mit der Nacht. Geduld war eine Tugend. *Wer wartet, dem wird Gutes zuteil.* Die Polizistin fuhr weg, und ein Ast knackte irgendwo im tiefen, dunklen Wald.

Vielleicht würde diese Polizistin morgen schon weg sein. Vielleicht würde sie nicht weiter nachforschen. Nicht weiter graben. Aber *falls* sie blieb, *falls* sie zu graben begann, war sie tot.

# VIER

Die Lichter der Häuser auf der anderen Seite der Bucht glitzerten im Wasser. Es war jetzt völlig dunkel, vierundzwanzig Stunden, nachdem sie die Leiche gefunden hatten. Die Erschöpfung zerrte an Finns Nerven, aber er konnte die Sache nicht länger aufschieben. Er machte sich auf den Weg zum Dock und kletterte in das Ruderboot. Er wollte herausfinden, wer das Opfer war, bevor die Polizei die Identität feststellte – und er hatte dafür nur eine Person zu befragen. Das Problem war, dass diese Person seit Jahren nicht mehr mit ihm gesprochen hatte.

Das Eintauchen der Ruder ins Wasser war das einzige Geräusch, obwohl es noch nicht spät war. Bamfield-West war ruhig, und wenn heute Abend nicht gerade ein Pokerspiel stattfand, saßen die meisten Leute vor ihren Satellitenfernsehern und tranken ein kaltes Bier.

Die See war ruhig, sie sparte ihre Energie für den nächsten Vernichtungsschlag. Ein Wal tauchte nur wenige Meter entfernt auf und stieß eine Gischt aus, die Finn mit feinen Wassertröpfchen überschüttete.

„Du verdammter ..." Er hielt den Atem an, bis das Tier wieder unter ihm und dem Boot abtauchte. Es gab nicht viel, was sich an ihn heranschleichen konnte, und es war eine Ironie, dass etwas so Großes das mühelos schaffte. Er ruderte weiter und freute sich über den Adrenalinstoß, der seine Nerven beflügelte.

Finn machte an der öffentlichen Anlegestelle fest, behielt aber sein Gesicht im Schatten, während er zügig die Dorfpromenade entlangging. Dann die Straße hinauf, vorbei an der Station der Küstenwache. Das Schiff war noch nicht zurück. Er rechnete damit, dass sie noch etwa einen Tag lang am Crow Point sein würden, um das Wrack zu schützen und sicherzustellen, dass sie alle Beweise erhielten – Beweise und Informationen, zu denen er keinen Zugang hatte.

Er begann, die Schotterstraße entlang zu joggen, ohne dass er Lichter oder Wegweiser brauchte, um sein Ziel zu finden. Er kannte den Weg, so wie ein Lachs seinen Weg zum Laichplatz erkannte.

Um ihn herum gab es nichts als Wald, nur ab und zu ein Haus, das tief in ebenjenem Wald verdeckt stand. Es gab versteckte Pfade, aber heute Abend schien es ihm passend zu sein, die Straße zu benutzen. Fünf Minuten später kam er an einem massiven zweistöckigen Blockhaus mit Zedernschindeln an.

Es war ein Haus, das sich kein Ex-Knacki leisten konnte.

Kein gesetzestreuer Ex-Knacki zumindest.

Ein Schauer des Unbehagens überlief seine Wirbelsäule.

Die Einfahrt war eben und geschottert, nicht so löchrig und zugewachsen wie damals, als sie noch Jungen gewesen waren. Die Hütte war vor Jahren abgebrannt – ein Scheiterhaufen von Kindheitserinnerungen. Er ignorierte die Welle der Abneigung, die in ihm aufstieg, und das Bombardement von Bildern, die ihm durch den Kopf schossen, als er die Auffahrt hinaufging. Das alles war jetzt Vergangenheit.

Auf dem Grundstück brannte kein Licht, vielleicht war Brent gar nicht da.

Er ging durch den Wald zur Rückseite des Hauses und hielt

Ausschau nach Anzeichen von Bewegung. Ein rotes Flackern leuchtete auf der Veranda, die dem Pazifik frontal zugewandt war.

So stellte sich sein Bruder jeder Herausforderung in seinem unruhigen, von Wut erfüllten Leben.

Finn trat aus dem Wald heraus und näherte sich dem Fuß der Treppe. Das rote Glühen brannte eine Sekunde lang heller. Eine Zigarette.

„Ich dachte mir schon, dass du früher oder später auftauchen würdest."

Zwei Jahre später, um genau zu sein. Seit er das Militär verlassen hatte, hatten sie nicht mehr miteinander gesprochen. An dem Tag, an dem Brent aus dem Gefängnis entlassen worden war, waren Finn und Thom aufgetaucht, um ihn nach Hause zu holen. Brent hatte nichts mit ihnen zu tun haben wollen. Finn hatte seitdem ein paar Mal versucht, mit ihm zu reden, war aber immer wieder abgewiesen worden. Es war so weit gekommen, dass es ihm einfach zu sehr weh tat, zu versuchen, ihre zerrüttete Beziehung zu reparieren, selbst wenn er gewusst hätte, wie.

„Wie ist es dir ergangen, Brent?"

Ein raues Lachen durchbrach die Schatten. „Großartig, Finn. Verdammt gut. Wie war die Armee? Jemanden getötet?"

Die Wut kochte zu nahe an der Oberfläche. „Ich habe getan, was ich tun musste."

„Was dir befohlen wurde." Bitterkeit durchzog den Ton seines Bruders.

„Wir *beide* haben getan, was wir tun mussten."

Das Scharren eines Stuhls knirschte auf der Veranda, als sein Bruder aufstand. „Ist das deine Version von Vergebung? Ich brauche deine verdammte Vergebung nicht."

„Meine *Vergebung*? Du hast mich *gerettet*." Ihr Vater hatte Finn mit einer Eisenstange bewusstlos geprügelt. Wenn Brent nicht gewesen wäre, wäre er jetzt tot. Schlimmer noch: Da Finn während des Angriffs die meiste Zeit bewusstlos gewesen war, hatte der Staatsanwalt in Brents Prozess genug Zweifel bei den Geschworenen geweckt, ob Brent nicht auch für Finns Verletzungen verantwortlich sein könnte. Aber Finn wusste genau, wer ihn verletzt hatte, und jedes Mal, wenn er seinen Bruder sah, wuchs die Schuld in seiner Brust. An den meisten Tagen erdrückte sie ihn fast.

Die Wellen schlugen an den nahen Strand – ein Geräusch, das ihn so sehr an seine Kindheit erinnerte, dass er nach Luft rang. „Du bist derjenige, der mir nicht erlaubt hat, dich im Gefängnis zu besuchen. Du bist derjenige, der mich ausgeschlossen hat." Finn stand auf und atmete schwer. Dreißig Sekunden Zweisamkeit und sie hatten alles gesagt, was gesagt werden musste.

„Ich hätte ihn einfach auf dich einhämmern lassen sollen, du kleiner Mistkerl." Das rote Glühen zog sich bösartig in die Schatten zurück.

„Vielleicht hättest du das tun sollen." Er war nicht mehr der kleine Mistkerl.

„Hau ab. Ich will dich hier nicht haben. Ich habe dich ein halbes Leben lang nicht gesehen, und du tauchst hier auf wie der verlorene Sohn? Runter von meinem verdammten Grundstück."

Brent hatte im Laufe der Jahre mehr als deutlich gemacht, dass er nichts mit ihm zu tun haben wollte, aber dieses Mal würde Finn nicht davonlaufen. „Es ist *unser* Grundstück", erinnerte Finn ihn grimmig. Nicht, dass er es haben wollte. Brent hatte sich das und noch mehr im Laufe der Jahre verdient. „Ich bin nicht hergekommen, um zu streiten. Es tut mir leid, dass ich dein Leben vermasselt habe."

Es herrschte ein langes, angespanntes Schweigen, als gemeinsame Erinnerungen sie verbanden. Sie brauchten die Worte nicht auszusprechen; sie hatten gute und schlechte Zeiten durchlebt, in denen sie sich aufeinander verlassen hatten. Dann hatte Finn sie beide im Stich gelassen.

„Du hattest dieses Arschloch von Professor, der sich um dich gekümmert hat. Am Ende ist es gut für dich ausgegangen." Brent klang abfällig und verbittert, genau wie ihr alter Herr. Seine Abneigung gegen Thom war von Anfang an spürbar gewesen, und Finn wusste nicht, ob es daran lag, dass Thom ihm das Leben geschenkt hatte, nach dem sie sich beide gesehnt hatten, oder ob Brent den Mann einfach nicht mochte.

„Er hat mir das Lesen beigebracht." Die Legasthenie hatte ihn in der Schule zu einem leichten Ziel für Hänseleien gemacht. Brent hatte versucht zu helfen, war aber selbst nicht viel besser im Lesen gewesen. Finn bezweifelte, dass sich das im Gefängnis gebessert hatte.

„Und ich habe für dich getötet. Du bist ein verdammter Glückspilz."

„Ein Glückspilz?" Seine Stimme klang rau und eine alte Verlegenheit stieg in ihm auf.

Die Emotionen durchdrangen endlich die dicke Ex-Knacki-Haut seines Bruders, und Brent atmete tief ein. „Du warst noch ein Kind. Ich wollte nicht, dass du ins Gefängnis kommst und diesen ... Dreck und diese Hässlichkeit siehst. Und als ich rauskam, warst du schon in der Armee. Und als du dann nach Hause kamst ..." Sein Bruder schluckte hörbar. „Es ist nicht gut, in meiner Nähe zu sein, Finn."

Finn trat einen Schritt vor.

„Komm noch näher und ich puste dir den Kopf weg."

Finns Augen hatten sich an die Dunkelheit gewöhnt, und der Mond war über dem Wasser aufgegangen. Das Gesicht seines Bruders war von Alter und Erfahrung gezeichnet. Schlank und gemein. Geliebt und vertraut.

„Du würdest mich nicht erschießen."

Eine Kugel schlug rechts von ihm in den Boden ein.

„Ich bin nicht dasselbe dumme Arschloch, das dich vor diesem Wichser beschützt hat. Ich will dich hier nicht haben." Es war eher die Verzweiflung als die Wut, die Finn dazu brachte, einen Rückzieher zu machen.

Finn schluckte die Rasierklingen hinunter, die in seinem Hals steckten. „Ich muss nicht beschützt werden. Nicht mehr."

Das harte Atmen ließ nach. „Gut." Die Zigarette wackelte, als er nickte und ausatmete. „Gut."

„Ich habe letzte Nacht einen Toten in einem Wrack am Crow Point gefunden."

Brent stieß ein Lachen aus. „Ich hätte es wissen müssen."

„Was wissen müssen?"

„Dass du nur hierhergekommen bist, weil du etwas willst."

„Du hast gerade auf mich geschossen, was genau die Begrüßung war, die ich erwartet habe. Weißt du etwas über diese Leiche oder nicht?" Brent hatte Verbindungen zur Unterwelt, und laut Gina im Laufe der Jahre genug Morddrohungen erhalten, um sich stets über alles zu informieren, was in diesem Teil der Insel vor sich ging, ob kriminell oder legal.

„Ich habe in letzter Zeit niemanden getötet, falls du das wissen willst." Ein wildes Aufblitzen seiner Zähne war zu sehen. „Aber ich habe vor ein paar Tagen einen Anruf bekommen, in dem ich gefragt worden bin, ob ein Typ namens Len Milbank bei mir gewesen ist."

*Scheiße.* Finn gefiel die Richtung nicht, in die das hier ging. „Und?"

Er konnte die Augen seines Bruders nicht sehen. „Du weißt, für wen er arbeitet?"

Finn nickte. Len Milbank war ein Vollstrecker von Remy Dryzek, einem Drecksack, der von Port Alberni aus mit Drogen, Alkohol und allem anderen, was Geld einbrachte, handelte. Milbank war auch Finns Top-Verdächtiger als der Täter, der Thom vor zwei Jahren krankenhausreif geprügelt hatte.

„Ich habe den Bastard seit Monaten nicht mehr gesehen. Das letzte Mal, als Len mich besucht hat, hab' ich ihm den Arm gebrochen."

„Freundschaftsbesuch?"

Brents Lippen verzogen sich zu einem halben Lächeln. „Nun, es gab jedenfalls keinen Tee und keine Kekse." Seine Miene verfinsterte sich.

„Hast du etwas über das Wrack draußen am Crow Point gehört?"

„Ich habe von gar nichts gehört."

Und er würde es ihm sicher nicht sagen, falls er etwas gehört hatte. Finn betrachtete den Mond und erinnerte sich daran, wie er ihn als Kind angestarrt hatte. Diese riesige silberne Kugel, die über dem mitternächtlichen Meer hing. Er hatte oft darüber nachgedacht, wie es wäre, einfach in dieses Meer zu gehen, als er ein verängstigter kleiner Junge gewesen war. Brent hatte ihn gerettet. Aber niemand hatte Brent gerettet.

„Die Cops sind in der Stadt und stellen Fragen."

Brent grunzte.

„Ich muss los." Er wandte sich ab.

„Finn."

Er zögerte und sah über seine Schulter.

„Es war schön, dich zu sehen." Das Gesicht seines Bruders wurde für einen Moment weicher. „Komm nicht zurück."

***

„Was haben wir bis jetzt?", fragte Staff Sergeant Jimmy Furlong.

Voller nervöser Energie schritt Holly im Raum umher. Sie hatten sich im örtlichen Hotel auf der Westseite der Bucht einquartiert. Es war noch nicht für die Saison geöffnet, aber irgendwie hatte Furlong den Besitzer überredet, sie unterzubringen. Leicht verdientes Geld, denn sie würden kaum Zeit dort verbringen.

„Die Leiche wurde zur Autopsie nach Vancouver gebracht. Der Gerichtsmediziner schätzt, dass der Mann seit mindestens vier oder fünf Tagen tot ist, aber er hat uns noch nichts Genaues sagen können, außer dass es sich bei dem Opfer um einen erwachsenen männlichen Weißen handelt", erklärte sie den Beamten, die sich um den behelfsmäßigen Konferenztisch versammelt hatten.

„Dann sind also all die Jahre des Medizinstudiums nicht umsonst gewesen?", scherzte Freddy Chastain.

Furlong lachte.

„Corporal Billings hat die Leiche nach Vancouver begleitet und sollte morgen Mittag zurück sein", fügte Holly hinzu. „Eine Professorin, die ich von der SFU kenne, wird die Autopsie beobachten, in der Hoffnung, dass sie helfen kann, die Schäden zu identifizieren, die durch den Fraß von wirbellosen Tieren verursacht wurden." Gesichter wurden verzogen.

„Beweise?"

„Auf dem Boden des Schiffswracks wurde ein Bleigürtel gefunden. Als Tatwaffe vermuten wir das Messer, das immer noch aus seiner Brust herausragt. Neoprenanzug, Messer und die Leiche des Opfers sind die einzigen Beweise, die wir bisher haben."

„Zeugenaussagen?", drängte Furlong.

„Ich habe die beiden Taucher befragt, die die Leiche gefunden haben. Sie haben ihre Ausrüstung zur Überprüfung ins IFIS nach Port Alberni geschickt. Professor Thom Edgefield ist der Direktor des Bamfield Marine Science Center. Er ist eine führende Persönlichkeit auf seinem Gebiet. Der andere Mann, Finn Carver, ist ein ehemaliger Soldat der Special Forces, der jetzt als Tauchlehrer für das Meereslabor arbeitet. Sie sagen, sie seien vor zehn Tagen auf das Wrack gestoßen, als sie einer Otter-Sichtung nachgegangen sind. Edgefield behauptet, eine neue Art von Meeresschnecke entdeckt zu haben, während sie dort unten waren, und deshalb wollten sie den Ort geheim halten."

„Wirklich?" Furlong schüttelte den Kopf. „Und ich dachte, ich hätte schon alles gehört."

„Glaubst du ihnen?", fragte Jeff Winslow.

„Ziemlich weit hergeholt für eine Lüge. Er hat mir sogar das Aquarium gezeigt, das er für die Tierchen eingerichtet hat." Sie zuckte mit den Schultern. „Aber wie bei allen Zeugen glaube ich nicht, dass sie mir alles sagen. Der Professor ist ein merkwürdiger Typ." Sie wollte Finn Carver nicht zu sehr analysieren. Sie mochte es nicht, sich zu jemandem hingezogen zu fühlen, der in eine Ermittlung verwickelt war.

„Professor Edgefield ist der Typ, dessen Frau ermordet wurde?" Die Frage kam von Corporal Messenger, die Furlong immer wieder bewundernde Blicke unter ihren Wimpern zuwarf. Holly biss die Zähne zusammen. „Ja." Sie zwang sich zu einem Lächeln. „Er hat mir Angst gemacht, weil er denkt, dass ich genau wie sie aussehe."

„Wirklich?" Furlongs Augen leuchteten vor Interesse.

„Sie sehen ihr mehr als nur ein bisschen ähnlich." Corporal Messenger entpuppte sich als eine Enzyklopädie des Wissens über diesen speziellen Fall. Sie rief online ein altes Foto auf und Holly blinzelte. Es war, als würde sie in einen Spiegel schauen, nur dass Bianca Edgefield braune Augen hatte. Sie hatten sogar die gleiche Frisur.

„Wow." Jeff Winslows Blicke gingen hin und her.

„Er muss doch einen Herzinfarkt bekommen haben, als er Sie gesehen hat", sagte Chastain ernst. „Sie sind ihr Zwilling."

Holly war es ein wenig peinlich, im Mittelpunkt der Aufmerksamkeit zu stehen. Sie wusste, wer ihre Familie war und woher sie stammte, aber sie versuchte, niemanden daran zu erinnern, falls er oder sie dachte, sie würde dadurch eine Sonderbehandlung bekommen. „Nun, er ist tatsächlich in Ohnmacht gefallen", gab sie zu.

„Verdammt", fluchte Furlong und stand auf. „Hat ihn ein Arzt untersucht, bevor du ihn befragt hast?" Er dachte an das große Ganze einer Untersuchung – was ihn zu einem guten Teamleiter machte. Aber sie mochte es nicht, wie ein Neuling behandelt zu werden.

„Ja. Und Edgefield hatte auch nichts dagegen, dass die Befragung aufgezeichnet wird. Und er hat mir seine kostbare Meeresschneckensammlung gezeigt."

Furlong grunzte. „Ich möchte, dass beide gründlich überprüft werden. Haben andere Befragungen irgendetwas ergeben? Irgendwelche Vermisstenmeldungen, die passen könnten?"

„Nichts. Aber ich habe angefangen, eine Liste von Leuten zu erstellen, die derzeit in der Stadt wohnen", bot Jeff an. In der Gegend gab es eine Menge Ferienhäuser. Viele leere Häuser. Weniger Verdächtige, wenn man davon ausging, dass es ein Einheimischer war, der den Mann getötet hatte.

Holly rief eine Karte der Gegend auf. „Das Land um die Bucht ist stark bewaldet. Es gibt keine Straße. Dieser Kerl muss mit einem Boot dorthin gekommen sein. Wie groß ist die Wahrscheinlichkeit, dass er nur wenige Tage nach Edgefield und Carver auf das Schiffswrack gestoßen ist? Er muss von jemandem davon gehört haben."

„Vielleicht gab es dort unten ja wirklich einen Schatz ... einen echten Schatz, Gold und Silber", schlug Chastain vor. „Und jemand hat beschlossen, dass er nicht teilen will."

Holly blickte auf ihre Uhr. Die ersten vierundzwanzig Stunden einer Mordermittlung waren entscheidend, und sie waren bereits weit hinter dem Zeitplan zurück. Kopfschmerzen pochten in ihren Schläfen. „Chastain, sprechen Sie mit der Küstenwache und versuchen Sie herauszufinden, welche Art von Schiff das Wrack ist und was es transportiert haben könnte. Morgen früh müssen wir an noch mehr Türen klopfen – das wird die Aufgabe von Malone und Messenger sein."

Malone nickte. Er war verschlossen und zurückhaltend, aber sie hatte schon viel Gutes über ihn gehört.

„Jeff kann die Daten aufbereiten und mit der örtlichen Polizei über alle bekannten kriminellen Aktivitäten in der Gegend sprechen."

„Und was werden wir tun, Sergeant Rudd?", fragte Furlong.

Sie hoffte inständig, dass *er* gehen würde. „Bis wir die Identität des Opfers herausgefunden haben, werde ich weiter die Einheimischen befragen. Mal sehen, was vom Baum fällt, wenn ich etwas stärker daran schüttele."

„Ich fahre morgen früh zurück zur Basis", verkündete Furlong.

*Yippie.* Sie hielt ihren Gesichtsausdruck neutral. „Ich will alle paar Stunden Fortschrittsberichte. Und sofortige Updates bei ernsthaften Störungen in diesem Fall." Er musste den Vorgesetzten Bericht erstatten, auch ihrem Vater. Der Gedanke daran ließ ihre Kopfschmerzen noch stärker pochen. „Ich will, dass dieser Fall so schnell wie möglich gelöst wird. Verstanden?" Er starrte sie an, und sie stand stramm.

„Jawohl, Sir", stieß sie hervor und spürte, wie sich Scham unter ihre Haut bohrte. Sie hatte mit diesem Mann geschlafen, und obwohl sie damals nicht zusammengearbeitet hatten, taten sie das jetzt. Sie hasste es, Fehler zu machen, und verabscheute Fehleinschätzungen.

„Gut." Er sah auf seine Rolex. „Vielleicht wäre es eine gute Idee, wenn wir uns nun alle ein paar Stunden auszuruhen und abwarten, ob der Pathologe in der Zwischenzeit eine Identifizierung vornehmen kann, um uns zu helfen."

Holly nickte und sah zu, wie ihre Teammitglieder murmelnd ihre Sachen zusammensuchten und die breite Treppe hinaufgingen. Sie war sich sehr bewusst, dass Jimmy Furlong sie aus den Augenwinkeln beobachtete. Beim Gedanken, dass er sich an sie heranmachte, drehte sich ihr der Magen um. Sie eilte in ihr spärlich eingerichtetes Zimmer und zog sich schnell um. Auf keinen Fall wollte sie sich ausruhen. Sie schlüpfte durch die Vordertür und machte sich auf den Weg zum Steg.

Zehn Minuten später betrat Holly die örtliche Bar und ergatterte einen leeren Hocker. Der Ort war rau wie eine Haifischhaut. Dunkel, schmuddelig, der schwache Geruch von Gras lag in der Luft. Genug verblichene Jeans und abgewetztes Leder, um ein Hells Angels-Clubhaus zu eröffnen.

„Was darf's sein?", fragte der Barkeeper.

„Ein Bud Light."

Er reichte ihr die offene Flasche, sie bezahlte und sagte ihm, er solle das Wechselgeld behalten. Holly versuchte immer wieder, seinen Blick zu erhaschen, aber er schien entschlossen, nicht zu plaudern. Sie nippte an ihrem Bier und versuchte, sich anzupassen und das Gespräch aufzusaugen.

„Sind Sie neu hier?" Ein dunkeläugiger, dunkelhaariger Mann Ende zwanzig, abgewetzte Jeans, rotkariertes Hemd, quetschte sich zwischen sie und den nächsten Stuhl und bestellte zwei Biere. Er roch nach teurem Rasierwasser, obwohl er einen Bartschatten am Kinn hatte.

Ein Frauenheld.

„Ich bin das erste Mal bei O'Malley's." Holly schenkte ihm ihr freundlichstes Lächeln. Sie wusste nicht, wie alt sie gewesen war, als sie herausgefunden hatte, dass ihr Lächeln ihr größtes Kapital war, aber es war noch vor dem Kindergarten gewesen. Seine Augen leuchteten auf. „Studieren Sie hier im Meereslabor?"

„Ich lerne tauchen." Das war keine Lüge, und offiziell war sie immer noch im Urlaub. „Sind Sie von hier?", fragte sie.

Ein Grübchen erschien in seinem schattigen Kiefer. „Geboren und aufgewachsen in dieser kleinen Stadt." Sein Mund verengte sich leicht. „Aber um ehrlich zu sein, kann ich es kaum erwarten, hier rauszukommen." Er bezahlte den Barkeeper und hob zwei Flaschen von der Theke.

„Was hält Sie davon ab?"

„Zu viele Verpflichtungen." Er nahm einen großen Schluck Bier, klemmte sich die andere Flasche unter den Arm und streckte eine Hand aus, um sich vorzustellen. „Ich bin Mike."

„Holly." Sie ließ ihre Finger in seinen Griff gleiten, kalt und feucht von der Bierflasche. „Und, tauchst du, Mike?"

„Manchmal." Mike zuckte mit den Schultern und grinste, weil er genau wusste, wie gut er aussah. „Aber normalerweise warte ich, bis sich das Wasser erwärmt hat."

„Kennst du irgendwelche guten Wracks in der Gegend?"

Trotz ihres Lächelns veränderte sich sein Blick und er sah sie anders an. Er wich fast unmerklich zurück. „Das ist nicht wirklich mein Ding."

Sie spürte eine Präsenz neben sich und erkannte eine vertraute tiefe Stimme. „Wie ich sehe, hast du Sergeant Rudd schon kennengelernt. Ich habe mir den Kopf zerbrochen, wie sie wohl in ihrer roten Ausgangsuniform aussehen mag."

Ihr neuer Freund schreckte zurück, als sei sie eine Klapperschlange. „Ernsthaft? Sie sind eine Polizistin?"

„Du solltest noch lauter schreien, denn ich glaube nicht, dass sie dich drüben an der Jukebox gehört haben." Verärgert drehte sie sich auf dem Hocker herum und stieß mit den Knien gegen die festen Oberschenkel von Finn Carver. Sie wusste nicht, wie lange er schon da war oder wie er sich so leicht an sie heranschleichen konnte. Sie hatte gehofft, dass sie ihn heute Abend nicht mehr sehen würde. Er verunsicherte sie auf eine Weise, die nichts mit den Ermittlungen zu tun hatte.

„Wir sehen uns dann später." Mike flüchtete zurück zu seinem Tisch.

Warum hatte Carver ihr kleines Vorhaben, Informationen zu sammeln, sabotiert? Sie legte den Kopf schief und wandte ihre Aufmerksamkeit dem Mann an ihrer Seite zu. „Ich hatte auf eine kleine Auszeit gehofft, aber ich bin wohl dazu verdammt, sie einfach nicht zu bekommen."

„Klar, das wird es sein." Er verdrehte seine blauen Augen, aber es lag Humor in seinem Blick.

„Vielleicht werde ich stattdessen Sie verhören." Sie nahm einen Schluck von ihrem Bier. „Oder haben sie Ihnen bei den Special Forces beigebracht, wie Sie meinen Methoden widerstehen können?"

„Ich bin mir ziemlich sicher, dass schöne Frauen schon immer der Untergang schwacher Männer gewesen sind."

Sie rollte mit den Augen. „Nette Ablenkung."

Er kippte sein Bier. „Ich lenke Sie doch jederzeit gerne ab."

*Ich wette, das tun Sie.*

Er lächelte, und Holly hatte Mühe, nicht auf den vollen Mund und die leuchtend blauen Augen zu starren, die von Wimpern umrandet waren, nach denen sich Frauen sehnten. Sie wich von ihm zurück. Sie wünschte, sie wäre ihm gegenüber einfach gleichgültig.

„Sie haben gesagt, Ihr Vater sei auch Polizist?", fragte Finn.

„Familientradition." Holly schüttelte den Kopf. „Er ist fast sechzig und hat gerade mit mir das Tauchen gelernt."

„Man ist nie zu alt, um mit dem Tauchen anzufangen."

„Wann haben Sie es gelernt?"

Eine Falte in seiner Wange verriet ihr, dass er wusste, dass sie das Gespräch wieder auf ihn lenkte, aber er ließ sich nicht beirren. „Thom hat es mir beigebracht, als ich zu ihm gezogen bin. Er hat viel Zeit damit verbracht, mir alle möglichen Sicherheitsvorkehrungen einzupauken, und jetzt muss er die Konsequenzen tragen."

„Es muss hart gewesen sein, Ihre Familie auf diese Weise zu verlieren und zu einem Fremden zu ziehen."

Sein Blick blieb an ihrem hängen, und ihr Atem wurde plötzlich flach und hektisch, während Wärme in ihr aufstieg und sie geradezu verschlang. Seine Augen blickten eindringlich, seine Haut war leicht gebräunt, das blonde Haar zu unordentlichen Strähnen zerzaust, die sie an zerknitterte Laken im Schlafzimmer denken ließen.

Sie spürte, wie ihr die Röte in die Wangen kroch.

Seine Lippen zuckten, dann wurde sein Gesichtsausdruck düster. „Sie sehen ihr wirklich ähnlich, wissen Sie?"

„Ja." Sie wischte ihre Handflächen an der Vorderseite ihrer Jeans ab. „Ich weiß."

„Und Sie sind nicht einmal im Entferntesten neugierig?"

„Worauf?" Holly drehte sich, um zu ihm aufzusehen. Bei einer Größe von 1,78m musste sie normalerweise nie zu jemandem hochschauen. Er war näher als erwartet, und obwohl er nicht nach teurem Eau de Cologne roch, roch er doch nach einem heißen, sauberen Mann mit einem Hauch von Meer. Sie hatte das Meer immer geliebt.

„Darauf, ob Sie vielleicht Thom Edgefields vermisste Tochter sind?"

Ein heißes Gefühl durchzuckte sie. „Ich weiß, wer ich bin, und ich bin nicht adoptiert."

Zwei Männer kamen durch die Tür, als der Typ, den sie eben kennengelernt hatte, Mike, und ein anderer Mann hinausgingen. Einer von ihnen packte Mike am Arm und flüsterte ihm heftig ins Ohr. Sie dachte, es würde zu einem kleinen Handgemenge kommen, aber Mike nickte und ging.

Finn legte seine Hand auf ihren Ellenbogen und lenkte ihre Aufmerksamkeit wieder auf ihn. Sie mochte seine Berührung ein wenig zu sehr, also schüttelte sie ihn ab. „Sie haben doch nach Lokalkolorit gesucht. Jetzt haben Sie es gefunden."

*Das riecht nach Ärger.*

Die Neuankömmlinge veränderten die Atmosphäre der ganzen Bar. Sie trugen schwarze Rollkragenpullover und teuer aussehende Lederjacken. Beide trugen verdeckte Waffen bei sich, und Holly würde ein Monatsgehalt darauf wetten, dass keiner von ihnen einen Waffenschein besaß, aber sie war hinter einem Mörder her, und der Kleinkram konnte warten – vorerst. Sie standen neben einem Tisch voller Leute, die schnell ihre Sachen zusammensuchten, um zu gehen. Ein Mann war offenbar nicht schnell genug, und er verdiente sich damit einen kleinen Schubs, um seinen Abgang zu beschleunigen.

„Nett hier." Holly lehnte sich mit dem Rücken gegen die Bar.

Der Barkeeper ging schnell zum Tisch hinüber. Sie drehte sich um und sah Finn an. Er saß auf seinem Hocker, sein Gesichtsausdruck war so teilnahmslos, dass sie wusste, dass er nur so tat.

„Wer sind die?"

„Leute, die keine Polizisten mögen."

„Namen?"

„Hören Sie auf im Trüben zu fischen, Holly."

Sie senkte ihre Stimme. „Ich bin keine Anglerin. Ich bin eine Polizistin, die einen Mörder sucht."

„Das sind nicht Ihre Leute." Er nahm einen Schluck von seinem Bier.

„Was macht Sie da so sicher?" Sie nippte an ihrem eigenen Getränk, aber ihr war die Lust darauf vergangen.

„Nun, zum einen glaube ich nicht, dass sie schwimmen können, geschweige denn tauchen." Seine Augen flackerten, und sie sah, wie der größere der beiden Männer sich der Bar näherte. Er blieb hinter Finn stehen.

„Mr. Dryzek hätte gern einen Moment Ihrer Zeit, Mr. Carver. Wenn Sie sich von Ihrer hübschen Freundin losreißen können."

Holly zog die Brauen hoch. Dryzek. Sie hatte diesen Namen in Polizeikreisen schon einmal gehört.

Sie spürte, dass Finn dem Mann sagen wollte, er solle sich verziehen, doch dann hielt er inne und schien es sich anders zu überlegen. Sein Blick streifte ihr Gesicht. Er nickte, als hätte sie eine stumme Frage beantwortet. „Warte auf mich, Baby. Es wird nicht lange dauern." Dann küsste er sie auf den Mund, hungrig und heiß.

# FÜNF

Finn überließ Holly ihrem Bier, während er zu Remy Dryzek ging. Der Kuss war ein Risiko gewesen. Sie hatte unberechenbar und sexy geschmeckt, viel zu verlockend für einen Typen wie ihn. Aber hoffentlich würde dieses Arschloch Dryzek nun einfach denken, dass sie nur eine Freundin war, die einen Abend mit ihm ausging.

Warum er plötzlich das Bedürfnis verspürte, sie zu beschützen, wusste er nicht. Es war eine seiner vielen Schwächen.

Dryzek beobachtete ihn aus den Augenwinkeln. Finn ging zum Tisch und starrte auf den anderen Mann hinunter. Sie waren ungefähr gleich alt, aber Remy war ein paar Zentimeter kleiner, mehr Speck als Muskeln. Aber die Halbautomatik, die Remy bei sich trug, verlieh dem Mann Eier, die ihm sonst fehlten. Finn ignorierte Remys Hand, die ihm bedeutete, dass er sich setzen sollte. Er war kein Hund. Er befolgte keine Befehle von Dryzek, und Dryzek wusste das.

Vor zwei Jahren hatten sie sich geeinigt, aber jetzt sah es so aus, als wäre der Waffenstillstand vorbei. Finn hatte den schrecklichen Verdacht, dass das alles mit der verdammten Leiche im Wrack zusammenhing, und er wünschte sich, er hätte den Toten nie zu

Gesicht bekommen. Er verschränkte die Arme vor der Brust und wartete.

Dryzeks Augen verengten sich, als er auf dem Etikett seines Bieres herumstocherte. „Ich scheine etwas verlegt zu haben, das mir gehört."

„Ein Gewissen vielleicht? Ich bin mir ziemlich sicher, dass Soziopathen keins brauchen." Finn fletschte die Zähne zu einem Lächeln, das niemanden täuschen würde.

„Wenn ich herausfinde, dass du etwas damit zu tun hast, werde ich dich besuchen kommen."

„Genieße ruhig die Fantasie, aber ich weiß nicht, wovon zum Teufel du redest." Plötzlich wurde er sich bewusst, dass Holly hinter ihm stand. Dryzek musterte sie, wie eine Eidechse eine Fliege. Finn wartete halb auf die Explosion, bei der sie sich auf den Kerl stürzte, weil er im Besitz einer Schusswaffe war – was leicht zu erkennen war, da seine Jacke offen war. Stattdessen umklammerte sie Finns Arm wie eine Klette. Sie legte den Köder aus. Er verzichtete darauf, die Augen zu verdrehen.

Dryzek hatte sich bereits von ihr abgewandt. Aber Gordy Ferdinand, Remys rechte Hand, lächelte sie auf eine Weise an, die Finn eine Gänsehaut bescherte. Sie hatten Holly offenbar beide unterschätzt. Ein schwerer Fehler.

Sie streichelte mit kühlen Fingern über seinen Arm. „Willst du mich deinen Freunden vorstellen, *Baby*?"

„Ja, stell uns dein Mädchen vor, Carver. Willst du dich zu uns setzen, Süße?" Gordy klopfte auf den kahlen Holzstuhl neben ihm. Sie wollte sich setzen, aber Finn hielt sie am Handgelenk fest.

„Wir wollten gerade gehen." Finn ließ seine Hand tiefer gleiten und ihre Finger verschränkten sich schmerzhaft fest.

Dryzek warf ihm einen starren Blick zu. „Vergiss nicht, was ich gesagt habe, sonst sieht deine hübsche Lady vielleicht nicht mehr ganz so hübsch aus."

Wahrscheinlich sollte er darüber besser nicht lachen. Er drehte sich um und ging, Holly im Schlepptau. Auf keinen Fall wollte er sie mit einem Widerling wie Dryzek im O'Malley's zurücklassen, auch wenn er nicht bezweifelte, dass sie auf sich selbst aufpassen konnte. Aber ein Cop zu sein, konnte jederzeit für oder gegen sie arbeiten. Im Moment, ohne ihre Waffe oder ihre Uniform, dachte er, dass es gegen sie arbeitete.

Draußen angekommen, befreite sie sich aus seinem Griff. „Was sollte das, *Baby*?", fragte sie.

„Ich habe keine Ahnung. Wenn Sie da wieder reingehen und diese Vorbilder der Tugend darauf anquatschen wollen, dann nur zu. Aber die beiden kämpfen nicht fair, und wenn sie herausfinden, dass Sie eine Polizistin sind, werden sie nicht zögern, Sie bluten zu lassen."

Ihre Brust hob sich. *Herr im Himmel.* Er versuchte, es nicht zu bemerken, aber er war nur ein Mensch aus Fleisch und Blut, dessen Körper gegen ein selbstauferlegtes Zölibat rebellierte, das schon viel zu lange andauerte.

„Ich brauche Antworten, Carver. Warum haben Sie den Einheimischen gegenüber erwähnt, dass ich Polizistin bin, aber nicht bei Dryzek?" Sie stemmte die Hände in die Hüften und beugte sich vor. Er erhaschte einen Blick auf ihr Dekolleté, und es brachte ihn zum Schwitzen.

Wie viel von dem, was sie tat, beabsichtigt war, wusste er nicht, aber er mochte es genauso wenig wie Dryzek, wenn man mit ihm spielte.

Finn konnte es sich nicht leisten, diese Frau zu wollen. Er musste sie loswerden, bevor sie Thom oder seinem Bruder noch mehr Ärger machte, aber er wollte nicht, dass sie verletzt wurde. „Die Einheimischen werden nicht mit Ihnen reden, egal wie sehr Sie sie bearbeiten."

„Die Behinderung polizeilicher Ermittlungen ist ein strafbares Vergehen." Wut brannte durch seine Adern.

Sie hatte ihm nicht zugehört. „Ich sage nicht, dass Mike nicht bereit gewesen wäre, auf den Parkplatz zu gehen und Sie ins Koma zu knallen." Er stand über ihr, die Hitze strömte in Wellen von seinem Körper ab. „Aber er wollte Ihnen sicher nicht die Sehenswürdigkeiten zeigen oder Ihnen sagen, wo die Leichen begraben sind."

Ihr Gesichtsausdruck wurde plötzlich kreidebleich und das Blut lief ihr aus den Wangen. „Ich benutze keinen Sex, um Informationen zu bekommen."

„Das habe ich nie behauptet." Er runzelte die Stirn, dann wurde es ihm klar. Sie dachte, er wolle andeuten, sie sei leicht zu haben, weil er wusste, dass sie mit ihrem Chef geschlafen hatte. Und obwohl der scharfe Anflug von Eifersucht, der ihn durchzuckte, unerwartet kam, war es nicht das, was er gemeint hatte. Mike war derjenige, der leicht zu haben war. Der Typ konnte keine Frau riechen, ohne zu versuchen, sie zu erobern. Aber vielleicht war es genau das, was Finn brauchte, um einen Keil zwischen Holly und sich selbst zu treiben. Er mochte sie definitiv zu sehr, und das tat ihm nicht gut.

„Weiß Ihr Team, dass Sie allein hier unten sind?" Er machte sich auf den Rückweg zu den Docks der Marinestation.

„Das hat nichts mit Ihnen zu tun."

„Ja, das habe ich mir gedacht. Wo wohnen Sie denn? Brauchen Sie eine Mitfahrgelegenheit über die Bucht? Weil das Wassertaxi vor zehn Minuten seinen Betrieb eingestellt hat."

Ein Anflug von Irritation brachte diesen vollen Mund dazu, sich zusammenzuziehen. Aber er war es leid, darauf zu warten, dass sie eine Entscheidung traf. Sie war ein großes Mädchen und konnte tun und lassen, was sie wollte. Er ging die Uferpromenade entlang, die die Bucht umgab. Das sanfte Rauschen des Wassers wehte in der Brise. Im Stillen wog sie vermutlich ab, ob sie unbewaffnet in die Bar zurückgehen oder ihm folgen sollte. Zum Glück entschied sie sich, ihm zu folgen.

„Mr. Dryzek schien Ihnen gegenüber etwas misstrauisch zu sein, Mr. Carver. Warum?"

Sie war hartnäckig, das war verdammt sicher.

„Die meisten Leute sind mir gegenüber misstrauisch. Wären

Sie glücklicher mit der Situation gewesen, wenn wir Kumpels wären?"

„Ich wäre glücklicher gewesen, wenn Sie gar nicht da gewesen wären."

Seine Lippen verzogen sich. „Soll ich in Zukunft einen Peilsender tragen?"

Sie stieß ein Lachen aus. „Ich werde sehen, was ich auftreiben kann." Die Nachtluft war kühl, und sie zog die Ränder ihrer Jeansjacke fester zusammen. Die Sterne standen hell am Himmel und beleuchteten ihren Weg. Frösche quakten in den Wäldern hinter ihnen.

Es waren nur fünf Minuten Fußweg bis zum Steg. Er zeigte auf das Ruderboot. „Steigen Sie ein." Sie zögerte nicht, und er warf ihr eine Schwimmweste zu, kletterte ihr gegenüber hinein und löste die Seile. Dann stieß Finn sie von der Anlegestelle ab. „Wenn Sie ganz leise sind, sehen wir vielleicht einen Wal."

„Sie wollen doch nur, dass ich den Mund halte?"

Sie war eigentlich ziemlich schweigsam gewesen. Er war sich nicht sicher, ob das eine gute Sache war. „Ich dachte mir, es ist einen Versuch wert."

Eine friedliche Stille legte sich über diesen spektakulären Teil der Welt, aber er konnte fast hören, wie ihre Gedanken Purzelbäume in ihrem Kopf schlugen. Die Strömung zerrte an den Rudern, als sie durch das Wasser glitten, und er konzentrierte sich mehr auf das Rudern als auf sie. Die Fahrt dauerte weniger als eine Minute.

Finn half Holly, auf der anderen Seite hinauszuklettern. Er hielt sich einen Moment zu lange an ihren Fingern fest und genoss die Elektrizität, die über seine Haut zuckte, sobald sie sich berührten.

Sie schluckte und zog ihre Hand weg. „Danke fürs Mitnehmen, Mr. Carver."

„Finn", sagte er.

„Was?" Ihre Augen funkelten verwirrt.

„Nennen Sie mich Finn. Vorhin haben Sie mich immerhin schon *Baby* genannt." Er sagte ihr lieber nicht, dass es ihm gefiel, wie es sich aus ihrem Mund anhörte. So armselig war er nicht.

Er trat einen Schritt näher, und ihre Augen blitzten zu seinen auf. Eine gewisse Energie überbrückte die kurze Distanz zwischen ihnen und entfachte ein Bewusstsein und ein Verlangen, das er seit Monaten nicht mehr gespürt hatte.

Er streckte die Hand aus und griff nach dem Verschluss der Rettungsweste, die sie trug. Ihre Lippen öffneten sich, und er zog langsam den Reißverschluss auf, wobei er sich wünschte, er müsste hier nicht aufhören. Aber die Barrieren zwischen ihnen waren dicker als Baumwolle.

Er ließ die Weste zurück ins Boot fallen.

„Soll ich Sie zu Ihrem Hotel zurückbringen?" Der Gedanke an diesen Kuss in der Bar erinnerte ihn daran, dass er mit dem Feuer spielte. Wenn sie jemals herausfand, dass er nicht immun ihr gegenüber war, war er erledigt.

„Das war kein Date, *Mr. Carver*. Ich denke, ich komme schon zurecht." Ihr Tonfall sollte frostig sein, zitterte aber zu sehr, um es zu schaffen. Beide sahen sich das große Holzgebäude mit dem großen Lachsmotiv an der Fassade an.

Finn hatte keinen Zweifel daran, dass sie es auch allein dorthin schaffen würde. „Schlafen Sie gut, Sergeant Rudd."

Sie musste hundemüde sein von ihrem langen Tag, und doch war da etwas in ihren Augen, das ihm sagte, dass sie so bald nicht schlafen würde. Nicht sein Problem.

Er stieß sich vom Steg ab und begann, über die Bucht zurückzurudern. Er wollte sie loswerden. Er wollte die Polizisten weit weg von hier und weit weg von den Menschen haben, die ihm etwas bedeuteten. Und wenn er bei dem Gedanken, Holly Rudd nie wiederzusehen, einen kleinen Schmerz empfand, ignorierte er ihn. Wenigstens würde er sie dann nicht mehr anlügen müssen.

———

HOLLY REICHTE JEFF EINE FRISCHE TASSE KAFFEE UND wartete darauf, dass der nächste Schuss Koffein wirkte. Sie hatten die Nacht damit verbracht, Hintergrundprüfungen bei den Einheimischen durchzuführen und waren auf eine bunte Mischung aus Außenseitern, Ex-Häftlingen und Leuten auf der Suche nach ein wenig Anonymität gestoßen. Finn hatte wahrscheinlich recht damit, dass sie nicht mit den Cops reden würden, aber man wusste nie, wann eine Information eine andere auslösen konnte.

Jimmy Furlong betrat den Raum, frisch geduscht und rasiert. Corporal Messenger kam einen Moment später herein.

„Hat sich der Gerichtsmediziner schon gemeldet?"

Holly sah auf ihre Uhr. „Ich bezweifle, dass er überhaupt schon mit der Untersuchung angefangen hat." Es war erst sieben Uhr. Sie und Jeff waren die ganze Nacht wach gewesen.

„Was haben wir?", fragte Furlong.

„Jeff ist mit den Zeugenaussagen fertig. Ich bin die Namen durchgegangen, um zu sehen, was auftauchen könnte."

„Gibt es etwas Neues über die Typen, die die Leiche gefunden haben?" Ohne eine Identifizierung des Opfers waren Carver und Edgefield immer noch die am ehesten in Frage kommenden Ermittlungsansätze.

„Eine Menge zu beiden." Die anderen strömten herein. Sie schnappte sich einen Muffin aus der Schachtel, die Freddy Chastain trug. „Edgefield kam 1978 hierher, um für seine Doktorarbeit Feldforschung zu betreiben. Er bekam eine Stelle in Edmonton, kam aber immer noch jeden Sommer hierher, um Vorlesungen für die Universität zu halten und seine Forschungen zu betreiben. Seine Frau Bianca wurde 1982 ermordet, zusammen mit ihrem kleinen Sohn. Die Leiche seiner kleinen Tochter wurde nie gefunden, aber man fand ihre Jacke. Man nimmt an, dass ihre Leiche von einem wilden Tier verschleppt wurde." Chastain zog eine Grimasse, als er in seinen zweiten Muffin biss. „Seitdem ist er auf einem Kreuzzug, um den Mörder zu finden."

„War er jemals selbst verdächtig?"

Sie schüttelte den Kopf. „Nicht, dass ich wüsste. Er unterrichtete an dem Tag, als sie verschwand, und meldete sie als vermisst, als sie an diesem Abend nicht zum Abendessen nach Hause kamen."

Holly nahm einen Schluck Kaffee. Er versengte ihr den Mund. „Danach ist er hierhergezogen, hat Vollzeit im Meereslabor unterrichtet und den Polizisten das Leben zur Hölle gemacht."

„Er hatte gerade seine ganze Familie verloren. Ich kann verstehen, dass er da durchdreht", meinte Corporal Malone.

Holly nickte. „Auf jeden Fall." Sie versuchte immer noch, aus Malone schlau zu werden, herauszufinden, wo seine Stärken lagen. Er war einer dieser rätselhaften, schweigsamen Typen, die immer mehr zu denken als zu sprechen schienen – wie Finn Carver.

Sie überprüfte ihre Notizen. „Carver zog 1989 zu Edgefield, nachdem sein älterer Bruder ihren Vater getötet hatte." Es war schockierend gewesen, die Akten zu lesen. Die Fotos zeigten einen schwer geprügelten Jungen mit einer gebrochenen rechten Elle und Speiche. Dazu drei gebrochene Knochen in seiner linken Hand, mit der er wahrscheinlich versucht hatte, die Schläge abzuwehren, und mehrere gebrochene Rippen. Sie spürte einen emotionalen Ruck in ihrem Herzen, wenn sie an den großen, robusten, fähigen Mann dachte, den sie kennengelernt hatte, und ihn sich als dieses verletzliche Kind vorstellte.

Jetzt schien nichts an ihm verletzlich zu sein.

„Dieser Ort ist eine wahre Brutstätte für Familiendramen", sagte Chastain.

„Wie *The Young and the Restless* auf Speed."

„Der Kerl war Alkoholiker, aggressiv und aufbrausend. Man hätte ihm nie erlauben dürfen, zwei Jungen allein aufzuziehen." Die Lektüre dieser Akten hatte sich wie ein Eingriff in seine Privatsphäre angefühlt, und sie wusste, dass Finn das auch so sehen würde. Aber das war nun mal ihr Job.

„Was ist mit der Mutter passiert?", fragte Furlong.

„Finn ... *Carver* sagte mir, sie sei abgehauen, als er noch ein Kleinkind gewesen war. Ich versuche jetzt, sie zu finden."

„Und jetzt finden diese beiden Kerle, die von einem ständigen Strom von Opfern umgeben zu sein scheinen, plötzlich ein weiteres?" Ihr Teamleiter sah nicht überzeugt aus.

„Da ist noch mehr." Sie fühlte sich ein wenig seltsam, wenn sie darüber sprach. Sie war einem Verdächtigen nähergekommen, obwohl sie sich keiner Grenze genähert, geschweige denn sie überschritten hatte. Nun, bis auf den Kuss, der sie völlig unvorbereitet erwischt und fast vom Hocker gehauen hatte. Aber das war nur ein Effekt gewesen, kein Vergnügen. „Carver trat mit achtzehn in die Armee ein und verbrachte sechs Jahre in der JTF2." Kanadische Spezialeinheit. „Vor ein paar Jahren hat er das Militär unerwartet verlassen. Er nannte keinen Grund, aber es war ungefähr zur gleichen Zeit, als laut einem Polizeibericht Thomas Edgefield im Krankenhaus lag und fast gestorben wäre. Er war schwer verprügelt worden und hat dabei eine Niere verloren. Sie haben den Angreifer nie gefasst." Holly erwähnte nicht, was sie gestern Abend in der Bar erlebt hatte. Sie wollte nicht zugeben, dass sie allein dorthin gegangen war, ohne angemessene Unterstützung.

Furlong sah auf seine riesige Uhr. „Bevor ich gehe, werde ich noch einen Versuch bei den beiden wagen." Er sah aufgeregt aus, wie ein kleines Kind, dem man Süßigkeiten versprochen hat.

Holly richtete sich auf. Sie machte sich keine Sorgen um Finn, aber wenn Furlong Edgefield falsch behandelte, würden sie nie wieder auch nur ein Stückchen Kooperation aus ihm herausbekommen. Der Mann würde in einer Anstalt enden.

„Du bleibst hier, Holly. Ich nehme Corporal Messenger mit, damit sie etwas Erfahrung sammelt."

„Corporal Messenger kann gerne mitkommen, Sir, aber als Hauptermittlerin bestehe ich darauf, auch dabei zu sein."

Einen Moment lang herrschte Schweigen.

Jimmy Furlong hatte den Ruf, sich nicht drängen zu lassen, aber eine Mordermittlung wurde nicht ohne Grund von einem Team durchgeführt – um Tunnelblick zu verhindern und sicherzustellen, dass die Informationen ordnungsgemäß weitergegeben wurden. Nach einem langen Moment nickte er, und sie musste sich fragen, ob es wegen ihres Vaters war, oder weil es die richtige Entscheidung war.

Trotzdem würde sie sich nicht einfach ausschließen lassen.

Sie gingen hinunter zum Dock, und Furlong bestellte das örtliche Wassertaxi, das sie direkt über die Bucht brachte. „Wer zum Teufel baut eine Stadt, die in der Mitte vom Meer geteilt wird und zu der es keine Brücke oder Straße gibt?", beschwerte er sich.

Der Wassertaxifahrer sagte nichts. Holly hatte bemerkt, dass die Einheimischen immer schweigsamer wurden. Vielleicht verbarg jeder, der hier lebte, ein Geheimnis. Es würde die Ermittlungen schwierig, wenn nicht gar unmöglich machen, wenn sie so verschlossen blieben. Es sei denn, sie könnten jemanden zu einem Geständnis bewegen.

Auf der anderen Seite der Bucht eilte Furlong mit Messenger im Schlepptau davon, während Holly die Überfahrt bezahlte. „Danke", sagte sie lächelnd.

Sie sah auf, und da war Finn Carver, der an der Tür des Tauchschuppens lehnte, einen bis zur Taille ausgezogenen Tauchanzug trug und sie genau beobachtete. Der Anblick dieser muskulösen Brust rief Dinge hervor, auf die Holly nicht vorbereitet war. Er hatte etwas an sich, das sie ansprach. Es war nicht nur das gute Aussehen, sondern auch die Art, wie er sich verhielt. Sie war keine Frau, die sich über Regeln hinwegsetzte. Allein dass er während der Ermittlungen für sie tabu war, hätte ausreichen müssen, um die kleinen Sehnsuchtsgeräusche ihres Körpers zu übertönen. Aber stattdessen wurden sie immer lauter. Angesichts der Tatsache, dass ihr letzter Fehler bereits ihre Karriere gefährdete, konnte sie sich keinen weiteren leisten. Also joggte sie den steilen Schotterweg hinauf, um Furlong einzuholen. Er rüttelte bereits an der Eingangstür des Meereslabors, aber sie war verschlossen.

„Edgefield wohnt in einem Haus am Ende des Weges." Sie zeigte auf einen Weg, der neben dem Meereslabor verlief.

Furlong war wütend, versuchte aber, es nicht zu zeigen. Er

schritt davon und ließ Messenger traben, um mit ihm Schritt zu halten. Holly kniff die Lippen fest zusammen. Sie durfte eine Meinung haben, aber natürlich durfte sie sich nicht offen mit dem Teamleiter streiten. Sie hätte es besser wissen müssen.

Noch eine Stunde und er wäre weg. Sie klammerte sich an diesen Gedanken. Es konnte ihr nicht schnell genug gehen.

Die drei gingen den Weg entlang und einige Steinstufen hinunter zu einem niedrigen, modern aussehenden Gebäude. Furlong hämmerte an die Tür, und nach einigen Augenblicken kam ein müde aussehender Edgefield in einem blau gestreiften Schlafanzug heraus. Seine Augen waren sofort auf sie gerichtet, obwohl Furlong mit ihm sprach.

„Thomas Edgefield?"

Edgefield rieb sich die Augen unter seiner Brille und neigte den Kopf, um Furlongs entschlossenem Blick zu begegnen. „Was kann ich für Sie tun?"

„Wir haben noch ein paar Fragen an Sie."

Edgefield lachte verlegen. „Kann das nicht warten, bis ich angezogen bin?"

„Es dauert nur einen Moment." Furlong schob ihn beiseite und betrat sein Haus, ohne eingeladen worden zu sein. Edgefield sah sie und Corporal Messenger an. „Sie sind wie Busse. Man wartet ein Leben lang auf einen und dann tauchen drei auf einmal auf."

Corporal Messenger schenkte ihm ein süßes Lächeln. Holly behielt ihre neutrale Miene bei. Furlong war auf dem Kriegspfad; sie musste aufpassen, wo sie hintrat.

„Sie kennen Sergeant Rudd." Furlong stand ungeduldig im Flur und ignorierte die ausgestreckte Hand des Mannes. „Das ist Corporal Messenger, und ich bin Staff Sergeant Furlong. Ich bin für diese Ermittlung zuständig."

Edgefield warf Holly einen Blick zu, den sie ignorierte. Er nickte höflich, seine Schultern wirkten leicht gekrümmt, sein Haar war zerzaust und erinnerte an Einstein. Sie folgten ihm in das vordere Zimmer, das riesige, raumhohe Fenster mit einer unglaublichen Aussicht auf die Broken Islands bis hinüber nach Ucluelet hatte.

„Bitte, setzen Sie sich." Der Professor saß schwer in einem Sessel vor einem Feuer, das im Kamin brannte.

Holly und Corporal Messenger saßen beide vorsichtig auf der Kante eines Sofas.

Furlong blieb stehen. „Warum haben Sie die Schlägerei von vor zwei Jahren nicht erwähnt?"

Edgefield blinzelte wie eine Eule hinter seiner Drahtbrille. „Ich habe auch nicht erwähnt, wie ich mir den Knöchel gebrochen habe, als ich über ein Paar Gummistiefel gestolpert bin." Seine Stimme wurde schärfer. „Weil ich nicht dachte, dass es relevant sein würde."

„Wir entscheiden, was relevant ist, nicht Sie." Furlongs Haltung war grimmig und bedrohlich. Er spielte den bösen Cop, aber ohne eine wirkliche Richtung vorzugeben. Holly glaubte, dass es sinnvoll war, einen Verdächtigen etwas unter Druck zu setzen, wenn die Beweise dafür sprachen, aber bei einer so labilen Person war das zweifelhaft.

„Erzählen Sie mir, was passiert ist, als Sie angegriffen wurden", befahl Furlong.

Edgefield lehnte sich in seinem Stuhl zurück. Seine Haut hatte eine scharlachrote Färbung angenommen. Peinlichkeit? Schamgefühl? Hoher Blutdruck?

Eine Stimme schreckte sie alle auf.

„Er kann es Ihnen nicht sagen." Finn Carver betrat schnell den Raum. „Er erinnert sich an nichts." Er hatte den Tauchanzug ausgezogen und trug nun Jeans und ein verblichenes T-Shirt mit dem Aufdruck VERTRAUE NIEMANDEM. „Er ging eines Abends in die Bar, und jemand schlug ihn zusammen. An den Vorfall selbst kann er sich nicht mehr erinnern. Die Polizei hat es versäumt, am Tatort oder im Krankenhaus Beweise zu sammeln. Niemand wurde jemals dafür zur Verantwortung gezogen."

Finn unterstellte nicht zum ersten Mal, dass die RCMP inkompetent sei. Holly sträubte sich instinktiv, und doch hatten sie bisher nicht viel für Thomas Edgefield tun können.

„Mr. Carver, Sie wurden nicht zu diesem Gespräch eingeladen." Furlong sah ihn lange und streng an. „Ich schlage vor, Sie gehen."

Finn ging zu einem Sessel hinüber und ließ sich hineinfallen. „Sie wurden auch nicht eingeladen, Kumpel, also bleibe ich. Es sei denn, es handelt sich um ein formelles Gespräch. Wenn es formell ist, dann sagt Thom kein Wort mehr, bis sein Anwalt hier ist."

„Mein Anwalt?" Thom blinzelte.

„Ach, wirklich? Es sieht so aus, als hätte er etwas zu verbergen." Furlong bewegte sich auf Finn zu und versuchte, in dessen Kopf einzudringen. Wenn Finn sich in irgendeiner Weise danebenbenahm, würde Furlong ihn zu Boden bringen. Holly konnte ihren Blick nicht von Finns Gesichtsausdruck abwenden. Sie wollte, dass er einen kühlen Kopf bewahrte, aber er war nicht im Geringsten von ihrem Teamleiter eingeschüchtert. Er lehnte sich zurück, schloss die Augen und streckte die Füße aus.

Dampf zischte praktisch aus Furlongs Ohren.

„Wir versuchen herauszufinden, ob Professor Edgefield Feinde hatte", warf Holly ein und versuchte, die Spannung zu entschärfen.

„Was für einen Unterschied macht das für Ihre Mordermittlung?" Finns Augen öffneten sich und strichen ihr über die Haut. „Wir alle haben Feinde. Wir alle haben Geheimnisse, oder haben Sie das noch nicht herausgefunden?" Er erhob sich und stand Auge in Auge mit Furlong, als er sein Ass aus dem Ärmel zog. „Ich wette, sogar Sie und Sergeant Rudd haben Geheimnisse." Furlong öffnete seinen Mund und schloss ihn dann wieder. Schnell.

Finns Lippen verzogen sich zu einem gemeinen Lächeln, und einen Moment lang dachte sie, er würde Furlong die Faust ins Gesicht schlagen. Holly hätte sich am liebsten auf der Stelle zusammengerollt. Die Verlegenheit ließ ihre Wangen brennen. Finn hatte diese privaten Informationen benutzt, um Furlong zu zügeln, und das kam ihr wie der ultimative Verrat vor. „Nur, weil man Geheimnisse hat, heißt das noch lange nicht, dass man ein Verbrechen begangen hat, oder?"

Furlong warf ihr einen Blick zu, der Vergeltung versprach, und sie bleckte die Zähne. Sie hatte kein Vertrauen missbraucht, *er* schon.

Sie beschloss, ihren Job zu machen. „Sie haben also keine Ahnung, wer Sie verprügelt hat?", fragte sie Edgefield.

Er schüttelte den Kopf. „Wahrscheinlich ist das auch gut so, denn Finn hätte ihn in Stücke gerissen."

„Thom", tadelte Finn ihn sanft.

Edgefields Wangen färbten sich rötlich. „Entschuldigung. Ich habe es vergessen. Ich mache diese Witze und vergesse, dass die Leute mir ausnahmsweise wirklich glauben könnten." Sein Gesicht verlor jeden Ausdruck. „All die Male, die ich der Polizei Beweise dafür geschickt habe, dass die Leute lügen, darüber, wo sie waren, als Bianca starb – und niemand hat je etwas unternommen." Er hielt ihren Blick fest, und Holly musste wegsehen.

„Ihr Verlust tut mir sehr leid, Professor." Dies kam von Corporal Rachel Messenger, die ansonsten still neben ihr saß. Die Anfängerin. Und zugleich die professionellste Beamtin hier. „Ich habe während der Ausbildung über diesen Fall gelesen, und er war einer der Gründe, warum ich zur Polizei gegangen bin."

Thomas blinzelte, sichtlich geschockt. „Na ja", atmete er schwer aus. „Vielleicht erwischen Sie ja ein paar böse Menschen, und am Ende kommt etwas Positives dabei heraus." Er rieb sich den Augenwinkel.

„Mein Gott." Furlong rollte mit den Augen und lehnte sich dann näher an Finn.

„Passen Sie lieber auf, wen Sie bedrohen, Sonnenschein."

Holly hätte Furlong gerne scharf dafür kritisiert, wie schlecht er dieses Gespräch geführt hatte. Aber ihr fiel kein einziges Wort ein, das nicht damit geendet hätte, dass sie gefeuert wurde.

„Sie müssen jetzt leider gehen." Finns Gesichtsausdruck war

gelassen, aber Holly spürte eine so tiefe Wut, dass sie fast fühlen konnte, wie sie auf ihrer Haut brannte. Er hielt die Tür weit offen. Holly hielt einen Moment inne, als sie an ihm vorbeiging. Sie hielt seinem Blick stand und bemerkte das unterschwellige Glitzern in seinen blauen Augen – Enttäuschung? Es hätte nicht so sehr stechen sollen, wie es das tat. Sie wollte wütend sein. Sie wollte sagen, dass es ihr leidtat. Stattdessen nickte sie, wandte sich ab und konzentrierte sich auf den Job, den sie erledigen musste, bevor sie aus dieser gruseligen kleinen Stadt verschwinden konnte.

———

„Mein Gott, Thom, was hast du dir dabei gedacht, sie einfach so hier reinzulassen?"

„Sie haben mir nicht gerade eine Wahl gelassen." In Thoms Tonfall schwang Irritation mit.

„Du bist der Leiter des Meereslabors. Du hast *immer* eine Wahl, vergiss das nicht. Nur weil Holly aussieht wie–"

„Holly?"

„Was?", fragte Finn verwirrt.

„Gestern war sie noch *Sergeant Rudd*. Und jetzt nennt ihr euch beim Vornamen? Wann ist das denn passiert?"

Finn hörte auf zu reden und sammelte sich wieder. Auch wenn Thomas manchmal nicht ganz bei der Sache zu sein schien, entging ihm nicht viel. Finn war wütend gewesen, als er gehört hatte, wie dieses Arschloch Furlong ihn belästigt hatte. Er hatte schon öfter mit dieser Art von Tyrannen zu tun gehabt, aber körperliche Gewalt war bei einem Idioten mit einer Polizeimarke nicht angebracht. Und er wollte nicht das ungewohnte Gefühl der Eifersucht erforschen, das sich in ihm eingenistet hatte, weil Holly mit diesem Mistkerl geschlafen hatte. Sie würde ihn dafür hassen, dass er diese Information ausgenutzt hatte, auch wenn er sehr subtil gewesen war.

„Nur weil *Sergeant Rudd* wie Bianca aussieht, wollte ich sagen.

Lass dich davon nicht beirren, und sag ihnen gegenüber nichts Unüberlegtes."

„Aber ich habe diesen Taucher nicht getötet. Wie kann ich mich selbst belasten, indem ich ehrlich mit ihnen rede, wenn ich es nicht getan habe?"

Finn sah auf seine Uhr. Er hatte fünf Schüler unten am Dock, die bereit waren, einen Sprung vom Pier zu machen. *Scheiße*. Er hatte keine Zeit, einem Mann, der sie bereits in- und auswendig kannte, die verdrehten Wege des Strafrechtssystems zu erklären. „Versprich mir nur, dass du das nächste Mal, wenn die Cops kommen, kein Wort sagst, ohne dass Laura dabei ist."

„Laura?"

„Laura Prescott", erklärte Finn ungeduldig. Im Umkreis von fünfzig Meilen gab es nur eine Laura.

„Laura Prescott, die Töpferin?" Thomas' Stimme war klagend.

Finn schloss die Augen und zählte bis fünf. „Sie hat immer noch ihre Anwaltslizenz, und irgendetwas sagt mir, dass Byron Summers nicht viel Zeit für dich haben wird, nachdem du behauptet hast, sein Vater hätte deine Frau und dein Kind ermordet." Finn starrte Thom hart an. Der alte Mann hatte die meisten der hundertfünfzig Einwohner der Stadt verprellt. „Wir haben nicht viel Auswahl."

„Aber ... *Laura Prescott*?"

Finn neigte seinen Kopf zur Seite. „Was zum Teufel soll an Laura verkehrt sein?"

„Nichts." Finn kannte Thom gut genug, um zu wissen, dass etwas nicht stimmte. Thom atmete tief in seine dünne Brust ein, aber seine Entschlossenheit verpuffte, sobald er Finns Blick begegnete. Er schluckte und wandte den Blick ab. „Ich kenne die Frau kaum."

Dann wurde es ihm klar. Nach all den Jahren hatte Thomas endlich eine andere Frau als solche wahrgenommen, und das machte ihm eine Höllenangst. Finn wusste genau, wie er sich fühlte.

Er ging zum Telefon und kritzelte eine Nummer auf einen Block Papier. Danach schrieb er sie auch auf einen anderen Zettel und steckte ihn in die obere Tasche von Thoms Schlafanzug. „Damit kannst du das Eis brechen."

Thom zog die Nummer aus seiner Tasche und starrte sie an. „Sie wird mich einfach für verrückt halten, so wie mich alle für verrückt halten. Woher kennst du ihre Nummer?"

Finn lachte. Thom war freundlich und geduldig, fürsorglich und loyal. Er war auch schlau und klinisch analytisch. „Du *bist* verrückt. Und du weißt, dass ich mir schon immer gut Zahlen merken konnte."

„Ja, aber wie kommt es, dass du dir ausgerechnet ihre Nummer gemerkt hast?" Thom klang langsam ein wenig sauer.

Finn ging aus der Tür, um mit der Arbeit zu beginnen. „Du wirst sie wohl danach fragen müssen, nicht wahr?"

———

Furlong hielt eine kurze Ansprache, bevor er sich auf den Weg zurück zum Festland machte. Im Wesentlichen sagte er ihnen, sie sollten Thomas Edgefield und Finn Carver weiter über ihre Alibis ausquetschen. Er machte eine persönliche Angelegenheit daraus, und das war immer ein Fehler.

Dieses ganze Szenario wollte Holly nicht so wirklich passen.

Warum sollte man einen Mord begehen, die Leiche an einem der unzugänglichsten Orte der Welt verstecken und dann ein paar Tage später bei der Polizei berichten, dass dort eine Leiche gefunden wurde? Warum ließ man die Leiche nicht in den Barkley Sound treiben oder einfach an Ort und Stelle verrotten? Weder Edgefield noch Carver schienen dumm zu sein. Aber Edgefield war zerbrechlich und ein leicht zu knackendes Ziel, wie Furlong es ausdrückte. Das Problem war, dass Holly, wie die meisten guten Polizisten, nicht nur einfach den Fall irgendwie abschließen wollte, nein, sie wollte den Mörder finden und ihn oder sie von der Straße holen.

„Begleite mich zum Hubschrauberlandeplatz, Sergeant Rudd."

*Meinetwegen.* Holly ließ sich von diesem freundlichen Ton nicht täuschen. Furlong trug seine Reisetasche über einer Schulter und ging mit langen Schritten voraus, die sie zwangen, sich zu beeilen. Absichtlich. Er wollte sie aus dem Gleichgewicht bringen. Draußen, am Fuß der Hoteltreppe, blieb er stehen. Der Hubschrauber war noch nicht da, aber sie hatten die Nachricht erhalten, dass er auf dem Weg war.

„Du hast vielleicht Nerven!" Die Worte waren kaum ein Flüstern, aber vehement.

Holly wurde stutzig. „Wie bitte?"

Furlong kam näher und beugte sich herunter. „Nach allem, was wir besprochen haben, hast du Finn Carver von uns erzählt."

„Ich habe es niemandem erzählt." Sie verschränkte die Arme vor der Brust und war sich der Augen bewusst, die sie durch die Fenster des Hotels anstarrten.

„*Ich* habe es ganz sicher nicht erwähnt." Wut verschlug ihm den Atem.

„Er hat uns gestern Morgen auf dem Boot belauscht und zwei und zwei zusammengezählt."

„Scheiße." Er atmete tief durch, was den größten Teil seiner Wut zu vertreiben schien, aber sein Stirnrunzeln blieb. „Die Tochter des Deputy Commissioners zu sein, bedeutet, dass eine Menge Leute deine Arbeit unter die Lupe nehmen werden. Unsere", er räusperte sich, „*Beziehung* würde bei den falschen Leuten ein ziemliches Aufsehen erregen."

„Ich habe diesen Job nicht wegen dir oder meinem Vater bekommen. Ich habe ihn bekommen, weil ich eine verdammt gute Ermittlerin bin."

„Der Presse ist es egal, wie gut du als Polizistin bist. Sie interessiert sich für Schlagzeilen und Vertuschungen, und wir können uns keine weiteren Sexskandale leisten."

„Das weiß ich." Verdammt, hatte sie nicht endlose Diskussionen mit ihrem Vater darüber geführt, wie man den Ruf der Truppe verbessern konnte, besonders wenn es um Frauen ging? Ihre Stimme war so leise, dass man sie kaum wahrnehmen konnte. „Warum zum Teufel hast du nicht deinen Schwanz in deiner Hose oder wenigstens deinen Ehering anbehalten können? Ich hätte nie mit einem verheirateten Mann geschlafen, wenn ich es gewusst hätte ..."

„Vielleicht habe ich ihn ja genau *deshalb* abgenommen." Er hielt ihren Blick, und sie las etwas in seinen Augen, das sie nicht sehen wollte. „Hast du jemals für einen Moment in Betracht gezogen, dass ich tatsächlich echte Gefühle für dich gehabt haben könnte?" Oh, Gott, sie wollte das nicht tun. Nicht jetzt. Nein, nicht jetzt. Niemals. Es war ein großer Fehler gewesen, und nichts konnte das jemals ändern. Das hier würde es nur noch schlimmer machen.

Er öffnete den Mund, um mehr zu sagen, aber ihre beiden Handys klingelten gleichzeitig. *Gott sei Dank.*

Seine Lippen verzogen sich. „Es ist dein Vater."

Ihr Anruf kam von Steffie Billings. „Du hast ihn identifiziert? Fantastisch! Wer ist es?"

„Sag es mir", befahl Furlong, der die Information offensichtlich gleich an ihren Vater weitergeben wollte.

„Ein Typ namens Len Milbank." Holly hielt inne und gab dann weitere Informationen weiter. „Er ist vorbestraft und arbeitet als lokaler Vollstrecker für eine organisierte Verbrecherbande, die von Port Alberni aus operiert."

Remy Dryzek – der Typ aus der Bar gestern Abend.

Endlich hatten sie einen Ansatzpunkt.

# SECHS

„Was können Sie mir über Remy Dryzek sagen?", fragte Holly Sergeant Greg Hammond, einen Officer, der zur Columbia Combined Forces Special Enforcement Unit gehörte, die sich mit dem organisierten Verbrechen auf der Insel befasste. Er war in Port Alberni stationiert. Die Fahrt dorthin von Bamfield aus über quälend zerfurchte Schotterstraßen war der reinste Albtraum gewesen. Hammond war Anfang vierzig, hatte kurze Haare und ein ruhiges Auftreten. Der Rest ihres Teams ging von Haus zu Haus und erkundigte sich, ob die Leute Milbank in der Gegend gesehen hatten. Wenn ja – wo und wann. Sie waren dabei, seine Finanz- und Telefonunterlagen zu beschaffen. Und auch die E-Mails.

„Rumäne in der zweiten Generation. Hier geboren, aber seine Eltern zogen nach North Vancouver, als er noch klein war. Vor etwa fünf Jahren zog er zurück auf die Insel, als die Dinge mit der russischen Mafia ein wenig brenzlig wurden. Er hat 2005 eine Haftstrafe wegen Körperverletzung abgesessen, ist aber seitdem vom Radar verschwunden."

„Wie kommen Sie darauf, dass er in das organisierte Verbrechen verwickelt ist?"

Kühle, haselnussbraune Augen betrachteten sie. „Oh, er ist ganz sicher verwickelt." Hammond öffnete ein neues Fenster auf dem Computerbildschirm. Er rief ein Dutzend Fahndungsfotos auf, hauptsächlich von Mädchen, die nicht volljährig aussahen. „Er betreibt einen Prostitutionsring auf der ganzen Insel und wahrscheinlich auch auf dem Festland. Keiner der Leute, die wir angeklagt haben, will ihn verraten. Wir haben einmal eine verdeckte Ermittlerin in seinen Club eingeschleust, aber als sie Tee und Muffins verteilten, wusste sie, dass das Spiel vorbei war."

„Hat er sie bedroht?"

Hammond schüttelte den Kopf. „Der Typ ist zu schlau, um sich direkt mit den Cops anzulegen. Sie saßen nur da und lachten sie aus, bis sie schließlich ging."

Eine Idee schwirrte ihr im Kopf herum. „Ich könnte undercover gehen. Ich wurde ihm neulich in einer Bar vorgestellt, fälschlicherweise als Freundin von jemandem." Vielleicht konnte sie ihm nahekommen und ein Geständnis bekommen. Aufregung peitschte durch ihr Blut.

„Auf keinen Fall."

„Warum nicht?" Holly runzelte die Stirn.

„Der Deputy Commissioner würde mir die Eier abreißen. Und ich mag es lieber, wenn sie an Ort und Stelle sind."

„Woher wissen Sie von meinem Vater?" Ihre Beziehung zum Big Boss war nichts, was sie öffentlich machte.

„Ihr Teamleiter hat vorhin angerufen und nach Informationen über Ihr Opfer gefragt. Er hat es zufällig erwähnt." Sein Blick war ausdruckslos, aber Holly musste sich fragen, was Furlong noch über sie gesagt hatte.

*Verdammt.* „Was haben Sie über Milbank?"

Hammond zeigte ein weiteres Fahndungsfoto. „Kein Genie, aber er wusste, wie man seine Fäuste einsetzt. Hat wegen bewaffnetem Raubüberfall gesessen und war mehrfach wegen Trunkenheit am Steuer verurteilt worden. Arbeitete als Türsteher in Dryzcks Club und erledigte diverse Routinearbeiten."

Wenigstens hatte sie jetzt ein Gesicht anstelle der grausigen Leiche, die sie gestern kennengelernt hatte. Ein kantiges Gesicht, ein stoppeliges Kinn, Augen, die nur eine Mutter lieben konnte. „Können wir uns sein Haus ansehen?"

Hammond nickte. „Aber wir haben gestern Abend einen Bericht bekommen, dass in das Haus eingebrochen wurde."

„Um wie viel Uhr?"

Hammond überprüfte seine Notizen. „Der Vermieter meldete es gegen sieben Uhr. Er weiß nicht, wann der Einbruch tatsächlich stattgefunden hat. Ich habe einen Durchsuchungsbeschluss beantragt, um Beweise zu sammeln, aber wir könnten schon eine erste Tatortuntersuchung durchführen."

Ihr Herz flatterte ein wenig. Hatte der Mörder nach etwas gesucht? Und wenn ja, nach was? Remy Dryzek hatte Finn gesagt, er habe etwas verlegt und ihn dann bedroht. Hatte Milbank etwas von Dryzek gestohlen? Oder war Milbank die Sache, die Dryzek suchte? Warum war er in Bamfield und suchte nach dem Kerl? Was wusste er?

Corporal Steffie Billings kam durch die Tür gestürmt. Sie war aus Vancouver eingeflogen und traf sich mit den IFIS-Leuten, die in diesem Gebäude untergebracht waren. „Ich werde nie wieder Sardinen essen. Oder Krabben."

Obduktionen von Wasserleichen erforderten einen eisernen Magen, aber Holly hatte genug berufliches Interesse, um zu bedauern, dass sie es verpasst hatte. „Ist dir schlecht geworden?"

Die andere Frau hob ihre Hand. „Ich will gar nicht darüber nachdenken." Ihr Gesicht war ein wenig blass, und sie begegnete Hollys Blick nicht. Steffie war keine Anfängerin. Es musste schlimm gewesen sein.

„Hat die Obduktion etwas Brauchbares ergeben?"

„Abgesehen von einem Namen, nicht viel." Steffie reichte ihr eine Akte zur Durchsicht.

„Ist das meine Kopie?", fragte Holly.

„Ja. Ich habe noch eine für Jeff für die Akten, und ich habe auf seine Bitte hin eine Kopie an den Teamleiter geschickt." Sie hob beide Brauen und senkte ihr Kinn.

*Scheiße.* Furlong verfolgte die Ermittlungen viel genauer als die meisten Teamleiter.

„Messer durchtrennte die linke Herzkammer. Die Todesursache war massiver Blutverlust. Der Gerichtsmediziner ordnete eine Reihe von toxikologischen Tests an, aber angesichts des Zustands der Leiche wird es schwer sein, herauszufinden, ob er zuerst unter Drogen gesetzt wurde. Es wird ein paar Wochen dauern, bis wir die Ergebnisse haben."

Holly blätterte in der Akte. Meerwasser war furchtbar. Keine Spuren. Das Fleisch war weggeknabbert worden. Seesterne, Krabben und Krebse hatten einigen Schaden angerichtet, obwohl das Neopren den Körper vom Meeresboden ferngehalten hatte, was hilfreich war. Sie sah sich ein Foto des Messers in der Brust an. Irgendetwas störte sie an diesem Foto. „Als ich gestern dort unten war, musste man höllisch aufpassen, dass man nicht die kleinste Störung verursacht, sonst war die Sicht in Sekundenschnelle weg. Ein Kampf mitten im Schiffsrumpf hätte einen wahren Blackout verursacht und den Mörder ebenfalls dort unten eingeschlossen."

Hammond spähte über ihre Schulter. „Was ist mit den Sauerstoffflaschen von Milbank passiert?"

*Das war's.* Der blitzartige Moment. „Er muss getötet worden sein, bevor er seine Ausrüstung angelegt hat – oder nachdem er sie abgenommen hatte, denn mit dem Geschirr der Sauerstoffflaschen ist zu viel im Weg. Das Messer hätte niemals das Herz durchdringen können."

„Warum sollte er seine Sauerstoffflaschen im Wrack abnehmen?", fragte Hammond.

„Das würde er nicht tun." Holly erinnerte sich an das kalte, beklemmende Gefühl in diesem Wrack. Die verwirrende Dunkelheit.

„Er könnte also an Land oder im Wasser getötet und dann im Wrack versenkt worden sein?", fragte Steffie.

„Oder auf einem Boot", warf Holly nachdenklich ein.

„Aber warum die Leiche im Wrack entsorgen?" Hammond rieb sich die Augen.

„Ein Wrack, von dem niemand etwas wissen sollte." Sie warf ihm einen strengen Blick zu. „Gute Frage. Mal sehen, ob wir es herausfinden können. Sind die Techniker mit der Tauchausrüstung von Carver und Edgefield fertig?"

„Ich habe gerade mit ihnen gesprochen, und sie haben nichts gefunden. Sie haben Carver bereits angerufen und ihm gesagt, dass er alles abholen soll."

Holly nickte. Sie hätte anbieten können, die Ausrüstung zurück ins Meereslabor zu bringen, aber je weniger sie von Finn Carver sah, desto besser.

Hammond schnappte sich seine Jacke.

„Wir fahren zu Len Milbank", sagte sie zu Steffie. „Willst du mitkommen?"

„Klar. Wenn wir etwas finden, kann ich in der Nähe bleiben und helfen, die Beweise zu katalogisieren."

Sie fuhren in Hammonds Geländewagen los. „Wir müssen unbedingt Len Milbanks letzte Schritte verfolgen und herausfinden, wann ihn jemand das letzte Mal gesehen oder gesprochen hat. Ich werde Beamte brauchen, die seine Nachbarschaft und seine Lieblingsorte überprüfen. Können Sie mir Leute besorgen, die mir helfen?"

Er nickte, seine starken Hände umklammerten das Lenkrad. „Wir sind schon dabei." Er räusperte sich. „Der Teamleiter hat das bereits vorhin verlangt." Seine Stimme wurde leiser. „Gibt es etwas, das ich wissen sollte?"

Holly schüttelte den Kopf. „Wenn Sie mich einfach auf dem Laufenden halten könnten?"

„Sicher", antwortete Hammond. „Aber ich mache keine Politik."

Holly lächelte. „Gut. Ich auch nicht."

Milbank hatte in einer winzigen Wohnung über einem Angelgeschäft mitten in der Stadt gewohnt. Sie war billig und schmutzig, mit Graffiti an den Wänden in der hinteren Gasse. Hammond holte sich die Schlüssel vom Vermieter – dem Mann, der den Laden betrieb und Milbank seit über einer Woche nicht mehr gesehen hatte. Sie stiegen die Treppe an der Seite des Gebäudes hinauf und zogen sich Latexhandschuhe und Schuhüberzieher an, um den Tatort nicht zu verunreinigen.

Drinnen war die Wohnung völlig verwüstet. Die Kissen waren von den Sofas gerissen. Schubladen standen offen, deren Inhalt war überall verschüttet. Aber es gab keine ernsthaften Schäden, und dem riesigen Flachbildfernseher nach zu urteilen, der noch an der Wand hing und unter dem ein Blu-ray-Player stand, war nichts gestohlen worden.

„Haben die Beamten diesen Tatort gestern Abend bearbeitet, als die Meldung einging?"

Hammond schüttelte den Kopf. „Noch nicht. Wir hatten ein kleines Mädchen, das sich gestern Abend gegen Sonnenuntergang in Cathedral Grove verirrt hatte."

Ein Schauer lief Holly über den Rücken.

„Keine Sorge. Wir haben sie gefunden." Hammond sah sie an und grinste. „Die Kleine hatte sich verirrt, als ihre Eltern ihr Wohnmobil für eine Kaffeepause anhielten. Zum Glück hatten wir zwei K9-Einheiten zur Verfügung, und die Hunde haben sie in weniger als dreißig Minuten aufgespürt. Alles andere wurde aber auf Eis gelegt."

Holly nickte. „Schön, dass es ein Happy End gab."

„Gibt es Grund zu der Annahme, dass er hier ermordet und die Leiche abtransportiert wurde?", fragte Hammond.

„Das bezweifle ich." Holly sah sich um. „Ich wüsste nicht, warum er zu Hause Neopren tragen sollte, aber wenn Sie eine Blutlache finden, wissen wir, dass ich mich irre."

Hammond nickte.

„Irgendwelche Theorien, Sergeant Hammond?"

„Len Milbank hat sich eine Menge Feinde gemacht. Er war

nicht nur die Faust von Remy Dryzek, er hat auch freiberuflich gearbeitet, gedroht und gemobbt. Im Allgemeinen machte er den Leuten das Leben zur Hölle." Er schnitt eine Grimasse. „Er war kein netter Kerl, und nicht viele werden seinen Tod bedauern."

„Haben Sie jemals von einem Typen namens Finn Carver gehört?"

Hammond schüttelte den Kopf. „Nicht dass ich wüsste."

Sie ging in die Küche und warf einen Blick in den Kühlschrank. „Das Mindesthaltbarkeitsdatum auf der Milch ist vom letzten Wochenende. Taucht Dryzek?", fragte sie Hammond.

„Meines Wissens nicht, jedenfalls nicht in letzter Zeit. Aber Milbank hatte ein Boot."

„Wir müssen es finden und einen Durchsuchungsbeschluss besorgen."

Sie ging zurück ins Wohnzimmer und kauerte sich neben die Couch. „Steffie, mach ein paar Aufnahmen davon." Unter den durcheinander geworfenen Papieren befanden sich ein paar Bücher. Eines handelte vom Wracktauchen. Das andere von Schätzen aus der Tiefe.

Steffie kam vorbei und fotografierte die Bücher.

„Jemand hat Len Milbank von dem Wrack erzählt und ihn dorthin gelockt, allein, damit er ihn töten konnte." Holly war sich dessen sicher. „Woher hat er gewusst, dass es ein Wrack gibt?"

„Ich bin mir ziemlich sicher, dass sie uns so viel Geld bezahlen, damit wir diese Dinge herausfinden."

Hammond schenkte ihr ein kurzes Grinsen. „Soll ich den IFIS hierher rufen?"

Holly nickte. „Wir müssen herausfinden, wer den Laden geschmissen hat. Es hat wahrscheinlich etwas mit seinem Tod zu tun." Sie wandte sich an Steffie. „Sie sollen Fingerabdrücke nehmen und die Telefonverbindungen überprüfen. Wir müssen sein Boot, sein Fahrzeug und sein Handy finden, vorausgesetzt, er besaß das alles. Hatte er eine Freundin?" Sie richtete die Frage an Hammond.

„Als ich ihn das letzte Mal sah, hatte er eines von Remys Mädchen am Arm hängen. Sie sah aus wie sechzehn. Laut Ausweis war sie einundzwanzig."

„Er klingt wie ein echter Märchenprinz." Holly presste ihre Lippen zu einer unglücklichen Linie zusammen. Es war nicht ihre Aufgabe, über das Opfer zu urteilen, sondern den Mörder zu finden. „Ich denke, es ist an der Zeit, Remy Dryzek einen Besuch abzustatten."

———

Sie fanden ihn in seinem Haus, hoch oben auf dem Bergrücken, mit Blick auf das Tal. Zwei Streifenwagen dienten als Verstärkung, als Holly und Hammond an der Haustür klopften.

Eine Haushälterin öffnete.

„Wir würden gerne mit Mister Dryzek sprechen. Ist er zu Hause?"

„Ich werde nachsehen, ob er Besuch empfängt."

„Wir sind keine Besucher, Ma'am", sagte Holly der Haushälterin entschieden. „Wir sind Polizeibeamte. Wir können hier mit Ihrem Arbeitgeber sprechen oder ihn zum Verhör aufs Revier bringen lassen. Ist er hier?"

Schritte hallten in einem langen, marmorgefliesten Flur wider und kamen auf sie zu. „Was ist denn hier los?" Remy Dryzek ging auf die Tür zu und legte der Frau die Hand auf die Schulter. „Ist schon gut, Elmira, die Polizisten können hereinkommen." Es war fast so, als hätte er sie erwartet. Er küsste die Wange der Frau, die sich leicht verbeugte und die Tür öffnete, um sie durchzulassen.

„Bring uns bitte Kaffee in mein Arbeitszimmer."

Die guten Manieren ließen Holly die Brauen hochziehen. Remy Dryzek winkte sie durch den Eingang und den hellen weißen Flur hinunter. Sie betraten ein geräumiges Büro, in dem Remy anscheinend fleißig an seinem Computer arbeitete.

„Die Haushälterin ist meine Tante. Ich habe ihr gesagt, dass sie nicht arbeiten muss, aber sie scheint etwas zu brauchen, was sie mit ihrem Leben anfangen kann." Er hielt die Hände offen vor sich, als könnte er es nicht erklären. Ein lieber, wohlwollender Neffe.

Er trug heute keine Waffe, und bis jetzt schien er Holly aus der Bar von gestern Abend nicht erkannt zu haben. Mit Mütze und ihrer Uniform sah sie auch ganz anders aus.

„Wir glauben, dass Sie einen Mann namens Len Milbank beschäftigen?", fragte sie.

„Ich heuere Len gelegentlich an." Er wirkte eindeutig übermäßig vorsichtig. „Was hat er getan? Wo ist er?" Er beobachtete sie mit Laserschärfe.

„Was genau macht Mr. Milbank für Sie?"

Dryzek stemmte sein Gewicht in die Rückenlehne seines Stuhls und versuchte, entspannt zu wirken. Sie ließ sich nicht täuschen. „Er macht Gelegenheitsjobs und Besorgungen. Manchmal fungiert er als Türsteher in meinem Club, aber in letzter Zeit hat er immer wieder Ärger gemacht, also habe ich ihn dazu gebracht, eine Pause einzulegen." *Oder ihn dazu gezwungen?*

Sie hörte Schritte hinter ihnen und drehte sich um, um den braunäugigen Blick von Dryzeks Freund von gestern Abend zu sehen.

„Hey", er blieb mitten im Schritt stehen, „Sie sind Finn Carvers Freundin." Dryzeks Augen blitzten in plötzlicher Erkenntnis.

„Nein, bin ich nicht." Holly hielt ihren Gesichtsausdruck neutral und ihren Rücken kerzengerade.

„Carver arbeitet mit den Cops zusammen?" Das Leuchten in seinen Augen wurde stärker. „Dieser Bastard."

Holly wollte nicht, dass Finn in diese Sache verwickelt wurde, aber im Moment konnte sie nicht viel dagegen tun. Sie würde ihn warnen müssen.

Hammond sagte nichts, aber sie merkte, wie er alles aufnahm.

„Ich bin Sergeant Holly Rudd, RCMP. Sergeant Hammond hier und ich haben ein paar Fragen zu Len Milbank."

„Sie haben Len gefunden?", fragte der zweite Mann. Auch er war etwas nervös. Als ob er sich auf eine Flucht vorbereiten würde. Das könnte schnell interessant werden.

Sie zog ihr Spiralnotizbuch heraus. „Wie ist Ihr Name?"

Er senkte sein Kinn und starrte seinen Chef an. „Gordon Ferdinand. Aber die Leute nennen mich einfach Gordy."

Aufgrund der doppelten Diamantohrstecker konnte Holly auch sehen, warum.

„Wann haben Sie Len Milbank das letzte Mal gesehen, Mr. Dryzek?"

Remy kratzte sich am Kopf. „Vor etwa einer Woche."

„Können Sie das etwas genauer sagen?"

Dryzek schüttelte den Kopf. „Nicht wirklich. Ich kann mich nicht erinnern."

Holly beugte sich vor. „Wo haben Sie ihn gesehen?"

„Unten im Club." Dryzek leckte sich über die Lippen. „Warum ist das wichtig?"

„Gestern Abend in der Bar haben Sie Finn Carver erzählt, dass Sie etwas verloren hätten. Was genau ist es, das Sie verloren haben?"

„Arbeiten Sie undercover?" Er musterte sie von oben bis unten, dann verschränkte er die Arme vor der Brust und schien über seine Antwort nachzudenken. „Ich habe Len gesucht", sagte er schließlich.

„Warum?", drängte Holly.

„Ich mache mir Sorgen um ihn. Er hat die Tendenz, in Schwierigkeiten zu geraten, wenn ich nicht auf ihn aufpasse." Dryzek richtete sich auf. „Genug der Fragen. Wo wird Len festgehalten? Hat er schon einen Anwalt angerufen?"

Dryzek war besorgt, dass Len ihnen etwas erzählen könnte. Es war eine verdammte Schande, dass er ihnen überhaupt nichts mehr sagen konnte.

„Len Milbank ist tot, Mr. Dryzek."

„Was zum Teufel?" Seine Augen weiteten sich und er sank zurück in seinen Sitz. „Verdammt."

„Carver", sagte Ferdinand vehement. Holly runzelte die Stirn.

„Wann ist er gestorben? Wo haben Sie ihn gefunden?", verlangte Dryzek zu wissen.

Sie zögerte. „Wir wissen nicht genau, wann er gestorben ist. Deshalb müssen wir seine letzten Aktivitäten nachvollziehen."

Dryzeks Blick schweifte über den Schreibtisch und blieb schließlich an seinen geballten Fäusten hängen, die dort ruhten. „Ich will alles wissen, was die Polizei herausfindet." Seine Stimme war tief und wütend. Keine Verstellung mehr.

„Sie sagten ‚Carver'?", fragte Holly an Gordy Ferdinand gerichtet. „Warum haben Sie das gesagt?"

Die beiden Männer sahen sich an, starrten sich tief in die Augen, und Holly wusste zwei Dinge. Erstens, sie hatten nicht gewusst, dass Len tot war, bis sie es ihnen gesagt hatte. Zweitens wollten sie kein weiteres Wort sagen.

„Wenn Sie etwas wissen, müssen Sie mit der Polizei sprechen. Die Behinderung einer Mordermittlung ist eine Straftat." Dryzeks Finger verkrampften sich, aber er sprach nicht.

Holly tauschte einen Blick mit Hammond aus, der mit den Schultern zuckte. Dann nahm sie eine Visitenkarte heraus und schob sie über den Schreibtisch in Richtung des Verbrecherbosses. „Wenn Sie irgendwelche weiteren Informationen haben ..."

Er schaute ihr in die Augen, aber jegliche Spur von Herzlichkeit war verschwunden. „Len hatte keine Verwandten. Halten Sie mich auf dem Laufenden und sagen Sie mir, wann ich seinen Leichnam zur Beerdigung abholen kann? Und seine persönlichen Sachen."

„Wir müssen uns erst vergewissern, dass er keine Familie hat. Dann melden wir uns bei Ihnen."

Gordy Ferdinand richtete sich auf.

„Haben Sie gestern Abend das Haus von Len Milbank durchsucht?", fragte Holly.

„Nein." Doch das leichte Nicken seines Kopfes sagte etwas

anderes. „Aber wir hingen dort oft ab." Um seinen Arsch zu retten, falls sie dort Fingerabdrücke und Spuren finden sollten.

„Ja, das kann ich verstehen." Holly schaute sich in dem geräumigen Zimmer mit den blitzblanken Fenstern, dem Blick aufs Meer, den makellosen Teppichen und der prächtigen Einrichtung um. Warum sollten sie nicht lieber in Lens schäbiger Spelunke ein paar Filme sehen als hier?

„Hatte Milbank etwas von Ihnen, das sie wiederhaben möchten, Mr. Dryzek?"

Dryzek erhob sich langsam, und sie wechselte die Position, wobei ihr Gesichtsausdruck hart und leer blieb. Zwölf Jahre bei der Polizei, und sie war nicht leicht zu erschrecken.

„Len Milbank war ein guter Freund. Ich würde es begrüßen, wenn ich etwas Zeit hätte, um allein über seinen Tod zu trauern. Wenn Sie weitere Fragen haben, rufen Sie mich an – oder fragen Sie Ihren Freund. Er weiß wahrscheinlich alles darüber."

*Oh nein.* Diese Andeutungen gefielen ihr ganz und gar nicht. Sie und Hammond traten hinaus, ihre Schritte hallten laut durch die Luxusvilla. „Das hat uns genau gar nichts gebracht."

„Typen wie Dryzek kennen sich aus und stolpern nicht so leicht, aber die Überraschung sah echt aus, als er hörte, dass Milbank tot ist", meinte Hammond. Er war da drin sehr ruhig gewesen. Ließ er sie ihre eigenen Ermittlungen durchführen oder gab er ihr genug Seil, um sich selbst zu erhängen? Holly setzte sich auf den Beifahrersitz seines Wagens. „Wir haben keine Verdächtigen und kein Motiv."

„Er war ziemlich darauf bedacht, Milbank zu finden. Irgendetwas sagt mir, dass Liebe und Mitgefühl nicht die Gründe dafür waren. Len Milbank hatte entweder etwas von ihm, oder er war auf irgendeine Weise eine Bedrohung. Ich werde meine Fühler ausstrecken und sehen, was ich herausfinden kann. Irgendjemand weiß bestimmt etwas." Hammond manövrierte sie durch die ruhigen Straßen von Port Alberni, und Holly stieß einen müden Atemzug aus.

„Wir müssen also nur noch diese Geheimnisse lüften." Sie sagte es mit ihrem typischen Lächeln, aber innerlich fühlte sie sich eingeschüchtert. Geheimnisse waren das, was die Menschen in Bamfield am eifrigsten zu hüten schienen.

———

Die Landschaft war grossartig – wenn man Schmutz, Bäume und Staub mochte.

Holly war auf dem Weg zurück nach Bamfield. Es war eine halsbrecherische Fahrt auf angeblich gut gewarteten Holzfällerstraßen von Port Alberni aus. Sie behielt die winzigen roten Meilensteine im Auge, denn wenn sie falsch abbog, konnte es eine Woche dauern, bis sie den Weg aus dieser riesigen Wildnis herausfand. Furlong würde das sicher gefallen. Sie umklammerte das Lenkrad fest, als ein riesiges Schlagloch es ihr fast aus den Händen riss. Tiefe Spurrillen im Schotter bedeuteten, dass sie für die fünfundsiebzig Kilometer lange Strecke zwei Stunden brauchen würde.

„Ach, Mist." Sie quetschte sich an den Straßenrand und verlangsamte ihr Tempo, als ein weiterer riesiger Holztransporter mit Anhänger auf sie zukam. Das mächtige Ungetüm raste an ihr vorbei und überschüttete sie mit Staub und Steinen in seinem Kielwasser. Lange Sekunden konnte Holly nichts sehen, also blieb sie ruhig sitzen und hasste es, wie ihr Herz durch den Adrenalinstoß schneller schlug. Es brauchte weitere zehn Sekunden, bis sich die Staubfahne verzogen hatte, dann fuhr sie zurück auf die dreckige Straße.

Steffie hatte es sich anders überlegt, sie wollte heute Abend noch nicht nach Bamfield zurückkehren. Das IFIS-Team hatte in Milbanks Wohnung eine Menge möglicher Beweise gefunden, und sie wollte sichergehen, dass alles korrekt katalogisiert war, bevor sie wieder zur Führungsgruppe stieß.

Sie hatten heute gute Fortschritte gemacht, waren aber noch

weit davon entfernt, den Mörder zu fassen – oder auch nur ein solides Motiv zu finden.

Holly nahm ihr Handy in die Hand, um Jeff Winslow anzurufen, dann fluchte sie. Kein Empfang. Eine weitere Staubwolke tauchte in ihrem Rückspiegel auf und warnte sie, dass ein anderes Fahrzeug, dessen Fahrer offenbar Todessehnsucht verspürte, die Straße entlang raste. Sie verlangsamte das Tempo und fuhr so weit rechts, wie sie sich traute. Nur wenige Meter entfernt befand sich ein steiler Abhang am Rande eines tausend Quadratkilometer großen Waldes.

„Fahr langsamer, du Idiot." Sie blickte in den Spiegel und sah den Fahrer eines großen schwarzen Pickups. Er trug eine Schirmmütze und eine dunkle Brille. Ihre Aufmerksamkeit wurde von einer weiteren Staubwolke abgelenkt, als sie sich einer einspurigen Brücke näherte. Sie schätzte die Entfernung ab und beschloss, dass sie noch genug Zeit hatte, die Brücke zu überqueren, bevor der Holztransporter ankam, also beschleunigte sie und schob sich in eine Spurrille. Der Pickup in ihrem Rückspiegel beschleunigte ebenfalls und prallte gegen ihre Stoßstange, als sie die Mitte der Brücke erreichte. Das Lenkrad wurde ihr beinahe aus den Fingern gerissen, aber sie hielt es fest und kämpfte verzweifelt, um von der Brücke herunterzukommen, bevor der Holztransporter, der in ihre Richtung den Hügel hinunterraste, sie wie eine Fliege zerquetschte. In ihrem peripheren Blickfeld blitzten Funken auf, als sie gegen die Leitplanke prallte. Der Holztransporter hupte, als sie und der Pickup die schmale Brücke passierten. Hollys Herz klopfte wie wild, und der Schweiß tropfte ihr von der Stirn, als der Pickup hinter ihr erneut gegen ihre Stoßstange stieß. Sie reckte den Hals und versuchte, ein Nummernschild zu erkennen.

Dieser Verrückte würde dafür bezahlen. War der Mann auf Drogen, zur Hölle?

Holly hatte keine Zeit, über Funk Verstärkung zu rufen. Sie brauchte beide Hände am Lenkrad. Sie trat auf die Bremse, aber der Fahrer des Pickups kam ihr zuvor, beschleunigte, krachte in ihr

Heck und drehte ihr Fahrzeug, bis es in einer riesigen Staub- und Schotterwolke quer über der Straße zum Stehen kam. Die Airbags schlugen ihr ins Gesicht und drückten sie mit dem Rücken gegen den Sitz. Sie versuchte, den Sicherheitsgurt zu lösen und ihre Waffe zu finden, aber ihre Finger funktionierten nicht richtig, und der verdammte Auslösemechanismus war steif und unkooperativ.

Dann erregte das Geräusch eines aufheulenden Motors ihre Aufmerksamkeit. Entsetzen durchzuckten ihre Nerven, während ihre Finger vergeblich mit dem Gurt kämpften. Der Pickup prallte von hinten in sie hinein. Er schüttelte den Geländewagen heftig durch und schleuderte ihn an den Rand der Straße. Ihr Geländewagen blieb einen atemberaubenden Moment lang in der Luft hängen, dann stürzte er und gewann an Schwung, als er die Böschung hinunter und in die brüchigen Arme des nicht abgeholzten Waldes raste.

# Sieben

Finn drückte aufs Gaspedal, denn er wollte nach Hause, bevor die Dämmerung hereinbrach und die wilden Tiere auf die Straße kamen und mehr als nur den einen oder anderen Kotflügel beschädigten. Er hatte seine und Thoms Tauchausrüstung von der Polizei abgeholt. Ein kleiner rebellischer Teil von ihm hatte gehofft, Holly zu sehen, aber sie war nicht aufgetaucht, und er hatte andere Dinge zu tun, als auf einem Polizeirevier herumzuhängen und zu versuchen, einen weiteren Kuss zu bekommen. Sie würde ihn verhaften, wenn sie wüsste, was für Gedanken er hatte.

Der Ersatzkompressor hatte vor ein paar Tagen einen Dichtungsschaden erlitten, und Finn hatte den kleinen Ausflug genutzt, um die Ersatzteile zu besorgen. Rob hatte an diesem Nachmittag eine kleine Gruppe erfahrener Taucher mitgenommen, aber der morgige Tag war vollgepackt mit den ersten Tauchgängen der Neulinge im Freiwasser. Ein großer Tag.

Finn rieb sich die Augen. Er war müde und hatte noch ein paar Stunden Arbeit vor sich, wenn er im Meereslabor ankam.

Wenigstens lenkte die Arbeit ihn von seiner Grübelei ab.

Spuren im Staub der Straße verrieten ihm, dass in den letzten

Minuten mehrere Fahrzeuge diesen Weg passiert hatten. Es hatte die ganze Woche über nicht geregnet – ein kleines Wunder an der Westküste –, was den Straßenzustand noch verschlimmerte. Er betrachtete stirnrunzelnd die Bremsspuren auf der Brücke. Es erstaunte ihn immer wieder, wie dumm die Menschen sein konnten, und dass diese Leute sich legal fortpflanzen durften. Er schüttelte den Kopf, als die Bremsspuren weitergingen.

*Scheiße.* Es sah aus, als wäre hier jemand von der Straße abgekommen. Finn fuhr an die Seite, weg von der gefährlichen Kurve. Ein Gefühl der Vorahnung warnte ihn, dass er im Begriff war, seine zweite Leiche in dieser Woche zu finden. Sich ein weiteres Blutbad anzusehen, war wohl das Letzte, was er tun wollte, aber er konnte nicht einfach weiterfahren, ohne nach Überlebenden zu suchen.

Also schlug er sich in die Büsche und dann den steilen Abhang hinunter. Äste waren brutal abgerissen, und eine tiefe Furche war durch den instabilen Boden gezogen.

Er schob sich an einigen dicken Tannen vorbei und erhaschte einen flüchtigen Blick auf etwas Weißes im Gebüsch unter ihm. Die Chance, Überlebende zu finden, war gering. Dann nahm er einen Geruch wahr – Benzin, das wahrscheinlich aus einem geplatzten Tank auslief. Der kleinste Funke könnte ein Feuer auslösen. Finn begann zu rennen, schlitterte und rutschte an den massiven Baumstämmen vorbei.

Als er einen klareren Blick auf das Fahrzeug erhaschte, wurde Finns Blut eiskalt, und sein Herz pochte wie bei einem neuen Rekruten. Der RCMP-Geländewagen stand auf dem Kopf, die Front war um den Stamm einer großen alten Fichte gewickelt, die Reifen drehten sich wie bei einem Kinderspielzeug. Das Zischen von Dampf war das einzige Geräusch in dem riesigen Wald. Er kam neben der Fahrertür zum Stehen und spähte an den aufgeblasenen Airbags vorbei ins Innere. Er hatte Blut und gebrochene Knochen erwartet. Er hatte seinen schlimmsten Albtraum erwartet. Aber die Fahrerkabine war leer. Da war niemand.

Er drehte sich, um nach einer Blutspur zu suchen, und arbeitete sich den Hang hinauf. Dann entdeckte er etwas Dunkles, das unbeweglich im niedrigen Gebüsch lag, und er sprintete den Hang hinauf.

Es war Holly, über und über mit Blut bedeckt.

Brutaler Schrecken schoss durch seine Adern, als er zu ihr rannte.

„Herr im Himmel. Was ist passiert?" Er hockte sich neben sie, prüfte ihren Atem und ihren Puls. Ihre Haut war warm. Der Puls flatterte unaufhörlich unter seinen Fingern. Sie lebte. Gott sei Dank war sie am Leben. Er strich ihr das Haar aus der Stirn, um nach Verletzungen zu suchen. *Verdammt.* Er war hin- und hergerissen, was er tun sollte. Er konnte es nicht riskieren, sie zu bewegen, konnte sie aber auch nicht zurücklassen.

„Holly?" Das meiste Blut schien aus ihrer Nase zu kommen. Schlieren bedeckten ihr Kinn und ihr Hemd, aber er wusste aus Erfahrung, dass es wahrscheinlich schlimmer aussah, als es war. „Kannst du mich hören?" Er berührte sanft ihre Schulter, woraufhin sie stöhnte und zu husten begann. Es war das beste Geräusch, das er je gehört hatte. „Ruhig. Ganz ruhig jetzt." Er hielt sie leicht fest, damit sie nicht versuchte, aufzustehen.

„F-Finn?"

Erleichterung durchzuckte sein Herz. Ihre grauen Augen waren trübe vor Verwirrung, die Haut drumherum begann bereits anzuschwellen.

„Ja, ich bin's. Was zum Teufel ist hier passiert?"

„Jemand hat mich von der Straße gedrängt."

Wut brannte durch ihn hindurch. Sie zog eine Grimasse, als sie versuchte, ihren Arm zu heben.

„Nicht bewegen." Er fuhr mit seinen Händen über ihre Gliedmaßen, um sich zu vergewissern, dass sie sich nichts gebrochen hatte. „Willst du damit sagen, dass das jemand mit Absicht getan hat?"

Sie schob seine Hände beiseite, setzte sich auf und kniff die Augen zusammen, offensichtlich vor Schmerz. Als sie sie wieder öffnete, starrte sie auf das Wrack am Fuße des Hügels hinunter. „Verdammte Scheiße."

Finns Blick schweifte ebenfalls dorthin. „Du hast Glück, dass du nicht tot bist." *Gott sei Dank.* Seine Hände zitterten, als er versuchte, ihre Verletzungen zu untersuchen. Er war schockiert, wie sehr ihn das alles aus der Fassung brachte. Trotz allem, was er sich eingeredet hatte, war ihm diese Polizistin wie ein verdammter Splitter unter die Haut gerutscht.

„Wie haben Sie mich gefunden?" Sie zog sich leicht zurück.

Finn mochte das Misstrauen nicht, das ihren Blick verdunkelte, aber er verstand es. Warum sollte sie jemandem vertrauen, nach dem, was sie gerade durchgemacht hatte? „Ich habe Bremsspuren auf der Brücke gesehen. Und der Boden war so aufgewühlt, dass ich wusste, dass jemand von der Straße abgekommen ist. Geht es Ihnen gut?"

„Nein. Helfen Sie mir aufzustehen, ja?"

„Sie sollten sich lieber nicht bewegen. Ich kann Hilfe holen. Einen Krankenwagen." Aber das würde Stunden dauern und es war schon fast dunkel.

Sie schüttelte den Kopf, und fasste sich dann an den Schädel. „Ich habe es geschafft, mich aus dem Fahrerhaus zu werfen, bevor das Auto sich überschlug und aufprallte. Das Härteste, was ich erwischt habe, waren der Airbag und der Boden." Sie berührte ihre Nase. „Aber das tat höllisch weh."

Ihre Mütze war weg. Lange dunkle Haare hingen um ihr Gesicht, das ein Chaos aus kahler, weißer Haut war, die von schmutzigem Rot überzogen war. *Scheiße.*

„Wir müssen Sie irgendwie zur Straße hinaufbringen und ein Team herschicken, das sich um das Wrack kümmert."

„Das hier ist der Beweis für den versuchten Mord an einem Polizeibeamten." Holly zeigte auf den Geländewagen, ihre Bewegungen waren zittrig. „Das IFIS muss ihn bearbeiten, bevor ihn jemand anderes anfasst."

„Solange sie damit nicht den ganzen Ort in Brand setzen,

können sie machen, was sie wollen." Finn war das egal. „Bringen wir Sie hier raus." Er blickte auf den steilen Abhang. Bevor sie protestieren konnte, nahm er sie behutsam in die Arme und begann den beschwerlichen Aufstieg nach oben. Holly schlang ihre Arme um seinen Hals, was ihn mit Erleichterung erfüllte.

Holly Rudd weckte gefährliche Gefühle in ihm, Gefühle, an die er nicht gewöhnt war und die er nicht wollte. Die Tatsache, dass sie bei einem Autounfall fast ums Leben gekommen wäre – verursacht durch einen verdammten Verrückten –, ließ seine sonst so gefestigte Gelassenheit schwinden. Er hatte sich inständig gewünscht, dass sie Bamfield verlassen und aus seinem Leben verschwinden würde. Aber doch nicht so. Niemals so.

Oben an der Böschung trat er schwer atmend auf die Straße und trug sie zu seinem Wagen. Er ließ ihre Beine los und lehnte sie sanft gegen die Beifahrertür. „Wie fühlen Sie sich?" Gott, ihre Gesichtsfarbe sah schrecklich aus, und sie würde bald ein, wenn nicht sogar zwei blaue Augen haben.

„Er ist rot." Ihre Stimme brach, und sie erschlaffte vor Erleichterung am ganzen Körper.

Er blinzelte sie an und fragte sich, wie hart sie sich den Kopf gestoßen hatte.

„Ihr Wagen. Er ist rot." Sie grinste ihn an, und obwohl sie beschissen aussah, war es wahrscheinlich das echteste Lächeln, das sie ihm je geschenkt hatte.

„Ja." Er beugte sich vor und öffnete ihr die Tür. „Er war schon immer rot."

„Der Pickup, der mich von der Straße gedrängt hat, war schwarz."

*Okay.* „Wie fühlen Sie sich? Haben Sie Schmerzen? Übelkeit?" Er starrte auf ihre Pupillen und beobachtete, wie sie auf das Licht reagierten. So weit, so gut.

„Verstehen Sie nicht? Ich weiß jetzt, dass Sie nicht derjenige waren, der mich von der Straße gedrängt hat."

Er drückte ihr vorsichtig die Schultern und lächelte sie an. „*Ich* wusste das schon immer. Glauben Sie wirklich, dass ich der Typ Mann bin, der jemanden von der Straße drängt?"

Ihre Lippen öffneten sich. Dann blinzelte sie einen plötzlichen Tränenschimmer weg und schüttelte den Kopf. „Ich bin es nur gewohnt, mich stets auf Beweise zu stützen und mich nicht auf meinen Instinkt zu verlassen."

„Ich fange langsam an zu glauben, dass Ihre Instinkte verdammt gut sind, wenn Sie ihnen nur trauen würden." Er beugte sich hinunter und küsste sie aus irgendeinem verrückten Grund auf die Stirn, bevor er ihr in den Wagen half. Er würde niemals eine Frau verletzen. Vor allem Holly würde er nie etwas antun. Es war ein gefährliches Geständnis, deshalb behielt er es für sich. Es waren nicht seine eigenen Geheimnisse, die er hütete. Und egal was passierte, er konnte es sich nicht leisten, dieser Frau zu nahe zu kommen.

Wären die Umstände anders gewesen, hätte Holly Rudd vielleicht einen ganz anderen Einfluss auf sein Leben und sein Herz gehabt. Als Finn an die Anspannung in Thoms Gesicht dachte, fand er es vielleicht doch ganz gut, dass es nicht anders war. Liebeskummer war nicht schön.

Ihre Hände zitterten, als sie versuchte, den Sicherheitsgurt zu schließen. „Ich weiß nicht, was passiert wäre, wenn Sie mich nicht gefunden hätten."

Er wusste bereits, dass es ihr nicht leichtfiel, Schwäche zuzugeben, also schnaubte er und nahm es auf die leichte Schulter. „Sie wären auf Händen und Knien den Hügel hinaufgekrochen, hätten einen vorbeifahrenden Lastwagen angehalten und verlangt, dass man Sie dorthin bringt, wo Sie eben hinmüssen." Sie besaß Entschlossenheit und Mut. Er wusste nicht, wie jemand diese Eigenschaften nicht bewundern konnte, vor allem in einem so schönen, wenn auch ramponierten, Gesamtpaket. Er beugte sich vor und fixierte ihren Gurt. Dabei versuchte er, die Wut zu unterdrücken, die in seinem Blut brodelte.

Verdammt noch mal. Sie hatte Glück, dass sie noch lebte, und er wollte nicht an die Möglichkeit innerer Blutungen denken oder daran, was hätte passieren können, wenn sie sich nicht aus dem Fahrzeug geworfen hätte, das mit hoher Geschwindigkeit einen bewaldeten Abhang hinunterraste. Und was wäre gewesen, wenn die Person, die sie von der Straße gedrängt hatte, angehalten hätte, um die Sache zu beenden?

*Zum Teufel.* Er war so wütend, dass es ein Wunder war, dass seine Haut nicht dampfte. Aber Holly brauchte seinen Macho-Scheiß nicht. Sie musste einfach nur versorgt werden. Die Cops konnten sich darum kümmern, dieses Arschloch zu finden, das für ihren Unfall verantwortlich war. Und er würde dafür sorgen, dass niemand die Chance bekam, es noch einmal zu versuchen.

Er ging um die Motorhaube seines Autos herum und stieg ein. „Ich lasse Ihnen die Wahl." Finn wusste, dass ihr die Verantwortung wichtig war. „Das Krankenhaus in Bamfield ist nur zwanzig Minuten entfernt. Es hat nicht den ganzen Komfort und die Geräte von Port Alberni, aber es verfügt immerhin über eine gewisse Grundausstattung. Wenn es ein Problem gibt, können sie einen Hubschrauber anfordern, was wahrscheinlich genauso schnell ist, wie von hier nach Port Alberni zu fahren." Er schenkte ihr ein laues Lächeln. „Oder wir können auf dieser Straße zurück nach Port Alberni fahren. Was wollen Sie tun?"

„Bamfield." Holly stützte sich mit der Hand auf das Armaturenbrett. Ihr Atem kam in scharfen, flachen Zügen. „Ich will so schnell wie möglich von dieser verdammten Straße runter."

Gut. „Wer wusste davon, dass Sie allein auf dieser Straße unterwegs waren? Wer wollte Sie loswerden?"

Sie legte die Stirn in Falten, als er den Wagen in Gang setzte. „Viele Leute wollen mich loswerden – das ist nun einmal eine Gefahr bei diesem Job." Ihre Stimme rasselte in ihrer Kehle. Er reichte ihr eine Flasche Wasser aus der Einkaufstasche hinter seinem Sitz und griff dann nach seiner eigenen.

Finn gab ihr auch seine Jacke, die sie als Kopfkissen benutzen sollte. „Sagen Sie es mir, wenn Sie Schmerzen haben. Dann werde ich langsamer fahren." Er warf einen Blick in den Spiegel und fuhr auf die Schotterstraße, wobei er sich darauf konzentrierte, die schlimmsten Spurrillen zu vermeiden, um Hollys Verletzungen nicht zu verschlimmern, aber auch, um so schnell wie möglich in die Klinik zu kommen. Die ganze Zeit über wirbelten Gedanken in seinem Kopf. Wer zum Teufel würde eine Polizistin töten wollen? Eine Frau? Holly?

„Ich konnte den Fahrer nicht sehen, weil mir die Sonne in die Augen schien und der ganze Staub herumflog."

„Das muss Sie zu Tode erschreckt haben."

„Es war nicht mein bester Moment, das ist verdammt sicher."

Finn legte seine Hand auf ihren Oberschenkel. Er ignorierte die Elektrizität, die daraufhin durch ihn hindurchschoss, und versuchte, sie zu trösten. „Schließen Sie die Augen. Ruhen Sie sich etwas aus."

Holly legte ihre Hand auf seine und drückte sie; er war verunsichert, als er das elektrisierende Gefühl von zuvor nun in seiner Brust wiederfand.

„Es tut mir leid, was heute Morgen mit Thom passiert ist. Staff Sergeant Furlong war sauer auf mich und hat es an dem Professor ausgelassen", sagte sie.

„Staff Sergeant Furlong ist ein Arschloch."

Sie schnaubte, dann zuckte sie zusammen und fasste sich an die Rippen. „Leider ist er auch mein Vorgesetzter, bis ich diesen Fall gelöst habe."

„Nun, das ist auf jeden Fall ein toller Anreiz, den Fall schnell zu lösen."

„Das ist es wirklich." Sie knirschte sichtlich mit den Zähnen.

Finn schluckte einen Knoten der Emotion hinunter. Er konnte nicht gut mit dem Schmerz anderer Menschen umgehen. In seiner Zeit beim Militär hatte er zu viele Menschen leiden sehen. Seine Kameraden hatten nicht lange gebraucht, um herauszufinden, dass er zwar nach außen hin hart, aber tief in seinem Inneren ein kleines Weichei war. Er würde vielleicht nicht mit der Wimper zucken, wenn es darum ging, Terroristen oder Aufständische auszuschalten, aber wenn man ihm ein krankes Kind oder ein verletztes Tier zeigte, tat er alles, was in seiner Macht stand, um ihnen zu helfen. Das Problem war, dass er in neun von zehn Fällen nichts hatte tun können, ohne den Erfolg der Mission zu gefährden. Das war einer der Gründe, warum er das Militär nicht vermisste. Er hatte es geliebt, Soldat zu sein, aber er hasste das damit verbundene Elend.

„Hatten Sie schon immer das Helden-Gen?"

„Was?", fragte er verwirrt.

„Sie wissen schon." Sie versuchte zu lächeln. „Der Retter in schillernder Rüstung, für den die Mädchen schwärmen?"

Er schüttelte den Kopf. „Das ist mir erst später in den Sinn gekommen. Als Kind musste ich weiß Gott oft genug selbst gerettet werden." Im Fahrerhaus herrschte Stille, bis auf das ständige Rumpeln des Schotters unter den Reifen.

„Ich habe die Fotos gesehen. Von dem, was er Ihnen angetan hat ..."

Er umklammerte das Lenkrad fester, wollte nicht darüber reden. „Es ist schon lange her."

„Das war in Ihren prägenden Jahren. Sie hätten eigentlich ein kompletter Idiot werden müssen."

Er senkte seine Stimme zu einem sexy Flüstern. „Machen Sie mir gerade ein Kompliment, Sergeant Rudd?"

Sie stöhnte, während sie sich die Seite hielt. „Ich habe eine Kopfverletzung. Anders kann ich es mir nicht erklären."

Er grinste und wünschte sich, sie wären sich unter normalen Umständen begegnet, wünschte sich, er würde sie nicht gerade ins Krankenhaus bringen, nachdem jemand versucht hatte, sie gegen einen Baum zu rammen.

Holly schloss die Augen. Er fuhr so schnell wie möglich, wich Unebenheiten auf der Straße aus und hielt nach Rehen Ausschau.

Sie erreichten die Klinik, als der Arzt und die Krankenschwester gerade gehen wollten.

„Anita. Dr. Fielding. Ich brauche Ihre Hilfe." Er sprang aus dem Auto, ging zu Holly und öffnete ihre Tür. Ihre Augen waren offen, aber sie sah grün im Gesicht aus. „Ich habe Sergeant Rudd aus einem Autowrack gezogen." Er nahm sie in die Arme und sie schmiegte sich an seinen Hals. Das fühlte sich gut an. Was eine verdammte Schande war, denn sie war nur hier, um Milbanks Mörder zu fangen. „Sie müssen sie untersuchen."

Holly fummelte in ihrer Tasche herum, als Finn durch die Türen schritt. Er legte sie sanft auf ein Bett in der Krankenstation und sie reichte ihm ihr Handy. „Rufen Sie Jeff Winslow an. Sagen Sie ihm, er soll ein Team zum Unfallort schicken. Irgendein Bastard hat versucht, mich zu töten, und ich werde mich nicht verkriechen und ihn damit davonkommen lassen. Und sagen Sie ihm auch, er soll meinen Vater *nicht* anrufen."

Finn wollte Fragen stellen, aber der Arzt zwang sie bereits, sich auf den Rücken zu legen und leuchtete ihr in die Augen. Dann begannen sie, sie zu entkleiden, und Finn wusste, dass es Zeit war zu gehen. Aber er wollte nicht gehen. Er hatte die verrückte Idee, dass er sich jetzt um sie kümmern müsste. Er drückte ihre Finger und wollte sie wieder küssen. Stattdessen ging er nach draußen und suchte im Handy die Nummer ihres Kollegen, so wie sie ihn gebeten hatte, so wie sie es ihm anvertraut hatte. Schon als er auf „Wählen" drückte, wusste er, dass sein Leben jetzt verdammt kompliziert werden würde. Irgendwie hatte sich Holly selbst auf die Liste der Leute gesetzt, die er beschützen musste, und so wie die Dinge liefen, würde das nicht einfach werden.

Das Dorf, in dem er aufgewachsen war, war schon immer voller Geheimnisse und Lügen gewesen, voller Dunkelheit, die sich unter der ruhigen, malerischen Fassade verbarg. Obwohl er die meisten dieser Menschen schon sein ganzes Leben lang kannte, traute er keinem von ihnen, außer Thom. Und Thom war die einzige Person an diesem Ort, die Holly niemals etwas antun würde. Denn Thom hielt diese Frau für seine lange verschollene Tochter – was die einzige Person, der Finn vertrauen konnte, zugleich völlig verrückt machte.

———

ZWEI STUNDEN SPÄTER WAR FINN ERSCHÖPFT UND hungrig. Er war dreimal befragt worden, und sie wollten ihn immer noch nicht wieder zu Holly lassen. Aber jetzt waren alle anderen Polizisten weg, und er konnte es nicht länger ertragen, einfach herumzusitzen. Thom war gekommen und hatte einen örtlichen Ingenieur beauftragt, die Teile für den Kompressor auszutauschen. Rob Fitzgerald, Finns Assistent, füllte alle Flaschen, die sie für die morgigen Tauchgänge benötigten.

Jetzt hatte er die Nase voll. Er drängte durch die Tür und fand Dr. Fielding, der bereits alle erdenklichen Tests durchgeführt hatte.

„Muss sie über Nacht hierbleiben?"

„*Sie* hat einen Namen." Holly starrte ihn mit großen dunklen Augen an, zerbrechlich gegen das Kissen gelehnt.

Der Arzt strich sich über die Falten auf seiner Stirn. „Sie scheint bemerkenswert gut davongekommen zu sein. Keine Anzeichen von Knochenbrüchen, inneren Blutungen oder gar einer Gehirnerschütterung." Er klang fast enttäuscht. „Sie wird morgen steif und wund und grün und blau sein, aber", er begegnete Finns Blick, „solange sie beaufsichtigt wird, sehe ich keinen Grund, warum sie nicht entlassen werden könnte."

Ihre Lippen verzogen sich zu einer unglücklichen Linie. „Die anderen Beamten werden die ganze Nacht durcharbeiten. Wir haben weder Zeit noch Ressourcen, um Kindermädchen zu spielen …"

„Ich passe auf sie auf", warf Finn ein.

„Nein." Holly schaute entsetzt drein.

Der Arzt schaute von einem zum anderen. „Es liegt an Ihnen, Officer. Aber wenn Sie niemanden zur Hand haben, der das für Sie tun kann, dann bleiben Sie hier, und ich werde Ihren Vorgesetzten anrufen, um es offiziell zu machen." Der Arzt sackte in sich zusammen. „Das heißt, ich bleibe auch hier. Und das heißt, wenn ich morgen zu müde bin, um einen Notfallpatienten zu behandeln, können wir Ihnen die Schuld geben." Er strahlte, aber in seinem Lächeln lag eine Sturheit, die selbst Holly erkannte.

„Ich muss zurück an die Arbeit." Mit einem Zucken warf sie die Decke zurück. „Aber gut, ich werde mit Carver gehen."

Dr. Fielding sah erleichtert aus, während er in sein Büro ging. „Sie haben meine Privatnummer und meine Handynummer. Rufen Sie an, wenn Sie mich brauchen."

Holly stöhnte, als sie sich bewegte. „Verdammt, ich glaube nicht, dass ich ohne einen Schuss Morphium überhaupt in ein Boot steigen kann."

„Das brauchen Sie nicht. In meiner Hütte gibt es ein freies Zimmer. Da haben Sie Ihre Ruhe, aber ich bin da, falls Sie etwas brauchen." Sie sah unsicher aus.

„Sie können gerne Ihr Team darüber informieren. Dann können sie jederzeit eine Rettungsaktion starten, wenn Sie Angst haben."

„Was bin ich, acht?" Sie lachte und erkannte die gleiche Taktik wieder, die sie gestern bei ihm angewandt hatte, als sie versucht hatte, ihn zum Tauchen zu überreden. *Mein Gott, war das erst gestern?* „Ich muss wirklich zurück an die Arbeit ..."

„Morgen", rief der Arzt durch die offene Tür, *„falls* ich es erlaube." Er eilte zurück und reichte ihr ein Fläschchen mit Medikamenten. „Versprechen Sie mir, dass Sie heute Nacht etwas schlafen, dann können Sie morgen früh wieder an die Arbeit gehen." Mit hochgezogenen Augenbrauen wartete er ab.

„Gut, aber morgen beginnt um Mitternacht." In ihren Augen flackerte dieser Funken wieder auf, der seit dem Unfall gefehlt hatte. Sie sah Finn an. „Können Sie mir bitte mit meinen Sachen helfen?"

Die Krankenschwester hatte ihr ein langes Krankenhaushemd

besorgt, das sich wie eine bauschige Wolke um sie legte. Sie setzte ihre Füße vorsichtig auf den Boden. Finn konnte seinen Blick kaum von dem gelegentlichen Aufblitzen nackter Haut abwenden. Der Arzt ging weg und ließ die beiden einander anstarren. „Finn?" Sie hob verwirrt eine Augenbraue.

Aus seiner Trance erwachend, schritt er in das Büro der Krankenschwester und schnappte sich einen neuen Satz OP-Kittel aus einem Regal. „Bestellen Sie ein paar neue und setzen sie auf meine Rechnung", sagte er zu Anita, während sie damit beschäftigt war, den Computer herunterzufahren.

Er schüttelte den Kittel aus – er roch nach warmer Baumwolle –, stellte sich neben Holly und beugte sich hinunter, damit sie erst einen Fuß, dann den anderen in die Hosenbeine stecken konnte. Er hielt ihren Blick fest, während er sie ihr über die Hüften zog, wobei seine Finger über die samtweiche Haut unter ihrem Krankenhaushemd strichen. Hollys Wangen wurden ein wenig rosa und ihr Atem stockte. „Danke."

Die obere Hälfte sollte für beide schwieriger werden. „Drehen Sie sich um und schauen Sie zur Wand." Es war unmöglich, dass sie den Kittel ohne Hilfe über den Kopf bekommen würde. Hätte er ein Hemd mit Knöpfen getragen, hätte er es ihr gegeben. Stattdessen zog er an der Schnur, die das Krankenhaushemd verschloss, und hielt den Atem an, als es langsam zu Boden glitt. Perfekt durchtrainierte Schultern und eine zarte Wirbelsäule begrüßten ihn. Rote Schürfwunden bedeckten die Oberseiten ihrer Arme und eine ganze Seite ihres Körpers. Es erinnerte ihn daran, wie nahe sie einer schweren Verletzung gekommen war, und wie stark ihre Schmerzen vermutlich waren.

„Können Sie Ihre Arme anheben?" Seine Stimme war rau. Vielleicht hätte er damit auf die Krankenschwester warten sollen, aber er konnte sehen, dass Anita es eilig hatte, nach Hause zu kommen. Und wollte er sich wirklich seine einzige Gelegenheit entgehen lassen, Holly nackt zu sehen?

„Ich denke schon." Sie hob sie langsam an.

Finn konnte hören, wie ihr Atem stockte, als sie versuchte, ihr geschundenes Fleisch zu bewegen. Er stand hinter ihr und beugte sich vor, wobei er ihre Hände fest im Blick behielt. Seine Brust berührte ihren Rücken, als er ihr das Oberteil über die Finger streifte und den Stoff über ihre Arme gleiten ließ, bevor er ihn vorsichtig über ihren Kopf und ihren Oberkörper zog. Ein elektrisches Knistern zischte durch die Luft zwischen ihnen. Noch nie in seinem Leben war er sich eines anderen Menschen so bewusst gewesen.

„Haben Sie eine Ahnung, wer das getan hat?" Er musste seinen Verstand von unpassenden Gedanken befreien. Beispielsweise Gedanken daran, wie es sich anfühlen würde, seine Hände unter ihr Hemd zu schieben und diese Brüste in seine Handflächen zu heben. *Nicht* hilfreich.

„Der Typ, den ich letzten Monat wegen Mordes an seiner Frau verhaftet habe? Ein betrunkener Autofahrer aus der Gegend, der einen Groll hegt?" Sie versuchte zu lachen, aber es kam nur ein Keuchen heraus. „Ich hatte gerade Remy Dryzek einen Besuch abgestattet, also werden die Beamten aus Port Alberni ihn zuerst befragen. Oh, und Sie sollten wissen, dass er mich von der Bar her erkannt hat und glaubt, dass Sie mit den Cops zusammenarbeiten. Sie müssen auf sich aufpassen."

„Dryzek hat nicht den Mumm, mich anzugreifen. Warum waren Sie überhaupt bei diesem Abschaum?" Hatte Dryzek etwas damit zu tun? Finn konnte sich zwar vorstellen, dass er jemanden erstochen hatte, aber beim besten Willen nicht, dass er das Wrack betaucht hatte. Dazu brauchte man Mut und Nerven aus Stahl. Dryzek hatte keines von beidem.

„Die meisten Leute, mit denen ich zu tun habe, sind Abschaum." Sie schnaubte, dann fasste sie sich an die Rippen. „Ich muss aufhören, das zu tun. Wir haben gerade die Leiche identifiziert, die Sie gefunden haben. Der Name wird jeden Moment bekannt gegeben." Ihre Füße suchten blind nach ihren Stiefeln, während ihre Augen gespannt auf seine Antwort zu warten schienen. Sie machte immer noch ihren Job, sogar hier. „Len Milbank. Kennen Sie ihn?"

Finn zwang sich, nicht zu reagieren. „Ich habe von ihm gehört." Er sank auf die Knie und nahm ihren Fuß in seine Hände. Sie hatte sich die Zehennägel mit kleinen Froschaufklebern lackiert, die nicht zu der seriösen Polizistin passten, die sie nach außen hin darstellte.

Holly bemerkte, wie er sie ansah. „Ich war im Urlaub."

Er sagte nichts, lächelte aber, als er ihr die Socken über die Zehen zog, dann den Fuß in den Stiefel schob und den Vorgang mit dem anderen Fuß wiederholte.

Len Milbank. Er hätte diesen Drecksack in dem Wrack verrotten lassen sollen. „Er war ein Freund von Remy Dryzek. Ein fieser Kerl, wie man hört." Definitiv kein Freund von Thom oder seinem Bruder. *Verdammt.* Die Dinge wurden einfach immer komplizierter.

„Haben Sie eine Idee, was er bei dem Schiffswrack gemacht haben könnte?"

Finn richtete sich zu seiner vollen Größe auf. „Nun, ich wusste es gestern nicht und hatte über Nacht keine übersinnlichen Visionen, also weiß ich es auch heute nicht."

„Lustig." Sie sammelte ihre blutige Uniform und ihren Ausrüstungsgürtel ein. Finn bot ihr an, die Sachen für sie zu tragen. Er wollte nicht, dass sie auf seltsame Gedanken kam, wenn er nach ihren Waffen griff. Sie überließ sie ihm, und er streckte seinen anderen Arm aus, damit sie sich darauf stützen konnte. Kräftige Finger umklammerten seinen Ellenbogen. „Nun, außer Ihnen und Thom wusste wohl noch jemand von dem Schiffswrack, weil jemand Len Milbank davon erzählt hat. Und dieser Jemand hat ihm wahrscheinlich ein Messer in die Brust gerammt. Ich nehme an, derselbe jemand hat mich gerade von der Straße gedrängt und versucht, mich zu töten." Ihre Fingernägel gruben sich in seine Muskeln, als sie versuchte, ihr Gewicht auszugleichen.

Er verlangsamte seinen Schritt und nickte Anita zu, die das Bett abzog, bevor sie für die Nacht nach Hause ging.

„Kümmern Sie sich um sie, sonst müssen Sie sich morgen früh vor mir verantworten." Die Krankenschwester lächelte mit leichter Vertrautheit.

„Jawohl, Ma'am."

„Danke für Ihre Hilfe", rief Holly der Krankenschwester und dem Arzt zu, die beide eine kurze Antwort riefen. Sie humpelte unsicher zur Tür. „Wer auch immer der Mörder ist, ich werde ihn finden und für sehr lange Zeit ins Gefängnis bringen."

———

Holly erwachte und sah Thom Edgefield, der sich über sie beugte und ihr Gesicht aufmerksam musterte.

Sie schrie erschrocken auf, sog einen quälenden Atemzug ein und drückte ihre Hand gegen seine Brust.

Er sprang überrascht zurück.

„Was zum Teufel?" Finn stürmte ins Zimmer, tropfnass und nur mit einem Handtuch, das er sich locker um ein Paar sehr schöne Hüften gelegt hatte, bekleidet. „Ich habe dir gesagt, du sollst auf sie aufpassen, nicht sie nicht halb zu Tode erschrecken."

„Ich habe nichts *getan*." Eine Röte verdunkelte Edgefields Wangen. Er rang die Hände, ein deutliches Zeichen der Verzweiflung. „Ich habe nur ihr Gesicht nach Erkennungsmerkmalen abgesucht."

„Mein Gott, Thom!" Finn strich sich das kurze, klatschnasse Haar zurück. „Tut mir leid. Thom kam vorbei und sagte, er würde aufpassen, falls Sie etwas brauchen, während ich unter der Dusche bin." Sein Blick war wie vom Donner gerührt. „Er hat es nicht böse gemeint."

„Du lässt mich wie einen Vollidioten dastehen." Thom warf die Hände in die Luft.

„Manchmal benimmst du dich auch genau so", schrie Finn fast. Holly stimmte ihm zu.

Thom presste die Lippen zusammen, während sein Blick auf den Teppich und dann weg wanderte. „Ich gehe jetzt besser nach Hause. Gute Nacht."

Holly blickte dem Mann stirnrunzelnd nach – oder sie hätte es getan, wenn sie ihr Gesicht hätte bewegen können. Alles war geschwollen und schmerzte.

„Wie geht es Ihnen?" Finn bewegte sich an ihre Seite. Der Duft der Seife, die er benutzte, wehte in der Luft, und sie war sich sehr wohl bewusst, dass zwischen ihm und seiner Nacktheit nichts als ein dünnes Handtuch lag. Sie war Frau genug, um neugierig zu sein. Und das war keine gute Sache.

Ihr Herz trommelte unangenehm gegen ihre Rippen. Wann hatte sie das letzte Mal auch nur den kleinsten Hauch von Anziehung verspürt? Leider wusste sie genau, wann das gewesen war, und das reichte aus, um sie für immer von Männern abzuschrecken. Aber dieser Typ hatte etwas an sich. „Holly?", fragte er. Blaue Augen bohrten sich in ihre.

„Es geht mir gut." Ihre Stimme klang heiser, und er reichte ihr eine Tasse Wasser vom Nachttisch. Er war nicht nur sexy, er war auch freundlich und mitfühlend. Auf jeden Fall ein Herzensbrecher, und sie mochte ihres intakt. Erleichtert griff sie nach der Tasse und sah sich im Raum um, wobei sie es vermied, ihn anzusehen, wie er einfach nur dastand, fast nackt, bis auf die Wassertropfen, die auf seiner gebräunten Haut glitzerten.

„Sie sehen beschissen aus", sagte er zu ihr.

Holly verschluckte sich fast am Wasser. Das sollte wohl jegliche Fantasien aus ihrem Kopf verbannen. Er nahm ihr die Tasse aus der Hand und stellte sie zurück auf den Tisch.

„Aber viel besser als Sie sollten, wenn man bedenkt, was Ihnen passiert ist."

Jemand hatte versucht, sie zu töten. Wenn sie den Zustand des Geländewagens betrachtete, war diese Person nicht weit davon entfernt gewesen, erfolgreich zu sein. „Habe ich Ihnen eigentlich schon dafür gedankt, dass Sie mich ins Krankenhaus gebracht haben?"

„Sie haben mir sexuelle Gefälligkeiten auf Lebenszeit versprochen." Sein Grinsen war verrucht.

„Ha, ha. Sie sind ein lustiger Mann." Aber ihr Herz pochte wie verrückt in ihrer Brust. Sie wollte Finn nicht mögen. Und sie wollte ihn ganz sicher nicht wollen. „Mir gefällt, wie Sie sich hier eingerichtet haben." Sie wich den Gedanken aus, die wie ein ungesunder Cocktail in ihr wirbelten, und betrachtete ihre Umgebung. Die Wände waren aus Holz. Zwei Tische waren gegen die Wände gelehnt. Ein Einzelbett, in dem sie lag, und eine weitere Reihe von Kojen, die an die gegenüberliegende Wand geschoben waren. Er schien sich wenig um materielle Dinge zu kümmern. Es gab keine Bilder an den Wänden. Nichts als schlichter, zweckmäßiger Raum. Sie fragte sich, wie sein Schlafzimmer aussah, unterdrückte diese Gedanken jedoch schnell. Ihre Wangen waren blutverschmiert, aber sie bezweifelte, dass er es bemerken würde, wenn man das Durcheinander in ihrem Gesicht betrachtete. Beide Augen waren geschwollen. Ihre Nase pochte wie eine Trommel. „Wie schlimm sehe ich wirklich aus?"

„Als ob Sie zehn Runden mit einem Schwergewichtschampion gekämpft hätten." Er zog eine Grimasse, und das Handtuch rutschte einen Zentimeter weiter. Fasziniert von den dunkelblonden Haaren, die von seinem Bauchnabel abwärts ragten, konnte sie nicht wegsehen.

„Ich schätze, ich werde das Fotoshooting mit der französischen *Vogue* absagen müssen."

Er lachte. Entspannt und mit geradezu lächerlicher Leichtigkeit. Er war fast nackt mit ihr im Bett.

*Großartig. Einfach großartig.*

Holly spürte, wie ihr die Hitze in die Wangen stieg, und versuchte, die Bettdecke hochzuziehen, wobei sie ihre protestierenden Rippen ignorierte. Dieser Mann war immer noch Teil der

Ermittlungen. Sie durfte keine lüsternen Gedanken über seinen unglaublich durchtrainierten, glatthäutigen und definitiv heißen Körper haben.

„Diese Hütten sind für Doktoranden und Gastprofessoren eingerichtet. Ich bin das ganze Jahr über hier, aber ich lasse Leute hier übernachten, wenn das Labor nicht genug Platz hat." Er hob die breiten Schultern, und unter der straffen Haut spannten sich die Muskeln. Ihr Mund wurde trocken, und das hatte nichts mit Schmerzmitteln oder einem Schleudertrauma zu tun. „Ich schätze, ich könnte mir etwas Besseres suchen, aber ich verbringe die meiste Zeit meines Lebens mit Arbeit, also sehe ich keinen Sinn darin. Es ist billig, bequem und viel besser als das, was ich beim Militär hatte."

„Sie waren sechzehn Jahre lang in der Armee." Sie wechselte zum Smalltalk.

Er hob eine Augenbraue und wartete.

Das tat er öfter, das hatte sie bemerkt. Er schwieg und wartete auf die eigentliche Frage, anstatt die erwartungsvolle Stille zu füllen. Nicht viele Menschen hatten den Mut zum Schweigen.

„Sie waren nicht mehr weit von einer vollen Militärrente entfernt. Warum haben Sie aufgehört?"

Seine Lippen zuckten kaum merklich. „Ich bin noch nicht bereit für den Ruhestand."

„War es, weil Thom zusammengeschlagen wurde?"

Er zuckte mit den Schultern und lenkte sie mit der Art von Lächeln ab, die Frauen in ernste Schwierigkeiten brachte. Selbst kluge Frauen. „Nicht alles im Leben dreht sich um Geld."

Finn Carver hatte ein Talent dafür, ihre Fragen nicht zu beantworten. Als Polizistin und als Frau machte sie das nervös.

Verärgert versuchte sie, die Bettdecke zurückzuschlagen, um aus dem Bett zu kommen und der Wirkung, die er auf sie ausübte, zu entkommen, aber sie war so fest zugedeckt, dass sie sich kaum bewegen konnte. Es gab so viel zu tun. Das Letzte, was sie gebrauchen konnte, war, im Bett zu liegen und mit männlichen Leckerbissen zu liebäugeln, während es einen Mord aufzuklären galt.

Jimmy Furlong würde das gefallen.

„Ich muss los", sagte sie.

„Nein."

„Wo ist meine Pistole? Ich kann Sie erschießen, wenn Sie mich hier festhalten."

Dem entschlossenen Blick in seinen Augen nach zu urteilen, war er bereit zu kämpfen, was ihr sehr gelegen kam. Aber jede Bewegung, die sie machte, schoss Schmerzensströme in ihre Rippen und ihre Seite hinauf. Ihr Hals fühlte sich an, als hätte man sie erfolglos gelyncht. Finn setzte sich auf die Kante des Bettes und hielt sie behutsam fest.

Mit einem frustrierten Knurren lehnte sie sich zurück in die Kissen und atmete schwer. Holly versuchte, seine Bauchmuskeln nicht zu bemerken. Oder seinen sauberen, seifigen Geruch. Der Mann war absolut umwerfend, und sie war eine Hauptermittlerin in einem Mordfall. Sie hatte keine Zeit für Ablenkungen.

„Ich könnte Sie verhaften", knurrte sie.

„Ich dachte, Sie schulden mir einen Gefallen?"

*Für den Tauchgang,* erinnerte sie sich. „*Das* ist also Ihr Verständnis von einem Gefallen?" Sie deutete auf das Bett.

„Sie ins Bett zu bekommen, stand definitiv auf der Liste." Seine Augen loderten kurz auf, dann sah er weg und unterbrach die Verbindung. „Ich habe ein Treffen mit Ihrem Team für acht Uhr vereinbart."

Ihre Augen weiteten sich ein wenig. Selbst das tat verdammt weh.

Er griff nach dem Tablettenröhrchen, schüttelte zwei heraus und reichte sie ihr. „Ich muss um viertel nach acht im Tauchschuppen sein, dann haben Sie und die anderen die Wohnung für sich allein." Hinter ihm waberte Dampf durch die offene Tür. Die Dusche lief noch immer. „Sie können die Wohnung durchsuchen, wenn Sie wollen, um mich aus Ihren Ermittlungen auszuschließen."

Aber sie erkannte an seinen intelligenten Augen, dass alle seine Geheimnisse in seinem fein verpackten Verstand verborgen waren. Und plötzlich wollte sie hinein – hinein in diesen Verstand, und noch weiter. Holly spülte die Schmerztabletten mit einem weiteren Schluck Wasser hinunter.

Ihr Telefon klingelte. Finn nahm es, sah auf das Display und reichte es ihr. „Ihr Vater."

Sie zuckte zurück, und in ihrem Kopf begann es zu rumoren. „Ich will nicht mit ihm reden."

„Er weiß bereits von dem Unfall." Seine blauen Augen waren jetzt kühl. Dunkel und kühl, wie der tiefe Ozean. „Er hat vorhin angerufen, und ich habe ihn über die Situation informiert."

„Dazu hatten Sie kein Recht." Ihre Faust ballte sich um das Handy. Sie musste rangehen. Aber sie wollte nicht von dem Fall abgezogen werden.

„Ich habe ihm gesagt, dass Sie ein bisschen angeschlagen sind, aber der Arzt versichert hat, dass Sie gleich morgen früh wieder arbeiten können."

Ihre Gedanken wirbelten in einem Durcheinander in ihrem Kopf herum. Sie war davon ausgegangen, dass Finn sein Bestes getan hätte, um sie aus dem Fall herauszuholen, und sie wusste nicht, warum die Tatsache, dass er das nicht getan hatte, ihr ein warmes Gefühl vermittelte. Sie drückte auf das Display, ohne den Blick von ihm abzuwenden. „Hi, Dad. Nein, mir geht's gut. Es tut weh, aber es geht mir gut."

Sie deckte das Mikrofon ab, als Finn sich umdrehte, um den Raum zu verlassen, wobei das feuchte Handtuch erotisch an seinem Hintern klebte. „Hey", rief sie leise. Er warf einen Blick über seine Schulter. „Danke."

Er nickte und sie hörte, wie er ins Bad zurückging.

Sie richtete ihre Aufmerksamkeit wieder auf ihren Vater.

„Wie geht es dir wirklich?" Die Stimme ihres Vaters war tief und voll wie heiße Schokolade und erfüllte sie stets mit Wärme.

„Ich habe überall Schmerzen, aber außer meinem Stolz ist nichts ernsthaft verletzt."

„Nun, damit müssen wir uns alle irgendwann einmal auseinandersetzen." Es entstand eine Pause. Ihr Vater war auch gut darin, mit seinem Schweigen viel zu sagen. „Wir haben Leute am Tatort, die versuchen, den Täter zu finden. Glaubst du, dass es etwas mit dem Mordfall zu tun hat, an dem du gerade arbeitest?"

Holly blinzelte aus den Fenstern in die Dunkelheit. „Es scheint das Offensichtliche zu sein, aber du hast mir beigebracht, stets die Fakten zu betrachten und keine voreiligen Schlüsse zu ziehen."

Er stieß einen Seufzer aus. „Ich bin nicht glücklich darüber, meine Kleine. Nicht nur, dass einer meiner Beamten angegriffen wurde, auch die Tatsache, dass du meine Tochter bist, macht es schwer, sich zurückzulehnen und den Prozess zu befolgen. Es war schon schlimm genug, dass du letzten Monat niedergestochen wurdest ..." Ihr Vater war immer der ehrlichste Mensch gewesen, den sie kannte. „Ich würde am liebsten da hinüberfliegen und jemandem den Kopf abreißen. Stattdessen muss ich hinter einem Schreibtisch sitzen und andere die Arbeit für mich erledigen lassen."

„Dad, ich weiß, wie ich auf mich selbst aufpassen muss."

„Das weiß ich. Aber", er schluckte schwer, „nachdem ich deine Mutter verloren habe, bist du alles, was ich noch habe. Und ich will verdammt sein, wenn ich zulasse, dass irgendein Idiot dich mir wegnimmt."

„Das wird nie passieren."

„Staff Sergeant Furlong hat vorgeschlagen, dass du dich von dem Fall zurückziehen könntest, bis es dir wieder bessergeht."

*Ich wette, das hat er.* Holly schluckte die instinktive Erwiderung hinunter, die ihr auf der Zunge lag.

„Mir fehlt nichts, was ein paar Stunden Schlaf nicht beheben könnten."

„Hm." Zum Glück wechselte er das Thema. „Wer ist der Typ, der das Kindermädchen spielt?" Als ob er nicht schon eine Zillion Hintergrundchecks durchgeführt hätte.

„Finn Carver ist ein ehemaliger Soldat der Special Forces, der mich kurz nach dem Unfall gefunden und ins Krankenhaus gefahren hat. Die einzige Möglichkeit, mich vorzeitig zu entlassen, war, dass ich jemanden auf Abruf habe, falls ich Hilfe brauche. Die Kommandogruppe hat viel zu tun. Er hat sich freiwillig gemeldet."

„Er ist derjenige, der die Leiche von Len Milbank gefunden hat."

„Richtig. Und er nahm mich mit zum Schiffswrack, damit ich mir den Tatort ansehen konnte."

„Allein?"

„Ja, Dad. Allein. Und ich bin noch am Leben und atme."

„Besteht die Möglichkeit, dass er derjenige ist, der dich von der Straße gedrängt hat?"

„Nein."

„Bist du sicher?"

„Ja das bin ich, Dad. Ich bin mir hundertprozentig sicher, und das kannst du dem Deputy Commissioner auch sagen."

„Klugscheißer." Aber er lachte.

„Das habe ich von dir gelernt."

Wieder diese Stille. Holly beschloss, abzuwarten, damit sie nichts Dummes sagen konnte.

„Ich habe mit seinem früheren Kommandanten gesprochen." Natürlich hatte er das.

„Der sagte, er sei ein ausgezeichneter Soldat gewesen, einer seiner besten. Du weißt, dass ich großen Respekt vor unseren Streitkräften habe, oder?"

Das „Aber" fehlte noch.

„Natürlich."

Das Schweigen hatte eine vorsichtige Note. „Vergewissere dich nur, dass er auf deiner Seite steht, bevor du ihm zu sehr vertraust, verstanden?"

Ein Anflug von Verlegenheit überkam sie. „Ich würde nie etwas Unmoralisches tun, Sir."

„Zum Teufel, Holly, ich spreche nicht davon, mit dem Kerl zu schlafen – obwohl, verdammt, das ist nicht das, woran ein Vater denken möchte. Er ist ein ehemaliger Soldat der Special Forces. Er kann Dinge tun, an die die meisten Polizisten nicht einmal denken können. Merk dir das. Bis du mehr über ihn weißt, bleibst du auf der Hut."

Sie sagte ihrem Vater nicht, dass sie Finn bereits vertraute – das klang nach einer so kurzen Bekanntschaft dumm und naiv. Wenn sie sich irrte, wollte sie nicht wie eine Idiotin dastehen, und sie hatte sich schon einmal geirrt. Dies waren gefährliche Tiefen, und sie hatte nicht die Absicht, darin zu ertrinken.

Ihr Vater ließ ein leises Grollen der Frustration hören. „Wenn ich rüberkommen und dich selbst pflegen könnte, würde ich es tun. Ich bin gerade mitten in einer Besprechung mit ein paar Bundesbeamten von der anderen Seite der Grenze – ich habe mich nur für einen Moment rausgeschlichen. Ich könnte versuchen, jemanden von dem Pflegedienst zu finden, der sich um deine Mutter gekümmert hat ..." Diese Worte lösten den üblichen Schmerz des Verlustes aus, tausend verschiedene Erinnerungen breiteten sich zwischen ihnen aus.

„Nein." Sie fuhr mit den Fingern über das kalte Metall ihrer Waffe. „Finn Carver wird heute Nacht von der gesamten RCMP beobachtet, und das weiß er. Ich komme schon klar."

„Wenn ich nicht mindestens fünfzehn verschiedene Berichte darüber hätte, dass er ein vertrauenswürdiger Kerl ist, würde ich nicht einmal daran denken, dich dort zu lassen, das weißt du doch, oder?"

„Ich bin kein Kind mehr." Sie lächelte. „Ich liebe dich, Daddy."

Ein weiterer großer Seufzer drang in das Telefon. „Ich liebe dich auch, mein kleiner Hobbit."

Sie verabschiedeten sich, und Holly legte nachdenklich auf. Es gab einen weiteren guten Grund, heute Nacht hierzubleiben. Finns Vertrauen zu gewinnen, war eine gute Möglichkeit, die Geheimnisse dieser Stadt zu ergründen. Sie hatte nicht vor, auf das gute Aussehen oder den beschützenden Charme dieses Mannes hereinzufallen. Sie war diszipliniert genug, um die Schönheit zu bewundern, ohne der Versuchung zu erliegen – oder nicht?

Nur eines war ihr wichtig, und das war das Streben nach Gerechtigkeit, selbst wenn das Opfer ein kleiner Ganove war, der wahrscheinlich genau das bekommen hatte, was er verdiente. Aber es gab einen Grund, warum die Justiz blind war und Polizisten keine Fälle verhandelten. Das hatte alles mit Männern wie Len Milbank und Finn Carver zu tun.

# Acht

Jeff Winslow klopfte an die Schlafzimmertür, als Holly gerade ihren Ausrüstungsgürtel anlegte. „Herein.“

Irgendwann in der Nacht waren all ihre Habseligkeiten aufgetaucht – zusammen mit einer neuen Uniform. Da sie wie eine Tote geschlafen hatte, nahm sie an, dass einer der Jungs sie hergebracht hatte, und sie wollte nicht fragen, wer sie beim Schnarchen gesehen hatte. Sie musste sich mit äußerster Vorsicht bewegen, um ihre geprellten Rippen nicht zu erschüttern. Zum Glück fühlte sie sich dank der Schmerzmittel nicht mehr ganz so, als wäre sie in zwei Hälften gesägt.

Sie konnte das schaffen.

„Danke, dass du hergekommen bist. Ich musste nur einfach eine Nacht durchschlafen, um wieder auf die Beine zu kommen.“

„Du solltest noch nicht wieder an die Arbeit gehen.“ Jeffs Augen funkelten mitleidig, als er sich ihre blauen Flecken ansah. „Bist du sicher, dass du dem gewachsen bist?“

„Es sieht schlimmer aus, als es ist.“ *Wenn es nur so wäre.* „Lass uns ins Wohnzimmer gehen und alles vorbereiten.“

Finn – nun vollständig bekleidet, *Gott sei Dank* – hatte eine

Kanne Kaffee aufgestellt, die tropfte und köchelte und einen köstlichen Duft verströmte. Sie hatte ihn kurz gesehen, bevor er zur Tür hinausging, und es war ihr gelungen, ihre Hormone im Zaum zu halten, sodass sie ihn heute Morgen mit ein wenig mehr Abstand betrachten konnte. Sicher, er war umwerfend und mutig, aber mit dieser Art von Alphamännchen hatte sie jeden Tag zu tun. Normalerweise machte ihr das nichts aus.

Doch seine Ritterlichkeit machte ihn noch anziehender für sie.

Im Geiste gab sie sich selbst einen Tritt.

Der Autounfall musste sie erschüttert und ein wenig verletzlicher als sonst gemacht haben, aber heute war alles wieder unter Kontrolle. Finn hatte die Zutaten für den Toast stehenlassen, also machte sie sich welchen, während Jeff seinen Laptop und den Projektor aufstellte. Die Corporals Messenger, Chastain und Malone kamen herein, ihre gestiefelten Füße ließen den Boden erzittern, als sie die Treppe hinaufstiegen und durch die Tür traten. Müdigkeit zeichnete sich auf allen Gesichtern ab.

Holly spürte, dass sie alle versuchten, ihre Arbeitstauglichkeit an ihren ramponierten Gesichtszügen abzulesen, und hob entschlossen die Hand. „Ich weiß, dass ich scheiße aussehe, aber mir geht es bestens. Nur ein paar blaue Flecken und ein höllischer Anreiz, diesen Kerl zu schnappen. Wo ist Steffie?"

„Immer noch in Port Alberni." Freddy Chastain bediente sich am Kaffee, und die anderen taten es ihm gleich. Sie nutzte die Gelegenheit, um sich auf einen der Stühle zu schleichen. Sie wollte mit niemandem zusammenstoßen und alle wissen lassen, wie zerbrechlich sie sich wirklich fühlte.

„Ein separates Team untersucht den Unfallort", kommentierte Jeff.

Holly nickte und nippte an ihrem Kaffee. Sie hatte ihnen bereits eine Aussage geschickt, aber einer der Beamten würde sie heute noch aufsuchen.

„Steffie ist geblieben, um alle Beweise, die sie gefunden haben, zu katalogisieren. Sie haben bereits herausgefunden, dass gestern Nachmittag ein schwarzer Ram-Truck gestohlen wurde. Sie überprüfen die Überwachungskameras und suchen nach ihm, aber wenn ihn jemand im Wald abgestellt hat – nun ja, da gibt es eine Menge abzusuchen."

Holly fluchte leise vor sich hin. „Lassen Sie uns den Mörder von Len Milbank finden. Was haben wir, was wir gestern noch nicht wussten?"

„Wir haben den Großteil der Anwohner befragt, aber ein paar wichtige Leute fehlen noch. Die meisten wussten, wer Len Milbank war, und keiner von ihnen schien seinen Tod zu bedauern."

„Ja." Sie nickte. „Den Eindruck hatte ich gestern auch."

„Und niemand kann sich erinnern, ihn in den letzten Wochen hier gesehen zu haben."

Holly dachte an Thomas Edgefields Behauptung, dass die Leute über ihren Aufenthaltsort am Tag des Mordes an seiner Frau gelogen hatten. Er war seit fast dreißig Jahren auf der Suche nach der Wahrheit und hatte sie immer noch nicht gefunden. Die Leute hier wollten nicht mit der Polizei reden. „Was haben wir sonst noch?"

Jeff öffnete eine weitere Akte. „Der Augapfel ist definitiv von Len Milbank. Sie haben keine DNA oder Fingerabdrücke auf dem Messer gefunden, außer die des Opfers. Wir haben jetzt Fotos, die wir weitergeben können." Er gab jedem von ihnen ein Bild eines fünfundzwanzig Zentimeter langen Tauchermessers mit einer fünfzehn Zentimeter langen Klinge. Dann überreichte Jeff ihnen auch ein Foto von Len Milbank, bevor er zum Fischfutter wurde.

„Irgendetwas über den Anzug?", fragte sie.

„Noch nichts."

„Ein Fahrzeug?"

„Nada."

„Ein Boot?"

„Nein. Der West Coast Marine Service beginnt mit der Suche

in allen Buchten, aber das wird einige Zeit dauern." Jeff hob eine Augenbraue. In diesem Licht erkannte sie, dass sein hellbraunes Haar anfing, grau zu werden. Warum war ein kluger Kerl wie Jeff immer noch ein Corporal, sie aber ein Sergeant?

„Also was *wissen* wir?" Sie schnappte sich ein Stück Kreide, dankbar, dass es eine Tafel an der Wand gab. „Opfer: Len Milbank. Mit einem Stich ins Herz wurde er in einem angeblich bisher unentdeckten Schiffswrack in dreißig Metern Tiefe gefunden."

„Er kann nicht während des Tauchgangs erstochen worden sein, weil das Geschirr der Sauerstoffflasche der Klinge im Weg gewesen wäre." Sie ging die einzelnen Punkte durch. „Der Mörder muss ihn kurz vor oder nach einem Tauchgang erstochen haben, denn es ist unmöglich, eine Leiche in einen Neoprenanzug zu stecken. Und wenn er nicht gerade einen verrückten Gummifetisch hatte, gibt es keinen Grund, warum er einen Tauchanzug tragen sollte, wenn er nicht tauchen wollte. Wer auch immer ihn getötet hat, war sein Tauchpartner."

„Also ist der Mörder ein Taucher, hat wahrscheinlich ein Boot oder Zugang zu einem, oder er hat das von Milbank benutzt", fügte Chastain hinzu.

„Was genau niemanden in dieser Region ausschließt", warf Malone mit einem finsteren Blick ein.

„Wer auch immer es getan hat, muss körperlich stark und ein guter Taucher sein, um die Leiche in das Herz des Schiffswracks zu ziehen und lebend wieder herauszukommen. Corporals Messenger und Malone – ich möchte, dass Sie eine Liste aller Taucher zwischen hier und Port Alberni zusammenstellen." Malone stöhnte.

„Ich dachte, niemand wüsste von dem Wrack", sagte Messenger leise.

„Irgendjemand wusste auf jeden Fall davon. Haben Sie gestern etwas herausgefunden?"

Messenger sackte niedergeschlagen in sich zusammen. „Niemand weiß etwas Genaues. Die Küstenwache ist ziemlich aufgeregt, weil sie *denkt*, dass es ein Handelsschiff sein könnte." Sie las aus ihren Notizen vor. „Ein Segelschiff mit Eisenrumpf aus dem späten neunzehnten Jahrhundert. Aber sie sagten, es gäbe ein Wrack auf jeder Meile entlang der Küste hier. Sie werden versuchen, es zu vermessen und zu identifizieren, sobald sie die Freigabe zum Tauchen erhalten."

„Die sollten sie bald erhalten", sagte Holly.

„Vielleicht gibt es jemanden mit irgendeiner alten Familienverbindung, der von dem Wrack wusste und es geheim hielt?", schlug Jeff vor.

„Was für ein Zufall, dass ein paar Tage, nachdem der Wissenschaftler seine glänzende neue Seeschnecke gefunden hat, die Leiche eines Mannes dort entsorgt wird."

Polizisten glaubten normalerweise nicht an Zufälle. Holly kniff die Lippen zusammen. „Es gibt zwei mögliche Gründe, warum der Mörder die Leiche dort unten verstecken würde. Erstens", sie tippte die Zahl auf ihren Fingern ab, „wusste er nicht, dass das Wrack bereits gefunden worden war und wollte nicht, dass Milbank unerwartet angespült wurde. Zweitens: Er wusste, dass das Wrack entdeckt worden war, und wollte, dass Carver und Edgefield wegen des Fundes der Leiche im Rampenlicht stehen."

„Beides denkbar." Chastain tippte mit seinem Stift auf die Armlehne des Sofas. Sein Handy klingelte, aber er ignorierte es. Er bemerkte, wie Holly ihn ansah und verzog das Gesicht. „Meine Verlobte will wahrscheinlich wissen, welche Farbe die Bänder für die Kleider der Blumenmädchen haben sollen." Malone lachte.

„Wir sind also im Grunde wieder am Anfang?", fragte Corporal Messenger leise.

„Nicht ganz. Wir haben Milbanks Kumpane in Port Alberni, die sich verdächtig verhalten, und jemand hat seine Wohnung verwüstet. Ich denke, dass Milbank vielleicht in den Drogen- oder Alkoholschmuggel für Dryzek verwickelt war, weshalb dieser so unruhig wurde, als er nicht mehr auftauchte."

Diese kleinen Küstengemeinden wurden von kriminellen

Organisationen ausgebeutet, wie Holly wusste. Sie dienten auch als Umschlagplätze für Schmuggler. Vielleicht war Milbanks Tod nur ein schiefgelaufener Drogendeal gewesen. „Jeff, kannst du mit den Jungs des West Coast Marine Service reden und herausfinden, ob sie irgendwelche Gerüchte an der Küste gehört haben?"

Jeff nickte.

„Ich glaube, wir machen jemanden nervös. Sonst hätten sie mich gestern nicht von der Straße gedrängt." Holly berührte ihre Nase, die verdammt wehtat.

„Es sei denn, das war persönlich?", wagte Malone zu fragen.

„Niemand hasst mich so sehr", antwortete Holly. Aber sie konnte das leise Flüstern der Unruhe, das ihr durch den Kopf ging, nicht unterdrücken. Irgendetwas fühlte sich nicht richtig an. Sie brauchte mehr Informationen, und die ruhige, geheimnisvolle Natur dieses Dorfes machte es unwahrscheinlich, dass sie diese bekommen würde.

Jeff las gerade auf seinem Laptop. „Len Milbank war in den frühen Neunzigern im VIRCC. Er saß zwei Jahre für bewaffneten Raubüberfall mit Gewaltanwendung."

„Zwei Jahre?" Holly schüttelte den Kopf.

„Und es stellt sich heraus, dass ein anderer Anwohner zur gleichen Zeit mit ihm im Gefängnis saß."

Ihr Magen zog sich zusammen, als sie in Erwartung den Atem anhielt.

„Brent Carver. Der ältere Bruder von Finn Carver."

Holly erinnerte sich, dass Dryzek und Ferdinand gestern „Carver" gesagt hatten. Sie hatte angenommen, dass sie Finn meinten, aber vielleicht hatte sie sich geirrt. „Brent saß wegen Mordes an seinem Vater im Gefängnis, richtig?"

Chastain nickte. „Er hat ihm einmal mit einer Bierflasche auf den Kopf geschlagen. Muss wohl einen gewaltigen Schwung gehabt haben. Er wurde als Erwachsener angeklagt und wegen Mordes zweiten Grades verurteilt. Er verbüßte zwanzig Jahre."

Meistens waren die Strafen für Kriminelle nicht hoch genug,

aber in Anbetracht der mildernden Umstände erschien ihr das ein wenig hart. Holly mochte den Stich der Wut nicht, der sie durchfuhr, wenn sie daran dachte, was für eine Kindheit diese beiden Brüder durchgemacht haben mussten. Aber sie durfte nicht zulassen, dass dies ihr Urteilsvermögen beeinträchtigte.

„Brent Carver wurde vor drei Jahren entlassen." Chastain überprüfte seine Notizen. „Er ist noch nicht einmal vierzig."

„Ich glaube, ich werde heute mit ihm reden", sagte Holly.

„Sie?", fragte Malone zweifelnd.

Sie schenkte ihm ihr wohl hässlichstes Lächeln. Verdammt, sie konnte kaum durch die Schlitze ihrer Augenlider sehen. „Ganz genau, Malone. Ich. Denken Sie, ich kann meinen Job nicht machen?"

„Ich bin nicht derjenige mit dem geschwollenen Gesicht, Sarge."

Sie grinste, wie es schien, zum ersten Mal seit Tagen. „Sie sollten mal den Rest von mir sehen. Okay, lassen Sie uns hier verschwinden. Malone, weil Sie so besorgt sind, kommen Sie mit mir. Messenger kann die Liste der Taucher allein abarbeiten. Lassen Sie uns diesen Bastard finden und von hier verschwinden."

———

MIKE BLICKTE DIE STRASSE AUf UND AB. AUSSER DEM Weißkopfseeadler, der ihn aus den oberen Ästen einer fünfzehn Meter hohen Kiefer anstarrte, war niemand zu sehen. Um diese Tageszeit waren alle in Vorlesungen, im Unterricht oder bei der Arbeit. Er ging zielstrebig die Stufen zu Finns Hütte hinauf, klopfte an die Tür und trat ein.

„Hallo. Ist jemand da?", rief er. Als niemand antwortete, öffnete er vorsichtig beide Zimmertüren und spähte hinein. Keiner da. Mit einem Blick auf die Eingangstür ging er in Finns Schlafzimmer mit dem ordentlich gemachten Bett.

Er sank auf die Knie und sah unter dem Bett nach. Nichts,

nicht einmal Staubmotten. Er öffnete den Nachttisch. Bücher. Jede Menge davon. Auf dem Nachttisch standen eine Lampe, ein Radiowecker und eine Ausgabe von *Identifizierung wirbelloser Tiere im pazifischen Nordwesten*. Mike rollte mit den Augen. Der Kerl machte wohl nie eine Pause.

Auf den beiden Schreibtischen stand nichts außer einem Laptop und Papierkram. Nicht das, wonach er gesucht hatte. Schweiß rann ihm den Rücken hinunter. Remy Dryzek hatte ihn um einen Gefallen gebeten, und er machte sich keine Illusionen darüber, was passieren würde, falls er keine Ergebnisse lieferte.

Lange Zeit hatte Milbank ihn gedrängt, bei einigen Schmuggelaktivitäten mitzumachen, aber Mike war nicht interessiert gewesen. Remy hatte ihm bei einigen Schwierigkeiten geholfen, die er mit einem Buchmacher in Port Alberni gehabt hatte, aber die Schulden hatten nicht ausgereicht, um sein Leben wegzuwerfen. Nach ein paar Wochen hatte Mike das geschuldete Geld zurückbezahlt. Er war davon ausgegangen, dass Milbank aufhören würde, ihn zu schikanieren, aber wenn dies überhaupt möglich war, dann war es nur noch schlimmer geworden. Len hatte gedroht, ihn zu töten, wenn er ihm nicht ein paar Gefallen erweisen würde.

Der unerwartete Tod des Mannes hatte Dryzek in Rage gebracht, und Mike saß in der Scheiße und versuchte, mit seinem kleinen Finger in die Tiefe zu paddeln. Jemand hatte Milbank getötet und Remys Koks oder Geld gestohlen – der Typ wusste nicht einmal, was davon zutraf, weil er nicht wusste, ob Len den Austausch vorgenommen hatte oder nicht. Dryzek war jetzt ein feuerspeiender Strudel der Vergeltung.

Was Mike in Schweiß ausbrechen ließ, war der Gedanke, dass Gina ihm erzählt hatte, dass Finn in dieser Bucht ein Schiffswrack gefunden hatte, und während er versuchte, dem drohenden Tod zu entgehen, hatte er Milbank davon erzählt, um sich bei dem Kerl beliebt zu machen. Sie hatten geplant, es gemeinsam zu erkunden – und ja, Mike hatte halb gehofft, Milbank würde auf dem Weg nach oben eine Lunge voller Wasser einatmen und sich vielleicht da unten verirren. Aber Milbank war nicht aufgetaucht, und die Tauchausrüstung, die Mike sich aus dem Taucherschuppen geliehen hatte, war weg. Die Polizisten stellten eine Reihe von Fragen, die ihn sehr nervös machten.

Er öffnete die Schranktüren, wobei er sich über das Geräusch ärgerte, und zog einen kleinen Koffer heraus, neben dem eine Reihe von Stiefeln stand. Der Koffer war verschlossen. Er ging zurück zum Nachttisch und durchwühlte die Schublade. Er fand einen kleinen Schlüssel und steckte ihn in das Schloss. *Bingo.* Sein Herz klopfte so schnell, dass es in seiner Brust pochte, als er die Verschlüsse öffnete. Aber darin befand sich keine Ladung Koks. Stattdessen lagen darin eine mattschwarze halbautomatische Pistole und ein Haufen Munition. Mike knallte den Koffer zu und schob ihn zurück in den Schrank. Finn war ein ausgebildeter Soldat. Er wusste, wie er sich notfalls schützen konnte. Mike überprüfte das oberste Regal, aber dort war nichts zu finden.

Ein Kribbeln stieg in seinem Nacken auf. Er trat zurück und vergewisserte sich, dass alles noch so aussah wie zuvor. Er wollte gerade das Schlafzimmer verlassen, als er hörte, wie die Haustür geöffnet wurde. Schnell schlich er sich hinter die Tür. Was zum Teufel sollte er sagen, wenn Finn ihn hier erwischte? Die Wahrheit? Dann würde Dryzek ihn mit Sicherheit umbringen. Er saß verdammt nochmal tief in der Klemme.

*Scheiße.*

Er drückte sich dicht an die Wand hinter der Tür und spähte durch den dünnen Spalt zwischen Tür und Rahmen. Es dauerte einen Moment, bis er die uniformierte Gestalt von Holly Rudd erkannte, die in den anderen Raum schritt. *Was zum Teufel?*

Dann erinnerte er sich daran, was seine Mutter ihm darüber erzählt hatte, dass Holly mit Finn vom Krankenhaus nach Hause gegangen war. Sie schnappte sich etwas von einem Bett, drehte sich um und ging sofort wieder zur Haustür hinaus. Ihr Gesicht war eine Katastrophe. *Herr im Himmel.*

Mike zählte bis hundert und ging dann vorsichtig in die Küche.

Er durchsuchte schnell die Schränke, aber Finn würde auf keinen Fall Schmuggelware im Küchenschrank aufbewahren, wenn er die Polizistin bei sich wohnen ließ.

Der Gedanke, dass Finn stehlen könnte, passte nicht zu dem, was Mike über den Kerl wusste, aber Remy war hartnäckig geblieben. Mikes Kehle wurde trocken, denn wenn Finn das herausfand, würde er dafür sorgen, dass er selbst Holly Rudd bald sehr ähnlichsah. Schlimmer noch, Finns Hütte war nicht der einzige Carver-Wohnsitz, den er auf Dryzeks Anordnung hin durchsuchen sollte. Die Chancen, in Brent Carvers neues Haus zu gelangen, ohne dass der Bastard ihn erwischte, waren gering, und er wollte nicht so enden wie ihr guter alter Daddy. Mike brauchte ein Wunder, aber der Himmel schien in letzter Zeit ein wenig geizig damit zu sein. Er hielt inne, ging zurück zu dem Koffer im Schlafzimmer und nahm die Waffe heraus. Sie fühlte sich schwer in seiner Hand an. Er verstaute sie in seinem Hosenbund und bedeckte sie mit seinem T-Shirt, steckte etwas Munition ein und verschloss dann alles wieder so, wie es vorher war.

Finn würde ihn umbringen, wenn er es herausfände. Aber wenigstens gab ihm die Pistole etwas Hoffnung, aus diesem Schlamassel lebend herauszukommen.

Mike warf einen Blick durch die Fenster und ging dann die Treppe hinunter, wobei er leicht grinste, nur für den Fall, dass ihn jemand beobachtete. Der Schweiß durchtränkte sein T-Shirt unter den Armen. Er hatte etwas Dummes getan und sich mit ein paar angsteinflößenden Leuten eingelassen. Und jetzt musste er dafür bezahlen.

———

Es klopfte an seiner Tür, und Thom sah von seinem Computerbildschirm auf. Seine Sekretärin kam mit einer Tasse Kaffee herein. Trotz des enormen Gehaltsunterschieds zwischen ihnen war er nur das Aushängeschild, und sie war es, die die inneren Mechanismen des Meereslabors steuerte.

„Was würde ich nur ohne dich tun, Gladys?" Er lächelte, als sie seine Lieblingstasse auf den Untersetzer auf seinem Schreibtisch stellte. Selbst an den Tagen, an denen er in obsessive Manie verfiel, sorgte sie dafür, dass alle anderen das taten, was sie tun sollten.

„Laura Prescott hat angerufen."

Sein Herz machte einen unwillkürlichen Sprung.

„Sie hat gesagt, dass sie heute etwas verspätet zur Besprechung beim Mittagessen kommt."

Thoms Kehle schnürte sich auf die Größe eines Strohhalms zusammen. „Wir haben eine Verabredung zum Mittagessen?", quiekte er.

Gladys lächelte und ging zurück zur Tür. „Ein Uhr. Bei dir zu Hause. Deinem Gesichtsausdruck nach zu urteilen schätze ich, dass Finn das arrangiert hat."

Er zupfte an seinem Hemdkragen, der sich plötzlich viel zu eng anfühlte. „Ich will mich nicht mit Laura Prescott treffen."

„Du musst über deine Zukunft nachdenken. Du bist so auf die Vergangenheit fixiert. Was, wenn die Polizei beschließt, dass du den Taucher, den du gefunden hast, getötet hast? Du musst vorbereitet sein." Gladys starrte ihn von seiner Bürotür aus an. „Jedenfalls ist Laura ein Schatz."

„Sie jagt mir eine Heidenangst ein", gab er zu.

Ihre freundlichen braunen Augen wurden weicher. „Bianca ist schon vor langer Zeit gestorben. Niemand sagt, dass du sie vergessen sollst, aber ..."

Dreißig Jahre. Dreißig Jahre voller Kummer und Elend und knochentiefer Frustration. Er starrte zu Gladys auf und erkannte, dass er den größten Teil seines Erwachsenenlebens damit verbracht hatte, einem Irrweg hinterherzujagen. „Ich kann das nicht." Er dachte an die Sommersprossen auf Hollys Stirn, die zu denen auf dem Foto seiner schönen Tochter Leah passten. „Noch nicht."

Sie schien von seiner Antwort nicht überrascht zu sein. „Wir haben nur eine Chance in diesem Ding namens Leben, Thom, und keiner von uns weiß, wie lange wir haben, bis es vorbei ist. Denk darüber nach."

Thom starrte auf die Dampfschwaden, die von seinem Kaffee ausgingen. Er wollte nicht darüber nachdenken. Das bedeutete, dass er in diesem Alptraum von vor drei Jahrzehnten feststeckte. Er hatte die Panik durchlebt, seine Frau und seine Kinder nicht finden zu können, die Angst, dass sie ihn verlassen hatte, den Schrecken, weil er wusste, dass etwas nicht stimmte, die Verzweiflung, als er ihre Leichen fand, und die endlose Suche nach seiner Tochter.

Er sah sein hageres Spiegelbild im Monitor, als der Bildschirm schwarz wurde, und zuckte zusammen, als ihm ein alter Mann entgegensah. Speichel sammelte sich in seinem Mund, und er erstickte fast daran.

Hätte Bianca ihr Leben mit der Suche nach seinem Mörder verschwendet, wenn die Sache andersherum gewesen wäre? Er wusste, dass sie es nicht getan hätte. Aber in gewisser Weise machte es das noch dringender, dass er den Bastard fand. Sie hatte ihn nicht so geliebt, wie er sie geliebt hatte, und sie war trotzdem bei ihm geblieben. Sie war seinetwegen nach Bamfield gekommen, also war sie auch seinetwegen gestorben. Und der Gedanke, seine Kinder aufzugeben, sie loszulassen ...

Er schaltete den Monitor wieder ein und starrte auf das einzige Familienporträt, das er besaß. Aufgenommen auf der Wiese vor diesem Gebäude, am Tag bevor sie ihm für immer gestohlen worden waren. Wie könnte ein Vater seine Familie aufgeben? Er würde lieber sterben.

———

„Womit zum Teufel verdient der Kerl eigentlich sein Geld?" Holly und Malone sahen sich an und dann wieder auf das riesige Luxushaus mit Blick auf den Ozean. Malones Gesicht zeigte Abscheu. Hollys Gesichtsausdruck hätte eigentlich überraschtes Misstrauen zeigen sollen, aber alle ihre Gesichtszüge waren jetzt von schmerzhaften Schwellungen und bunten Blutergüssen gezeichnet. Sie würde sich heute auf mehr als ihr freundliches Lächeln verlassen müssen.

Sie klopfte erneut an die Tür, aber niemand reagierte. Sie zuckten mit den Schultern und stapften auf die Rückseite des Hauses.

„Nun, *das* ist mal eine Aussicht." Malone pfiff.

In der Nähe befanden sich einige bewaldete Felseninseln, und weit im Nordosten lagen die Berge im Inselinneren. Doch im Westen erstreckte sich bis zum Horizont das tiefe indigoblaue Wasser des Pazifiks.

„Sie sind hier aufgewachsen." Holly sah sich um. Nichts deutete auf die drückende Armut oder den gewaltsamen Tod in der Vergangenheit hin. Stattdessen war da dieses massive, prachtvolle und millionenschwere Haus mit seinen riesigen Fenstern zum Meer hin. Holly klopfte an die Hintertür, fester, und dieses Mal kam ein Geräusch aus dem Inneren.

Die Tür öffnete sich abrupt, und da stand ein großer, schlaksiger Mann mit blondem, zerzaustem Haar und blutunterlaufenen, verschwommenen Augen. Er war barfuß, trug Jeans und ein zerlumptes T-Shirt, und sein Gesicht war von tiefen Furchen gezeichnet, die mehr Erfahrung verrieten, als es sein Alter rechtfertigte.

„Mr. Carver? Brent Carver? Dürfen wir hereinkommen?"

Seine Augen betrachteten ihr ramponiertes Äußeres und funkelten vor Interesse, aber er sagte nichts, sondern schüttelte nur den Kopf. Er drehte sich um und ging müde davon. Sie und Malone tauschten einen Blick aus und folgten ihm ins Haus. Das Haus war blendend hell, die Oberlichter ließen die Morgensonne optimal herein. Sie landeten in einer riesigen, offenen Küche, die auch in einer Zeitschrift hätte stehen können.

Brent Carver zeigte auf die Kaffeekanne. „Bedienen Sie sich."

Dann ließ er sich auf eine marineblaue Couch fallen, den Kopf in eine Hand gestützt, während er einen Schluck Kaffee trank.

Er sah aus wie ein Mann, der vor zehn Jahren auf Sauftour gegangen war und seitdem nicht mehr aufgehört hatte.

Obwohl der Kaffee sie verlockte, nahm Holly das Angebot nicht an. „Wir haben ein paar Fragen zu einem Mann namens Len Milbank."

„Ich habe gehört, dass sie seine Leiche draußen am Crow Point gefunden haben."

Die RCMP hatte noch nicht bekannt gegeben, dass die Leiche in dem Schiffswrack gefunden worden war. Tatsächlich hatten sie noch nicht einmal Einzelheiten über das neue Schiffswrack an die Öffentlichkeit weitergegeben, aber dies war eine kleine Stadt. Bald würden es alle wissen.

„Wir versuchen herauszufinden, was Mr. Milbank da draußen gemacht hat."

Brent Carver öffnete seine Augen und sah sie direkt an. Sie blinzelte, denn seine Augen hatten genau die gleiche Farbe wie die von Finn, aber seine waren trüb. Leer.

„Warum fragen Sie mich danach?"

„Sie waren zur gleichen Zeit im Wilkinson-Gefängnis wie Mr. Milbank."

„Ich und über dreihundert andere Häftlinge." „Aber Sie kannten ihn?", drängte Holly.

„Wir waren keine Freunde." Er stellte seine Tasse auf dem massiven Eichentisch neben dem Sofa ab.

„Danach habe ich nicht gefragt."

Eine Falte zog sich über seine Wange und eine Seite seines Mundes verzog sich nach oben. „Ich kannte ihn."

„Wann haben Sie Mr. Milbank das letzte Mal gesehen?"

„Ich kann mich nicht recht erinnern."

„Haben Sie ihn gesehen, seit Sie das Gefängnis verlassen haben?" Holly beobachtete sein Gesicht genau.

Ein Achselzucken. „Im Vorbeigehen."

„Tauchen Sie?"

Sein Gesicht verzog sich, und er streckte alle Gliedmaßen in einem Ganzkörper-Gähnen aus. „Manchmal. Aber nicht oft."

„Können wir Ihre Ausrüstung sehen?"

„Besorgen Sie einen Durchsuchungsbeschluss."

„Haben Sie etwas zu verbergen?", fragte Malone.

Carver stieß ein scharfes Lachen aus. „Etwas zu verlieren. Etwas, das mir dieses Mal ans Herz gewachsen ist. Meine Freiheit."

„Sie haben in den letzten zwei Wochen nicht mit Mr. Milbank gesprochen?"

Seine Augen fixierten sie, wie eine Schlange ein Kaninchen. Es war schon lange her, dass sie sich wie ein Kaninchen gefühlt hatte. „Nein."

„Was machen Sie beruflich, Mr. Carver?"

„Inwiefern ist das relevant?"

Holly versuchte zu lächeln, aber es zerrte an all ihren blauen Flecken. *Autsch.* „Ich versuche nur, mir ein Bild von Ihrem Leben zu machen, Mr. Carver. Und herauszufinden, wie Sie sich das alles hier leisten können." Sie deutete auf das glänzende Holz, die funkelnden neuen Geräte und das riesige Original-Ölgemälde, das über dem Kamin hing.

„Sie wollen es sich bei Ihren Ermittlungen leichtmachen und den Ex-Knacki dafür verantwortlich machen." Seine Lippen kräuselten sich. In diesen Augen war keine Liebe für die Polizei zu erkennen.

„Sie haben Ihren Vater umgebracht." Malone schritt um die Kücheninsel herum. „Sie müssen doch gewusst haben, dass Sie ganz oben auf unserer Liste der Verdächtigen stehen."

„Oh, das wusste ich. Das ist der einzige Grund, warum ich Sie hereingelassen habe. Mangelnde Vorstellungskraft war schon immer ein Problem für Polizeibeamte." Brent Carver erhob sich von der Couch und stand auf. „Ich muss Sie bitten, jetzt zu gehen. Ich habe noch zu tun." Sein Lächeln war starr und kalt und kroch Holly in einer seidigen Welle des Unbehagens den Rücken hinauf.

Malone schüttelte lächelnd den Kopf und wandte sich zum Gehen.

Ein Stirnrunzeln legte sich auf Brents Stirn. „Was ist mit Ihrem Gesicht passiert?"

Holly berührte ihre Nase. „Ein Autounfall. Jemand hat mich von der Straße gedrängt."

Er lachte, was ihr das Blut in den Adern gefrieren ließ. „Ihre nächste Frage lautet also: Wo war ich gestern Nachmittag?"

„Woher wussten Sie, wann sich der Unfall ereignet hat?"

Er hob eine Hand, als wolle er ihr Gesicht berühren. Sie erstarrte. Er ließ es sein. „Sagen wir einfach, ich habe eine Menge Erfahrung mit blauen Flecken."

Plötzlich fand sie sich auf der hinteren Veranda wieder, stand neben Malone und starrte auf die geschlossene Tür des luxuriösen Blockhauses.

Malone rollte mit den Schultern. „Ich würde sagen, wir haben einen potenziellen Verdächtigen gefunden, Sergeant. Soll ich sehen, ob ich einen Durchsuchungsbeschluss bekommen kann?"

Sie schüttelte den Kopf. „Im Moment haben wir nichts gegen ihn in der Hand, nicht einmal Indizien. Lassen Sie ihn schwitzen. Wir werden weiter graben."

———

Finn stand vor dem Laden und streichelte die englische Bulldogge einer ansässigen Familie, während er darauf wartete, dass Laura einige Lebensmittel für ihre Fahrt zurück nach Hause beiseitelegen ließ. Das Versorgungsschiff war heute in den Hafen eingelaufen, und die frischen Sachen hielten sich nicht lange.

Sie lebte allein auf der Westseite der Bucht, ganz in der Nähe des Ortes, an dem er aufgewachsen war. Letzten Sommer hatte er sie in diesem Laden getroffen, und sie hatte ihn gefragt, ob er jemanden kenne, der ihren Steg für sie umbauen könne. Er hatte sich freiwillig gemeldet, weil es ihn in der wenigen Zeit, die er frei hatte, beschäftigte und außerdem fit hielt.

Er blickte die Promenade entlang. Holly und ein weiterer RCMP-Beamter gingen gerade auf die Eingangstür des Hotels zu.

Holly blickte ihm entgegen, ihre Haut war vielleicht ein bisschen weniger geschwollen als am Morgen, aber beide Augen waren blauschwarz. Es tat sicher verdammt weh. Sie sagte etwas zu ihrem Kollegen und wechselte die Richtung, um auf ihn zuzugehen.

Sie schenkte ihm den unsicheren Versuch eines Lächelns, und er erkannte plötzlich, dass sie aus dem Gleichgewicht geraten war, weil sie ihre Schönheit nicht mehr einsetzen konnte, um die Leute zu verwirren. Gut, dass sie noch nicht herausgefunden hatte, dass er sich zu ihr hingezogen fühlte, egal wie sie aussah.

„Wie fühlen Sie sich?" Sein Blick ruhte auf ihren geschwollenen Lippen, und er wollte verdammt sein, wenn er sie nicht noch einmal kosten würde.

„Ich hatte schon bessere Tage", gab sie zu.

Sie lehnten sich beide auf das Holzgeländer und starrten auf das Meer hinaus. Eine Robbe wippte im windgepeitschten Wasser auf und ab.

„Ist das Retten von Jungfrauen in Nöten ein Hobby von Ihnen?", fragte sie nach einem Moment.

Finn lachte und schüttelte den Kopf. „Sie sind definitiv mein Erster Fall in dieser Angelegenheit."

Ein amüsiertes Glänzen erhellte ihre Augen. „Irgendwie bezweifle ich das."

„Ernsthaft, die meisten Leute lassen mich einfach kalt. Offensichtlich habe ich eine Schwäche für Frauen in Uniform."

Ihre Augen blitzten auf, als könne sie es nicht fassen, dass er mit einer Frau flirtete, die so aussah wie sie. Er selbst konnte es auch nicht glauben. Verdammt, die Erinnerung an dieses Wrack hatte ihn letzte Nacht in seinen Träumen heimgesucht, zusammen mit ein paar erotischen Gedanken daran, wie viele blaue Flecken er küssen könnte, um sie schneller heilen zu lassen. Unter anderem.

„Sie müssen doch auch in der Armee schon Leute gerettet haben."

Eine Schulter zuckte hoch. Sie wusste, dass er darüber genauso wenig reden durfte wie sie über ihre Ermittlungen.

Graue Augen beobachteten ihn. „Ich habe vorhin Ihren Bruder getroffen."

Sein ganzes Wesen erstarrte. Ihre Worte waren wie ein Tritt in die Magengrube. Die Menschen, um die er sich sorgte, konnten sich die Anziehung, die er für sie empfand, nicht leisten. Zum Teufel, *er* konnte es sich nicht leisten.

„Familientreffen sind immer ein Riesenspaß." Warum hatte der Mörder Milbanks Leiche nicht einfach im offenen Meer versenken können? Dann wäre sie jetzt in Alaska, verdammt noch mal.

Laura kam aus dem Laden. Sie trug eine schwarze Hose und einen künstlerisch angehauchten lila Pullover mit einem passenden Schal um den Hals. Sie war Anfang fünfzig und strahlte eine entspannte Schönheit aus, mit der es unglaublich einfach war, zusammen zu sein. Finn hoffte, dass Laura und Thom vielleicht zusammenkommen würden, obwohl er nicht gerade für seine Kuppelkünste bekannt war.

„Laura, das ist Holly. Holly, das ist Laura."

„Sie müssen die Polizistin sein, die gestern in den Autounfall verwickelt war." Laura streckte ihre Hand aus, um die von Holly zu schütteln.

„Was hat mich verraten?", scherzte Holly. „Die wilde Frisur? Verrücktes Make-up?"

*Herrgott noch mal.* Er begann zu zittern. Irgendein Mistkerl hatte gestern versucht, sie zu töten, und heute lachte sie darüber. Er hatte es selbst in militärischen Situationen getan, wo Kugeln ihr Ziel um Zentimeter verfehlt hatten und sie mit Glück entkommen waren, aber Holly heute dabei zu sehen, war mehr, als er körperlich ertragen konnte.

„Ich muss so schnell wie möglich zurück an die Arbeit." Er sah auf seine Uhr. „Komm." Er nahm Laura am Arm und schritt zum oberen Ende des Stegs.

„Besteht die Möglichkeit, dass wir uns ein Boot leihen können, um über die Bucht zu pendeln?", rief Holly ihm nach.

Innerlich war er von widersprüchlichen Gefühlen zerrissen. Sein hirnloses Ich wollte sich um sie kümmern und sie beschützen. Der misstrauische Freund und Bruder wollte sich so weit wie möglich von ihr entfernen. Er biss einen Moment lang die Zähne zusammen. „Ich schicke gleich Rob rüber."

Holly folgte ihnen hinunter auf den Steg. Trotz allem wollte er nicht, dass die Verbindung zu ihr unterbrochen wurde.

„Danke noch mal, dass Sie gestern auf mich aufgepasst haben", sagte sie.

„Kein Problem." Das war knapp und eine Lüge. Dank des gestrigen Unfalls waren seine Gefühle im Spiel gewesen. Die Umstände brachten sie einander immer näher, aber seine Loyalität gegenüber Thom und seinem Bruder musste über allen Gefühlen der Anziehung stehen.

Finn half Laura auf ihren Platz, reichte ihr eine Schwimmweste und blickte nicht zurück, als er sie über die Förde ruderte. Als er auf der anderen Seite ausstieg und hinüberschaute, waren die beiden Polizisten verschwunden. Laura beobachtete ihn aufmerksam.

„Was?", fragte er scharf.

„Ich habe noch nie erlebt, dass du unhöflich zu einer Frau warst."

„Ich war nicht unhöflich."

„Sie bringt dich aus der Ruhe." Ihre Augen funkelten. „Du magst sie."

Er grunzte.

Sie schwieg, grinste aber.

„Sie ist nur wegen der Ermittlungen hier." Daran erinnerte er sich, genauso wie sie. Er begleitete sie zu Thoms Haus, doch als niemand die Tür öffnete, merkte er, dass er ausmanövriert worden war. Ein nervöses Zucken begann unter seinem rechten Auge. Er rief im Büro an, aber es ging niemand ran.

„Verdammter Mistkerl." Er trat gegen einen Stein, der daraufhin den Weg entlang davonschoss.

„Vielleicht gab es einen Notfall?", schlug Laura vor. Aber er konnte an dem Schatten in ihren Augen erkennen, dass auch sie es geahnt hatte. Thom hatte ihr Treffen platzen lassen. Finn würde seinem Boss in den Arsch treten, wenn er ihn aufgespürt hatte.

# NEUN

Da der Geländewagen der RCMP nur noch ein zerknitterter Stahlklumpen war, beschloss Holly, vom Meereslabor zur örtlichen Bibliothek zu Fuß zu gehen. Sie hatten ein anderes Fahrzeug zugewiesen bekommen, und Steffie wollte es später am Nachmittag herfahren. Im Moment war Holly nur froh, dass es aufgehört hatte zu regnen.

Jeff tippte Notizen ab. Die Corporals Malone und Chastain führten weitere Befragungen von Tür zu Tür durch und verwendeten dabei die Fotos als Anschauungsmaterial. Messenger versuchte, eine Liste von Tauchern zusammenzustellen. Holly hatte andere Pläne.

Das Geräusch eines knackenden Astes im Wald, gleich hinter ihrer Sichtlinie, ließ sie herumwirbeln und ihr Herz hämmern. *Es ist nur der Wind oder ein Reh.* Hohe Bäume ragten in den Himmel, und der Wind flüsterte durch die Blätter und Nadeln und ließ sie rauschen. Eine Urangst schlich sich in ihr Knochenmark und beschleunigte ihre Schritte.

Schweiß perlte auf ihrer Stirn. Ihre Hand ruhte auf ihrer Smith & Wesson, und sie begann zu joggen. Es tat weh, aber sie brauchte die Bewegung. *Ja, das ist der einzige Grund, warum du läufst.*

Holly bog um eine Ecke, und da war die Schule, in der sich auch die Bibliothek befand. Erleichtert verlangsamte sie ihren Gang. Einige der Kinder sahen in ihre Richtung, und sie winkte.

*Seht ihr, Kinder, ich habe überhaupt keine Angst, obwohl ich selbst verdammt furchteinflößend aussehen muss, wenn man sich ihre entsetzten Gesichter anschaut.* Kein Wunder, dass Finns Einstellung heute eine abrupte Kehrtwendung gemacht hatte. Nicht, dass sie die Elektrizität, die gestern Abend zwischen ihnen gefunkt hatte, näher erforschen wollte, aber die unerwartete Kälte, als sie sich vorhin getrennt hatten, hatte wehgetan – und *das* war ein Schock für ihr System gewesen.

Männer hatten die Macht verloren, sie zu verletzen, als der Mann, in den sie sich verliebt hatte, ihr Bett verließ, um sein Handy zu holen und herauszufinden, dass seine Frau vorzeitig Wehen bekommen hatte.

*Arschloch.*

Der Drang, zu würgen, stieg auch jetzt noch in ihrer Kehle auf. Sie ignorierte ihn. Heute ging es nur darum, den Schein zu wahren und den Job zu erledigen. Nein, ihr tat nichts weh, sie war nicht bis ins Mark gedemütigt, und sie sah aus wie ein millionenschweres Model.

Holly umging das Gebäude und trat durch die Vordertür. Im ersten Raum war niemand, also ging sie weiter in das Atrium der Schule, wo es Stühle und Teppiche und Regale mit Kinderbüchern gab. Sie schaute sich um und klopfte dann an die Glastür eines Büros. „Hallo, ich suche die Bibliothekarin."

Die Frau, die dort saß, war Ende dreißig, Anfang vierzig, hatte gewelltes braunes Haar und schöne Augen. „Das bin ich. Sie müssen der Mountie sein, der von der Straße abgekommen ist."

Nachrichten verbreiten sich hier schnell. „Wie haben Sie das erraten?" Holly verzog die Lippen zu einem Lächeln, von dem sie nicht wusste, ob es ihr gelingen würde. Sie lachte und war froh, dass sie immer noch so klang wie sie selbst.

„Das Panda-Make-up." Die Stimme der Frau war sanft und

klar. „Es ist im ganzen Ort bekannt, dass Finn Carver Sie gerettet und wie ein Ritter in glänzender Rüstung ins Krankenhaus getragen hat." Sie fächelte sich dramatisch Luft zu, aber das Lächeln und der sanfte Humor schienen echt zu sein. „Ich war schon immer der Meinung, dass er heldenhafte Neigungen hat."

Die meisten Frauen mochten die Vorstellung, dass ein starker Mann sie „rettete". Das Problem war, dass Holly aus einer langen Reihe von Polizisten stammte und es vorzog, sich selbst zu retten.

„Ich bin Gina Swartz. Wie kann ich Ihnen helfen?"

Holly fragte sie nach den Karten und Dokumenten, die Finn letzte Woche recherchiert hatte. Gina zeigte ihr, wo die Karten aufbewahrt wurden, aber sie konnte sich an nichts erinnern, außer an den Tag, an dem er dort gewesen war.

Nach dreißig Minuten und einem Dutzend Niesanfällen, die ihre Rippen zum Schreien brachten, erkannte Holly, dass es hier nichts zu ermitteln gab. Eine Sackgasse. Sie legte die Karten weg, lächelte Gina zu, die leise telefonierte, verließ das Gebäude und ging in die Stadt.

Dort betrat sie das kleine Gemeindekrankenhaus und sah die Krankenschwester von gestern.

Die Frau warf ihr einen Blick über ihre Lesebrille hinweg zu und zuckte zusammen. „Sie haben eine Nacht in Finns Hütte überlebt?" Ihr Lächeln war warm und mitfühlend.

Der Schnitt auf Hollys Lippen zuckte schmerzhaft. „Er ist nicht der schlechteste Pfleger, den ich je hatte."

„Außerdem ist er sehr nett anzusehen." Die Frau lächelte wieder. „Jetzt brauche ich ein paar Informationen von Ihnen."

Holly beugte sich über den Schreibtisch und gab ihre Adresse und ihre Krankenversicherungsnummer an.

„Ihr voller Name lautet Holly Rudd, richtig?"

„Holly Francesca Rudd."

„Das ist ein schöner Name."

„Danke. Francesca war der Name meiner Mutter."

„War? Sie haben sie verloren?"

„Vor fast zwei Jahren." Sie schaffte es zu verhindern, dass ihre Stimme bei dieser Antwort brach.

„Das tut mir sehr leid." Die Schwester berührte unerwartet ihre Hand. „Ich hatte einmal einen Traum, in dem ich dachte, mein Sohn sei tot. Es war so real, dass ich dachte, ich würde vor Schmerz sterben. Als ich aufwachte, rannte ich zu seinem Bettchen, und da lag er und lächelte mich an wie ein kleiner Engel. Jemanden zu verlieren, den man liebt, ist schwer."

Holly nickte und wandte sich von der wohlmeinenden Krankenschwester ab. Über etwas so Privates, so Persönliches zu reden, stand nicht auf Hollys Tagesordnung. Polizisten waren von Natur aus misstrauisch. Es war nicht so, dass ihre Familie nicht über Gefühle sprach, sie sprach nur nicht mit Menschen über ihre Gefühle, denen sie nicht vertraute. Und sie vertraute Fremden nicht.

Vielleicht war das im Moment ein Teil von Hollys Problem. Sie hatte mit ihrem Vater nicht darüber sprechen können, wie sie sich gefühlt hatte, als sie ihre Mutter verlor, weil sie beide noch zu sehr damit beschäftigt waren. Aber ihre Gefühle zu verbergen, half ihr auch nicht weiter. Ein Bild von Finn Carvers lächelndem Gesicht schoss ihr durch den Kopf. Und *das* war genau die gleiche Art von dummem Impuls, der zu dem monumentalen Fiasko mit Furlong geführt hatte.

„Ihr nächster Angehöriger?", fragte die Krankenschwester und füllte das Formular aus.

„Terry Rudd. Er wohnt in Vancouver."

„Ehemann? Vater?"

„Mein Vater."

„Haben Sie schon immer in Vancouver gelebt?"

Holly runzelte die Stirn und versuchte, auf das Formular zu schauen.

Die Krankenschwester errötete. „Oh, es geht nicht um das Formular, ich bin nur neugierig. Wahrscheinlich, weil Sie so ähnlich aussehen wie ..."

„Bianca Edgefield." Der Arzt kam aus seinem Zimmer und lächelte. „Ich weiß nicht, warum mir die Ähnlichkeit gestern nicht aufgefallen ist – obwohl sie angesichts der blauen Flecken im Gesicht vielleicht nicht ganz so ausgeprägt ist. Ich bin froh, dass Sie noch bei uns sind." Er warf einen Blick in den Warteraum. „Ich denke, in Anbetracht der Umstände ist es besser, wenn Sie sich vordrängeln."

Die Leute warfen ihr ein paar säuerliche Blicke zu, aber Holly hatte nicht vor, sich zu beschweren oder nobel zu sein. Sie hatte zu arbeiten, also folgte sie dem Arzt ins Behandlungszimmer.

„Sie kannten Bianca Edgefield?" Sie setzte sich auf seinen Untersuchungstisch, und er begann, die üblichen Untersuchungen durchzuführen: Herz, Lunge, Blutdruck.

„Sie war eine Patientin von mir, allerdings nur, als sie und Thom in Bamfield waren. Die Kinder waren so süß ..." Seine Stimme verstummte vor Traurigkeit.

Sie schwiegen beide, als die Blutdruckmanschette ihren festen Griff um ihren Arm mit einem Zischen löste.

„Kannten Sie Len Milbank?", fragte sie.

„Wen?"

„Len Milbank ist das Mordopfer, das wir gefunden haben."

„Ah, der Mann im Schiffswrack." Seine Augen weiteten sich vor Aufregung. „Überall in der Stadt wird darüber gesprochen, aber nein, ich hatte noch nicht das zweifelhafte Vergnügen, Mr. Milbanks Gesellschaft zu genießen." Er lächelte und drückte ihr ein kaltes Stethoskop auf den Rücken. *Jesus.*

Holly hatte gewusst, dass die Informationen bald durchsickern würden. Sie hatte aber nicht erwartet, dass das so schnell passieren würde. Sie stellte noch ein paar Fragen, aber außer Smalltalk kam im Grunde nichts dabei heraus. Zehn Minuten später war sie angezogen und verließ das Behandlungszimmer. Als sie den Korridor hinunterging, kam ein Mann herein, der einen Strauß blutroter Rosen trug.

Sie nickte ihm grüßend zu.

Sein Schritt stockte einen Moment, als er ihr ramponiertes Äußeres wahrnahm. Dann nickte er und ging an ihr vorbei, um an die offene Tür des Stationszimmers zu klopfen.

Von Neugier getrieben, drehte Holly sich um und sah zu. Die Krankenschwester kam mit einem breiten Lächeln auf den Lippen hinter ihrem Schreibtisch hervor. „Ach, Schatz. Du solltest doch kein Geld für mich ausgeben."

Er beugte sich vor und küsste sie auf die Lippen. „Blumen für meine wahre Liebe zu kaufen, ist immer eine gute Ausgabe." Er zwinkerte. „Außerdem habe ich ein tolles Angebot bekommen."

Es gab ein kleines Zittern in Hollys Herzgegend. Die Krankenschwester grinste zu ihrem Mann hinauf, dann, als sie merkte, dass die Leute sie beobachteten, legte sie ihre Hände an ihre glühenden Wangen.

Holly wandte sich ab.

Solange sie sich erinnern konnte, hatte ihr Vater ihrer Mutter jede Woche Blumen geschenkt. Der Duft der Rosen weckte eine so starke Sehnsucht, dass sie weinen wollte. Sie eilte nach draußen und holte ein paar Mal tief Luft. Dann bemerkte sie Mike Toben, der in seinem Wagen saß und ungeduldig aussah. Sie winkte ihm zu, und er schenkte ihr ein leichtes Grinsen.

Da sie etwas anderes zu tun brauchte, als um ihre Mutter zu trauern, ging sie zu ihm, um mit ihm zu reden. Finn war heute nicht da, um sie zu zensieren.

„Nun, du bist ja eine wahre Augenweide."

„Du solltest den anderen Kerl sehen." Sie stützte sich mit der Hand auf das offene Fenster und lehnte sich in das Fahrerhaus.

„Das kann ich mir gut vorstellen." Er zuckte vor Mitleid zusammen.

„Wie gut kennst du Remy Dryzek?"

Er schenkte ihr ein schiefes Grinsen, das von Schlafzimmeraugen und leichtem Charme geprägt war. „Ich kenne ihn gut genug, um ihn zu grüßen, wenn ich ihn in einer Bar treffe."

„Was ist mit Len Milbank – kennst du *ihn* gut genug, um ihn in einer Bar zu grüßen?"

Seine Hände verkrampften sich am Lenkrad, und er starrte durch die Windschutzscheibe nach vorne. „Len war ein Arschloch."

„Du hast ihn also gekannt?"

„Ja, ich kannte ihn", gab er zu. „Und ich habe ihn so weit wie möglich gemieden."

„Warum?"

Er sah sie wieder mit seinen schokoladenbraunen Augen an. „Weil der Kerl Ärger bedeutet, und die meisten vernünftigen Menschen vermeiden Ärger, wann immer es möglich ist."

Mike presste die Lippen fest aufeinander. Er sah wie ein Filmstar aus, und Holly wartete auf einen kleinen Kick der Anziehung. Es gab aber keinen.

„Wann hast du ihn das letzte Mal gesehen?"

Er fuhr sich mit der Hand durch sein kurzes dunkles Haar und dachte einen langen Moment darüber nach. „Wahrscheinlich vorletzte Woche. Ich war mit Mom in Port Alberni, um Lebensmittel einzukaufen. Ich bin auf der Straße an ihm vorbeigefahren."

„Hast du eine Ahnung, wer hier draußen seine Freunde waren?"

„Len hatte keine Freunde. Punkt."

Mike erzählte ihr mehr als die ganze Stadt zusammen.

Sie lehnte sich näher heran. „Hast du eine Idee, wie er von diesem Schiffswrack erfahren hat, Mike?"

Seine Nasenlöcher blähten sich auf. „Keine Ahnung."

Ein dumpfes Poltern ließ sie zusammenzucken, als der Mann mit den Rosen auf die Motorhaube schlug und vorne am Truck vorbeiging, um einzusteigen. „Tut mir leid, dass ich dich aufgehalten habe, mein Sohn. Sieht aber so aus, als hättest du es geschafft, dich zu unterhalten, während ich weg war." Sein Tonfall enthielt einen kleinen Tadel. „Eines Tages wird deine Freundin stinksauer sein wegen all der verdammten Flirts."

*Freundin, ja?*

Mike startete den Truck. Er schenkte Holly ein ruchloses Grinsen, das die Knochen einer wankelmütigeren Frau zum Schmelzen gebracht hätte. „Flirten ist ein Teil meines Charmes, Dad."

Sein Vater räusperte sich lautstark, als Mike ihr zuzwinkerte, bevor er Gas gab und die Straße entlang davonfuhr.

Holly sah zu, wie sie über den Kamm eines Hügels verschwanden, dann holte sie ihr Handy heraus, weil sie Furlong auf dem Laufenden halten musste. Stattdessen wählte sie die Nummer ihres Vaters und war erleichtert, als die Mailbox ansprang. „Der Arzt hat mir Entwarnung gegeben, Dad. Kein Grund, dir ein Magengeschwür zu holen, wenn du dir immer noch Sorgen um mich machst, okay? Ich rufe dich morgen an. Ich liebe dich."

Sie beäugte ihr Telefon mit Abscheu und beschloss, den Barbesitzer erneut zu befragen. Jeder wusste jetzt, dass sie ein Cop war. Vielleicht würde er, wenn sie lange genug auf dem Barhocker saß, anfangen zu reden, nur um sie loszuwerden.

———

Finn hatte zehn Erstsemester zu einem Tauchgang vom Pier mitgenommen. Normalerweise waren das mit die besten Tauchgänge. Geringer Aufwand. Riesige Belohnung. Man stieg buchstäblich vom Steg in das Wasser, das schnell tiefer wurde. Überall an den Seiten der Bucht gab es Seesterne in der Größe von Tellern, Muscheln, die länger als seine Hände waren, und oft eine neugierige Robbe, die nachschaute, was sie da taten. Es war ein fantastisches Übungsgelände.

Er hatte sie in Paare aufgeteilt, und jedes Paar hatte einen erfahrenen Taucher dabei. Er bedeutete Rob durch ein Nicken, die erste Gruppe nach unten zu bringen. Zwei Minuten später nickte er dem nächsten Team zu und sah auf seine Uhr. Er beobachtete, wie seine Sicherheitsbeauftragte an der Oberfläche auf ihrem Klemmbrett notierte, wann die zweite Gruppe abstieg. Gut.

Er ging zu seiner Gruppe und organisierte sie auf den Holzbrettern des Stegs. Sie halfen sich gegenseitig mit ihren Flossen und überprüften ihre Ausrüstung, dann standen sie bereit für das Signal.

Aus dem Augenwinkel sah er eine Polizistin – die hübsche junge Frau, die gestern so nett zu Thom gewesen war – auf ihn zukommen.

„Ich bin Corporal Rachel Messenger, Mr. Carver. Ich muss eine Liste von Leuten in der Gegend zusammenstellen, die tauchen können. Ich dachte, Sie wären eine gute Informationsquelle dafür." Die Frau war groß und gertenschlank und strahlte eine angenehme Höflichkeit aus. Wie lange würden diese Eigenschaften in der großen bösen Welt Bestand haben?

Gestern war er ein Verdächtiger, heute half er, Listen mit anderen Verdächtigen zu erstellen? Ein Teil von ihm wollte Nein sagen, aber das würde sie nicht schneller von hier wegbringen. Er betrachtete sie mit einem reumütigen Lächeln, während er in voller Tauchausrüstung dastand.

„Ich bin gerade ein bisschen beschäftigt. Aber ich bin in etwa einer Stunde fertig. Danach finden Sie mich in meiner Hütte. Ich habe eine Liste von Leuten, die mit dem Meereslabor getaucht sind, und ich denke, ich kann Ihnen sagen, welche Leute in der Gegend regelmäßig tauchen." Er rückte seine Maske zurecht. Die Sicherheitsbeauftragte bemerkte ihn und gab seiner Gruppe das Zeichen.

„Danke", rief die Polizistin ihm fröhlich hinterher.

Als er in das tiefe, kalte Wasser stieg, bedauerte er nur, dass es Corporal Messenger und nicht Holly war, die ihn um Hilfe bat. Finn drehte sich zu seinen Schülern um, die ihn mit großen Augen ansahen, und gab ihnen das Okay-Signal, das sie beide erwiderten. Ihre Aufregung und Nervosität waren mit Händen zu greifen.

Er zwang sich, sich auf eine Aufgabe zu konzentrieren, die er stets ernst nahm. Menschen könnten sterben, wenn er es falsch anstellte. Sie tauchten den steilen Abhang hinunter, wobei er auf

Entenmuscheln hinwies, die mit skelettartigen Fingern sanft durch das Wasser fächelten, und auf einen Oktopus, der in einer Mulde saß und sie ebenso eifrig zu beobachten schien wie sie ihn. Und immer noch drang ein knochentiefes Bewusstsein von Holly durch die Ränder seines Geistes. Frauen hatten normalerweise keinen solchen Einfluss auf ihn. Er hatte keine Beziehungen, die über das Nötigste hinausgingen, und ließ sich nie mit Frauen ein, die ihm das zutrauten. Seiner Erfahrung nach war das Leben voller Blut, Tod und Enttäuschung. Ein glückliches Leben war Teil eines Märchens, das starb, sobald die Realität eintrat. Seine Realität hatte ihn vom ersten Tag an eingeholt.

Er gab das Signal, und sie tauchten tiefer, das kalte Wasser um ihn herum zwang ihn, sich auf diese Schüler und diesen Tauchgang zu konzentrieren. Und im Moment zu leben, denn das Leben hatte ihn auch gelehrt, dass das alles war, was man wirklich hatte. Nur diesen einen Moment in der Zeit.

Er flutete absichtlich seine Maske, um den Schülern zu zeigen, wie man sie in zehn Metern Tiefe, in der trüben Realität des Pazifiks, reinigen konnte. Dann ließ er sie es tun.

Eines der Mädchen grinste ihn an, als sie das Wasser erfolgreich losgeworden war, und er lächelte zurück. Aber selbst dann war es Hollys Lächeln, an das er dachte, die perfekte Linie ihrer nackten Schultern, die sanfte Kurve ihrer Taille. Er stellte sich ihr zerschlagenes Gesicht vor, und das machte alles nur noch schlimmer. Mit einem frustrierten Kopfschütteln wurde ihm schließlich klar, dass er Holly nicht einfach ignorieren konnte, solange sie hier war. Er musste dabei helfen, Len Milbanks Mörder zu fassen und somit ihre Abreise beschleunigen. Er musste sie beschützen. Und die Menschen, die ihm wichtig waren. Dann könnten sie beide mit ihrem Leben weitermachen.

———

Holly ging in Finns Hütte, nachdem sie ihre Schuhe an der Tür abgetreten hatte. „Verdammter frauenfeindlicher, haariger, stinkender–"

„Wow, Sergeant Rudd, Sie haben mich erschreckt." Corporal Messenger trat aus Finns Schlafzimmer, und Holly fühlte sich, als hätte man sie mit einem Kantholz ins Gesicht geschlagen. Die Hitze auf den Wangen und das helle Funkeln in Messengers Augen erzählten ihre eigene Geschichte.

„Ich sammle nur schnell meine Sachen ein, damit ich zurück ins Hotel gehen kann." Holly klang sogar in ihren eigenen Ohren defensiv.

Sie ging auf das Schlafzimmer zu, in dem sie letzte Nacht geschlafen hatte. Als sie an der offenen Tür vorbeiging, warf sie einen Blick hinein, und da war Finn, der sich in seinem Sessel zurücklehnte, die Hände hinter dem Kopf, das Haar zerzaust, das „SCUBA DIVERS GO DOWN LONGER"-T-Shirt klebte an den gestählten Muskeln. Kein Wunder, dass Messengers Augen funkelten. Holly schob die Tür ihres Schlafzimmers mit dem Knöchel zu und zuckte zusammen, als der Wind sie erfasste und zuschlug. Sie fluchte, als es weniger als zwei Sekunden später leise an der Tür klopfte.

„Es könnte da ein Problem geben." Die hübschen rubinroten Lippen von Messenger schürzten sich. „Das Hotel hat einen Rohrbruch, und das gesamte obere Stockwerk hat einen Wasserschaden, sodass nur noch zwei Zimmer bewohnbar sind. Steffie und ich teilen uns eines. Jeff, Ray und Freddy teilen sich das andere. Ich dachte, Sie könnten einfach hierbleiben."

„Das kann ich nicht tun", blaffte Holly. Gott, allein der Gedanke, Finn so nahe zu sein, brachte sie schon ins Schwitzen. „Die Leute könnten reden."

„Ich weiß nicht, warum, unter den gegebenen Umständen." Messenger senkte ihren Blick auf den Teppich. „Dann werde ich die Couch im Hotel nehmen. Ich dachte wirklich nicht, dass Sie das stören würde."

Holly stieß einen Atemzug aus. „Nein. Es tut mir leid. Bleiben Sie, wo Sie sind. *Ich* werde die Couch nehmen." Sie würde sowieso nicht viel Schlaf bekommen.

„Wie sind die Befragungen gelaufen?", fragte Messenger mit aufmerksamen Augen. Holly hatte das Gefühl, dass sie eines Tages eine großartige Polizistin sein würde, wenn sie nur ihre Nettigkeit überwinden könnte.

Holly öffnete den Mund, um etwas Unhöfliches über die einheimische wortkarge, sture und wenig hilfsbereite Bevölkerung zu sagen, schloss ihn aber wieder, als Finn auf Messenger zuging und ihr mehrere ausgedruckte Seiten überreichte. Holly beobachtete die beiden zusammen – so perfekt, so schön, dass es in den Augen wehtat. Messenger war fast so groß wie Finn, sah aber neben ihm hauchdünn und elegant aus.

Holly konnte sich nicht erinnern, jemals in ihrem Leben eifersüchtig gewesen zu sein, und sie wollte auch jetzt nicht damit anfangen, egal wie golden Finns Lächeln war. Sie betrachtete sich im Spiegel und zog eine Grimasse. Die grotesken blauen Flecken und die unansehnlichen Schwellungen gingen langsam zurück. Das Aussehen spielte keine Rolle, auch wenn die Ähnlichkeit mit einem Monster ihren Chancen in der Bar nicht gerade zuträglich gewesen war. Der Barkeeper war ein absoluter Idiot gewesen. Sie zog ihre Weste aus und warf ihre Mütze auf die Decke. Dann wischte sie sich den Schweiß von der Stirn.

„Ist das alles, was Sie brauchen, Corporal?", fragte Finn die andere Frau.

„Ja, danke. Und bitte, nennen Sie mich Rachel."

Holly verzog das Gesicht, als sie das hörte. Dann ging Messenger, und sie konnte Finn in der Stille hören. Es war nicht Messenger, auf die sie wütend war. Es war die ganze verdammte Welt und der völlige Mangel an Antworten in dieser Mordermittlung. Sie hörte das Knarren einer Bodendiele.

„Kommen Sie mit. Ich möchte Ihnen etwas zeigen", sagte Finn und beobachtete sie von der Tür aus.

„Was?“ Sie war fast zu müde, um sich zu bewegen.

„Kommen Sie schon.“

„Über den Fall?“

„Was sonst?“

Mit einem übertriebenen Seufzer stieß sie sich vom Bett ab. Ihre Prellungen waren so empfindlich, dass sie weinen wollte, aber sie wollte dem Bastard, der sie von der Straße gedrängt hatte, nicht die Genugtuung geben, sich deswegen einzuschränken.

Sie gingen zu Finns rotem Truck, der neben der Hütte geparkt war, wofür Holly unendlich dankbar war. Sie stemmte sich hoch und ließ sich auf dem bequemen Sitz nieder, wobei sie die Zähne gegen den ständigen Schmerz der Verletzungen vom Vortag zusammenbiss.

Finn fuhr los, durch Bamfield und aus der Stadt hinaus.

„Wohin fahren wir?“ Ihre Stimme war heiser – vor Müdigkeit oder Frustration, sie wusste es nicht.

Er sah sie an, die Sonne schien auf seine schroffen Züge und verwandelte sein Haar und seine Haut in Goldstaub. „Vertrauen Sie mir, Holly?“

Sie stieß einen verzweifelten Atemzug aus. „Wenn das der Moment ist, in dem Sie sich in einen Axtmörder verwandeln, werde ich Sie erschießen.“ Sie schloss ihre Augen und lehnte sich gegen die Kopfstütze. Zehn Sekunden später war sie fest eingeschlafen.

———

FINN FUHR AUF DEN PARKPLATZ AM PACHENA BEACH UND sog den üppigen Duft des Regenwaldes ein, wobei er versuchte, den süßen Duft von Holly zu ignorieren, deren sanftes Atmen ihn dazu brachte, dort sitzen zu wollen, bis die Sonne unterging, und einfach nur über sie zu wachen. Ihr Gesicht nahm allmählich wieder seine normale Form an, obwohl ihre Haut aussah, als hätte sich ein Tätowierer auf Drogen einen Rausch der Selbstdarstellung geleistet. Das Schwarz ging in ein lila mit grünen Sprenkeln über. Die Wunde an ihrer Lippe heilte schnell. Und sie hatte sich davon nicht abhalten lassen.

Er hatte sie belogen, und sie würde sauer sein. Und das störte ihn nur, weil es ihn anmachte, Holly dabei zuzusehen, wie sie sich aufregte. Nicht das, was er im Sinn gehabt hatte, als er sie hierhergeschleppt hatte.

Er öffnete leise die Tür, aber ihre Instinkte waren geschärft, und sie riss die Augen auf.

„Wo sind wir?"

„Am nördlichen Ende des West Coast Trail."

Sie folgte ihm aus dem Truck und streckte mit einem hörbaren Knacken den Rücken durch. „Was machen wir hier?"

„Ich muss Ihnen etwas zeigen." Er führte sie den Weg entlang, vorbei am Besucherzentrum.

Sie überquerten die Lichtung und gingen einen Sandweg hinunter, der sich zu einer halben Meile des reinsten weißen Sandstrandes diesseits der nördlichen Hemisphäre öffnete. Das Meer roch so frisch und sauber wie Ozon. Die Sonne schob sich unaufhaltsam nach Westen. Finn benutzte seine Hand als Schattenspender und beobachtete drei Fischadler, die sich abwechselnd in die Brandung stürzten. Er zog seine Schuhe aus, und nach einer gespannten Pause tat sie dasselbe mit ihren Stiefeln und Socken. Sie ließen sie stehen, und Holly wackelte mit ihren lackierten Zehen im Sand.

„Was wollten Sie mir zeigen?"

Finn kratzte sich am Kinn. „Nichts. Sie sahen nur so aus, als könnten Sie eine Auszeit gebrauchen."

Ihre Lippen teilten sich, und Finn sagte sich selbst, er sollte aufhören, ihren Mund zu beobachten, aber irgendwie konnte er seinen Blick nicht abwenden. Sie schloss die Augen und schien bis zehn zu zählen, um ihre Wut zu zügeln. Er griff nach ihrem Handgelenk. „Kommen Sie mit mir."

Ihre Hände ballten sich zu Fäusten, und er spürte die Anspannung in ihren Sehnen, als sie sich gegen ihn wehrte. Das Funkeln in ihren Augen verriet, dass sie daran dachte, ihn auf den Boden zu werfen. Er dachte daran, sie gewähren zu lassen.

„Bitte", fügte er hinzu.

„Ich muss einen Mörder fangen, und irgendein Mistkerl hat versucht, mich umzubringen. Ich habe einen Vorgesetzten, der dafür sorgen will, dass ich meinen ersten Fall als Hauptermittlerin versaue. Ich habe *keine Zeit* für einen Spaziergang."

Aber sie machte doch einen zögerlichen ersten Schritt, und er zerrte erneut an ihrer Hand.

„Manchmal braucht man eine Pause, damit man die Dinge klarer sieht."

Holly blinzelte. „Ich würde klarer sehen, wenn die Leute an diesem gottverdammten Ort mit mir reden würden."

Finn presste die Lippen aufeinander. „Was?", fragte er, und eine Seite seines Mundes verzog sich, als sie neben ihn trat. „Was genau wollen Sie wissen?"

„Alles. Einfach alles."

„Was zum Beispiel?"

„Ihr Bruder. Wie verdient er seinen Lebensunterhalt?"

Finn ließ seine Finger nach unten gleiten und verschränkte sie mit ihren. Er hatte sich entschieden, zu helfen. Er konnte also genauso gut die Vorteile nutzen, die sich daraus ergaben. „Ich habe keine Ahnung."

„Sehen Sie? Das ist es!" Sie versuchte, sich loszureißen, aber er ließ sie nicht gewähren.

„Wir haben uns seit Jahren nicht mehr nahegestanden." Er erwähnte nicht das Gespräch, das sie vorgestern geführt hatten. „Als er verhaftet wurde, weigerte er sich, mich zu sehen." Gott, was war das für eine Zeit gewesen. Befreit von seinem Peiniger, aber im Stich gelassen von der einzigen Person auf der Welt, die er geliebt hatte. Für einen dreizehnjährigen Jungen war das eine kritische Zeit, die Verwirrung und die Wut waren lähmend gewesen. Er hätte so leicht in die Abwärtsspirale eines kriminellen Lebens abrutschen können. „Thom hat mich aufgenommen." Er hatte ihn gerettet. „Er fand heraus, dass ich Legastheniker war und brachte mir das Lesen bei."

Sie blinzelte. Also gut. Finn wusste, dass er ihr mehr erzählte, als er geplant hatte, aber nichts davon war relevant für die Mordermittlung, nur dafür, warum er diesen beiden Menschen so viel schuldete. Ohne Brent wäre er tot, und er war sich nicht sicher, ob es jemandem aufgefallen wäre, geschweige denn, dass es jemanden interessiert hätte. Ohne Thom wäre er in einem Leben voller Verwirrung und Frustration gefangen gewesen. Wem von beiden er mehr zu verdanken hatte, konnte er nicht sagen.

„Thom erzählte mir, dass Brent nach seiner Entlassung aus dem Gefängnis als Erstes die Hütte niedergebrannt hatte, in der wir aufgewachsen waren. Er lebte ein paar Jahre lang in einem Wohnwagen, während er das neue Haus baute."

„Ich könnte mir so ein Haus nicht leisten."

Finn schüttelte den Kopf. „Ich auch nicht." Der Detritus des Meeres säumte den Strand. Handflächengroße, knochenweiße Muscheln, einige zerfetzt und zerbrochen, andere makellos und ganz.

„Ich habe ihm geschrieben. Wahrscheinlich tausendmal im Laufe der Jahre." Und damals war es nicht einfach gewesen, zu schreiben.

Holly sagte nichts, aber ihre Finger krallten sich in seine. Ihre Haut war wie Satin, warm und weich trotz ihres stacheligen Äußeren.

„Er hat jeden einzelnen Brief ungeöffnet zurückgeschickt." Jedes Mal, wenn Finn einen Brief abgeschickt hatte, hatte er sich auf den Rückumschlag gefasst gemacht. Und jedes Mal, wenn er einen erhalten hatte, hatte es sein Herz durchbohrt wie ein Speer. „Irgendwann habe ich aufgehört, es zu versuchen."

„Warum will er nicht mit Ihnen reden?"

Finn stieß einen Atemzug aus, der eigentlich ein Lachen hätte sein sollen. „Ich habe sein Leben zerstört ..."

„Es war nicht Ihre Schuld."

„Natürlich war es meine Schuld!" Er ließ ihre Hand fallen und wollte sie sofort wiederhaben. Er ging schneller, aber sie hielt Schritt, obwohl sie am Tag zuvor eine ordentliche Abreibung erhalten hatte. Finn wusste, wie sich das verdammt noch mal anfühlte. „Normalerweise sind wir, wenn der alte Mann auf Sauf-tour war, weggerannt und haben uns versteckt, bis er wieder nüch-tern war. Doch an jenem Tag war ich eingeschlafen, und er hat mich erwischt. Dann habe ich irgendwas Dummes gesagt, was ihn verärgert hat."

Er hob ein Stück Treibholz auf, dessen Kanten von den Wellen rundgeschliffen worden waren, zog seinen Arm zurück und warf es weit hinaus aufs Meer. „Ich hatte die Hinweise übersehen, war unvorsichtig, und Brent hat für meinen Fehler bezahlt."

Holly stützte sich auf seinen Ellenbogen, und er musste alle Selbstbeherrschung aufbringen, um sich nicht aus ihrem heraus-fordernden Griff zu befreien. Oder um sie nicht zu packen und diese armen geschwollenen Lippen zu küssen, nur um das Thema zu wechseln. Ja, das war der einzige Grund, warum er sie küssen wollte.

„Da spricht das Kind, nicht der rational denkende Erwachsene."

Es war schwer, die beiden zu trennen, wenn es um die Bezie-hung zu seinem Bruder ging.

„Dieser Mann hätte Sie und Ihren Bruder nie behalten dürfen, als Ihre Mutter fortging." Sie sah plötzlich wütender aus als je zuvor. „Er war das Monster, und Sie und Ihr Bruder haben getan, was Sie beide tun mussten, um zu überleben."

„Sie haben recht." Finn sog die Luft ein und versuchte, sich auf die Fischadler zu konzentrieren, nicht auf die Erinnerungen. „Aber Brent hätte mich nicht retten müssen. Er hätte sich einfach selbst retten sollen. Dann hätte er nicht all die Jahre im Gefängnis verrotten müssen."

Sie legte eine Hand auf seine Brust, und sein Herz setzte einen

Schlag aus. Er hob seine Hände und umfasste ihre Schultern. Ihre Lippen bewegten sich, und er brauchte einen Moment, um herauszufinden, was sie sagte, denn das Blut rauschte so heftig nach Süden, dass er nichts hören konnte, außer dass sein Körper ihm sagte, wie verzweifelt er in ihr sein wollte.

„Ich hatte nie einen kleinen Bruder." Gerade weiße Zähne nagten an ihrer Unterlippe. „Ich wollte immer einen haben, und habe sogar manchmal so getan, als hätte ich einen, aber Mama konnte nach meiner Geburt keine Kinder mehr bekommen." Ihre Augen wurden dunkel wie Holzkohle. „Wenn ich einen Bruder gehabt hätte, hätte ich ihn genauso beschützt wie Brent Sie." Sie schüttelte den Kopf. „Das macht es nicht richtig, aber ich verstehe es." Sie sah ihm direkt in die Augen. „Ich verstehe es."

Holly trat einen Schritt zurück, und ihre Brust hob sich, als ob sie gerannt wäre oder Schmerzen hätte. „Das ändert nichts an der Tatsache, dass ich nach einem Mörder suche, und ich werde nicht zulassen, dass Gefühle meine Arbeit behindern. Egal, *wer* schuldig ist."

Während er versuchte, seinen Puls wieder unter Kontrolle zu bringen – denselben Puls, den normalerweise nichts aus der Ruhe brachte –, fiel ihm etwas ein. „Sie können über das Finanzamt herausfinden, wie Brent seinen Lebensunterhalt verdient, richtig?"

„Vorausgesetzt, er macht wahrheitsgetreue Angaben, ja." Sie sah ihn an, und er wusste, dass sie bereits mit dem Finanzamt gesprochen hatte. Sie hatte ihn auf die Probe gestellt. Er wollte wütend sein, aber alles, was er fühlte, war diese seltsame Mischung aus heiß und taub. Heiß auf sie. Betäubt von den Erinnerungen.

„Er ist selbständig." Ein kleines Lächeln umspielte ihren Mund. „Soll ich Ihnen sagen, was er macht?"

Der Drang, es zu erfahren, war so stark, dass er sich fast daran verschluckte. „Nein. Ich will, dass er es mir selbst sagt." Doch das würde nie geschehen.

Ihr Blick wurde weicher. „Hat Brent Len Milbank gekannt?"

Finn machte einen Schritt auf sie zu und legte seinen Finger um eine ihrer Haarsträhnen. „Nicht, dass ich wüsste." Dafür würde er in der Hölle schmoren.

„Wusste er von dem Wrack?"

Integrität war etwas, das er immer sehr geschätzt hatte, aber er könnte seine eigene verlieren. Er beugte sich zu ihr hinunter, ihre Blicke trafen sich, während sich seine Lippen den ihren näherten. Er flüsterte in ihr Ohr. „Nicht, dass ich wüsste."

Sie schluckte hart, und es verschaffte ihm Genugtuung, als er sah, wie ein Schauer über ihre Haut zuckte und sich eine Gänsehaut bildete. Dann packte sie sein T-Shirt mit zwei Händen und versuchte, ihn zu schütteln. „Hätte Brent mich von der Straße gedrängt?"

Er wollte wieder lügen. Konnte es aber nicht. „Ich weiß es nicht." Er schloss die Augen, sein ganzer Körper zitterte vor der Anstrengung, die er aufbringen musste, um sie nicht an sich zu ziehen und in ihrer Wärme zu versinken. Er ließ den Kopf sinken. „Ich wünschte, ich wüsste es."

Über ihm ertönte ein heftiger Schrei, als zwei Steinadler im Sturzflug kamen und die Fischadler verjagten. Er sammelte seine Kräfte und löste sich von ihr, um sich dem Meer zuzuwenden. Eine Gischt im seichten Wasser verriet ihm, dass ein Wal sich von den Köderfischen ernährte, die dicht am Ufer schwammen. Holly tauchte hinter ihm auf, und sie standen schweigend da. Sie befanden sich im Paradies der Natur, aber die erdrückende Last der Geheimnisse verfolgte alles, was er liebte.

Wie zum Teufel konnte er Brent und Thom beschützen? Was, wenn einer von ihnen ein Mörder war? Was war mit Holly? Was, wenn Brent sie von der Straße gedrängt hätte? „Sagen Sie mir, was Sie wissen wollen. Ich werde versuchen, es herauszufinden", versprach er leise.

„Sie helfen mir?"

Er nickte. „Ja."

„Warum?" Misstrauisch bis zum Schluss.

Er drehte sich um und hielt ihrem Blick stand. „Je eher Sie

wieder gehen, desto eher kann ich Sie aus meinem Kopf bekommen."

Ihre Augen leuchteten auf, und einen Moment lang sah er denselben Hunger, der ihn verzehrte und ihre Entschlossenheit verbrannte. Dann wandte sie den Blick ab und ballte die Fäuste. „Sie und ich, das kann nie passieren ..."

„Ich will auch nicht, dass es passiert, aber ich kann nicht aufhören, daran zu denken, Sie auszuziehen." Er presste seine Lippen fest aufeinander, um nicht noch mehr zu verraten. Dann drehte er ihr den Rücken zu und starrte auf den scheinbar endlosen Ozean.

Er spürte sie hinter sich. Ihre Hand lag zaghaft auf seinem Arm. Ihre Stirn war schwer an seinen Rücken gelehnt. „Mit dir zu schlafen würde meine Karriere zerstören, Finn." Es gab eine lange Pause, bis sie schließlich flüsterte: „Aber ich kann auch nicht aufhören, daran zu denken."

# ZEHN

Finn sog saubere Luft in seine Lungen, aber das brachte nichts, um das Verlangen zu mindern, das ihn überflutete. Hitze durchströmte seinen Körper, und er biss die Zähne zusammen gegen die Vorstellung, wie sie sich umeinanderschlangen. *Verdammt.*

Er drehte sich um, seine Hände ruhten auf ihrer Taille, als sie ihn mit stürmischen Augen ansah, in denen sich ihr innerer Konflikt spiegelte. Er lehnte sich näher heran und erwartete, dass sie die Verbindung abbrechen würde, als seine Lippen die ihren fanden und sanft eine Antwort herauslockten. Ihre Zunge strich über seine, und er war sofort schmerzhaft erregt, wie ein geiler Teenager, der zum ersten Mal eine Frau gekostet hatte. Ihre Hände umklammerten seinen Nacken, bohrten sich in sein Haar und zogen ihn tiefer. Sie stöhnte tief in ihrer Kehle, als ob sie mehr wollte – als ob sie *ihn* wollte.

Holly schmeckte nach heißen Sommernächten und süßer, sexy Verführung. Sein Kopf drohte zu explodieren, als unstillbares Verlangen durch sein Blut schoss und sein Herz gegen seinen Brustkorb hämmerte. Sein Atem kam in rasenden Stößen. Hitze strömte von seiner Haut aus. Seine Härte drückte gegen seinen

Reißverschluss, die Jeans war plötzlich zwei Nummern zu klein, als eine ihrer Hände seine Brust hinunterglitt und ihre Handfläche sich über seinem Herz ausbreitete. Er wollte, dass sie weiter nach unten ging, um seine schmerzende Länge zu berühren, die für sie brannte. Wann hatte er sich das letzte Mal so gefühlt?

Finn zog sie näher an sich heran, umging vorsichtig ihre blauen Flecken, während er die süßen Kurven ihres Hinterns drückte, die Vertiefung ihrer Taille nachzeichnete und dann höher wanderte, bis seine Daumen die harten Spitzen ihrer Brustwarzen fanden, die sich begierig gegen ihr Uniformhemd drückten. Er hatte Uniformen nie besonders sexy gefunden, bis er Holly kennengelernt hatte. Sie erschauderte, als er beide Spitzen sanft und fest umkreiste, sodass sie wimmerte und ihre Knie nachgaben. Sie fiel gegen ihn, und er zog sie an sich, ließ sie genau spüren, wie sehr er sie wollte. Er dachte, das würde sie in die Realität zurückholen, aber sie rieb sich mit einem leisen Stöhnen an ihm, war offensichtlich genauso erregt wie er – ein gewaltiger Ansporn für einen Mann, der bereits kurz davor war. Es kam Finn wie eine Million Jahre vor, seit er das letzte Mal mit einer Frau geschlafen hatte, und er musste sich zusammenreißen, um die Kontrolle zu behalten.

Er knabberte an ihrem Mund und griff nach ihrer Brust, während seine andere Hand die Kurve ihres Hinterns umfasste und sie fester an sich drückte. Es fühlte sich so gut an, und doch wusste er, dass es nichts im Vergleich dazu war, wie er sich fühlen würde, wenn er von ihrer heißen, feuchten Hitze umhüllt war. Er schauderte. Seine Muskeln zitterten vor der Anstrengung, sich zurückzuhalten.

Er wollte sie in den Sand legen, bevor einer von ihnen sich daran erinnerte, wer und was sie waren. Diese Anziehung war brennend heiß, schmerzhaft süß und herzzerreißend falsch. Sie wussten es beide. Schwer atmend zog er seinen Mund weg. Sie waren an einem öffentlichen Strand, um Himmels willen.

Das Klingeln eines Mobiltelefons unterbrach den Moment.

Holly schluckte schwer und drückte seinen Arm für einen langen Moment, bevor sie sich meldete.

„Rudd hier." Sie klang atemlos. Es erfüllte ihn mit einem heftigen Gefühl männlicher Befriedigung, weil er das geschafft hatte. „Wo? Verdammt! Ja, ich werde es überprüfen." Ihr Blick wanderte zu ihm, während sie weiter in ihr Handy sprach. „Ich weiß allerdings nicht, wie ich dorthin kommen soll. Ich habe kein Fahrzeug."

„Ich fahre dich."

Sie verdeckte das Mikrofon. „Du weißt nicht, wo ich hinmuss."

Nach dem, was gestern passiert war, fühlte er sich unwohl bei dem Gedanken, dass sie allein auf diesen abgelegenen Straßen unterwegs war. „Das ist egal. Ich bringe dich hin."

———

Ein lautes Klopfen ertönte an seiner Tür. Thom stand in der Küche und hoffte, dass derjenige, der es war, verschwinden würde. Er hatte nicht viel Zeit für sich, und ehrlich gesagt hatte er es satt, dass sich in letzter Zeit alle einmischten und ihm vorschrieben, wie er sein Leben zu leben hatte. Dann ließ ihn der Gedanke, dass es Holly sein könnte, wie ein verzweifeltes Kaninchen zur Tür huschen. Er riss sie auf, nur um sich mit der Person konfrontiert zu sehen, die auf seiner Liste möglicher Treffen ganz unten stand.

„Du hast unsere Verabredung zum Mittagessen verpasst." Laura Prescott hob eine gewölbte Augenbraue und benutzte ihre Aktentasche, um sich den Weg nach drinnen zu bahnen. „Ich setze es auf deine Rechnung." *Meine Rechnung?*

Sie trug eine schwarze Hose, die eng anlag und eine wohlgeformte Figur zeigte. Ihr handgestrickter lilafarbener Pullover hatte eine hübsche kleine Rüsche, und sie trug einen locker um den Hals gewickelten, wallenden Schal.

„Ich habe nie einen Termin vereinbart, also kannst du auch

genauso gut gleich wieder gehen." Er folgte ihr ins Wohnzimmer, wo sie sich auf das Sofa setzte, auf dem gestern Morgen noch Holly gesessen hatte. Okay, er musste aufhören, von der jungen Frau besessen zu sein, aber gestern Abend hatte er sich ihre Muttermale angesehen und festgestellt, dass sie definitiv einige mit seinem kleinen Mädchen gemeinsam hatte.

Aber Holly sagte, sie hätte eine Familie, also musste er sich irren. Was, wenn es nur ein Zufall war, dass sie wie Bianca aussah? Eine phänotypische Abweichung?

„Finn hat den Termin arrangiert."

„Er hätte sich nicht einmischen sollen", beharrte Thom.

„Warum nicht? Er macht doch sonst alles für dich", erwiderte sie. „Und er hat mich im Voraus bezahlt, also kannst du dich genauso gut hinsetzen und mit mir sprechen."

„Da gibt es nichts zu besprechen!"

„Dann hol mir um Himmels willen ein Glas Wein, denn ich habe es satt, immer wie eine Aussätzige behandelt zu werden, wenn wir im selben Raum sind."

Hitze breitete sich in seinem Rücken und Nacken aus. „Ich behandle dich nicht wie eine Aussätzige. Ich kenne dich nur kaum."

„Eben." Sie hob ihr Gesicht zur Decke und fluchte. „In einer Stadt mit nur ein paar hundert Einwohnern ist es dasselbe."

Thoms Mund wurde trocken, und als es offensichtlich war, dass sie sich nicht rühren würde, schlich er in die Küche und zog den Korken aus einer schönen Flasche Weißwein, die er aus dem Kühlschrank holte. Er brachte zwei Gläser zurück und fand Laura, die auf ein Foto von Bianca und den Kindern starrte, das an der Wohnzimmerwand hing.

Sie drehte sich um, und der direkte Blick ihrer blauen Augen folgte ihm quer durch den Raum. „Hast *du* den Kerl getötet, den du im Wrack gefunden hast?"

„Ich dachte, Anwälte fragen ihre Klienten nicht, ob sie

schuldig sind." Er beobachtete, wie das Licht über ihr Gesicht fiel. Sie hatte eine weiche Haut.

Laura lachte. „Ich war nie eine *Strafverteidigerin*." Sie erschauderte. „Ich habe für die Staatsanwaltschaft gearbeitet. Es entspricht nicht meinem Geschmack, für Leute zu arbeiten, von denen ich bereits weiß, dass sie schuldig sind."

Glaubte sie wirklich, dass er gefährlich sein könnte? Ihm gefiel der Gedanke sehr. „Wenn ich also sage, dass ich ihn getötet habe, lässt du mich in Ruhe?"

„Hast du?" Sie ließ nicht locker.

„Nein." Seine Kehle war trocken. „Ich habe ihn nicht umgebracht. Ich töte keine Menschen. Das ist nicht mein Ding."

Laura nahm den Wein, den er ihr hinhielt, und ihre Finger berührten dabei seine.

„Dir ist kalt." Thom ging sofort hinüber und zündete das Feuer an.

„Ich habe Vampirblut in mir", antwortete sie.

Er lachte, aber dann rückte sie näher an ihn heran, und er fühlte sich ein wenig gejagt. Frauen liefen ihm nicht hinterher. Er hatte keine wirkliche Ahnung, wie er jemals bei einer so schönen Frau wie Bianca gelandet war – es war ein weiteres großes Geheimnis in seinem Leben.

„Also, was *ist* dein Ding, Professor? Außer dich selbst in ein frühes Grab zu trauern? Jahrzehnte mit der Suche nach einem Mörder zu verschwenden? Ist das alles, was du vom Leben willst?" Dunkelblaue Augen musterten ihn, verlangten Antworten. „Oder hast du immer noch ein Herz, das in dieser dürren Brust schlägt?"

„Ich mache das schon so lange, dass ich nicht mehr wirklich darüber nachgedacht habe", antwortete er ehrlich. Bis auf diese letzten paar Tage. Plötzlich war er müde. Müde von dem ständigen Kampf, ein Geheimnis zu lösen, das niemanden zu interessieren schien. Er atmete ein und sah an seiner schlanken Gestalt hinunter. „Und ich bin nicht dürr. Ich bin drahtig."

Ein Lächeln umspielte Lauras Lippen. Sie setzte sich auf das

Sofa und öffnete ihre Aktentasche. „Lass uns ein paar grundlegende Fakten durchgehen, für den Fall, dass die Polizei versuchen sollte, dir das anzuhängen."

„Ich kann nicht glauben, dass eine Staatsanwältin jemals auf die Idee kommen könnte, dass die Polizei den Falschen verfolgen könnte."

Ein weiteres schallendes Lachen erfüllte den Raum. „Ich bin Anwältin, ich bin nicht dumm. Aber ich kann meinen Job nur machen, wenn ich die Fakten kenne."

„Du willst die ganze Wahrheit?"

„Die ganze Wahrheit und nichts als die Wahrheit."

Thom stieß einen Seufzer aus und setzte sich, wobei sie ihre Aktentasche zwischen sich hielt.

Sie hob ihr Glas zu einem Toast. „Auf eine neue Geschäftsbeziehung."

Er stieß mit ihrem Glas an, nahm einen großen Schluck von seinem gekühlten Wein und stellte fest, dass ihm diese Idee gefiel.

„Wer weiß, wohin das führen könnte?"

Beinahe hätte er alles wieder ausgespuckt.

———

Mike schlich sich lautlos ins Haus, schloss die Hintertür und legte den Riegel vor. Zwischen seinen Einbrüchen war er aufgedrehter als ein Junkie auf der Suche nach dem nächsten Schuss. Die Zeit, bis er Dryzek beichten musste, dass er versagt hatte, wurde knapp, und die Anspannung hatte dafür gesorgt, dass seine Eier sich so sehr zusammengezogen hatten, dass er sich fühlte, als wäre er kastriert worden. Heißer Schweiß war auf seiner Haut zu einer eisigen Kälte gefroren, und er stank nach dem reifen Parfüm der Angst.

Das Geräusch der Dusche, die auf Hochtouren lief, überflutete seine Sinne mit einer Mischung aus Dankbarkeit und Ekel vor sich selbst. Mike musste seine Sorgen für eine Stunde vergessen. Er brauchte Erleichterung. Er knöpfte sein Hemd auf, zog es sich über den Kopf und öffnete dann seine Hose, während er den Flur hinunterging. Dann holte er ein Kondom aus seiner Gesäßtasche, zog seine Stiefel aus und schlüpfte lautlos in das winzige Badezimmer von Gina Swartz' Bungalow mit zwei Schlafzimmern. Der Raum war mit Dampf erfüllt – heiß und süßlich in seinen Lungen. Der Duft von Erdbeeren erfüllte die Luft. Sie sang laut, und an ihrer Silhouette konnte er erkennen, dass sie abgelenkt war und sich die Haare wusch. Er warf das Kondom an den Rand des Waschbeckens. Lautlos schob er sich an dem Vorhang vorbei, bis er direkt hinter ihr stand. Plötzlich erstarrte sie, und ihr Ellenbogen stieß gegen seine Hand, als er sie um die Taille packte. Sie holte Luft, um zu schreien, aber er schlug seine andere Hand über ihren Mund und zog sie an seinen schmerzhaft erregten Körper. Sie biss ihn, das Shampoo lief in einer glitschigen Spur über ihre Haut. Er hielt sie fest, flüsterte leise in ihr Ohr, drohend. „Ich werde dir nicht wehtun, solange du *genau* tust, was ich sage."

Ihre Augen waren riesig, als sie ihn über ihre Schulter hinweg anstarrte. Er gab ihren Mund frei, schätzte vorsichtig ihre Reaktion ab. Seine Finger glitten in ihr nasses Haar, dann küsste er ihren Hals. „Ich brauche dich, Gina. Ich brauche dich wirklich, Baby."

Er hatte sich nicht so sehr auf Brent Carvers Ex einlassen wollen, aber jetzt fiel es ihm immer schwerer, die Finger von ihr zu lassen. Er hatte seit Monaten keine andere Frau mehr berührt, und trotz seiner flirtenden Worte hatte er es auch nicht gewollt. Sie drehte sich in seinen Armen, glitschig und feucht. Er tauchte ein in die Leidenschaft und Hitze ihres Mundes und wünschte, er könnte ihre Beziehung öffentlich machen. Aber wenn Brent ihn nicht umbrachte, dann vielleicht Finn. Und da Dryzek ihm mit dem Tod drohte, konnte er nicht riskieren, dass Gina in den größten Schlamassel seines Lebens verwickelt wurde.

Er drückte sie gegen die Fliesen, packte ihre Handgelenke über ihrem Kopf und schaute in diese hübschen Augen. „Ich habe nur eine Stunde Zeit." Er schluckte das Gefühl hinunter, das ihn überrumpelte. Sie hatte etwas Besseres verdient, und er hatte das schreckliche Gefühl, dass er dabei war, sich in sie zu verlieben. Gina war nicht nur die sexuell abenteuerlichste Frau, die er je kennengelernt hatte, sie war auch sanft, zärtlich und freundlich.

Und sie war heiß. Wirklich verdammt heiß.

Sie ließ ihr Bein über seinen Oberschenkel gleiten, und er sank fast auf die Knie. Niemals hätte er sich vorstellen können, dass sich unter dieser schlichten Baumwollbluse und dem knielangen Rock ein Wesen befand, das so voller brodelnder Sinnlichkeit war, dass er sie kaum ansehen konnte, ohne einen Ständer zu bekommen. Und nackt unter der Dusche, wo das Wasser über ihre Haut floss und über ihre vollen Brüste lief? Er war schlicht und einfach hinüber.

Sie stellte sich auf die Zehenspitzen und knabberte an seinem Ohr. „Also, worauf wartest du?"

---

Holly saß zwischen Finn und Malone, während sie durch die Dunkelheit spähten. Sie versuchte, nicht an Finns Schenkel zu denken, der sich in der Enge seines Wagens fest an ihren drückte.

„Wo genau wurde es entdeckt?" Finn lehnte sich über ihre Schulter und blickte auf die topografische Karte, die sie auf ihrem Knie ausgebreitet hatte. Alle drei trugen Stirnlampen, und es war, als säße man in einer verdammten Lasershow fest. Die Sache, die am Strand passiert war, machte die Situation noch schwieriger, denn sie hatte immer noch einen Job zu erledigen. Und sie wollte ihn immer noch.

„Wir haben zwei Wanderer, die ein verlassenes Boot gemeldet haben, das südlich des Ökologischen Reservats des Klanawa-Flusses vor Anker liegt, gleich nördlich der Einmündung des Blue Creek." Sie deutete mit dem Zeigefinger auf die Stelle. „Die Zahlen am Rumpf passen zu dem Boot, das Len Milbank gehörte."

„Du glaubst also, dass der Mörder die Leiche im Wrack

entsorgt hat, mit dem Boot hierhergefahren ist, es im Wasser gelassen hat und dann entweder mitgenommen wurde oder nach Hause gelaufen ist?", fragte Finn.

Malone warf ihm einen mürrischen, blutunterlaufenen Blick zu, der von zu vielen Stunden im Stehen mit offenen Augen zeugte. „Hätten Sie es auch so gemacht?"

Finn funkelte zurück und brachte Holly damit direkt in die Schusslinie zweier wütender Alpha-Männchen.

„Wenn ich Milbank getötet hätte, hätte ich die Leiche an einem schönen, abgelegenen Ort im Freien entsorgt" – der schnellste Ort für Verwesung – „und dann wäre ich mit seinem Boot in die Bucht hinausgefahren, hätte es versenkt und wäre rechtzeitig zu Bier und Burgern nach Hause geschwommen. Dann würden Sie jetzt sicher nicht hier sitzen und sich in die Hosen machen und über Tatorte und Spuren sprechen." Finns Lippe kräuselte sich vor Abscheu.

Malone stieß seine Tür auf. Es gab einen Pfad durch den Wald, der kaum zu erkennen war. „Sie bleiben hier beim Truck, Rambo."

Finn stieg auf seiner Seite aus. „In Ihren Träumen vielleicht."

„Finn." Alle waren müde und gestresst, und das war nicht gerade hilfreich.

Er sah wütend aus. „Hier draußen gibt es Tausende von Hektar Wald. Wenn ihr die Orientierung verliert und euch verirrt, kann es Wochen dauern, bis die Behörden euch finden. Und das selbst dann, wenn sie euren Startpunkt kennen." Er griff nach seiner Jacke hinter dem Sitz und steckte seine Arme durch die Ärmel. „Außerdem gibt es auf der Insel die dichteste Puma-Population der Welt, ganz zu schweigen von Schwarzbären und Grauwölfen."

„Ich wollte gerade fragen, ob du noch eine Taschenlampe hast. Malone zieht dich nur auf", erklärte Holly geduldig.

„Offenbar erfolgreich", murmelte ihr Kollege mit einem Schmunzeln.

Holly warf einen Blick auf Malone, der unschuldig eine Augenbraue hob. „Kennst du diese Gegend?", fragte sie Finn.

„Ein bisschen. Als Kinder haben wir hier oben immer geangelt." Finn holte eine weitere Taschenlampe aus dem Kofferraum des Trucks und nahm auch eine Gewehrtasche heraus. Sie und Malone beobachteten interessiert, wie er das Gewehr auspackte und sich über die Schulter warf.

„Haben Sie einen Waffenschein dafür?", fragte Malone.

„Haben Sie eine Lizenz für Ihr vorlautes Mundwerk?"

Holly legte eine Hand auf Finns Brust, bevor sich das Testosteron entzündete. „Corporal Malone macht nur seinen Job. Obwohl", sie hob die Stimme und richtete ihre nächste Bemerkung an den sonst so schweigsamen Polizisten, „er zu einem Mann, der gerade die letzte Stunde damit verbracht hat, uns hierherzufahren, etwas höflicher sein könnte, vor allem, wenn er auch wieder mit zurückfahren will."

„Na, das ist doch mal ein Gedanke." Finn lächelte.

Malone grinste, ohne Reue.

„Du hast doch einen Waffenschein dafür, oder?", fragte sie Finn.

Seine Zähne blitzten. „Erinnere mich daran, ihn herauszuholen und dir zu zeigen, wenn wir einem Puma begegnen." Aber er öffnete seine Brieftasche und zeigte ihr trotzdem den Schein.

„Ich könnte einfach das Gewehr nehmen und euch beide erschießen. Und ich mag Katzen." Sie rollte mit den Augen. „Finn, du gehst voran. Malone, Sie bilden das Schlusslicht und bleiben in der Nähe. Ich will heute Nacht keinen von euch verlieren."

Sie machten sich auf den Weg durch den dichten dunklen Wald. Die Äste der Bäume knarrten im schwachen Wind, der langsam von Westen her auffrischte. Holly konnte nichts weiter sehen als das Gewehr, das über Finns rote Jacke drapiert war, und einen Meter Dschungel, wenn sie mit ihrer Lampe in eine andere Richtung leuchtete. Es fühlte sich an wie die Kulisse eines Horrorfilms. Obwohl sie eine Waffe und einen Taser trug, war sie froh, Finn und Malone in der Nähe zu haben.

„Dieser Ort ist mir unheimlich", sagte Malone.

„Mir auch." Holly sprach laut, in der Hoffnung, alle Lebewesen zu verscheuchen, deren Eckzähne schärfer waren als ihre eigenen.

„Wenigstens regnet es nicht", kommentierte Malone. Sie sah, wie Finn den Kopf schüttelte, als einen Moment später die ersten Tropfen fielen.

„Verdammte Scheiße", knurrte Malone. Der Regen war anfangs sanft, nur ein paar große Tropfen plätscherten im Wind. Aber das war nur die Vorhut. Dreißig Sekunden später öffnete der Himmel seine Schleusen, und eine wahre Wassermasse peitschte herab. Der Regen wurde schwerer und schwerer, kam in Wellen, wie ein Monsun. Zuerst hielten Hollys Mantel und Hut das Schlimmste ab, aber nach fünf Minuten begann das Wasser an den Nähten einzudringen, und Rinnsale tropften von ihrer Nase und ihrem Kinn. Ihre Hose klebte an ihrer Haut, und sie begann zu zittern. Sie nieste. Finn sah sie an, die Lippen vor Sorge zusammengepresst.

Sie gingen weiter und drängten sich durch das Dickicht, bis Holly ein Wasserrauschen über dem Hämmern des Regens hörte. Finn blieb stehen, und sie stieß fast mit ihm zusammen. Er hielt sie fest und sprach zu Malone. „Es gibt hier keinen richtigen Weg, aber es sieht so aus, als gäbe es einen Wildwechsel am Flussufer entlang. Das Boot sollte nur ein paar hundert Meter in diese Richtung liegen, vorausgesetzt, es hat sich nicht vom Anker losgerissen."

Malone nickte kläglich.

„Bringen wir es hinter uns", meinte Holly.

Ihre kleinen Wortgefechte von vorher stellen sie nun komplett ein, während sie durch die wachsenden Schlammpfützen stapften, die sich aus dem Nichts bildeten. Ihre Füße waren nass und kalt. Oh Gott. Nichts an diesem Fall war bisher einfach gewesen.

„Da ist es." Finn leuchtete mit seiner starken Taschenlampe über das schnell fließende Wasser und entdeckte das kleine Boot. „Was jetzt? Es sieht nicht so aus, als ob jemand an Bord wäre, aber bei diesem Wetter wären sie sowieso unter Deck." Wasser rann ihm über das Gesicht, tropfte an seiner Jacke herunter und auf seine durchnässte Jeans.

*Verdammt.* Das Boot lag ausgerechnet in der Mitte des Flusses. Sie würden schwimmen müssen, um an Bord zu kommen, aber sie konnten es nicht riskieren, auf diese Weise an Bord zu gehen, weil sie Beweise kontaminieren könnten. Holly hatte gehofft, sie könnte es sich einfach ansehen. Aber in dieser Entfernung und bei diesem Wetter war das unmöglich.

Sie machte ein paar Fotos und betete, dass ihre Kamera nicht wegen des Regens den Geist aufgab. Dann tauschte sie einen Blick mit Malone aus. „Wir haben also festgestellt, dass Milbanks Boot tatsächlich hier ist. Jetzt werden wir zurückfahren und das IFIS-Team anfordern, um es zu holen."

„Oder Sie schwimmen da raus und schleppen es mit Ihren Zähnen direkt nach Port Alberni." Malone piesackte Finn erneut.

Finn wischte sich noch etwas Wasser aus dem Gesicht und entspannte sich schließlich genug, um zu lächeln. „Das war's also?" In seinen Augen lag ein unheiliges Funkeln. „Du willst nicht, dass ein Polizist das Ding über Nacht bewacht?"

„Bei diesem Wetter?", schnaubte Malone.

„Es ist nur ein bisschen Regen."

Und der Niagara war nur ein Rinnsal. Holly biss sich auf die Lippe und tat so, als würde sie darüber nachdenken.

Malone zeigte mit dem Finger. „Der Fluss steigt schnell an."

„Dann sollten Sie vielleicht doch hierbleiben, nur für den Fall, dass das Boot abzutreiben beginnt. Sie könnten ihm dann folgen ..."

Endlich begriff er, dass sie einen Scherz gemacht hatte. „Ha ha."

„Wenn wir einen weiteren Officer hier draußen hätten, würde ich es in Betracht ziehen, aber nicht allein, nicht bei diesem Sturm." Der Regen wurde wieder stärker, und sie kauerten sich alle noch tiefer in ihre bereits durchnässten Kleider.

Holly holte etwas Flatterband aus ihrer Tasche und band es an einen Ast. „Das sollte uns einen visuellen Anhaltspunkt geben."

Finn zog etwas aus seiner Tasche und drückte einen Knopf.

„Was ist das?" Malone reckte sein Kinn dem Ding entgegen.

„Ein Satelliten-GPS. Ich habe Ihnen gerade ein Signal von diesem Standort gemailt."

Malone schaute sich das Gerät genau an und pfiff. „Ich will auch so eines."

Finn reichte es ihm, damit er es sich ansehen konnte.

„Wie süß." Holly schüttelte den Kopf, und Wassertropfen perlten an ihrer Nase ab. „Jungs, die sich über Spielzeug unterhalten."

„Hey, es ist nichts falsch an Spielzeug. Danke." Malone reichte es Finn zurück und drehte sich um, um den Rückweg anzutreten.

Finn hielt ihren Arm fest, bevor sie ihm folgen konnte, und lehnte sich dicht an ihr Ohr. „Zu deiner Information, Officer, ich bin ein Mann, kein Junge. Und du kannst dich gerne jederzeit mit meinem Spielzeug befassen." Er wackelte mit den Augenbrauen, erfreut über seinen Scherz. Dieses sexy Grinsen ließ den Regen, den Wind und die düstere Atmosphäre des alten Waldes verblassen.

Holly wich einen Schritt zurück und wäre über eine Baumwurzel gefallen, wenn Finn sie nicht gestützt hätte. „Was ist los? Unsicher auf den Beinen?" Seine eindringlichen Augen suchten ihr Gesicht ab.

„Es ist nichts." Sie nieste, zitterte und stolperte davon. Sie steckte in großen Schwierigkeiten. In sehr großen Schwierigkeiten. Denn sie wusste nicht, wann ihr Herz sich das letzte Mal so schwindelerregend leicht angefühlt hatte. Sie erinnerte sich nicht daran, wann das letzte Mal das Verlangen wie ein Narkotikum durch ihren Blutkreislauf geflossen war. Und die Kombination dieser beiden Faktoren bereitete ihr mehr Angst als alle Pumas und alle Bären in diesem verdammten Universum zusammen.

―――――

Mike brauchte ein Bier dringender als alles andere. Gina hatte ihm kurzzeitig den Schrecken genommen, aber jetzt war er wieder voller Angst. Die Pistole, die er Finn gestohlen hatte, rieb an seinem Rücken, und nach einem Moment der Unentschlossenheit zog er sie aus seiner Jeans und steckte sie zurück in sein Handschuhfach. Wenn Dryzek sah, dass er bewaffnet war, würde er ihn mit Sicherheit umbringen. Er durfte nicht den Anschein erwecken, eine Bedrohung zu sein.

Wenigstens hatte es endlich aufgehört zu regnen. Seine Hände zitterten.

Ein anderes Auto kam neben ihm zum Stehen, ohne Licht. Ein bösartiger schwarzer Schatten auf dem verlassenen Parkplatz mitten im Nirgendwo. Mike zwang sich, aus seinem Wagen auszusteigen, als Dryzek das Beifahrerfenster einen Zentimeter herunterkurbelte.

„Hast du es gefunden?"

Mike steckte die Hände in die Taschen. „Ich habe Finns Wohnung durchsucht, aber da ist es nicht. In seinem Wagen war es auch nicht."

„Was ist mit Brent?"

Vor Angst wurde sein Mund trocken. „Der Kerl verlässt nie das Haus. Ich kann nicht ins Haus, ohne dass er mich sieht."

„Es ist mir egal, wie du es machst. Töte ihn von mir aus. Ich will nur, was mir gehört." Dryzeks Stimme war ein wütendes Zischen.

Mike spürte, wie sein Herz gegen seine Rippen schlug. „Ich kann niemandem etwas antun, Remy. Das weißt du doch. Brent Carver wird mich windelweich prügeln, sobald ich sein Grundstück betrete."

Er hörte, wie die Fahrertür aufgeschoben wurde und Gordy Ferdinand ausstieg und um das Auto herumging. Der Mann war ein massiver, bedrohlicher Klotz roher Gemeinheit. Mike wich einen Schritt zurück, aber Ferdinand rammte ihm die Faust wie einen Vorschlaghammer in den Magen. Seine Knie knickten ein, und er wollte sich übergeben.

„Jesus", keuchte er und saß im Zentimeter dicken Schlamm auf dem Boden. Wie zum Teufel war er in diesen Schlamassel geraten? „Was zum Teufel sollte das?" Ferdinand packte ihn am Kragen und schlug ihn erneut. *Heilige Mutter Gottes.* Seine Sicht verschwamm. Der Schmerz verkrampfte sein Inneres zu einem starren Knoten.

Dryzek ließ das Fenster ganz herunter, während Mike sich auf den Knien mit einer Hand auf dem Boden abstützte und mit dem anderen Arm versuchte, seinen Körper zu schützen. In der Dunkelheit konnte er nichts sehen, aber die Nähe zu Ferdinands Stiefeln machte ihm eine Heidenangst. Ein guter Tritt konnte ihm das Genick brechen, und er hatte plötzlich begriffen – leider fünf Minuten zu spät –, dass er einfach hätte abhauen sollen, bis die Cops Lens Mörder gefunden hatten.

„Denk dir eine Ablenkung aus. Zur Hölle, sorg dafür, dass der Kerl verhaftet wird, wenn es sein muss. Finde einfach einen Weg, Carvers Haus zu durchsuchen. Ich will wissen, ob dieser Wichser versucht, mein Revier zu übernehmen, und wenn ja, werde ich ihn zusammen mit seinem beschissenen Bruder zur Strecke bringen."

„Und wenn ich nichts finde?" Seine Stimme war zittrig und schwach. *Verdammt.* Seit wann war er der Letzte in der Nahrungskette?

Ferdinand packte ihn am Hemdkragen und zerrte ihn auf die Beine. „Dann werden wir uns überlegen, wo du als Nächstes suchen wirst."

Er zitterte am ganzen Körper. „Was ist, wenn die Polizei es zuerst findet?" Er wollte auf keinen Fall in Bamfield bleiben, um von Remy Dryzek den Wölfen zum Fraß vorgeworfen zu werden.

Die scharfe Kante von Remys Profil wurde sichtbar, als er seinen Kopf aus dem Fenster steckte. „Das wäre eine Schande … denn Gordy wollte deinem alten Herrn schon lange einen Besuch abstatten."

Mikes Zunge klebte am Gaumen fest, als die gesamte Feuchtigkeit in seinem Mund verschwand.

„Normalerweise lasse ich ihn keine alten Männer oder Frauen verprügeln, aber das hier ist wichtig für mich." Mike sah den Kerl endlich als das an, was er war – einfach nur böse.

„So, wie deine Eltern wichtig für dich sind." Sein Herz hörte auf zu schlagen.

„Verstehst du mich?"

Er nickte, und eine Faust schlug gegen seinen Kiefer wie ein Ziegelstein.

„Antworte ihm, du kleiner Scheißer!"

Weißes Licht blitzte in Mikes Augen auf, und seine Sicht wurde immer schwächer. Er taumelte auf die Knie und war aufs Äußerste angespannt, als Ferdinand ihn an den Haaren packte und seinen Kopf für einen weiteren Schlag zurückzog.

„Warte", befahl Dryzek. „Haben wir einen Deal, Mikey?", fragte er leise.

„Ja, wir haben einen Deal." Er presste die Worte zwischen zusammengebissenen Zähnen hervor.

Ferdinand stieß ihn zu Boden. Einen Moment später peitschte der heiße Motorabgasstrahl über sein Gesicht, während er keuchend im Schlamm lag.

Er war sowas von erledigt.

# Elf

Auf dem Tisch waren Fotos von gewaltsamen Todesfällen ausgebreitet, und alle saßen um sie herum und tranken Kaffee. Die Tatsache, dass Holly immer noch hungrig war, bedeutete, dass sie sich ein wenig zu sehr an den Job gewöhnt hatte.

Die Kommandogruppe war zu einer weiteren Besprechung zusammengekommen. Sie und Malone hatten sich abgetrocknet, umgezogen und ihre Haare mit dem Handtuch getrocknet – er erfolgreicher als sie. Sie nieste.

„Gesundheit", sagte Messenger.

„Danke." Holly schniefte, dann nieste sie noch einmal so heftig, dass ihre blauen Flecken kräftig schmerzten.

„Gesundheit." Malone grinste und nieste dann selbst. „Scheiße."

„Die Telefonaufzeichnungen zeigen keine ausgehenden Anrufe von Len nach Montag, dem zweiten April", fuhr Jeff Winslow fort.

„Können wir Zugang zu seinen eingehenden Anrufen und seiner Mailbox bekommen?", fragte Holly.

„Schon geschehen." Jeff verteilte Kopien. „Wir haben eine Menge Aktivitäten von einem Wegwerfhandy aus Port Alberni an diesem Montag. Dasselbe Wegwerfhandy wurde in Bamfield benutzt, aber seitdem nicht mehr. Mehrere Nachrichten von Remy Dryzek, in denen er fragte, wo zum Teufel Milbank sei, insbesondere eine, in der er ihm mitteilte, dass er ihm persönlich die Eier abreißen würde, wenn er seinen Arsch nicht bis Freitag zurückbewegt hätte."

„Wann wurde die Nachricht hinterlassen?"

„Am Donnerstag, dem Fünften."

Holly schaute sich bei den anderen Beamten um und versuchte, die durchdringende Kälte abzuschütteln, die sich in ihren Knochen eingenistet hatte. „Laut dem Pathologen war Milbank zu diesem Zeitpunkt wahrscheinlich schon tot. Ich will eine Liste mit den Namen aller, die Milbank angerufen haben oder die er in den letzten sechs Monaten angerufen hat, und wir werden sie mit den Einheimischen abgleichen, die sagen, dass sie das Opfer nicht kannten."

„Können wir herausfinden, wo er seinen letzten Anruf getätigt hat?", fragte Holly.

„Ja, aber es zeigt nur Port Alberni an."

„So weit waren wir schon." Sie presste die Lippen aufeinander. „Gibt es überhaupt irgendwelche Spuren am Opfer, Steffie?"

„Nicht die geringste."

„Glauben Sie, jemand wusste, wie sehr Seewasser die Beweise vernichtet?", fragte Chastain, dessen Augen blutunterlaufen und müde waren. Steffie hatte ihr per Textnachricht berichtet, dass er gerade von seiner Verlobten verlassen worden war. Holly hatte ihm gesagt, er solle nach Hause gehen und alles in Ordnung bringen, aber er war fest entschlossen, zu bleiben. Als Polizist Privatleben zu haben, war nicht einfach. Jeder im Team brauchte ein Nickerchen.

Eine Welle des Schmerzes traf Holly mit voller Wucht. Sie zog ihre Schmerztabletten heraus und schluckte zwei weitere mit einem Schluck Kaffee hinunter. *Verdammt.* „Ich weiß es nicht, aber wer auch immer Milbank ermordet hat, muss irgendwo Mist gebaut haben. Können sie Milbanks Handy jetzt orten?"

„Die Telefongesellschaft hat versucht, es anzupingen, aber es hat nichts ergeben. Ich vermute, dass es in drei Metern Wassertiefe liegt", erklärte Jeff.

„Oder einfach außerhalb der Reichweite von Funkmasten", schlug Steffie vor.

Es gab zu viele Möglichkeiten in einer so abgelegenen Gegend. „Was haben wir aus Milbanks Wohnung?"

Steffie blätterte durch ihre Notizen. „Wir haben Spuren von Betäubungsmitteln. Fingerabdrücke von Dryzek und seinen Komplizen sowie von mehreren Frauen, die wegen Prostitution vorbestraft sind. Wir haben ein paar Taucherhandbücher und Bücher aus der örtlichen Bibliothek gefunden."

Chastain lachte. „Len Milbank hatte einen Bibliotheksausweis?"

Das passte so gar nicht zu seinem Charakter. „Seit wann hatte er den?", fragte Holly.

„Seit Freitag, dem dreißigsten März", antwortete Steffie.

Die Aufregung brannte ein Loch in Hollys Brust. „Finn Carver und Thomas Edgefield finden das Wrack also am Mittwoch, dem achtundzwanzigsten März, und am Freitag weiß Len Milbank schon davon?" Sie schnaubte. „Egal, was sie sagen, jemand anderes wusste, dass sie das Wrack gefunden haben."

„Du glaubst ihnen also immer noch, wenn sie behaupten, dass sie es niemandem gesagt haben?", fragte Steffie.

„Das tue ich, aber ..." Ihre Gedanken wandten sich der Bibliothekarin zu. „Sieh bitte nach, ob eine Frau namens Gina Swartz auf einer dieser Telefonlisten auftaucht. Hatte Milbank eine E-Mail-Adresse?"

Malone nickte. „Ich überprüfe diese Nachrichten gerade."

„Irgendetwas Verdächtiges, das auf Schiffswracks in dieser Zeitspanne hindeutet?"

Malone überprüfte seine Notizen. „Nichts."

Hollys Gehirn arbeitete auf Hochtouren, und sie wusste, dass sie etwas übersehen hatte. Sie schnippte mit den Fingern. „Finn

Carver sagte, sie hätten ihre Koordinaten auf die Tauchblätter geschrieben. Hat das jemand überprüft?" Sie sah sich um, aber alle schüttelten den Kopf. Sie blickte auf ihre Uhr. *So ein Mist.* „Ich muss sowieso meine Sachen abholen. Ich sehe mal nach." Sie beäugte die Couch, auf der sie schlafen würde, argwöhnisch, und alle wichen ihrem Blick aus. „Mal sehen, wie genau die Koordinaten, die sie hinterlassen haben, mit dem Ort des Schiffswracks übereinstimmen, und ob jemand damit den genauen Ort hätte bestimmen können – vor allem, wenn jemand gehört hat, wie sie über den Fund gesprochen haben."

Ihr Handy klingelte. Es war fast Mitternacht. Staff Sergeant Furlong. Die Anspannung drückte ihr die Luft aus den Lungen. „Ja, Sir?"

„Wie ist der Stand der Dinge, Sergeant Rudd?"

Sie räusperte sich. „Wir haben den Todeszeitpunkt eingegrenzt und glauben, dass Milbank am Montag, dem zweiten April, getötet wurde."

„Haben Carver und Edgefield ein Alibi für Montag?"

Sie dehnte ihren steifen Nacken. „Ich bin mir noch nicht sicher, Sir. Wir haben es gerade erst eingegrenzt ..."

„Finde es heraus", bellte er. „Ich will, dass sie über jede verdammte Minute Rechenschaft ablegen."

„Jawohl, Sir." Holly spürte, wie ihre Wangen brannten. Malones Blick ruhte auf ihr, und Chastain holte sich noch einen Kaffee. Wenn sie so weitermachten, würden sie reines Koffein pinkeln, und die Wahrscheinlichkeit eines Komas war größer als die von Schlaf.

„Haben Sie die Tauchshops bezüglich des Messers überprüft?"

„Das Messer war alt, Sir." Oh Gott.

„Nun, vielleicht musste der Mörder ja ein neues kaufen, um es zu ersetzen. Los, an die Arbeit, Sergeant." Er beendete die Verbindung, und die darauffolgende Stille machte ihr auf quälende Weise bewusst, wie ein Fehlurteil ihre gesamte Karriere ruinieren konnte.

*Scheiße.* Der Mann wollte ihre Zeit mit Verdächtigen

verschwenden, von denen ihr Bauchgefühl ihr sagte, dass sie unschuldig waren. Aber sie hatte Befehle zu befolgen, was bedeutete, dass Furlong gelobt werden würde, falls diese Ermittlungsstränge zu einer Spur führten. Wenn sie nichts herausfanden, würde sie allein den Ärger bekommen. Egal ob sie diesen Befehl befolgte oder auch nicht – sie war verdammt.

„Rachel." Es war das erste Mal, dass sie den Vornamen von Messenger benutzte. „Der Teamleiter möchte, dass wir ein Foto des Messers an alle örtlichen Tauchshops weitergeben. Mal sehen, ob es jemand wiedererkennt. Und fragen Sie, ob einer der BMSC-Mitarbeiter oder Bewohner von Bamfield kürzlich ein neues Messer gekauft hat."

Die Frau sah verärgert aus, beschwerte sich aber nicht.

„Haben Sie schon mit den Jungs gesprochen, die den gestrigen Unfall untersuchen?", fragte Malone.

„Ich habe ihnen meine Aussage gegeben, aber sie haben nicht viel Neues. Sie befragen die Fahrer der Holzfällerfahrzeuge. Ich habe sie auch gebeten, zu überprüfen, ob die Fahrer in den letzten zwei Wochen jemanden auf der Klanawa Road gesehen haben, denn wer auch immer das Boot entsorgt hat, muss irgendwie nach Hause gekommen sein."

„Es sei denn, er hatte einen Komplizen", warf Chastain ein.

„Einen Versuch ist es wert."

„Schade, dass Sie den Kerl, der Sie von der Straße gedrängt hat, nicht besser sehen konnten."

Hollys Lippen verzogen sich zu einem reumütigen Lächeln. „Wenn ich gewusst hätte, was passieren würde, hätte ich ihm den Wagen zerschossen, aber ich war zu sehr damit beschäftigt, mein Fahrzeug auf der Straße zu halten."

„Und sehen Sie nur, wie gut das für Sie gelaufen ist", warf Malone mit ernster Miene ein. „Nächstes Mal schießen Sie gleich auf den verdammten Pickup und scheißen auf den Papierkram." Keiner mochte es, wenn ein Polizist verletzt wurde. Es brachte das Bewusstsein für die Gefahren des Berufs zurück.

Holly rieb sich die Stirn. „Sie können jetzt alle schlafen gehen. Ich gehe runter in den Tauchschuppen und überprüfe die Koordinaten."

„Ich komme mit ", sagte Malone.

„Ich brauche keinen Babysitter." Ihre Stimme wurde hart. Sie brauchte keinen Schutz und keine Sonderbehandlung. Sie hatten jetzt ein Motorboot, um die Bucht zu überqueren, also war es nicht so, dass sie rudern musste. „Ich brauche höchstens dreißig Minuten."

„Vergessen Sie Ihre Waffe nicht", sagte Chastain.

Sie schnaubte, die Hand auf ihrer Pistole. Als ob sie das nach dem Vorfall vom Tag zuvor vergessen würde. Sie standen alle auf und machten sich auf den Weg, um sich ein paar Stunden Ruhe zu gönnen, die sie dringend brauchten.

Steffie stellte sich neben sie und betrachtete die Couch. „Auf dem elenden Ding kann man nicht schlafen, das ist nur einen Meter lang." Sie beäugten die Couch beide mit Abscheu. „Bleib, wo du gestern Abend warst. Keiner wird etwas sagen. Carver ist nicht einmal ein Verdächtiger, außer in Furlongs kleinem Hirn."

„Ich muss sein Alibi für Montag überprüfen, um das sicher zu wissen." Außerdem konnte sie es auf keinen Fall riskieren, wieder über Nacht mit ihm allein zu sein. Jedes Mal, wenn sie ihn sah, wollte sie ihn berühren, und jedes Mal, wenn sie ihn berührte, wollte sie ihn küssen und ... es war keine gute Idee. „Ich werde nicht zulassen, dass irgendetwas diese Ermittlung beeinträchtigt." Sie senkte ihre Stimme. „Ich kann kein Risiko eingehen, Steff. Furlong würde mich verantwortlich machen, wenn es irgendeine Art von Unregelmäßigkeit gäbe."

Steffie schüttelte den Kopf. „Finn Carver ist nicht unser Mann, und das weißt du auch."

Holly murmelte etwas vor sich hin.

Steffie packte ihren Unterarm mit kräftigen Fingern und schüttelte sie leicht. „Du hast immer das Gefühl, dass du härter arbeiten musst als wir, weil dein Vater eben dein Vater ist. Bessere

Testergebnisse, bessere Fitness, bessere Treffsicherheit, bessere Aufklärungsraten, höhere Moral, längere Arbeitszeiten. Und so weiter. Ist dir jemals in den Sinn gekommen, dass *das* die Gründe für deine schnelle Beförderung waren?" Sie lächelte traurig. „Dass du die Position, die du nun innehast, vielleicht sogar verdient hast?"

Holly sah ihr nach und wollte ihr glauben. Das Problem war, dass sie nie beweisen konnte, dass sie es aus eigener Kraft so weit gebracht hatte, und dass sie genug Fehler für ein ganzes Leben gemacht hatte. „Dummheit kann man nicht heilen." Aber sie brauchte nichts zu tun, um es noch schlimmer zu machen. Sie ging zur Tür hinaus und in die Dunkelheit, die sie umhüllte.

———

FINN LAG IM BETT UND STARRTE AN DIE DECKE. ER konnte hören, wie die Jungs draußen ein Bier tranken, aber das war es nicht, was ihn wach hielt. Immer wieder kreisten Bilder in seinem Kopf. Holly in ihrer Freizeitkleidung an dem Tag, als sie ankam. Blutig und verletzt nach dem Unfall. Diese winzigen Frösche auf ihren Zehen. Wie sie letzte Nacht im anderen Zimmer geschlafen hatte. Und ihn am Strand geküsst hatte.

Warum war sie vorhin im Wald so ausgeflippt? Hatte er eine unsichtbare Grenze überschritten, indem er mit ihr solche Scherze gemacht hatte? Ihr Gesicht war unter den blauen Flecken gespenstisch weiß geworden, und sie hatte auf der ganzen Rückfahrt kaum mit ihm gesprochen. Nach der Verbindung, die sie beide verspürt hatten, hatte ihr plötzlicher Rückzug ihn zutiefst verwirrt. Aber er hatte es mit einer Frau zu tun, also war das nicht gerade neu oder unerwartet. Er musste aufhören, an sie zu denken. Er schlug das Kissen unter seinen Kopf, um es wieder in Form zu bringen. Als das nicht funktionierte, schleuderte er es quer durch den Raum und legte sich den Arm auf die Stirn. Was zum Teufel hatte er sich nur dabei gedacht? Dass eine Frau wie Holly auf seinen Charme hereinfallen würde? Was zur Hölle hatte er zu bieten, außer einer schnellen Befriedigung glühender Lust?

Verdammt noch mal. An Erleichterung war nicht zu denken.

Sie war so regelorientiert und engagiert. Seine Fantasie lief auf Hochtouren. Wie würde es sich anfühlen, diese professionelle Fassade zu durchbrechen und die Frau dahinter zum Vorschein zu bringen? Ihren nackten Körper zu berühren, während er sie auf eine Decke legte. Sie gegen eine Wand zu drücken, rau und verschwitzt, hart und langsam. Diese Lippen. Diese Augen. Diese langen, schlanken Gliedmaßen, die aussahen, als wären sie dafür gemacht, sich um seinen Körper zu wickeln. Er stöhnte und setzte sich auf, denn er wusste, dass der Schlaf so unwahrscheinlich war wie eine fünfbeinige Ziege.

Das Knarren eines Schrittes ließ ihn in Sekundenbruchteilen aus dem Bett zu seiner Schlafzimmertür huschen. Finn presste sein Ohr an das Holz. Die Dielen ächzten leise. Jemand war in seiner Hütte. Remy Dryzek? Ferdinand?

Er warf einen Blick auf seinen Schrank und überlegte, ob er seine Pistole holen sollte, verwarf den Gedanken aber wieder. Keine Zeit. Außerdem brauchte er die Waffe nicht, wenn er die Dunkelheit auf seiner Seite hatte. Leise schob er die Tür auf. Eine Silhouette zeichnete sich vor dem Fenster ab, schwarz auf schwarz. Er erkannte Hollys Gestalt sofort, oder vielleicht erkannte er ihren Geruch auf einer zellulären Ebene.

„Ich wollte mir nur deine Schlüssel für den Tauchschuppen ausleihen." Ihre Stimme klang rau, fast nervös.

Irgendetwas stimmte nicht. „Alles in Ordnung?"

Ihr Kinn hob sich, und er hörte, wie sie heftig schluckte.

Verdammt. Es ging um ihn. Er ging auf sie zu. „Ich weiß nicht, was ich getan habe, dass du so ausflippst ..."

„Du hast gar nichts getan."

„Warum zum Teufel weichst du dann vor mir zurück?" Laut, vehement, frustriert. Eindeutig frustriert. Er versuchte, die Lust zu vertreiben, die in seinen Adern brannte.

Holly erstarrte, aber er war nahe genug herangekommen, um den Ausdruck in ihren Augen zu sehen. Es war keine Angst. Sondern etwas anderes. Er stieß den Atem aus, der sich in seiner Brust festgesetzt hatte. Dann machte er einen weiteren Schritt, sodass sie in Reichweite war, und ihr Blick glitt über seinen Körper. Er hatte vergessen, dass er nur Boxershorts trug. Zum Glück war es dunkel, und er hatte ein gewisses Maß an Selbstbeherrschung.

„Was ist da draußen im Wald passiert?" Er sprach mit leiser Stimme. „Was habe ich getan, außer ein Idiot zu sein?"

Sie wandte sich ab und stützte ihre Hände auf den Rand des Edelstahlbeckens. Er trat noch einen Schritt näher und hob, angezogen wie ein Magnet, die dichten Strähnen ihres Haares über eine Schulter.

„Nichts." Aber ihre Stimme zitterte.

„Ich habe nur einen Scherz mit dir gemacht wegen der Sache mit dem Spielzeug." Ihr Haar roch nach Regen. Er versuchte, den Geruch nicht einzuatmen.

„Ich weiß." Sie erschauderte.

Unfähig zu widerstehen, streckte er einen Finger aus und fuhr mit ihm an ihrem Hals entlang. Ihre Haut war heiß und samtig weich. Finn nahm sanft ihre Schultern in seine Hände und drehte sie zu sich um. „Ich dachte, wir hätten eine Art Arbeitsbeziehung erreicht?"

Sie nickte schnell. Zu schnell, zu leise, zu verdammt leicht. Die Schwellungen um ihre Augen herum waren abgeklungen. Die Haut war verfärbt, aber wenigstens sah sie wieder wie Holly aus. Etwas weitete ihre Augen, und ihr Atem stockte. Es war definitiv keine Angst.

Anziehungskraft.

Lust.

Verlangen.

Finn dachte nicht nach. Er küsste sie einfach; seine Hand legte sich an ihren Hinterkopf, die Finger versanken tief in ihrem Haar. Er presste seinen Mund an ihre Lippen und tauchte tief in die feuchte, vulkanische Hitze ein, die ihn stöhnen ließ. Sie erwiderte seinen Kuss und schmeckte wie Kaffee, dunkel und berauschend. Süchtig machend. Holly hielt sich immer noch an der Spüle fest, als hätte sie Angst, sie loszulassen.

Jedes Haar an seinem Körper stand aufrecht. Seine Haut kribbelte, das Blut raste durch seine Adern.

*Eine Arbeitsbeziehung? Na klar.*

Das Verlangen schoss durch seinen Körper und ließ seine Beine erzittern. Wann hatte eine Frau ihn jemals so berührt? Es war nicht normal, es war nicht rational, es war nicht vernünftig. Er kam ihr noch näher, und ihre Hände schossen nach oben und stemmten sich gegen seine Brust. Finger krümmten sich gegen seine Brustmuskeln, leise Geräusche kamen aus ihrem Mund, die mehr verlangten. Wenn er das nur die ganze Nacht tun könnte, wäre sein Leben in Ordnung. Er drückte sie ganz an sich und sie quietschte, gerade genug, um ihm zu zeigen, dass er ihr wehgetan hatte.

Er riss seinen Kopf hoch und ließ ihre Taille los, drückte sie aber immer noch gegen den Küchentisch. „Tut mir leid."

Sie stieß sich von ihm ab und wischte sich mit dem Handrücken über den Mund. „Finn ..." Bedauern zeichnete sich auf ihren Zügen ab. „Das darf nicht wieder passieren."

Es darf nicht wieder passieren? So wie er auch keinen Sauerstoff einatmen musste? Er zwang sich zu einem leisen Lachen, wollte sie nicht erschrecken, indem er auf die Knie sank und bettelte. Ablehnung war nicht neu für ihn, aber er konnte sich nicht daran erinnern, wann eine Frau das letzte Mal Nein gesagt hatte. *Nein* war in Ordnung. *Nein* war eine persönliche Entscheidung. Aber dieses *Nein* tat auf einer anderen Ebene weh.

„Es war nur ein Kuss, Holly." Er war erfreut, als er sah, wie ihre Augenbrauen hochgingen.

„Wenn das nur ein Kuss war, kann ich mir nicht vorstellen, wie es beim Sex sein würde." Sie schlug sich eine Hand vor den Mund und lachte dann, um die Spannung, die sich bis zum Zerreißen aufgebaut hatte, abzubauen. „Das habe ich nicht gesagt."

„Hey, das ist keine große Sache. Menschen küssen sich. Menschen haben sogar Sex." Er schaute aus dem Fenster in die Nacht. „Aber ich bin nicht der Typ, der rummacht und dann damit prahlt." Er wusste sofort, dass er etwas Falsches gesagt hatte. Das Schweigen wurde angespannt. Er tat so, als wäre das, was gerade passiert war, ganz normal und nicht einfach perfekt. „Gib mir zwei Minuten, dann ziehe ich mich an und bringe dich runter in den Schuppen."

„Ich brauche keine Anstandsdame." Ihre Stimme war gedämpft, die Augen wachsam.

„Meine Schlüssel, mein Schuppen." Er streckte seine Hand nach seinen Schlüsseln aus, die sie von der Bank aufgehoben hatte.

Holly zögerte. Der Kuss war unglaublich gewesen. Die Tatsache, dass er es genauso geheim halten wollte wie sie, hätte sie eigentlich beruhigen sollen, aber tatsächlich störte es sie auf einer tieferen Ebene. Als ob sie wieder einmal einer echten Beziehung nicht würdig war. Als ob es nur ein weiteres schmutziges Geheimnis nebenbei wäre. Was verrückt war, denn wenn er es jemandem erzählte, musste sie ihn erschießen und die Leiche tief vergraben.

Sie merkte, dass sie ihn immer noch anstarrte und innerlich sabberte, obwohl er ihr Angst machte. Seine Muskeln waren selbst im Schatten gut ausgeprägt. Brustmuskeln und Bauchmuskeln, hart wie eine Bronzestatue, lange, muskulöse Beine, Boxershorts, die die beeindruckende Männlichkeit nicht verbargen, die sich vor wenigen Augenblicken so wunderbar an sie gedrückt hatte. Sie wandte den Blick ab und dachte sich, dass sie dankbar sein sollte, dass er überhaupt etwas anhatte, wenn man bedachte, dass es schon nach Mitternacht war und er im Bett gelegen hatte.

Sie ließ die Schlüssel in seine Handfläche fallen und ging zur Tür. Dieser Kuss hatte die Hormone in ihrem Blut aufgewühlt, und sie wollte ihn. Sie wollte ihn wirklich. Am liebsten würde sie ihn auf den Boden werfen, sich rittlings auf ihn stürzen und ihn reiten, bis sie beide schrien. Aber das würde nicht passieren.

Holly zupfte an ihrem Kragen, und Hitze strömte in Wellen

von ihrer Haut. Sie tat so etwas nicht. Sie verknallte sich nicht in Typen, die sie kaum kannte. Sie fantasierte nicht davon, mit ihnen auf dem Boden Sex zu haben. Die meisten ihrer Freunde behaupteten, sie sei verklemmt, aber im Moment war sie ungefähr so verklemmt wie ein Schizophrener in einem psychotischen Durchbruch.

Wenn jemand herausfand, dass sie herumgemacht hatten, würde ihre Karriere irreparabel beschädigt werden.

Ohne ihre Marke war sie nichts. Nichts ohne die lange Familientradition. Sie brauchte das. Sie brauchte dieses Gefühl der Zugehörigkeit. Brauchte die Akzeptanz. Egal, wie umwerfend er war, sie wollte sich nicht in Finn Carver verlieben, und im Moment war sie verzweifelt nahe daran.

Und sie wollte nicht daran denken, was es mit ihrem Herzen oder ihrem Stolz machen würde, wenn er fertig war, sich einfach umdrehte und wegging.

Er ging zurück in sein Zimmer und kam mit einem Shirt heraus, auf dem AIR SUX, NITROX ROX stand.

Sie verdrehte die Augen, schenkte ihm ein Grinsen und zwang sich, sich zu entspannen. Um ihre Unruhe zu verbergen.

Ja, sie hatten sich geküsst. Es war nicht weiter gegangen, und sie hatte nicht vor, es zuzulassen. Sie musste so tun, als wäre es keine große Sache, damit sie weitermachen konnten. „Lass uns gehen."

Er grinste zurück, und Holly wünschte sich, dass ihre Sicht immer noch verschwommen wäre, denn der Kerl war wohl das umwerfendste männliche Exemplar, das ihr je begegnet war. Und in ihrem Beruf hatte sie mit vielen Männern zu tun.

Die beiden Jungs von unten waren schon weg, als sie und Finn die Treppe hinuntergingen. Sie gingen auf dem Kiesweg zum Taucherschuppen, während ihr Atem kleine Wölkchen in der kalten Luft bildete. Finn schien die Kälte nicht zu bemerken. Sie kamen an ein paar Studenten vorbei. Offensichtlich war irgendwo eine Party im Gange.

„Was hast du letzten Montag gemacht?", fragte sie.

Er warf ihr einen Blick zu. „Wir waren überlastet. Zwei Schulen kamen zu Feldkursen und einer der Mitarbeiter hatte eine Blinddarmentzündung. Die ganze Woche war eine einzige Katastrophe. Warum?"

Holly hielt den Mund, obwohl sie ihm antworten wollte. „Das ist der Zeitpunkt, an dem Milbank eurer Meinung nach getötet wurde, nicht wahr?"

Der Typ war so scharfsinnig. So schlau. Vielleicht war das der Grund, warum sie sich in ihn verliebt hatte, nicht sein gutes Aussehen. Sie presste ihre Lippen fester aufeinander und war froh über die relative Dunkelheit. „Ich kann den Fall nicht mit dir besprechen." Sie klang unglücklich und wollte sich am liebsten selbst treten. Er war nicht ihr Freund. Sie brauchte sich nicht bei ihm zu entschuldigen, weil sie ihren Job machte.

„Ich verstehe das, Holly. Es gibt eine Menge Dinge, über die ich auch nicht sprechen kann."

Special Forces. Natürlich hatte er es verstanden. Dadurch fühlte sie sich noch elender.

„Sprich mit Thoms Sekretärin, Gladys. Sie musste den Zeitplan in letzter Minute überarbeiten. Nimm unsere Stundenpläne und lass jemanden überprüfen, ob wir das getan haben, was wir tun sollten. Verdammt, ich glaube nicht, dass ich überhaupt einmal an dem Tag allein war, selbst wenn ich eine ... Toilettenpause gemacht habe." Er hustete.

Galt das auch für die Nacht? Eifersucht nagte an ihr wie bei einer Sechzehnjährigen, die in der Highschool verknallt war. Zum Glück war er unaufmerksam. „Dann kannst du uns ein für alle Mal von der Liste streichen."

„Ich weiß, wie ich meinen Job zu machen habe." Holly biss sich auf die Lippe, verärgert darüber, dass sie so abwehrend klang. Warum bereitete sie ihm Kummer? Weil er denselben Fehler gemacht hatte wie sie? Er hatte sie vielleicht zuerst geküsst, aber sie hatte nicht gerade Abwehr signalisiert.

Die Lichter spiegelten sich im Wasser der Bucht, aber die Nacht war still. Keiner von beiden sprach mehr. Sie hatte die frühere Intimität zwischen ihnen beendet, und sie war froh darüber. Sie waren jetzt wieder auf einer professionellen Ebene.

Sie erreichten den Tauchschuppen, und Finn ging vor ihr her. Er öffnete die Tür und schaltete das Licht ein. Die Leuchtstoffröhren flackerten ein paar Sekunden lang, bevor sie widerwillig ansprangen. Finn ging zum Schreibtisch, zog ein Klemmbrett heraus und reichte es ihr. Ohne seinen wachsamen Blick zu beachten, blätterte sie die Seiten zurück, bis sie zum 28. März kam, dem Tag, an dem er und Edgefield behaupteten, das Wrack gefunden zu haben. Darüber standen Notizen über die Sichtung des Seeotters.

„Gibt es hier einen Kopierer?" Sie drehte sich um und fand Finn neben sich, viel zu nah, um sich wohlzufühlen. Hollys Mund wurde trocken, und ihr Herz stolperte über ihren rasenden Puls. Seine Augen weiteten sich, und er trat einen Schritt zurück. Dann glättete er seine Gesichtszüge, um nichts zu verraten.

„In der Bibliothek der Marinestation. Komm, ich habe auch einen Schlüssel dafür. Bringen wir es zu Ende." Das klang so endgültig wie eine Totenglocke.

Draußen schien sich die Lufttemperatur um zehn Grad abgekühlt zu haben, und das hatte nichts mit dem Wetter zu tun. Sie begannen, den steilen Hang hinaufzugehen. Es herrschte angespannte Stille zwischen ihnen. Dann stolperte sie, und jeder von ihrem Autounfall verursachte Schmerz schoss gleichzeitig durch eine Million Neuronen. Als sie scharf nach Luft schnappte, griff Finn nach ihr. Sie hatte ihre Verletzungen fast vergessen – diese Kuss-Endorphine waren so verdammt gut.

„Bist du okay?" Die Hitze seiner Hände brannte durch ihr Hemd.

Sie nickte und atmete schnell. „Ich bin nur gestolpert."

„Wenn man bedenkt, dass du gestern fast gestorben wärst und seit dem Morgengrauen ununterbrochen arbeitest, solltest du dich vielleicht ein bisschen schonen." Sein Griff wurde fester, und sie ertappte sich dabei, wie sie wieder auf seine Lippen starrte und ihr alle möglichen außerdienstlichen Gedanken durch den Kopf schossen. Aber bis dieser Fall abgeschlossen war, würde sie nicht mehr außer Dienst sein.

Sein Adamsapfel glitt in seinem Hals auf und ab, und er stöhnte leise auf. „Wenn du nicht aufhörst, mich so anzuschauen ...“

Sie unterdrückte ihre Reaktion und zog sich aus seinen Armen. Niemand hatte je behauptet, dass es einfach war, eine Polizistin zu sein. „Gehen wir weiter“, sagte sie.

Aus der Ferne erklangen Musik und unbeschwertes Lachen.

„Einer der Feldkurse ist heute zu Ende gegangen“, erklärte Finn.

„Zeit für eine Party.“

Sie gingen um die gesamte Vorderseite des Hauptgebäudes herum, und er schloss eine Seitentür auf, die direkt zu den an den Arbeitsbereich angrenzenden Bibliotheksregalen führte. Finn gab einen Code ein, und der Kopierer erwachte zum Leben. „Okay“, er nahm ihr das Klemmbrett aus der Hand, „ich mache zwei Kopien, und das Büro kann auch eine behalten.“ Er presste die Lippen aufeinander, und sie war sich sicher, dass er noch hinzufügen wollte „nur für den Fall.“

Die Einstellung gegenüber der Polizei hier war ein wenig beleidigend, aber vielleicht verstand sie es, wenn man bedachte, was Professor Edgefield durchgemacht hatte. Umso wichtiger war es, dass sie den Mörder von Len Milbank fanden.

Die Maschine spuckte zwei Kopien aus, und Finn reichte ihr eine, die sich in ihrer Hand warm anfühlte, und machte sich dann auf den Weg ins Büro. Er schloss zwei weitere Türen auf und legte eine Kopie auf dem Schreibtisch von Edgefields Sekretärin ab. Sie waren auf dem Weg zurück zur Tür, als er plötzlich stehenblieb und sie gegen seinen stählernen Rücken prallte.

*Wumms.* Er wirbelte herum und fing sie auf, bevor sie umfallen konnte.

„Autsch." Sie berührte ihre schmerzende Nase.

„Tut mir leid." Aber seine Aufmerksamkeit war woanders. Er schnupperte. „Riechst du auch Rauch?" Plötzlich war er an seinem Handy und wählte den Notruf. „Wir brauchen den Truck bei der BMSC."

Holly schnupperte. Ein ganz schwacher Hauch von Rauch stieg ihr in die Nase. „Wir sollten draußen warten."

„*Du* wartest draußen auf die Feuerwehr. Das sind Freiwillige, und manchmal dauert es eine Weile, bis sie kommen. Sag ihnen, sie sollen in den Keller gehen."

„Nein."

Er versuchte, sie aus der Tür zu drängen, aber sie wand sich aus seinem Griff, packte seinen Arm und drehte ihn hinter seinem Rücken hoch. Er erstarrte, bewegte sich nicht, aber irgendetwas an der Art, wie er sich hielt, deutete darauf hin, dass er ihren Griff hätte brechen können, wenn er es gewollt hätte. Und plötzlich wusste sie instinktiv, dass ihre gesamte Polizeiausbildung sich als wertlos erweisen würde, wenn Finn jemals beschloss, sie herauszufordern.

Das hätte sie zu Tode erschrecken müssen. Tat es aber nicht.

„Gut, komm mit, aber es könnte gefährlich sein. Und wir müssen uns beeilen."

Sie ließ seinen Arm los, und er drehte sich um und schlug die Scheibe des Feuermelders ein. Dann drückte er die Eingangstür auf. „Folge mir. Geh *nicht* auf eigene Faust los. Ich will nur sicherstellen, dass niemand mehr im Gebäude ist. Spiele nicht die Heldin", warnte er sie.

Sie rannten die Treppe hinunter, Holly hatte Mühe, Schritt zu halten, und schnaufte wie der Hogwarts-Express.

In den unteren Stockwerken stießen sie auf dichteren Rauch, und Finn riss sich sein T-Shirt vom Leib und wickelte es um ihr Gesicht, bevor sie protestieren konnte. „Ich war gestern nicht derjenige, der einen Autounfall hatte", sagte er ihr. Es war warm auf ihrem Gesicht, und sein Duft umhüllte sie. Es war, als hätte man ihr reine männliche Pheromone injiziert.

Sie gingen weiter und öffneten jede Tür auf dem Weg. Alle Labore und Räume waren leer. Am Ende des Korridors befand sich die Ausgangstür, die nach draußen führte. Der Geruch von Rauch war hier am stärksten. Finn berührte den Türknauf und zuckte zurück. „Scheiße, er ist heiß. Das Feuer ist auf der Außenseite. Komm schon!" Er rannte zurück zur Treppe, und Holly eilte ihm hinterher, sich auf den quälenden Aufstieg vorbereitend.

Er warf ihr einen mitfühlenden Blick zu, als er sein Handy herausholte. „Ich würde dich tragen, wenn ich glauben würde, dass es helfen würde."

Sie biss die Zähne zusammen und nickte. Sie war zu abgelenkt, um zu sprechen, denn jeder Atemzug fühlte sich an, als würde eine ihrer Rippen in ihre Lunge stechen. Sie stiegen schnell die Treppen nach oben, und sie hörte, wie er erst mit den Feuerwehrleuten und dann mit Thomas Edgefield sprach und ihnen mitteilte, dass auf der Südseite des Gebäudes ein Brand ausgebrochen war, der das Gebäude bedrohte.

„Gott sei Dank hat es heute Abend geregnet." Er steckte sein Handy in die Jeanstasche und schnappte sich einen Feuerlöscher von der Wand. Sie rannten nach draußen, gerade als ein Löschfahrzeug mit heulenden Sirenen eintraf.

Die Feuerwehrleute begannen, Schläuche auszurollen, während Holly versuchte, Finn zu folgen. Aber er sprang über ein Geländer und kletterte durch dichtes Gebüsch den Abhang hinunter. Sie hatte keine Chance, durch dieses Gewirr zu kommen, nicht einmal, wenn sie in bester körperlicher Verfassung gewesen wäre. Stattdessen rannte sie den Kiesweg hinunter, wobei sie halb ausrutschte. Aus einem metallenen Müllcontainer, der an die Seite des Gebäudes gepresst worden war, schlugen Flammen drei Meter hoch empor.

Warum hatten sie es auf dem Weg zum Hügel nicht gesehen? Hatte es sich erst jetzt entzündet?

Funken züngelten in der Luft. Einer landete im dichten Gestrüpp, und Holly sah, wie die Glut in der Dunkelheit zu schwelen begann.

„Dort drüben muss gelöscht werden", rief sie dem ersten Feuerwehrmann zu, der sie einholte.

Sie zuckte überrascht zurück, als Finns Assistent, Rob Fitzgerald, sie angrinste. „Ja, Ma'am." Sie ging aus dem Weg. Finn hatte bereits den gesamten Inhalt des Feuerlöschers in den Müllcontainer gesprüht, und die Flammen schienen nachgelassen zu haben. Er warf einen Blick über die Schulter und trat zurück, als die Feuerwehrleute übernahmen.

Schweiß tropfte von seiner Stirn und färbte sein Haar dunkel. Sie stanken beide nach Rauch.

„Brandstiftung?", fragte sie, reichte ihm sein T-Shirt zurück und tat so, als würde sie nicht auf seine Muskeln starren.

Er atmete aus und wischte sich das Gesicht an seinem Shirt ab, bevor er es sich über die Brust streifte. „Eher eine Dummheit. Wahrscheinlich hat jemand hier unten geraucht und einen Zigarettenstummel in den Müllcontainer geworfen, als er noch nicht ganz aus war."

Hollys Herzschlag verlangsamte sich allmählich. Sie umklammerte immer noch ihre Notizen. Wären sie nicht mitten in der Nacht zum Tauchschuppen gegangen, hätte das Feuer großen Schaden anrichten können. So aber waren die Flammen gelöscht, und die Feuerwehr wühlte sich durch das Gebüsch, um sicherzustellen, dass keine Glutnester mehr vorhanden waren.

Finn atmete tief ein und aus. „Du solltest einfach in meiner Hütte schlafen." Sie richtete sich ruckartig auf und sah ihn an.

„Alleine." Seine Augen glühten von all den Dingen, die sie zu ignorieren versuchten. „Ich werde fast die ganze Nacht hier sein." Der entschlossene Blick in seinen Augen brachte sie zum Grinsen.

Finn sah stinksauer aus, und sie konnte es ihm nicht verdenken. Hätten sie das Feuer nicht frühzeitig entdeckt, hätte es sich ausbreiten und nicht nur das Meereslabor zerstören können, sondern möglicherweise auch Tausende Hektar Wald und Gott weiß wie viele Leben. Die Erschöpfung schlug ihr aufs Gemüt, und ihre Sicht begann zu verschwimmen. Der Gedanke, zum Steg zu gehen und mit dem Boot über die Bucht zu fahren, war mehr, als sie ertragen konnte. Außerdem waren all ihre Sachen in seiner Hütte – nicht, dass sie viel hatte. Es war einfach das Vernünftigste. Sie legte ihre Hand auf seinen Rücken. Eigentlich sollte es ein Dankeschön für die gute Arbeit sein, aber ihre Finger verweilten und verwandelten es in etwas ganz anderes. „Ähm, in Ordnung. Ich ... wir sehen uns morgen."

Er sah sie an, sein Gesicht war ausdruckslos, obwohl seine Augen brannten.

„Gute Nacht, Holly. Schließ die Tür ab, und schlaf gut."

---

Mike saß absolut still unter den Ästen einer alten Kiefer und starrte auf die Hintertür von Brent Carvers Haus. Hoffentlich würde das kleine Feuer, das er in dem Müllcontainer entzündet hatte, genug Aufmerksamkeit auf sich ziehen, um den ehemaligen Sträfling aus seinem Haus zu locken und gleichzeitig keinen wirklichen Schaden anzurichten. Der Regenguss früher am Tag sollte die Ausbreitung der Flammen verhindern, aber im Grunde war Mike verzweifelt. Sein Telefon vibrierte, doch er ignorierte es. Die Feuerwehr würde heute Abend ohne ihn auskommen müssen.

Die Tür öffnete sich, und Brent trat in die Dunkelheit. Der Typ hatte ein Auge auf alles, was in der Stadt passierte. Er schlief sogar mit einer Art Funkempfänger neben seinem Bett. Wenn er überhaupt schlief.

Gina behauptete, das tue er nicht – nicht mehr. Aber Mike wollte jetzt nicht darüber nachdenken, dass er mit der Frau zusammen war, die jeder für Brent Carvers Freundin hielt. Der Kerl hatte sie verlassen, und Mike war da gewesen, um die Scherben aufzusammeln. Carvers Verlust. Sein Gewinn.

Gina hatte sich auf seine Rollenspiele eingelassen, was eine ziemliche Überraschung gewesen war. Sie hatte ihm sogar einige ihrer geheimen Fantasien erzählt, die darin gipfelten, dass sie vorhin von ihm an das Bett gefesselt wurde. Wenn er an den Rest seines Tages dachte, wünschte er sich, er könnte das alles noch einmal machen. Vielleicht könnte sie ihn das nächste Mal fesseln und ihn eine Woche lang als ihren persönlichen Sexsklaven halten.

Schritte hallten durch die Dunkelheit, als Brent zum Steg hinunterging und sein kleines Motorboot startete. Mike wartete, bis er außer Sichtweite und um den Steilhang herum war, bevor er zur Hintertür sprintete. Dort drehte er den Griff, und die Tür öffnete sich. Sie war unverschlossen. Gott sei Dank. Er kannte sich nicht mit Schlössern aus und wollte nicht, dass Carver erfuhr, dass jemand hier gewesen war, was der Fall wäre, wenn Mike ein Fenster hätte einschlagen müssen.

Sein Kiefer schmerzte von Ferdinands Faust, als er den großen, offenen Raum betrat. Nicht schlecht für einen Ex-Häftling. Ohne illegale Aktivitäten konnte er sich das alles bestimmt nicht leisten. Vielleicht hatte Remy recht?

Dieser Bastard. Er bedrohte seine Eltern? Mike berührte die Waffe in seinem Hosenbund. Am liebsten wäre er zu Remy gegangen und hätte die beiden weggepustet, aber erstens hatte Dryzek erstklassige Sicherheitsvorkehrungen, und zweitens hatte Mike nicht wirklich das Zeug zum Killer. Es sei denn, sie kamen in die Nähe seiner Familie oder von Gina, denn dann war alles möglich.

Mike trug schwarze Lederhandschuhe und hatte eine Taschen-lampe dabei. Er begann, Schränke zu öffnen und jede Ritze zu durchsuchen, die groß genug war, um einen Vorrat zu verstauen. Nichts in der Küche, und auch nicht im Wohnzimmer. Er beschloss, als Nächstes das Obergeschoss zu durchsuchen, nur für den Fall, dass Brent früher als erwartet nach Hause kam. Er sah auf seine Uhr. Er war bereits seit fünf Minuten hier.

Das Holz der Treppe glänzte wie Honig. Meine Güte, das ganze Haus glänzte. Es schien irgendwie falsch zu sein. Falsch, dass ein verurteilter Mörder wie ein König leben durfte, während gottesfürchtige, hart arbeitende Menschen wie er und seine Eltern mit einem kleinen, klapprigen Haus und alten Geräten auskommen mussten.

Im Obergeschoss gab es fünf verschlossene Türen und einen seltsamen Geruch. Mike ging auf den Gestank zu und öffnete eine Tür zu einem riesigen Raum mit großen Fenstern, die auf das Meer hinausgingen. Es gab eine Couch, und an beiden Wänden waren Hunderte von gestapelten Leinwänden in verschiedenen Entwicklungsstadien angebracht. Mikes Unterkiefer klappte herunter.

Heilige Scheiße, der Typ war ein Künstler? Brent Carver war ein verdammter Maler?

Er ging hinüber und berührte eine Leinwand, die einen blauschwarzen See am Fuße eines Berges zeigte. Es war abstrakt, aber schön. Er holte tief Luft in seine verkrampften Lungen. Brent war also ein Künstler – und ein verdammt guter dazu. Er blickte auf die Unterschrift in der Ecke einer fertigen Leinwand. B.C. Wilkinson. Herr im Himmel.

Brent Carver war ein Künstler namens B.C. Wilkinson?

Scheiße. Auf diese Weise verdiente er sein Geld. Er hatte offenbar nicht vor, mit Koks zu dealen.

Mike registrierte ein weiteres Geräusch. Der Motor eines Bootes. Er schaute aus dem Fenster und sah, wie Carvers Boot an den Steg heranfuhr. Sein Ablenkungsmanöver hatte nicht funktioniert. Er schaltete seine Taschenlampe aus, rannte die Treppe hinunter und sprintete wie ein Olympionike zur Tür, die der Straße am nächsten lag. Dabei kam er ins Schleudern und entfernte dann leise den Türriegel. Schnell öffnete er die Tür, gerade als Brent durch die Hintertür des Hauses hereinkam. Er schlüpfte hinaus und schloss die Tür leise hinter sich. Und dann rannte er. Schneller als er jemals in seinem Leben gelaufen war, während seine Lungen pumpten und sein Herz beinahe explodierte.

# ZWÖLF

Gina hatte früher einen Hund gehabt, aber der war vor etwa sechs Monaten gestorben. Ihre Gefühle hatten die Oberhand gewonnen, und so hatte sie seitdem keinen neuen mehr angeschafft. Jetzt öffnete er die Hintertür und glitt lautlos in die Küche. Die Zeit löschte alle Erinnerungen aus. Die Zeit löschte auch die Angst aus. Schlimme Dinge passierten anderen Menschen, an anderen Orten. Nicht in sicheren kleinen Städten wie Bamfield.

So vertrauensvoll, so naiv, so fehlgeleitet.

Er stand schweigend auf dem abgenutzten Linoleumboden, die Uhr tickte in der Dunkelheit. Der Kühlschrank ratterte, und er schaute ihn einen langen, dankbaren Moment an. Er würde helfen, die Geräusche seiner Schritte zu übertönen.

Wut brannte in seiner Brust und blähte seine Lungen fast bis zum Platzen auf. Menschen waren von Natur aus unvollkommen. Die meisten von ihnen waren törichte, wankelmütige Geschöpfe, die nicht über die Folgen ihres Handelns nachdachten.

Seine Fäuste ballten sich.

So war er auch einmal gewesen. Doch er hatte seine Lektion früh gelernt und nie vergessen. Er hatte den Preis bezahlt. Hatte nie wieder Mist gebaut. Dann war Milbank wie eine Kakerlake in seiner Wohnung herumgekrochen, und er war wieder gezwungen gewesen, zu handeln und zu versuchen, das Chaos einzudämmen.

Sie war das Letzte, was er hatte.

Er ging den dunklen Korridor entlang. Brent Carvers kleine Hure würde irgendwann zu ihm zurücklaufen, und dann würde alles schiefgehen. Er hatte einen taktischen Fehler begangen, als er Milbanks Leiche in das Schiffswrack gestopft hatte. Er hatte gedacht, er sei clever, aber so wenige Leute wussten von der verdammten Sache, dass Gina Swartz ein potenzielles loses Ende war. Wenn sie ihren dummen Mund aufmachte, war er verloren. Das wollte er nicht zulassen. Die Wände drückten so stark gegen seine Haut wie die Wände des Schiffswracks, aber wenigstens konnte er hier nur in Schuldgefühlen ertrinken.

Es war nicht seine Schuld. Sie hatte sich das selbst eingebrockt. Sie gaben immer anderen die Schuld für ihre eigenen Fehler, aber das hier war ihre Schuld. Lose Lippen versenkten Schiffe, und er war nicht bereit, noch mehr Risiken einzugehen. Nicht bei den Dingen, die ihm wichtig waren.

Aus einem Zimmer zu seiner Rechten drang der Geruch von Waschmittel. Die Schlafzimmertür war leicht angelehnt. Er hielt inne, als er versuchte, die Frau in den Schatten auszumachen. Dann fiel ein Lichtstrahl des Mondes auf ihr Gesicht, während sie auf dem Rücken im Bett lag und die Lippen geöffnet hatte.

Sie war nackt.

Das Fehlen von Kleidung erleichterte ihm die Arbeit, aber er mochte den Blitz der Erregung nicht, der durch ihn schoss, wenn er sie nur ansah. Ihr Anblick versetzte ihn an einen anderen Ort, in eine andere Zeit, in der es ihm nur darum gegangen war, jeden Rock in sein Bett zu bekommen. Er war ekelhaft gewesen. Ein Tier. Aber die Erinnerungen ließen ihn zögern. Er fragte sich, ob diese samtigen Nippel so gut schmecken würden, wie sie aussahen.

Er biss sich auf die Lippe.

Wie würden diese Brüste aussehen, ganz prall und geschwollen? Mit diesen weiblichen Brustwarzen, die sich zu kleinen Knospen der Begierde verdichteten, während sie nach ihm hechelte und er in sie hineinpumpte?

Seine Hände zitterten, als er nur daran dachte.

Ihre Haut war so zart wie Rosenblüten. Blass wie Milch, abgesehen von dem dunklen Haarbüschel zwischen ihren Beinen.

Der Raum roch nach Schweiß und Sex. Mein Gott, er war so hart, dass sein Schwanz gegen seinen Reißverschluss drückte, aber er war nicht mehr dieser Mann. Er stand da, erregt, dass es wehtat, sah eine Frau an, die er nicht ansehen durfte, wollte sie haben und wusste, dass er damit durchkommen würde. Keiner würde es je erfahren. Keiner würde Verdacht schöpfen. Doch er verschwendete nur Zeit und erhöhte das Risiko, dass er erwischt wurde.

Er bewegte sich vorsichtig über die knarrenden, alten Holzdielen, bis er so nahe war, dass er sie berühren konnte. Sie hätte es gemocht. Dieser Typ von Frau mochte das immer, egal, wer sie berührte. Sein Atem wurde immer schwerer in seiner Lunge, als er an all die Dinge dachte, die er gerne mit ihr machen würde. An all die Möglichkeiten, wie er sie nehmen könnte, die einer Frau nicht gefielen.

Die Decken hatten sich um ihre Beine gewickelt und hielten sie fest. Gott, er wollte sie. Sie nehmen, sie dafür bestrafen, dass sie ihn dazu gezwungen hatte.

Aber Sex war nicht alles.

Tatsächlich war Sex nichts gegen die alles verzehrende Macht der Liebe.

Schweißperlen standen ihm auf der Oberlippe, als er gegen Versuchung und Verderben ankämpfte. Ihre Brust hob und senkte sich im Rhythmus des Tiefschlafs, ohne das Chaos zu bemerken, das sie angerichtet hatte.

Frauen wie sie waren weder anständig noch gut. Sie waren dazu da, gute Männer in die Knie zu zwingen und sie zum Betteln zu bringen. Er zog das Messer heraus und hielt es beidhändig über ihre Brust. Sie war nichts als eine Bedrohung, die alles zerstören konnte, wofür er so hart gearbeitet hatte. Es gab kein Bedauern und keinen Kummer. Er stieß die Klinge durch ihren Brustkorb in ihr Herz. Ihre Augen und ihr Mund öffneten sich zu einem leisen, gurgelnden Schrei. Ihr Körper krümmte sich starr gegen die Matratze in Schmerz und Tod. Es geschah nicht sofort, aber es dauerte auch nicht wirklich lange.

# Dreizehn

„Hey, Boss.“

Holly schreckte aus dem Schlaf hoch. Sie war halb auf der Couch und halb auf dem Boden liegend eingeschlafen. Angesichts des erbärmlichen Zustands ihres ohnehin schon angeschlagenen Körpers fühlte sie sich jetzt so steif wie eine Tanne in einem Winter in Alaska. Sie klappte einen Zentimeter nach dem anderen aus und fragte sich, ob sie einen Schuss Morphium nehmen und trotzdem ihre Arbeit machen könnte. Wahrscheinlich nicht, aber verdammt, es war verlockend.

Freddy Chastain stand da und grinste sie mit seinem guten italienischen Aussehen an, ganz im Gegensatz zu dem, was sie fühlte.

„Alles okay, Freddy?“

Er zuckte mit einer Schulter. Offensichtlich wollte er nicht über sein Privatleben sprechen, und solange es seine Leistung nicht beeinträchtigte, hatte sie kein Problem damit. Das ging sie nichts an.

„Ihr Gesicht ist jetzt fast ganz grün“, bemerkte er.

„Danke für das Update. Kein Wunder, dass Sie Detective

geworden sind." Dann reichte er ihr den Kaffee, und alles war verziehen. „Gibt es Neuigkeiten vom IFIS wegen des Boots?"

„Sie zerbrechen sich den Kopf darüber, wie sie es am besten nach Port Alberni bringen können. Sie sagten, sie würden Sie anrufen, wenn sie sich für eine Vorgehensweise entschieden hätten. Was haben Sie sich angesehen?" Er setzte sich neben sie und sah sich die Informationen an, die sie gestern Abend über Remy Dryzek zusammengetragen hatte.

„Ich habe mich auf das Wesentliche beschränkt." Der Kaffee besänftigte ihren wunden Hals und gab ihrem Herzen einen kleinen Schubs. Sie strich sich die Haare aus den Augen und nahm einen Hauch von Schweiß wahr. Igitt. Sie brauchte eine Dusche. Dem Zischen des Wassers in den Rohren des Hotels nach zu urteilen, hatte sie ihre morgendliche Gelegenheit verpasst. Letzte Nacht hatte sie wirklich in Finn Carvers Hütte schlafen wollen, weshalb sie unbedingt hierher zurückkehren musste. Sie hatte nicht einmal ihre Sachen geholt, denn sie hatte gewusst, dass sie in dem Moment, in dem sie über seine Schwelle treten würde, dem Bett im Gästezimmer nicht widerstehen könnte und dort in einen tiefen, erschöpften Schlummer gesunken wäre. Und wenn er zurückgekommen wäre, wenn er sie geküsst hätte, hätte *alles* passieren können. Aber es würde *nichts* passieren.

„Um einen Mörder zu fangen, muss man das Opfer verstehen, also habe ich Milbanks Geschäfte mit unserem Al Capone etwas genauer untersucht und bin auf ein paar Ideen gekommen."

„Zum Beispiel?"

„Wir haben Spuren von Betäubungsmitteln in Milbanks Wohnung gefunden." Holly lehnte sich näher heran. „Am ersten Abend, an dem wir ankamen, habe ich mir die örtliche Bar angesehen."

Chastain sah sie mit fast schwarzen Augen an. Bis jetzt war ihr noch nie aufgefallen, was für ein gutaussehender Kerl er war. Zum Glück erregte er in ihr nichts als professionelle, kollegiale Gefühle.

„Dryzek tauchte mit seinem Kumpel Gordy Ferdinand in der

Bar auf. Er sagte Finn Carver, er habe etwas verlegt und wolle es zurückhaben."

„Aber sie haben nicht angedeutet, was es war?"

Holly schüttelte den Kopf. „Das wäre zu einfach gewesen."

„Und die Wohnung wurde noch am selben Abend durchsucht?"

„Ja, mit ein paar Stunden zeitlichem Versatz."

„Indizien, aber ...“

„Ich weiß." Sie strich sich mit den Fingern durch die Haare.

„Wenn Dryzek die Wohnung verwüstet hat, was glauben Sie, könnte er dort gesucht haben? Drogen?"

„Darauf tippe ich. Entweder war Bamfield ein Umschlagplatz für Schmuggler oder ein Verteilerpunkt für den Weitertransport der Drogen die Küste hinauf. Und Milbank war der Mittelsmann."

„Soll ich mich an das Drogendezernat wenden? Ich habe dort ein paar Kumpels."

„Tun Sie das. Und graben Sie in Milbanks Vergangenheit und sehen Sie, ob Sie dort etwas finden, das Milbank mit jemandem in Bamfield verbindet. Wir müssen herausfinden, was Dryzek gesucht hat und wo zum Teufel es jetzt ist, denn das könnte der Schlüssel zu dem Mord an Milbank sein."

Chastain verengte seine Augen. „Glauben Sie, Finn Carver hat etwas damit zu tun?"

„Nein." Holly kniff die Augen zusammen, um die Unschärfe zu vertreiben, und merkte dann, dass es ihr Gehirn und nicht ihr Sehvermögen war, das geweckt werden musste. „Er schien wirklich verwirrt darüber gewesen zu sein, worüber Dryzek in der Bar sprach. Und die beiden mochten sich nicht."

Holly stahl sich ein Stück Toast von Chastains Teller. „Soweit ich weiß, hat Finn Carver die Armee verlassen, als Thom Edgefield zusammengeschlagen wurde. Edgefields Verbrechensbekämpfungsmentalität – von der wir mehr gebrauchen könnten – hatte es dem organisierten Verbrechen schwergemacht, in Bamfield Fuß zu fassen. Sergeant Hammond sagt, dass die RCMP wöchentlich Berichte über verdächtige Aktivitäten in der Stadt erhält."

„Sie denken also, Dryzek war für Edgefields Prügel verantwortlich, und Carver kam zurück, um das Spiel auszugleichen?"

„Und es endete in einer Pattsituation." Holly nickte. „Aber nachdem Milbank tot aufgefunden wurde und Dryzek seinen Vorrat an was auch immer verloren hat, habe ich das Gefühl, dass der Waffenstillstand vorbei sein könnte."

„Es macht trotzdem keinen Sinn, dass Finn die Leiche findet und meldet."

„Kriminelle sind nicht immer schlau." Holly spielte des Teufels Advokat und war neugierig, was Chastain über Edgefield und Finn dachte.

„Diese Typen haben beide einen messerscharfen Verstand. Ich meine, der Professor ist durchgeknallt, aber der Mann ist Mitglied bei Mensa. Und Finn ..." Er grinste. „Ich mag den Kerl. Ausgezeichneter Soldat. Angesehener Taucherführer. Er scheint ehrlich zu sein."

„Das denke ich auch." Es war einfach gut, das von jemandem zu hören, der nicht von all dem Testosteron geblendet war. „Ich denke, dass Milbank endlich jemanden gefunden hat, mit dem er in der Stadt zusammenarbeiten konnte. Daher die vielen Anrufe von diesem Wegwerf-Handy aus, das wir hier in Bamfield nicht finden können."

„Würde Dryzek dann nicht wissen, mit wem Milbank zusammengearbeitet hat?"

„Vielleicht. Vielleicht auch nicht." Holly hatte die ganze Nacht über immer wieder darüber nachgedacht. Darüber und über diese Küsse, die sie mit Finn ausgetauscht hatte. „Vielleicht hat Milbank versucht, sich für seinen Chef wertvoller zu machen, indem er ein paar Dinge geheim hielt. Oder er machte sich selbstständig."

„Oder vielleicht war es ein neuer Kontakt, den Milbank ausnutzen wollte, aber noch nicht dazu gekommen war", fügte Chastain hinzu.

Holly erinnerte sich jetzt auch an etwas anderes an jenem Abend in der Kneipe. „Dryzek kennt Mike Toben. Er hat ein ruhiges Wort mit ihm gewechselt, als er die Bar betrat."

Chastain nickte. „Ich werde gleich heute Morgen mit ihm sprechen."

„Mal sehen, ob wir Mikes Finanzen überprüfen können." Die Chancen auf Haftbefehle waren in diesem Stadium gering. Hollys Handy dröhnte los. Sie zuckte zusammen, als sie feststellte, dass es Furlong war. Um sechs Uhr morgens. Fantastisch.

„Guten Morgen, Sir." Sie sprach ruhig, auch wenn sie steif aufstand und sich den verspannten Rücken dehnte.

Sie schaltete innerlich halb ab, als Furlong anfing, ihr zu erzählen, was sie an diesem Tag alles zu tun hatte. Stattdessen dachte sie über die Couch nach. Das Ding hätte es verdient, mit einer Axt bearbeitet zu werden. Heute Nacht würde sie in einem richtigen Bett schlafen, und sei es in den von Bettwanzen verseuchten Zimmern des örtlichen Motels. Ihre Haut zitterte vor Abscheu, aber alles war besser, als sich zu fühlen, als hätte man sie in einen Kofferraum gestopft und zum Sterben zurückgelassen.

***

Finns Lungen pumpten, und seine Füsse stampften auf dem Boden. Die Gedanken an Holly wollten alle anderen Bilder aus seinem Kopf verdrängen. Er konnte nicht aufhören, diese verdammten Küsse immer wieder gedanklich zu durchleben. Er bekam sie nicht aus seinem Kopf, egal wie sehr er sich körperlich anstrengte. Sie hatte nicht in der Hütte geschlafen, aber ihre Sachen waren noch da. Das sagte ihm, dass auch sie immer noch an diese Küsse dachte, an ihren Job und wie viel er ihr bedeutete – als ob er das jemals gefährden würde. Er war kein egoistisches Arschloch. Aber er hatte nichts mit dem Mord an Len Milbank zu tun, also war es kein Thema.

Aber was, wenn Thom es getan hatte? Oder Brent?

Dann wurde es definitiv zu einem Problem, und er war froh, dass Holly letzte Nacht nicht in seiner Hütte geblieben war, denn er glaubte nicht, dass er die Kraft hatte, ihr zu widerstehen. Und er wollte nicht dafür verantwortlich sein, dass Holly ihren Job verlor.

Die Sonne war aufgegangen, als er am Pachena Beach auf und ab gelaufen war, während die Fischadler Fisch frühstückten. Er war eine Stunde gelaufen und brannte immer noch. Er verdrängte sie aus seinen Gedanken und lief die Straße zurück.

Das Marinelabor war letzte Nacht knapp einer Katastrophe entronnen. Wäre er nicht genau dort gewesen, als das Feuer ausbrach, und hätte er den Rauch nicht gerochen, hätte der ganze Ort in Flammen aufgehen können.

War dies ein weiterer Angriff auf Thom gewesen? Oder nur einer der zufälligen Unfälle des Lebens? Er hatte mit jedem Studenten gesprochen und diejenigen verhört, in deren Atem er Zigarettenrauch gerochen hatte. Keiner von ihnen hatte zugegeben, auf dieser Seite des Gebäudes gewesen zu sein oder den Müllcontainer als Aschenbecher benutzt zu haben. Aber wenn man bedachte, dass er wie der Sensenmann aussah, rußverschmiert und voller Schweiß, war das vielleicht nicht überraschend.

Ein Auto fuhr an ihm vorbei und hupte, aber er ignorierte es.

Er erreichte den Ortseingang und drängte sich weiter den Hügel hinunter und die Anhöhe hinauf. Vorbei am Krankenhaus. In der Gegend gab es viele Bären, also suchte er ständig die dichten Wälder auf beiden Seiten ab. Die meisten Tiere hier ließen die Menschen in Ruhe. Pumas waren eine andere Sache, aber es war seit über einem Jahr keiner mehr gesichtet worden.

Er kam an der Schule mit der Bibliothek vorbei und machte sich auf den Weg zum Labor. Es sah so aus, als würde der Regen von gestern Abend auch heute weiter fallen. Der Himmel war grau und bewölkt. Er hatte Grau schon immer gehasst, und doch erinnerte es ihn jetzt an den sturmwolkengrauen Blick in Hollys Augen. Und wenn das nicht die bedauernswerteste Beobachtung war, die er je gemacht hatte, wusste er nicht, was es war. Es war eine

Sache, sich vorzustellen, wie sie nackt aussah, eine andere, Sonette über die Farbe ihrer Augen zu verfassen. Finn beschleunigte sein Tempo und fluchte, als sich sein Schnürsenkel löste. Er blieb stehen, bückte sich und band den Schnürsenkel zu, dann entdeckte er eine Spur von Fußabdrücken, die in den Wald führte. In diesem Moment wurde ihm klar, wo er sich befand. Stirnrunzelnd folgte er der Spur durch den Morgentau. Sein Herz pochte in diesem langsamen, konstanten Rhythmus, der immer härter wurde, während die Stille so fest gegen seine Trommelfelle drückte, dass sie auf seine Schläfen zu schlagen begann.

Er schob sich an den Büschen und Schösslingen vorbei, die entlang des schmalen Pfades wuchsen, und blieb auf einer kleinen Lichtung stehen. Genau an der Stelle, an der Bianca und der kleine Tommy Edgefield vor dreißig Jahren ermordet aufgefunden worden waren. Der Kummer saß schwer in seiner Brust.

Was war mit dem kleinen Mädchen geschehen?

Er erinnerte sich vage an sie, war sogar eifersüchtig auf sie gewesen, mit ihrer süßen Mami und ihrem respektablen Vater. Aber das Geheimnis von Leah Edgefield war wahrscheinlich das Traurigste von allem. Man hatte ihre Jacke und eine Schleifspur gefunden. Wahrscheinlich ein Puma. Aber niemand wusste es wirklich. Sie war einfach verschwunden.

Ein gelbes Aufblitzen erregte seine Aufmerksamkeit. Ein dicht gebundener Strauß Narzissen lag am Fuß einer hoch aufragenden Kiefer.

Die Trauer drückte auf sein Herz wie ein Schraubstock. Thom war all die Jahre durch die Hölle gegangen und hinterließ immer noch Andenken an seine verlorene Familie. An manchen Tagen brach es ihm das Herz.

Wie würde sich diese Art von Liebe anfühlen?

Finn wusste es nicht.

Gegen seine eigene Familie sah eine dysfunktionale Familie wunderschön aus. Er hatte Freunde in der Armee. Gute Freunde. Soldaten, für die er sterben würde. Genauso wie für Thom und, auf eine verdrehte Art und Weise, für Brent. Aber wie würde es sich anfühlen, sich wirklich zu verlieben? Sich an eine Frau zu binden und zu erfahren, dass sie ihn auch liebte?

Finn schluckte. Er verdrängte all die Bilder, die ihm durch den Kopf gehen wollten. Das war nichts für jemanden wie ihn. Ein Junge, der in Armut und Verzweiflung aufgewachsen war und Glück gehabt hatte, dass er überlebt hatte. Für jemanden wie ihn würde es das nie geben.

Er schob sich durch das Gebüsch zurück und beendete seinen langen Lauf in einem Vollsprint, wobei jeder Herzschlag das schreckliche Gefühl der Einsamkeit und des Verlangens verstärkte, das sein Innerstes zu erfüllen schien. Er musste sich auf das große Ganze konzentrieren. Darauf, Thom und Brent vom Gefängnis fernzuhalten. Dann konnte er über seine eigenen Bedürfnisse und Wünsche nachdenken. Später, wenn das alles vorbei war, wenn Holly lange weg war. Wenn alles wieder normal war, dann würde er darüber nachdenken, was er von seinem Leben wollte. Der scharfe Hauch einer pazifischen Brise ließ seine Augen tränen. Er blinzelte die Träne weg, drehte sich um und begann eine weitere Runde.

---

„Können Sie das bestätigen?“, fragte Holly.

„Das habe ich doch gerade *getan*.“ Thoms Sekretärin, Gladys Hildebrand, warf ihr über die eckige Brille einen feindseligen Blick zu. „Ich kann Ihnen zwanzig Zeugen für beide besorgen, außerdem waren die Boote an diesem Tag voll im Einsatz. Sie hätten auf keinen Fall tauchen gehen können, wenn wir hier so viel zu tun hatten. Das hier ist kein Ferienlager, wissen Sie?“ Zusammengebissene Zähne, leichtes Knurren. Wütend wie eine Klapperschlange.

Holly zögerte, ihr Bleistift schwebte über ihrem Notizblock. „Haben Sie ein Problem damit, dass ich versuche, einen Mörder zu fangen, Gladys?“

„Ich habe ein Problem damit, dass Sie zwei unschuldige

Menschen verfolgen, während der wahre Mörder wahrscheinlich schon in Mexiko ist", blaffte die Frau.

„Aber das hier wird helfen, sie aus unseren Ermittlungen auszuschließen", erklärte Holly geduldig.

Gladys schnaubte. „Ja, bis zum nächsten Mal."

Holly erinnerte sich daran, dass nicht jeder die Cops mochte. „Ist der Professor da?"

„Er ist unten im Labor." In der Stimme der Frau lag ein Hauch von Wut, aber auch von Schmerz, der Holly langsam unangenehm wurde. Als wäre *sie* der Bösewicht und nicht die Person, die Len Milbank eine sechs Zentimeter lange Klinge in die Rippen gestoßen hatte.

Holly versuchte ein wenig Smalltalk. „Sind durch das Feuer letzte Nacht ernsthafte Schäden entstanden?" Ihre Frage wurde mit eisigem Schweigen beantwortet. Gott.

„Nun gut." Holly atmete scharf aus. Sie liebte ihren Job. Wirklich, das tat sie. Sie liebte auch Champagner, der ihr ebenfalls Kopfschmerzen bereitete.

Sie machte sich auf den Weg, um den Professor zu finden. Bei der Polizeiarbeit ging es oft darum, verschiedenen Leuten immer wieder dieselben Fragen zu stellen und zu sehen, ob die Geschichten übereinstimmten. Holly trat hinaus in den kühlen, drückenden Westküstenmorgen. Der Tau war so dicht, dass er wie Tränen an den Spitzen des kurzen grünen Grases hing. Sie rutschte auf dem losen Kies aus und fluchte. Ihre Prellungen heilten, aber ihr Nacken war steif vom Schleudertrauma, und schnelle Bewegungen schmerzten immer noch.

Auf dem Weg den Hügel hinunter rief sie ihren Vater an.

„Wie geht es meinem Lieblingsmädchen?" Er nahm gleich nach dem ersten Klingeln ab.

„Könnte nicht besser sein."

Er lachte. „Wie läuft's da draußen?"

Holly legte ihre Hand auf den Kopf – sie hatte ihre Mütze im Hotel vergessen, was sie daran erinnerte, dass sie noch ihre Sachen aus Finns Hütte holen musste – und wünschte, sie könnte besser lügen. „Der Fall wird schwer zu knacken sein, Dad. Die IFIS versucht, einen Weg zu finden, Milbanks Boot nach Port Alberni zu bringen, ohne mögliche Beweise zu beschädigen. Die Küstenwache wird es wahrscheinlich abschleppen müssen."

„Sag ihnen, sie sollen Bäume fällen, wenn es notwendig ist."

„Ja, aber leider liegt das Boot in einem geschützten alten Wald, und ich glaube, die Regierung hätte etwas dagegen, wenn wir das tun würden. Jedenfalls riefen sie mich an und sagten, sie würden eine erste Untersuchung vor Ort durchführen. DNA, Fingerabdrücke und so weiter." Sie konnte hören, wie ihr Vater im Hintergrund mit jemandem sprach. Er musste bereits bei der Arbeit sein. Sie starrte auf die Station der Küstenwache hinüber. Am Horizont zogen dicke Wolken auf. Ein weiterer Sturm braute sich zusammen.

„Was die Sache kompliziert macht, ist, dass die Freunde des Opfers aus dem organisierten Verbrechen es wahrscheinlich nicht geschafft hätten, seine Leiche im Schiffswrack zu verstecken. Wir sind ziemlich sicher, dass Milbank jemanden in der Stadt hatte, der mit ihm zusammenarbeitete und entweder Drogen oder Falschgeld schmuggelte." Das war ein neuer Gesichtspunkt, auf den Sergeant Hammond nach einem Gespräch mit seinen Kontakten gestoßen war. „Anscheinend sind in Victoria ein paar gefälschte Zehn-Dollar-Scheine aufgetaucht. Gute Fälschungen, nicht leicht zu erkennen."

„Ich werde mit dem ICET sprechen", antwortete ihr Vater und bezog sich dabei auf die Experten der RCMP für Falschgeld. „Mal sehen, ob es irgendwelche bekannten Verbindungen nach Vancouver Island gibt."

„Solange wir nicht herausfinden, mit wem Milbank zusammengearbeitet hat, können wir nur nach jedem suchen, der in der Lage ist, einen Tauchanzug anzuziehen." Und das war in diesem Teil der Welt fast jeder, dachte Holly grimmig.

Ihr Vater räusperte sich. „Ein paar Holzfäller haben einen

schwarzen ausgebrannten Ram-Truck in der Nähe des Saltiss Lake gefunden."

Diese Information ließ sie an den Unfall zurückdenken, an den Moment, in dem ihr Auto über die Böschung gestürzt und durch den Wald geschleudert war. Ihr Herz zog sich heftig zusammen. „Irgendetwas gefunden?"

„Wir hatten viele Kollegen der IFIS dort, aber wer auch immer den Truck abgefackelt hat, hat gute Arbeit geleistet."

Sie hatten nichts gegen die Person in der Hand, die versucht hatte, sie zu töten. Wenn sie nur früher angehalten hätte. Wenn sie aus dem Fahrzeug ausgestiegen wäre und sich dem Angreifer entgegengestellt hätte. Er hätte sie niedergemäht wie eine Fliege, die gegen eine Windschutzscheibe prallte, aber sie hätte ihm dabei vielleicht ein paar Einschusslöcher verpassen können. „Die Leute vom IFIS sind im Moment sehr beschäftigt."

„Ich schicke ein paar zusätzliche Leute, um auszuhelfen. Verfolge die Spuren weiter. Es wird sich schon etwas ergeben."

„Ich möchte dich nicht enttäuschen."

„Mein Schatz, du wirst mich nie enttäuschen. Niemals."

Aber das war nicht unbedingt wahr. „Ich hab' dich lieb, Dad."

„Ich hab' dich auch lieb, mein Hobbit. Und jetzt geh und löse diesen Fall." Er legte auf.

*Nur keinen Druck.*

Sie sah zu dem gedrungenen Gebäude auf und versuchte, die Tür zu öffnen, wobei sie überrascht war, dass sie unverschlossen war. Holly ging den Weg, den Edgefield ihr zuvor gezeigt hatte. Durch die Labore und die Treppe hinauf. Der leicht merkwürdige chemische Geruch und das Brummen der Gefrierschränke machten sie nervös. Plötzlich richteten sich die Haare in ihrem Nacken auf.

„Buh!"

Sie zog ihre Waffe und wirbelte herum.

Professor Edgefield stand mit einem großen Becher in beiden Händen und einem schockierten Gesichtsausdruck da. „Ich ... äh

... sorry." Er sah aus, als hätte er Angst. Vor ihr, vor der Waffe, vor den Folgen seines unüberlegten Handelns.

Holly schlug das Herz immer noch bis zum Hals, und sie konnte nicht sprechen, aus Angst, diesen Idioten anzuschreien. Nach ein paar Augenblicken, in denen sie sich gegenseitig anstarrten, steckte sie ihre Waffe wieder ein und knurrte: „Tun Sie das niemals jemandem an, der eine geladene Pistole trägt. Nie. Wieder."

Sein Adamsapfel wippte. „In Ordnung. Das werde ich nicht." Er ging an ihr vorbei und in das Labor, in dem seine kostbaren Meeresschnecken aufbewahrt wurden. Holly folgte ihm, aber ihr Herz raste immer noch.

Der Wassertank war in ein schwarzes Tuch gehüllt.

Sie hatte vorgehabt, ihn zu beruhigen, ihm Honig ums Maul zu schmieren. Mit Honig fängt man Fliegen. „Haben Sie schon bestätigt, dass Sie eine neue Spezies gefunden haben?", fragte sie und versuchte, ihre Fassung wiederzufinden.

Er warf einen Blick über die Schulter und schien hin- und hergerissen zwischen dem Wunsch zu reden und der Sorge, etwas Falsches zu sagen. „Ich habe einen Kollegen in Edmonton, der einige DNA-Proben für mich untersuchen wird. Ich möchte keines dieser Exemplare hier töten, falls das alles ist, was es von dieser Art auf der Welt gibt. Also wird er zuerst versuchen, ein Profil vom Schleim zu bekommen." Seine Augen leuchteten auf. „Haben Sie eine Ahnung, wann wir das Wrack wieder betauchen können? Ich möchte eine Bestandsaufnahme machen." Er runzelte die Stirn, eindeutig in seine Unterwasserwelt versunken. „Ich sollte in dieser Bucht einen systematischen Tauchgang machen und nachsehen, ob sie noch irgendwo in der Gegend sind. Es würde Sinn machen, wenn sie–"

„Professor."

Er blinzelte.

„Ich bin nicht sicher, wann das Wrack freigegeben wird. Ich werde mit der Küstenwache und meinem Vorgesetzten darüber sprechen, aber ..." Er öffnete den Mund, um etwas zu sagen, aber sie überrollte ihn einfach. „Was ich wirklich brauche, ist ein detaillierter Bericht über Ihren Aufenthaltsort am Montag, dem zweiten, und Dienstag, dem dritten dieses Monats."

Er schloss seinen Mund und runzelte die Stirn. „Haben Sie Gladys danach gefragt? Sie kennt meinen Zeitplan."

„Ich habe Gladys gefragt."

„Oh." Er sah verunsichert aus. „Und was hat sie gesagt?"

Holly konnte nicht glauben, dass dieser Mann ein international anerkanntes Meereslabor leitete. „Sie müssen mir bestätigen, was sie gesagt hat, Sir." Ihre Stimme wurde leiser. „Ich brauche Ihre Hilfe, um zu beweisen, dass Sie keine Chance hatten, Len Milbank zu töten."

„Ah." Seine Augen verengten sich, als er darüber nachdachte. „Okay, lassen Sie mich kurz nachdenken. Letzte Woche war ..." Er konzentrierte sich so sehr, dass sich seine Pupillen zusammenzogen. „Ich erinnere mich jetzt. Die letzte Woche war ein Alptraum. Wir hatten zwei Universitätsexkursionen und ein kurzes Schulprogramm. Dann, etwa eine Stunde vor der Ankunft der Studenten, erkrankte eine unserer Hauptausbilderinnen schwer. Sie musste mit dem Hubschrauber ins Krankenhaus nach Victoria geflogen werden. Eigentlich ist sie immer noch krank. Sie hatte eine Notoperation am Blinddarm, also hat *sie* ein solides Alibi für die ganze Woche. Schlimme Sache, so ein Blinddarmdurchbruch."

*Geduld.* „Also waren Sie den ganzen Tag im Labor und haben unterrichtet?"

Er schüttelte den Kopf. „Ich war im Labor, dann im Hörsaal. Ich bin sogar eine Runde mit dem Boot gefahren, mit einigen Kindern. Und ich musste mich auch noch um all die anderen BMSC-Sachen kümmern." Er lächelte. „Ich glaube, ich war in dieser Woche jeden Tag erst nach Mitternacht im Bett, und ich war so frustriert." Er schüttelte den Kopf.

„Weil ...?", drängte sie.

„Weil ich unbedingt zu diesen Babys hier zurückwollte." Er

deutete mit seiner Hand auf das Becken. „Es ist möglich, dass sie eine bisher nicht dokumentierte Art von *Polycera tricolor* sind, aber nicht wahrscheinlich. Eine andere Möglichkeit ist, dass sie auf das Schiff aufgesprungen sind und eine neue, isolierte Kolonie gebildet haben, als es gesunken ist, aber sie sind mir nicht bekannt, und wenn ich mich mit etwas auskenne, dann sind es Nacktschnecken." Er brach ab und kniff die Lippen zusammen, bevor er sich von ihr abwandte und aus dem Fenster sah. „Ich weiß, es ist nicht sonderlich aufregend, aber es ist alles, was ich habe, seit meine Frau gestorben ist."

Es war die Traurigkeit, die sein ganzes Wesen durchdrang, die sie berührte. Holly spürte, wie die Fragen auf ihrer Zunge versiegten. Was sagte man zu einem Mann, der alles verloren hatte? Das Überbringen von Todesnachrichten war wahrscheinlich der schwierigste Teil ihrer Arbeit. Sie hasste es. Das taten sie alle. Und wenn man sich die Nachwirkungen des gewaltsamen Verlustes ansah, konnte dieses Gefühl nur noch schlimmer werden.

„Sie gaben mir Hoffnung, als ich Sie zum ersten Mal sah, Sergeant Rudd." Seine Augen waren klar und hell. „Das war unfair von mir. Sie haben Ihre eigene Familie, und ich würde Sie ihr niemals wegnehmen, so wie mir jemand meine weggenommen hat. Aber wenn Sie die Chance bekommen, sich den Fall meiner Frau und meiner Kinder anzusehen", er schluckte hörbar, „würden Sie es dann tun?"

Die stille Verzweiflung und die neu gewonnene Würde gruben sich in Hollys Herz und zerrten an ihrer Seele. „Schicken Sie mir die Akte. Ich werde sie mir ansehen, wenn das hier vorbei ist."

Ihr Handy klingelte und sie überprüfte das Display. Finn. Ihr Puls raste, aber sie war froh, eine Ausrede zu haben, um Edgefield seinen Seeschnecken zu überlassen, bevor sie ihm noch etwas anderes versprach. Zum Beispiel eine verdammte DNA-Probe.

———

Finn stand auf der Eingangsstufe von Gina Swartz' Haus und kämpfte gegen den Drang an, sich zu übergeben. Holly ging nach dem zweiten Klingeln an ihr Telefon.

„One Deerleap Road. Biege an der Kreuzung links ab. Komm sofort her." Er legte auf.

Er hatte einen Schmerz in der Brust, ein Brennen, das mit jedem Schlag seines Herzens pochte. Wut und Trauer pulsierten in seinen Adern, aber er hatte keine Tränen in den Augen. Und einen klaren Kopf. Wie der Bastard, der einer unschuldigen Frau eine Klinge ins Herz gestochen hatte.

Ein Messer in die Brust, genau wie bei Milbank. Aber Milbank war ein verdorbener Hurensohn, der jeden Zentimeter Stahl verdient hatte. Gina war nett gewesen. *Nett.* Was für ein Monster würde das einer verdammten Bibliothekarin antun? Er blickte hinaus auf den Wald, der ihr Haus umgab. Nein, kein Ungeheuer, nur ein Mann. Gewöhnlich und böse. Unsichtbar.

Er ging hinüber und setzte sich auf die Schaukel, die sie mit Blick auf den Sonnenuntergang aufgestellt hatte. Von hier aus konnte man das Meer nicht sehen, aber es war ruhig und still. Wirklich ruhig. Niemand hätte sie schreien hören, obwohl es ihn überraschen würde, wenn sie die Chance dazu gehabt hätte.

Die Tränen wollten jetzt fließen, aber die Wut verdrängte sie. Es war nicht das erste Mal, dass er einem gewaltsamen Tod begegnet war. Verdammt, er selbst hatte Menschen effizienter getötet als irgendjemand jetzt Gina. Aber es waren militärische Ziele gewesen, er hatte Befehle erhalten und ihr Leben nie als selbstverständlich angesehen. Und Finn vergaß niemals diejenigen, die er getötet hatte.

Ein Weißkopfseeadler kreischte, als er mit einem toten Kaninchen in den Krallen über ihn hinwegflog. Die Stadt hatte ihre eigenen Raubtiere, aber das hier war anders. Irgendjemand in diesem dunklen Ort war ein eiskalter Killer, und der Gedanke daran beunruhigte ihn bis ins Mark.

Im Laufe der Jahre hatte es immer wieder ungeklärte Todesfälle gegeben. War es möglich, dass sie die ganze Zeit einen Serien-mörder in ihrer Mitte gehabt hatten? Dass sie so naiv waren und es nicht merkten, dass diese Person jeden Tag mit ihnen plauderte, scherzte und trank? Versteckte sie den Tötungszwang unter einer dünnen Schicht von Geselligkeit?

Hatte er oder sie Thoms Familie vor dreißig Jahren getötet?

Er hörte das Rumpeln von Reifen auf der Straße. Gina wäre auf dieses Rumpeln eingestimmt gewesen. Sie hätte ihren Mörder gehört. Hatte sie ihn gekannt? War es ihr neuer Freund gewesen? Oder ihr alter?

*Scheiße.* Er hasste sich selbst für diesen Gedanken, für diesen Hauch von Zweifel.

Holly fuhr in einem neuen RCMP-Geländewagen vor. Er steckte die Hände in die Taschen und sah zu, wie sie aus dem Fahrerhaus sprang. Sie hatte Malone mitgebracht, Gott sei Dank. Er würde nicht wollen, dass sie allein hineinging – nicht, dass er sie davon abhalten könnte. Der Kerl warf ihm einen Blick zu, und Finn wies ihn mit einem steifen Nicken in Richtung des Hauses.

Er wünschte, es wäre nicht Holly, die diese Sache untersuchte und dieses Gemetzel sah. Aber bei Gott, sie war nicht die Art von Frau, die zu Hause saß und Muffins backte. Wenn sie es wäre, hätten sie sich nie getroffen.

Der Wind kühlte den Schweiß auf seiner Haut. Ihm wurde langsam kalt. Er bewegte sich nicht. Es war ihm egal. Brent ... *Wie kann ich Brent sagen, dass Gina tot ist?*

Er hatte sie geliebt. Er hatte sie immer geliebt. Niemals hätte er sie getötet, nicht einmal wegen eines anderen Mannes.

Aber Brent war berüchtigt für seine Wutausbrüche. Und er war unbesonnen. *Scheiße noch mal.* Finn kniff die Augen zusam-men. Was zum Teufel sollte er tun? Holly sagen, dass Gina und Brent eine Beziehung hatten? Wenn er es nicht tat, würde es jemand anderes tun. Aber er sprach von Brent. Er war sein Bruder, der Mann, der ihren Vater getötet hatte. Der Mann, der ihm das Leben gerettet hatte.

Gina war tot.

Er vergrub sein Gesicht in seinen Händen. Es gab keine einfachen Antworten auf dieses Chaos.

Holly kam eine Minute später aus dem Haus, obwohl es ihm wie Stunden vorkam, seit er sie zuletzt gesehen hatte. Ein ganzes Leben. Ihr Gesichtsausdruck war fassungslos, der Wind zerrte ihr Haar aus dem ordentlichen Zopf. Es war unwirklich, sie so stehen zu sehen, so schön und heil, und zu wissen, dass Gina nur ein paar Meter weiter wie eine geopferte Jungfrau aufgebahrt war.

Holly stand sehr lange auf der Hintertreppe und starrte ihn an. Er starrte direkt zurück.

„Was tust du hier, Finn?" Ihre Stimme drang über die Lichtung. Sie ging langsam auf ihn zu.

„Ich bin vorbeigekommen, um mit Gina zu reden." War er auch ein Verdächtiger in dieser Sache? Verdammt. Wahrscheinlich schon.

Es interessierte ihn nicht einmal mehr. Vielleicht sollte er gestehen, um Brent vor dem Gefängnis zu bewahren? Aber dann würde der wahre Mörder immer noch frei herumlaufen, und wer wusste schon, wer das nächste Ziel sein würde. Thom? Laura? Holly? Er schloss die Augen. Er kannte fast jeden im Umkreis von fünfzig Meilen. Er sollte einfach *wissen*, wer das getan hatte.

Als er die Augen öffnete, stand sie direkt vor ihm. Falten um ihre Augen ließen sie müde aussehen. Prellungen ließen sie zerbrechlich wirken.

Das Schweigen zwischen ihnen war angespannt.

„Ich dachte, du wärst bei der Arbeit." Sie sah auf ihre Uhr. Wenn Brent das getan hatte, und er glaubte auf keinen Fall, dass sein Bruder so krank war, aber *wenn* er es getan hatte, verdiente er es, wieder ins Gefängnis zu kommen. Und er verdiente noch viel mehr.

Er ließ seinen Kopf nach hinten fallen und starrte auf das Vordach der Schaukel. Die arme Gina mit ihrer kleinen Schaukel. „Die Studenten haben bis mittags Vorlesungen. Ich war die ganze

Nacht wach, also dachte ich mir, dass ich heute Morgen einfach kurz abhaue. Ich wünschte, ich wäre im Bett geblieben."

„Hast du etwas über den Brand herausgefunden?" Er spürte, wie sie ihn in Gedanken bearbeitete und versuchte, ihn dazu zu bringen, sich zu entspannen und sein Herz auszuschütten.

Er schüttelte den Kopf. „Glaubst du, dass es da einen Zusammenhang gibt?"

„Ich weiß es nicht. In letzter Zeit passieren hier eine Menge seltsame Dinge. Es kann doch nicht immer so aufregend sein."

Das war es nicht. „Du denkst, jemand hat das Feuer als Ablenkung benutzt?" Er runzelte die Stirn.

Holly sah weg. Sie antwortete nicht. „Kanntest du das Opfer?"

*Das Opfer.*

„Wir sind zusammen aufgewachsen. Wir waren Freunde." Er holte tief Luft, denn jetzt war der Moment gekommen. „Sie war Brents Highschool-Liebe. Sie sind jahrelang ein Paar gewesen." Er sah, wie sich ihre Augen verengten und verabscheute sich jetzt mehr denn je. „Ich hatte gehofft, einen Weg zu finden, sie vielleicht wieder zusammenzubringen. Sie hatte erwähnt, dass sie sich mit jemand anderem trifft."

„Mit wem?"

„Das hat sie mir nie gesagt. Aber wenn er ihr das angetan hat, werde ich ihn in der Luft zerreißen."

Sie berührte seinen Arm und zog ihre Finger nicht einmal zurück, als Malone aus dem Bungalow kam, das Handy ans Ohr gepresst. „Es ist wichtig, dass wir das herausfinden, ohne Selbstjustiz zu üben oder die ganze Stadt in Panik zu versetzen."

„Warum sollten sie nicht in Panik geraten? Da ist ein Bastard, der Polizisten von der Straße drängt und Menschen Messer ins Herz sticht. Wer würde da keine Angst haben?"

„Du hast recht. Ich will nur nicht, dass du verhaftet wirst, weil du den falschen Kerl zusammengeschlagen hast."

„Ich würde ihn nicht schlagen, Holly. Ich würde ihm ein paar Kugeln zwischen die Augen jagen."

Ihr Blick wurde hart. „Ich brauche dich an meiner Seite. Finn ... ich möchte dich nicht verhaften müssen." Ihre Stimme brach.

Der Atem sackte aus seiner Brust. Er war egoistisch. Ein Narr. Aber der Drang zu handeln kroch durch seinen Bauch und wollte explodieren. Er zügelte dieses Verlangen. Er schlug dieses wütende Inferno nieder, das nach Vergeltung verlangte.

„Ich bin hier also kein Verdächtiger?"

Ihre Augen sagten ihm die Wahrheit. Natürlich war er ein Verdächtiger. „Wir müssen dich weiter befragen. Aber ich habe dein Alibi für den Mord an Len Milbank überprüft."

„Großartig." Finn verschränkte die Arme vor der Brust und streckte die Beine vor sich aus. Er konnte diesen Schlamassel nicht begreifen. Von einem Mord freigesprochen zu werden und für den nächsten als verdächtig zu gelten.

„Aber sie ist bereits in Vollstarre, was bedeutet, dass sie wahrscheinlich vor sechs bis zwölf Stunden getötet wurde, mehr oder weniger."

Finn spürte, wie sich sein Magen zusammenkrampfte.

„Du warst die meiste Zeit der letzten Nacht bei mir, bist zum Klanawa River gefahren und hast dich dann den Rest der Zeit um das Feuer gekümmert."

„Wir wissen beide, dass es in der Mitte eine zeitliche Lücke gibt, während der ich mich hierherschleichen und sie erstechen hätte können. Es würde nicht mehr als zwanzig Minuten dauern, um vom Labor hier hoch und wieder zurückzufahren." War sie vergewaltigt worden? Herr im Himmel, der Gedanke an Ginas Leiden ließ ihn würgen.

„Als wir von der Suche nach Milbanks Boot zurückkamen, saßen zwei Studenten auf der untersten Stufe der Treppe zu deiner Hütte. Sie waren immer noch da, als ich zurückkam, um die Schlüssel für den Tauchschuppen zu holen." Ihre Wangen liefen rot an, wahrscheinlich weil sie sich daran erinnerte, dass das nicht alles war, was sie bekommen hatte. Sie beäugte das umliegende Gebüsch misstrauisch. „Hast du deine Hütte verlassen?"

Finn schüttelte den Kopf.

„Dann gib mir ihre Namen, und ich werde das so schnell wie möglich überprüfen. Ich bin mir ziemlich sicher, dass diese beiden dir ein solides Alibi liefern werden. Wir werden mehr wissen, wenn der Gerichtsmediziner hier ist und einen genauen Todeszeitpunkt feststellt, aber wenn du mich fragst, so betrachte ich dich nicht als Verdächtigen." Der Wind wehte ihr Haarsträhnen ins Gesicht. „Aber ich muss Furlong anrufen, und *er* wird dich sicher als Verdächtigen einstufen."

Finn biss die Zähne zusammen. „Ich hatte dieses Arschloch schon vergessen."

„Ich nicht."

Finn zuckte zusammen.

„Ich meine nicht ..." Sie presste die Lippen aufeinander und brach ab, was immer sie sagen wollte. Er beobachtete, wie sie nervös schluckte. „Bis ich den Fall gelöst habe, habe ich ihn am Hals."

„Du könntest deinen Vater bitten, ihn von dem Fall abzuziehen."

„Ja, das könnte ich wohl." Ihre grauen Augen blickten wieder in den Himmel. „Aber ich will keine Sonderbehandlung, nur weil mein Vater der Deputy Commissioner der Abteilung E ist."

„Sorg einfach dafür, dass Furlong auf deiner Seite ist, Holly. Er würde dich jederzeit in die Pfanne hauen, wenn es ihm einen Vorteil verschafft."

Holly lächelte. „Ja. Ein guter Rat."

Finn brauchte einen Schluck Wasser, aber er freute sich über die Schmerzen in seiner Kehle. Ein wenig Unbehagen erinnerte ihn daran, dass er noch am Leben war, während Gina definitiv und unwiderruflich tot war. „Ich bin heute Morgen zum Pachena Beach gelaufen, weil ich jemanden nicht aus dem Kopf kriegen konnte, also habe ich eine weitere Runde gedreht, um sie zu vergessen, und bin dann hier gelandet." Das Leben war zu kurz für Spielchen, und er wollte sich nicht länger vor seinen Gefühlen verstecken.

Ihre Augen verdunkelten sich, aber sie wandte den Blick nicht ab.

Finn ballte seine Hände zu Fäusten. „Aber ich will sie nicht mehr vergessen." Er verdrängte das Bild von Ginas totem Körper. „Ich habe es satt, vor dem, was auch immer zwischen uns ist, wegzulaufen, Holly."

„Es ist nur Lust", sagte sie leise.

Das beruhigte seinen Puls nicht wirklich. „Nein, es ist mehr. Jedenfalls würden manche Leute für weniger töten."

„Wenn du irgendetwas über Ginas Beziehungen weißt, dann musst du es mir sagen."

Sie wich dem persönlichen Gespräch aus, das er führen wollte. Obwohl, verdammt, er war es Gina schuldig, einen Schlussstrich zu ziehen und Holly ihren Job machen und ihren Mörder finden zu lassen. Sie waren hier nicht auf einem verdammten Ball.

Holly stand auf, als ein weiteres Fahrzeug heranrumpelte.

„Wer zum Teufel ist das?" Finn zwang sich auf die Beine. „Oh, Mann."

Aber er war zu spät. Brent hatte sich mit einem animalischen Brüllen an Malone vorbeigedrängt und rannte bereits auf Ginas offene Tür zu. Finn sprintete noch schneller und riss Brent mit einem Tackling zu Boden, das beide so heftig auf die Terrasse schleuderte, dass das Haus bebte. Brent wehrte sich nach Kräften und rammte Finn seine Handfläche an die Nase, den Ellenbogen gegen das Ohr und das Knie in den Schritt, aber Finn wich dem Schlimmsten aus und hielt seinen Bruder mit aller Kraft fest, die er besaß. Er schleuderte Brent mit dem Gesicht nach unten gegen das Holz. Er konnte seinen Bruder nicht sehen lassen, was jemand mit Gina gemacht hatte. Es würde ihn zerstören.

Brent brüllte wie ein Stier und schaffte es fast, Finn von seinem Rücken zu stoßen. „Gina", keuchte er. „Geht es ihr gut? Sag es mir, Finn. Sag es mir, verdammt!"

Er zog die Arme seines Bruders hoch und versuchte, ihn ruhig zu halten, ihn lange genug zu beruhigen, um mit ihm zu reden und ihm die Nachricht zu überbringen. Malone legte Brent Handschellen um beide Handgelenke an.

„Hey!" Finn packte Malone am Arm.

Malone schüttelte ihn ab. „Zwingen Sie mich nicht, Sie auch zu verhaften."

„Sie können ihn nicht verhaften!"

„Er hat einen Polizeibeamten angegriffen." Er zerrte Brent auf die Beine. In Malones Kiefer spannten sich die Muskeln an. Holly schüttelte leicht den Kopf, und Malone wich einen Millimeter zurück.

„Wo ist sie? Was ist mit Gina passiert?" Brents Blick wich nicht von Finns Gesicht. „Ich habe einen Anruf bekommen. Es ging um einen Mord in dieser Straße." Seine Stimme wurde ganz leise. „Wo ist Gina, Finn?"

Er zwang sich, die Worte auszusprechen. „Sie ist tot, Brent. Jemand hat sie umgebracht."

Sein Bruder sank auf die Knie und schrie, als ob ihm jemand das Herz herausreißen würde. Das Geräusch stach durch Finn wie ein Bajonett. Heulen erfüllte die Luft. Schluchzer des Kummers, als ob nichts anderes jemals von Bedeutung wäre.

„Wir müssen Ihnen ein paar Fragen stellen, Mr. Carver." Holly beugte sich näher zu Brent. „Wir werden Sie nach Port Alberni bringen und die Vernehmung aufnehmen. Sie werden nicht wegen Körperverletzung verhaftet, und Corporal Malone wird Ihnen die Handschellen abnehmen, solange Sie sich benehmen." Malone starrte sie an. Holly ignorierte ihn.

„Sie wissen, wie das funktioniert. Wenn Sie sich uns widersetzen oder in dieses Haus laufen und unseren Tatort kontaminieren, wird es schlecht für Sie aussehen. Sehr schlecht. Wenn Sie also nichts zu verbergen haben und uns helfen möchten, den Mörder von Gina zu finden, müssen Sie ruhig bleiben und uns alles sagen, was Sie wissen. Haben Sie das verstanden?"

Das Weiße in Brents Augen war leuchtend rot. Er hob trotzig sein Kinn.

„Haben Sie verstanden, Mr. Carver?"

Brents Augen veränderten sich. Finn fröstelte. Vorher hatten sie kalt ausgesehen, aber jetzt sahen sie aus wie das Innere einer Gefrierkammer im Leichenschauhaus. Brent nickte. Keine Emotionen, keine Tränen mehr. Kein schmerzerfülltes Brüllen. Er ging leise zum Geländewagen, und Malone half ihm, auf den Rücksitz zu klettern, wobei seine Handgelenke immer noch gefesselt waren.

Finns Herz zerbrach. „Willst du, dass ich mitkomme?"

Holly schürzte die Lippen und schüttelte den Kopf. „Ich werde eine Aussage von dir aufnehmen, während ich auf Verstärkung und den Gerichtsmediziner warte. Ich möchte, dass du mir die Namen der Männer aus der unteren Hütte nennst. Dann kannst du wieder an die Arbeit im Meereslabor gehen. Ich werde dich später näher befragen."

„Ich werde Brent einen Anwalt besorgen." Ihre Augen blitzten. „Er ist mein Bruder, Holly, ein Ex-Häftling, und er hat das nicht getan."

Ihre Augen verengten sich. „Tu, was du tun musst. Aber erzähl niemandem, was du da drinnen gesehen hast." Sie zeigte mit dem Finger. „Im Moment sind wir die Einzigen, die wissen, was mit ihr passiert ist."

„Außer ihrem Mörder."

„Genau."

Finn blickte von dem trostlosen Gesichtsausdruck seines Bruders zu Hollys schlankem Rücken, als sie davonging. Sie waren plötzlich so weit voneinander entfernt. Als ob sie der Pazifische Ozean trennen würde. Und ein Hurrikan der Kategorie Fünf raste mit fünfhundert Meilen pro Stunde auf sie zu.

# VIERZEHN

ie Wunde in Ginas Brust schimmerte dunkel, das Blut war verkrustet und trocknete auf der blassen Haut. Das Blut war an ihrer Brust heruntergelaufen und in das Bettzeug eingedrungen. Der Gerichtsmediziner beugte sich über sie, schaute sich die Wunde genau an, drückte mit einem zufriedenen Grunzen auf das pralle Fleisch und wirkte seine alchemistische Magie. „Ich kann Ihnen nur einen groben Todeszeitpunkt am Tatort nennen, das wissen Sie."

George Margolis war ein methodischer und vorsichtiger Mann, der seine Worte so sorgfältig abwog wie das Gewicht der Leiche.

„Sie befindet sich immer noch in voller Totenstarre."

„Hm."

Holly bewahrte ihre Geduld. Wenn sie einen Pathologen erwischte, der sich zu mehr als einer Tasse Kaffee am Tatort bereit erklärte, würde sie auf der Stelle tanzen.

„George, geben Sie mir etwas, womit ich arbeiten kann. Ich habe zwei Leichen, beide mit Stichwunden im Herzen, und eine Stadt voller Verdächtiger. Wenn Sie mir einen Todeszeitpunkt geben können, kann ich anfangen, Leute von der Liste der

Verdächtigen zu streichen." Sie vergrub ihre Hände tief in den Taschen, um ihre Frustration zu unterdrücken.

Er riss seinen Kopf dramatisch hoch und warf ihr einen mitleidigen Blick zu. „Und wenn ich nach der Autopsie den Todeszeitpunkt ändere, sind Sie sauer und fangen wieder von vorne an, richtig?" Hochmütige Augenbrauen erhoben sich über rötliche Wangen.

„Ja", gab sie mit zusammengebissenen Zähnen zu. Gott, sie hasste Ärzte in all ihren Formen.

„Hey, was ist mit Ihrem Gesicht passiert?" Offensichtlich hatte er ihre blauen Flecken erst jetzt bemerkt. Er konnte viel besser mit Toten umgehen.

„Ich habe einen Airbag geküsst."

Er wandte sich wieder der Leiche zu, und Holly widerstand dem Drang, auf und ab zu gehen. Sie ließ Chastain und Messenger vor dem Haus von Brent Carver auf einen Durchsuchungsbeschluss warten.

Vielleicht ließ sie sich zu sehr von ihren Emotionen leiten, aber sie glaubte nicht, dass er der Mörder war. Seine Trauer war zu roh, zu stark gewesen. Ein Durchsuchungsbeschluss würde tatsächlich dazu beitragen, seinen Namen reinzuwaschen, solange sie keine blutige Kleidung oder versteckte Messer fanden. Sie bezweifelte, dass Finn das auch so sehen würde.

Jeff und Malone hatten Brent zum Verhör nach Port Alberni gebracht. Steffie hatte alle Hände voll zu tun, um alle Beweise von diesem und den anderen Tatorten zu katalogisieren. Holly hatte um mehr Beamte gebeten, denn für einen Doppelmord und mehrere Tatorte waren sie zu wenige Polizisten. Sie ging gleich beim ersten Klingeln an ihr Handy. „Ja, Sir?" Furlong. Schon wieder. Mein Gott, er verfolgte diese Ermittlung mit besonders akribischem Interesse.

George rollte mit den Augen. Er gehörte zu den wenigen Menschen auf der Welt, die Staff Sergeant James „Jimmy" Furlong für ein totales Arschloch hielten. Holly schenkte ihm ein zaghaftes Lächeln, während Furlong loslegte.

„Hat der Gerichtsmediziner schon einen Todeszeitpunkt bestimmt?"

„Noch nicht, Sir."

„Dieser nutzlose–"

„Sie sind auf Lautsprecher", sang George laut im Hintergrund und grinste dann böse.

„Was zum Teufel?"

„Sie sind *nicht* auf Lautsprecher, Staff Sergeant Furlong." Holly rollte mit den Augen und ging aus dem Schlafzimmer, weg von dem, was von der armen Gina Swartz übriggeblieben war. „George möchte dich nur etwas veralbern." Und offen gesagt, es gefiel ihr.

Furlong hielt kurz inne. Sie konnte sich gut vorstellen, wie er nachdenklich den Kopf neigte und merkte, dass er etwas von seiner berühmten Gelassenheit verloren hatte.

„Ich habe gerade mit Malone gesprochen, und er sagte, Finn Carver habe die Leiche gefunden. Ich will diesen Mann in Gewahrsam sehen."

„Das wäre eine Verschwendung unserer Zeit und Ressourcen, Sir. Finn Carvers Aufenthaltsort kann für fast die gesamte letzte Nacht verbürgt werden."

„Nun, Menschen lügen."

„*Ich* lüge nicht."

„*Du* bist sein Alibi? Nach allem, was ich dir vor meiner Abreise darüber gesagt habe, dass ich keinen Skandal haben will?"

Holly versuchte, den tobenden Sturm, der angesichts seiner Andeutungen in ihr tobte, zu beruhigen. Sie war kurz davor gewesen, die Grenze bei jemandem zu überschreiten, der an den Ermittlungen beteiligt war, aber sie hatte widerstanden. Gott sei Dank. „Er fuhr Malone und mich hinaus, um Milbanks Boot zu finden, weil wir zu dieser Zeit kein Fahrzeug hatten." Es war nicht viel, aber es war immerhin etwas. „Dann, nach Mitternacht, holte er die Tauchprotokolle für mich, und wir entdeckten ein Feuer außerhalb des Meereslabors. Er half, es zu löschen, und verbrachte den größten Teil der Nacht damit, Studenten zu befragen, um herauszufinden, wer dumm genug war, den Ort fast abzufackeln." Ihre Stimme hatte sich erhoben und schallte über die Bäume hinweg. Holly war jetzt draußen und stand neben der blumengeschmückten Gartenschaukel, die auf einem kleinen Fleckchen in der Sonne stand. Gina Swartz hatte dort gesessen, hatte dort gelesen, sich dort entspannt. Verdammt, vielleicht hatte sie dort sogar mit ihrem Liebhaber geschlafen. Ihre Augen verengten sich. Sie musste sicherstellen, dass die DNA auf den Laken und der Matratze so schnell wie möglich analysiert wurde. Sie musste wissen, wer ihr letzter Liebhaber gewesen war.

Wenn Brent Carvers DNA auf diesen Laken war, hatte er über seine Beziehung zum Opfer gelogen. Vielleicht war es ein Verbrechen aus Leidenschaft gewesen? Die meisten Frauen wurden von ihren Partnern oder Ex-Partnern getötet.

Holly schaltete zurück und hörte, wie Furlong davon sprach, dass er kommen würde, sobald sein Terminplan es zuließ. Verdammt noch mal. „Ich schaffe das schon, Sir."

„Ach, wirklich? Ich dachte, du hättest mehr Leute angefordert?"

„Aber ich weiß doch, wie beschäftigt du bist." Ihr Magen drehte sich um. Ein Gefühl des Unbehagens durchströmte sie.

„Ich komme da raus, Holly. Es steht nicht nur dein Ruf auf dem Spiel. Die Sache gerät langsam außer Kontrolle."

„Ich schaffe das."

„Na ja, bis jetzt hast du nicht sonderlich viel vorzuweisen."

Vielleicht hatte er recht. Vielleicht hatte sie in diesem Fall keine gute Arbeit geleistet. Es gab so wenige Hinweise und niemand hatte geredet. Aber was zum Teufel konnte Furlong anders machen, das noch legal war?

„Na dann, bis später, Sir."

Nachdem sie aufgelegt hatte, starrte sie auf das kahle Stück Boden unter der Schaukel. Auf keinen Fall würde sie sich von Furlong zur Seite drängen lassen. Sie wählte eine andere Nummer. Normalerweise zog sie keine Fäden im Hintergrund, aber sie wollte diesen Fall selbst lösen.

„Hey, Cassy. Du musst mir einen Gefallen tun." Cassy war eine Freundin, die für das IFIS auf dem Festland arbeitete.

„Hey, Süße! Wie geht es dir da draußen in der Wildnis?" Cassy DeAngelo war etwas über 1.55 groß und voller purem, unverfälschtem Sex-Appeal. Die Männer verliebten sich in sie, sobald sie sie sahen, und buhlten um ihre Aufmerksamkeit wie Groupies bei einem Rockkonzert. Doch sie behandelte sie alle mit nachsichtiger Gleichgültigkeit.

„Ganz ehrlich? Ich habe Probleme."

„Oh, oh. Wie kann ich helfen?"

Holly lächelte. „Ich werde dir etwas Bettwäsche per Kurier schicken." Das würde ihnen hoffentlich den Namen von Ginas letztem Liebhaber liefern – vorausgesetzt, er oder sie war im System. Sie könnten ihre Telefonaufzeichnungen abgleichen. Sie könnten sehen, ob sie freiwillige DNA-Proben von Ginas Bekannten bekommen könnten, was helfen würde, den Kreis der Verdächtigen auf eine überschaubare Anzahl einzuschränken. „Wenn du dich so schnell wie möglich bei mir melden und die DNA-Proben durch jede erdenkliche Datenbank laufen lassen könntest, wäre ich *für immer* in deiner Schuld." Wenn sie auf den normalen Weg wartete, würden sie frühestens in einem Monat Ergebnisse sehen, und sie konnte nicht noch einen weiteren Monat mit ihrem Teamleiter aus der Hölle ertragen.

„Ist dieser Gefallen ein Wochenende mit mir in New York City wert?"

„Alles, was du willst."

„Alles? Wow, ich hätte um zwei Wochen Hawaii bitten sollen,

um zu sehen, ob wir dort ein paar Cabana-Jungs auftreiben können." Holly konnte das Grinsen ihrer Freundin förmlich hören. Sie war respektlos und reuelos, und die Meisterin im Entschlüsseln genetischer Geheimnisse von biologischem Material in all seinen vielfältigen Formen. „Sag ihnen, sie sollen das Paket als *dringend* und mit meinem Namen kennzeichnen, nicht nur mit dem des Labors. Ich kümmere mich dann darum, sobald es eintrifft."

„Danke, Cass. Ich schulde dir was."

„Und ich werde es einfordern."

---

THOM SCHLICH HINTER FINN HER, ALS DIESER DURCH Lauras Hintertür ging. Er hatte versucht, Finn zur Ruhe zu bringen, aber ausnahmsweise war der unerschütterliche Ex-Soldat zu wütend, um vernünftig zu bleiben.

„Ich brauche deine Hilfe", sagte Finn zu Laura.

Sie stand da in alten Jeans, einem verblichenen rosa Sweatshirt und hatte beide Hände voller Ton. Das Outfit war ganz einer Töpferin angemessen, aber die Art, wie sie ihr Kinn anhob und das Glitzern in ihren Augen waren pure Staatsanwaltschaft. Er traf ihren Blick. Sie nickte ihm zu, und diese stumme Kommunikation genügte, um die Bedeutung dieses Augenblicks zu vermitteln. Finn bat um Hilfe. Sie drehte sich um und wischte sich die Hände an einem verkrusteten Lappen ab.

„Gina Swartz wurde tot aufgefunden, und Brent wurde zum Verhör mitgenommen."

Ihre Hand wanderte zu ihrer Brust und Thom beobachtete, wie sich ihre Nasenflügel aufblähten, bevor sie schluckte. „Sie waren mal zusammen, richtig?"

„Ja. Aber er hat vor ein paar Monaten Schluss gemacht. Sie erzählte mir, dass sie sich gerade mit einem anderen getroffen hat."

„Mit wem?"

„Ich weiß es nicht." Finn fuhr sich mit beiden Händen über das Gesicht. Er war die ganze letzte Nacht wach gewesen und hatte wahrscheinlich auch in den beiden Nächten davor nicht viel Schlaf bekommen. Thom schlug die Hände über dem Kopf zusammen und wollte etwas tun, um zu helfen. Finn war schon lange nicht mehr der verletzliche Teenager, den er damals gerettet hatte. Aber in diesem Moment erinnerte er sich an alles, was er durchgemacht hatte, um der Mann zu werden, der er heute war.

„Hat er ein Alibi?", fragte Laura Finn.

Finns Lippen kräuselten sich. „Brent? Wie sollte er? Er ist fast ein Einsiedler."

„Hm ..." Laura ging zum Wasserhahn und ließ erst heißes Wasser und dann Seife über den roten Ton laufen, der sich zwischen ihren Fingernägeln festgesetzt hatte. Dann ging sie den Rest mit einer Nagelbürste an und überlegte sich, was sie sagen wollte.

Finns Gesichtsausdruck verhärtete sich. „Ich weiß, dass er nicht der netteste Kerl der Welt ist."

„*Nicht nett* trifft es wohl kaum." Laura blickte über ihre Schulter.

Sie hatte Brent also kennengelernt.

„Hör mal, ich weiß, dass er sich nicht an alle gesellschaftlichen Gepflogenheiten hält." Finns Stimme war fest, seine Bewegungen ruckartig.

Lauras Blick wanderte zu Thom. Sie schien ihn um Rat zu fragen. Er öffnete seinen Mund, aber es kam nichts heraus.

„Er hat Gina geliebt. Er würde ihr nicht wehtun", erklärte Finn.

„Hm ..." Sie trocknete ihre Hände an einem weichen pfirsich-farbenen Handtuch neben dem Waschbecken.

„Okay." Finn fuhr sich mit den Fingern durch die Haare. „Gib mir einfach den Namen eines anderen Anwalts in Port Alberni, der eine Chance hat, einen Ex-Knacki, der auf Bewährung ist, vom

Gefängnis fernzuhalten. Und verriegele von jetzt an Türen und Fenster, denn Brent hat das nicht getan. Jemand anderes war es." Er drehte sich um und bahnte sich einen Weg an Thom vorbei.

Thom atmete aus und starrte Laura an. Er fühlte sich wohl bei ihr, obwohl sie ihn innerlich durcheinanderbrachte. „Es würde ihm viel bedeuten", sagte er. „Du hast es vielleicht noch nicht bemerkt, aber er bittet selten um etwas für sich selbst."

„Ich habe es bemerkt. Aber das ist nicht für ihn, sondern für seinen seltsamen Bruder."

„Na ja, deshalb ist es ja auch so wichtig für ihn. Du weißt, was passiert ist, als sie Kinder waren, oder?"

Ein Blick aus blauen Augen bohrte sich in seine. „Ich höre nicht auf Klatsch und Tratsch."

Warum ihm das gefiel, wusste Thom nicht. Er hatte plötzlich das Gefühl, von einer emotionalen Klippe zu stürzen. „Wenn du zustimmst, ihm zu helfen, werde ich dir sagen, was passiert ist. Keinen Klatsch und Tratsch. Nur die Fakten."

Lauras Augen weiteten sich und sie sah nachdenklich aus. Sie zog ihr Sweatshirt aus – das enganliegende Oberteil darunter enthüllte viele Kurven – und warf es über die Lehne eines Küchenstuhls. Dann griff sie nach einem hübschen Wollumhang und zog ihn über. „Glaubst du, Brent Carver hat Gina Swartz getötet?"

Thom presste die Lippen aufeinander. „Ich weiß es nicht", gab er zu. „Er macht mir eine Scheißangst. Aber so wie er sich vor all den Jahren für Finn eingesetzt hat? Das muss doch etwas wert sein, findest du nicht?"

Sie kniff die Augen zusammen, und sie schimmerten wie poliertes Glas. „Ich übernehme seinen Fall, aber ich will die Geschichte beim Abendessen hören. In einem noblen Restaurant. Einem *sehr* noblen Restaurant."

„Dann ist das wohl ein Date." Ein seltsames Gefühl überkam Thom, und er stellte sich etwas aufrechter hin. „Also, wie fangen wir an?"

Laura schlüpfte mit den Füßen in die Wildlederstiefel, die

neben der Eingangstür standen. Sie balancierte, indem sie sich an seinem Arm festhielt. „Zuerst zu Brents Haus. Als Erstes werden die Cops einen Durchsuchungsbeschluss besorgen. Ich will dabei sein, wenn sie hineingehen. Außerdem wollte ich mich schon immer mal in der Wohnung von diesem Typen umsehen." Sie grinste. „Und du musst die RCMP in Port Alberni anrufen, weil ich möchte, dass Brent den Polizisten die Erlaubnis gibt, ohne Durchsuchungsbeschluss hineinzugehen."

Woher wusste sie, dass er die Nummer der Polizei auswendig kannte? Innerlich zuckte er zusammen.

„Sag ihnen, sie sollen meinen Klienten zu nichts anderem befragen, bis ich da bin."

Thom fummelte an seinem Handy herum. Sein Herz schlug schneller, als Laura die Straße zu Brents Haus hinunterging, und er konnte nicht umhin, den Schwung ihrer Hüften und die Rundung ihres Hinterns zu bemerken. Schweiß brach ihm auf der Stirn aus, als ihm bewusstwurde, dass sich sein Leben um die eigene Achse gedreht hatte. Aber er hatte keine Ahnung, ob das gut oder schlecht war.

———

FINN JOGGTE GERADE ZURÜCK ZUM STEG, ALS ER bemerkte, dass zwei Polizisten auf Brents Veranda saßen. Er machte eine schnelle Kehrtwende und lief die Einfahrt hinauf.

„Was machen Sie hier?", fragte Finn.

Der italienisch aussehende Polizist hob seine Mütze und fuhr sich mit der Hand durch sein schwarzes Haar. „Wir warten auf einen Durchsuchungsbeschluss."

Rachel Messenger warf ihm einen Blick zu, von dem er sicher war, dass er ihn beruhigen sollte. „Das ist der beste Weg, um den Namen Ihres Bruders reinzuwaschen."

Er schluckte ein Schnauben hinunter. Das Knirschen des Kieses ließ ihn herumwirbeln. Laura kam die Stufen herauf und stellte sich neben ihn. „Gibt es etwas Neues wegen des Durchsuchungsbeschlusses?", fragte sie.

„Sie warten noch darauf." Finn wandte sich ungeduldig von den Polizisten ab.

„Es ist auch dein Haus, nicht wahr?", fragte sie.

„Was?" Finn blinzelte.

Laura packte ihn am Arm. „Wenn wir deinen Bruder retten wollen, musst du dich konzentrieren."

Er unterdrückte ein Zucken, als ihre Finger tiefer gruben. „Ja, auf dem Papier gehört das Grundstück mir und Brent, aber–"

Laura hob ihre Hand. „Das *Aber* spielt keine Rolle." Sie schob sich an ihm vorbei und wandte sich direkt an Chastain. „Mein Klient wird Ihnen erlauben, sich ohne Durchsuchungsbeschluss umzusehen." Finn wollte sie unterbrechen, aber sie warf ihm einen eisernen Blick zu. „Mein Klient hat nichts vor den Behörden zu verbergen, aber ich möchte sichergehen, dass Sie sich nur umsehen. Also keine Beweise sicherstellen. Finn ist der Miteigentümer des Grundstücks und hat uns den Zutritt gestattet. Korrekt?" Ihre Augen verrieten ihm, dass es genau so laufen würde, wenn er sie als rechtliche Vertretung haben wollte.

Er nickte steif und gehorchte. Dann zog er sich die Latexhandschuhe an, die ihm die Polizisten zur Verfügung gestellt hatten, bevor er den Türgriff drehte. Entriegelt. Finn blinzelte gegen das grelle weiße Licht an, das so gar nicht zu den düsteren, schmutzigen Schatten seiner Kindheit passte. Das ganze Haus war blitzsauber. Nirgendwo ein Fleckchen Staub.

„Wow, das habe ich nicht erwartet." Laura sah sich mit Bewunderung um. In der Spüle stand kein einziges Geschirr. Nicht eine Tasse auf dem Abtropfbrett. Sie ging auf ein riesiges Ölgemälde zu, das die Wand über dem Kamin beherrschte. Finn konnte seinen Blick nicht von dem Bild abwenden. Er ging langsam darauf zu.

„B.C. Wilkinson." Laura pfiff. „Das ist außerhalb meiner Preisklasse. Bist du sicher, dass dein Bruder kein Krimineller ist?"

Finn konnte nicht aufhören, das Bild anzustarren. Er war mit

Bildern wie diesem aufgewachsen, die an die Wand ihrer verfallenen Hütte gepinnt gewesen waren. Weder er noch Brent waren gut mit Buchstaben, aber sie hatten beide viel Zeit mit Zeichnen und Malen verbracht. „Das ist nicht von B.C. Wilkinson", wer auch immer das war, „das ist von Brent."

Lauras Augen wurden groß. „Du willst mir sagen, dein Bruder ist B.C. Wilkinson?" Sie schlug mit der Hand gegen ihre Stirn. „B.C. – Brent Carver."

„Und Wilkinson ist das Gefängnis, in dem er seine Zeit abgesessen hat."

„Kein Wunder, dass der Künstler so geheimnisvoll ist."

Chastain stellte sich neben sie. „Wir möchten gern nach oben gehen."

Finn und Laura tauschten einen Blick aus, und er nickte. Er folgte den Polizisten die Treppe hinauf. Der erste Raum, den sie betraten, war eindeutig ein Künstleratelier. Finn starrte auf die Leinwände. Riesige Landschaften, die vor Emotionen nur so strotzten. „Ich hatte vergessen, dass er gerne malt." Ein harter Knoten bildete sich in Finns Kehle. Er hatte es vergessen. Und vielleicht war das Leben im Gefängnis doch nicht ganz so höllisch gewesen, wie er befürchtet hatte. Brent hatte in seiner Kunst eine Befreiung gefunden, einen Beruf und eine Berufung. „Die sind also etwas wert?"

Laura schenkte ihm ein trauriges Lächeln. „Ich habe letztes Jahr bei einer Auktion für einen geboten. Ich musste aussteigen, als sie auf achtzigtausend kamen."

Emotionen schwollen in ihm an. Staunen und Trauer, beides heftig und scharf. „Bianca Edgefield schenkte ihm sein erstes Malset, als wir noch Kinder waren." Er räusperte sich. „Brent hat ein Bild von einem Hasen für ihr kleines Mädchen gemalt, und sie muss sein Talent erkannt haben." Ein Junge, der Häschen für kleine Mädchen malte, würde seine Ex-Freundin sicher nicht kaltblütig abschlachten. Alle Muskeln in seiner Brust spannten sich an, und es fiel ihm schwer, zu atmen.

Laura streichelte sanft seinen Arm.

Diese Bilder gingen weit über die Bilder hinaus, die sie als Kinder gemalt hatten. Sie waren tiefschürfend und unergründlich und voller dunkler, morbider Schönheit. Stolz erfüllte ihn. Stolz und zugleich Scham, dass er auch nur eine Sekunde lang an seinem Bruder gezweifelt hatte.

Er würde nie wieder an ihm zweifeln.

Ein Schrei ertönte am Ende des Flurs. Finn und Laura eilten den mit Hartholz belegten Korridor entlang und kamen in einem Raum zum Stehen, der wie das Hauptschlafzimmer aussah. Das Zimmer war monastisch einfach gehalten. Ein Bett mit einem riesigen weiß-schwarz-lila Meeresbild darüber. Eine Art Radio daneben. Einbauschränke, keine anderen Möbel im Raum. Das Bett war fein säuberlich gemacht. Die große, anthrazitfarbene Tagesdecke war straff und fest über jede Ecke gezogen. Und genau in der Mitte des Bettes lag ein Messer mit einer glänzenden Klinge, die mit etwas Dunklem und Hässlichem verkrustet war.

———

MIKE STAND AUF DEM BÜRGERSTEIG UND SAH ZU, WIE Brent Carver auf dem Rücksitz eines RCMP-Fahrzeugs vorbeifuhr.

Verdammt! Er grinste und holte sein anderes Mobiltelefon heraus. Das Wegwerf-Handy, das er bekommen hatte, um mit Dryzek zu kommunizieren. Er wollte nicht mit dem Mistkerl reden, aber lieber eine gute Nachricht überbringen, solange es noch eine war, als mit gar nichts anzurufen.

Jemand nahm ab, aber niemand sagte etwas.

„Rate mal, wen ich gerade auf dem Rücksitz eines Polizei-Geländewagens habe vorbeifahren sehen?"

Das Schweigen hielt an.

„Brent Carver." Mike ließ ihn in dem Glauben, Carver ausgeliefert zu haben. Das würde ihm den Bastard für ein paar Tage vom Hals halten.

Ein Rauschen in der Leitung verriet ihm, dass jemand da war. „Hast du seine Wohnung durchsucht?"

„Ja." Beim Gedanken, dass die Polizisten Dryzeks Versteck in Brents Haus gefunden hatten, schoss ihm ein Schuss Panik durch die Adern. Seine Handflächen begannen zu schwitzen. „Da war nichts. Aber jetzt, wo er nicht mehr hier ist, werde ich es noch einmal durchsuchen."

„Sei gründlich, Mikey. Keine Fehler. Du weißt, was passiert, wenn du einen Fehler machst."

Seine Mutter kam in diesem Moment mit einem vollgepackten Einkaufswagen aus dem Supermarkt. Ihr blondes Haar tanzte um ihr Gesicht, während der Wind aus dem Westen blies. Ein Sturm zog auf, und die ersten Regenspritzer trafen den Staub auf dem Bürgersteig mit einem kräftigen Plätschern. Ihre weichen, leuchtenden Augen erinnerten ihn genau daran, was auf dem Spiel stand, ebenso wie sein schmerzender Kiefer. „Das wird kein Problem sein."

„Gut." Die Leitung war tot, und Mike wünschte, er könnte das Handy mit einem Dropkick ins Wasser schießen.

Auf der Heimfahrt plapperte seine Mutter über alles Mögliche, von der Renovierung des Wohnzimmers bis hin zur Anschaffung eines neuen Hundes. Er überlegte im Stillen, wie schnell er sich davonschleichen und die Bucht überqueren konnte, um Brents Haus zu durchsuchen. Doch als sie zu Hause ankamen, saß sein Vater auf der Treppe vor dem Haus, den Kopf in die Hände gestützt, und sah blass und krank aus.

„Grant?" Seine Mutter sprang so schnell aus dem Wagen, dass sie stolperte, aber nicht hinfiel.

Mike rannte an die Seite seines Vaters. „Was ist los, Dad? Geht es dir gut?"

Sein Vater richtete sich wackelig auf. „Es gibt schlechte Nachrichten, mein Sohn." Er legte ihm die Hand auf die Schulter und drückte sie.

Scheiße, die Cops hatten herausgefunden, dass er Milbank von dem Wrack erzählt hatte. Oder jemand hatte die verdammten Drogen oder das Bargeld gefunden, das Dryzek verloren hatte, und hatte ihn verdächtigt, und jetzt waren die Bullen da. Er spannte sich an und setzte seine unschuldigste Miene auf. „Was gibt es?"

„Gina Swartz." Sein Vater schnappte nach Luft.

Er runzelte die Stirn. „Gina?" Verdammt. „Was ist mit Gina?"

Sein Vater packte ihn jetzt an beiden Schultern. „Sie ist tot, mein Sohn. Dieser Bastard Brent Carver hat sie getötet."

Er schüttelte verwirrt den Kopf. Dann knickten seine Knie ein, und schon lag er auf dem Boden. Er hatte Gina gestern Abend noch gesehen. Es war ihr gut gegangen. Besser als gut. Sie konnte nicht tot sein.

Seine Hände zitterten vor Schock. „Oh, Gott. Ich muss mit der Polizei reden und ihnen sagen, was ich weiß." *Wer würde jemandem wie Gina etwas antun?*

„Wage es ja nicht!" Seine Mutter gab ihm einen Klaps auf die Wange.

Seine Kinnlade klappte herunter, als er sie anstarrte.

„Niemand weiß von euch beiden. Niemand!" Ihre Augen füllten sich mit Tränen. „Wenn du zur Polizei gehst und sagst, dass ihr ein Liebespaar wart, wirst du verdächtig. Lass dich da nicht hineinziehen, Mike. Ich will nicht riskieren, dich zu verlieren." Ihre Lippen bebten. Mike bemerkte, dass ihr Lippenstift verschmiert war. Sie lebten zwar in der Provinz, aber das Make-up seiner Mutter war immer makellos. Es beunruhigte ihn, sie so sichtlich erschüttert zu sehen.

„Wann ist es passiert?"

„Irgendwann letzte Nacht. Nach Mitternacht, glaube ich." Der Schnurrbart seines Vaters verzog sich über seinen Lippen. „Hast du ein Alibi, mein Sohn?"

Bevor oder nachdem er das Feuer gelegt und Brents Haus

durchsucht hatte? Er schüttelte den Kopf. „Ich konnte nicht schlafen. Ich bin ein bisschen rumgefahren." Er fühlte sich irgendwie ausgehöhlt. Betäubt. Gina konnte nicht tot sein. Er hatte noch nie jemanden verloren, der ihm nahestand, und er war nicht einmal in der Lage, öffentlich um sie zu trauern oder ihr den Respekt zu erweisen, den sie verdiente.

Er sah zu seinem Vater auf. „Warum sollte ich ein Alibi brauchen? Ich dachte, du hättest gesagt, Brent hätte sie getötet." Sein Herz klopfte. „Hat dieser Bastard sie getötet, weil er eifersüchtig war?" Trauer durchfuhr ihn und bohrte sich in seine Eingeweide, bis er das Gefühl hatte, kotzen zu müssen.

„Sie haben ihn noch nicht angeklagt. Diese Carvers sind nicht gut. Sie werden irgendeinen Weg finden, sich aus der Sache herauszuwinden und die Schuld jemand anderem in die Schuhe zu schieben. Hat dich gestern Nacht jemand gesehen?", fragte sein Vater mit einem Seitenblick auf seine Frau.

Er schüttelte den Kopf. Die Fingernägel seiner Mutter gruben sich wie Krallen in seinen Nacken und rissen ihn in die Realität zurück. „Du warst bei uns zu Hause, verstehst du?" Ihr Griff lockerte sich und sie streichelte ihn. Sie ließ sich neben ihm auf die Knie fallen und schloss ihn in ihre Arme. „Ich werde nie zulassen, dass dir etwas zustößt. Das weißt du doch, oder?" Sie hielt ihn fest, so wie sie es getan hatte, als er ein kleines Kind gewesen war.

Mike schniefte und wischte sich über die Augen. Von nun an musste er sich daran erinnern, was für ihn wichtig war. „Ich war die ganze Nacht zu Hause. Ich bin nicht ausgegangen." Langsam richtete er sich auf, umarmte seine Mutter und versuchte, sie zu trösten. Er würde nicht ins Gefängnis gehen, er würde sie nicht schutzlos zurücklassen.

Es gab jetzt keine Möglichkeit mehr, in die Nähe von Carvers Grundstück zu kommen, und Dryzek würde ihn trotzdem verfolgen. Ein anderer Gedanke kam ihm in den Sinn. *Dryzek.* Hatte *er* Gina getötet? Hatte er Mike hinter seinem Rücken ausgelacht und ihm oder Brent heimlich einen Mord angehängt? Der Kerl war gerissen genug dafür.

Keine Gefallen mehr für Remy Dryzek – nicht einmal, um seine eigene Haut zu retten. Sein Vater hatte recht gehabt. Sein Vater hatte immer recht. Mike dachte an die Waffe, die er in seinem Handschuhfach versteckt hatte. Wenn Remy oder Ferdinand sich ihm oder seiner Familie näherten, würde er Löcher in diese verdammten Bastarde schießen.

# FÜNFZEHN

Thom ging im Warteraum der Polizeiwache in Port Alberni auf und ab. Das Geräusch einer sich öffnenden Tür ließ ihn herumwirbeln, um Laura zu erblicken, die müde und erschöpft aussah. Sie ging wortlos nach draußen und atmete einen kräftigen Lungenzug frischer, sauberer Luft ein. Der Himmel war bedeckt, die Wolken drohten mit Regen.

„Geht es dir gut?", fragte er leise.

Sie sah ihn über ihre Schulter hinweg an. Der Mund war verkniffen, die Augen von den schrecklichen Details gezeichnet, die sie offenbar erfahren hatte. „Ich habe meinen Job damals aus einem bestimmten Grund aufgegeben."

Ihre Worte durchdrangen ihn. Sie war vor Tod und Gewalt geflohen, und er hatte sie in diese Welt zurückgedrängt. Thom rückte näher. Zum ersten Mal seit Jahrzehnten wollte er seine Arme um eine Frau legen und ihr Trost spenden, aber sein Körper wusste nicht, wie er das anstellen sollte.

„Brent Carver wäre auf keinen Fall so dumm, das Messer auf seinem Bett liegen zu lassen." Ihr Blick verhärtete sich, als sie den Kopf schüttelte. „Er hat nicht einmal gezuckt, als sie ihm von dem Messer erzählt haben." Falten zogen sich zwischen ihren Brauen zusammen. „Ich weiß nicht, ob er sie überhaupt gehört hat." Mit zügigem, zielstrebigem Schritt ging sie zu seinem Geländewagen.

Thom folgte ihr, fasziniert von der widersprüchlichen Natur dieser Frau. Weichheit und Stahl.

„Was ich nicht verstehe, ist, warum er eine Frau verlassen hat, die er offensichtlich geliebt hat?" Sie blinzelte schnell. „Warum sollte er die Frau, die ihm wichtig ist, wegstoßen?"

„Um sie zu beschützen", meinte Thom mit Bestimmtheit.

„Frauen müssen nicht beschützt werden, wenn das bedeutet, dass ihre Herzen gebrochen werden." Ihre Worte waren scharf und bitter.

„Jemand hat dich verletzt." Wut wallte in ihm auf. Manche Männer hatten keine Ahnung, was für ein Privileg es war, eine Frau zu lieben. Absolut keine Ahnung.

Thom zog sie an sich. Sie fühlte sich geschmeidig und warm in seinen Armen an, und zum ersten Mal in diesem Leben fühlte er sich stark genug, sie zu trösten. Nach einem Moment zog sie sich zurück und wischte sich die Tränen aus den Augen, die zu fallen drohten. Er streckte die Hand aus und berührte eine Haarsträhne, die sich aus ihrem unordentlichen Dutt gelöst hatte.

Sie erstarrte. Sah ihn an. Sagte nichts.

In ihrem Gehirn ging eine Menge vor sich, und Thom wollte plötzlich aus ihr schlau werden. Doch statt der erwarteten Schuldgefühle spürte er nur, wie ihm eine riesige Last von den Schultern fiel.

„Wohin gehen wir jetzt?", fragte er.

Ein Lächeln umspielte ihre Lippen, und sie war wieder die herrische Laura. „Wir werden in den Laden gehen und das Notwendigste einkaufen, dann werden wir schnell etwas essen – nicht unser Date-Dinner, nur etwas essen – und ich werde zurückgehen, um weitere Fragen zu stellen, während du uns ein Hotel suchst. Ich bin mir nicht sicher, wie lange das dauern wird."

Thom nickte nervös. Sie hatte ihm nicht gesagt, wie viele Zimmer er buchen sollte, und er traute sich nicht zu fragen. Er musste sich sammeln und eine Lösung finden. „Reiß dich zusammen", nannte Finn es. Er stellte sich ein wenig aufrechter hin.

Laura blieb neben der Autotür stehen. Er öffnete sie, damit sie einsteigen konnte, aber sie stand einfach nur da. „Ich weiß nicht, warum er mir jetzt, wo ich weiß, dass er ein berühmter Maler ist, wichtiger ist als damals, als er nur ein mürrischer Ex-Knacki-Nachbar war. Es liegt sicher nicht an seiner sonnigen Persönlichkeit." Sie zog die Stirn in Falten. „Vielleicht bin ich oberflächlich? Es liegt auch nicht daran, dass er reich ist. Ich glaube", fügte sie langsam hinzu, „es liegt daran, dass ich eine so tiefe Beziehung zu seiner Kunst habe, dass es mir schwerfällt zu glauben, dass jemand, der mich so tief berühren kann – auf einer so fundamentalen Ebene –, ein Mörder sein könnte, geschweige denn ein so dummer Mörder."

„Er hat es nicht getan", versicherte Thom.

Ihre Augen bohrten sich in seine Seele. „Er hätte deine Frau und deine Kinder töten können. Damals war er alt genug."

Thom schüttelte den Kopf und war sich plötzlich sicher. „Das einzige Mal, dass der Junge getötet hat, war, um seinen kleinen Bruder zu schützen. Er hatte den schlechtesten Anwalt der Welt und hat mehr Zeit abgesessen, als irgendjemand verdient hat. Brent hat ein gutes Herz." Aber es war tief vergraben, und es war zweifelhaft, dass es ihm helfen würde.

Laura nickte. „Davon gehe ich aus." Dann grinste sie. „Und glaube mir, ich bin *nicht* die schlechteste Anwältin der Welt." Thom fand seinen Blick an ihren Lippen kleben. „Ich werde das rocken, und auch alles andere. In *jeder* Hinsicht. Wenn du Glück hast, findest du das vielleicht selbst heraus."

———

Holly rumpelte die Strasse hinunter zum Haus von Mike Toben. Sie waren dabei, alle Personen, die mit dem Mord an Gina Swartz zu tun hatten, erneut zu befragen, und sie wollte persönlich mit diesem Mann sprechen. Sie hatten nicht genug Beweise, um einen Durchsuchungsbeschluss für seine Finanz- oder Telefonunterlagen zu bekommen, aber sie war seit dem Abend, an dem sie ihn in der Bar gesehen hatte, davon überzeugt, dass er irgendeine Verbindung zu Remy Dryzek hatte. Es war eine erbärmlich dünne Spur, eine dieser Vermutungen von Polizisten, die oft Zeitverschwendung waren, aber unmöglich zu ignorieren.

Der Wind wirbelte die oberen Äste der Bäume durcheinander und ließ sie wild schwanken. Die Tobens wohnten etwas außerhalb von Bamfield an einem Feldweg. Sie fuhr aus dem Wald heraus und sah eine schmale Bucht, ein Haus auf dem Hügel auf der einen Seite, einen Steg am Ufer, mehrere Boote, die festgemacht waren, und ein altes Wasserflugzeug, das ein seltsames Kribbeln in ihrer Brust verursachte. Mikes Truck war neben einer kleinen silbernen Limousine an der Seite geparkt. Im Windschatten der Veranda stand ein kleines Motorrad.

Ein Hund bellte. Ein schokoladenbrauner Labrador, der sich beinahe heiser winselte, während er zur Begrüßung so heftig mit dem Schwanz wedelte, dass er fast umfiel.

Mikes Mutter – die Krankenschwester des örtlichen Krankenhauses – trat aus dem Haus und wischte sich die Hände an einem Geschirrtuch ab. „Still, Topper. Hallo, Holly. Es macht Ihnen doch nichts aus, wenn ich Sie Holly nenne, oder?"

Holly schüttelte den Kopf. „Krankenschwestern, Ärzte und Sanitäter können mich so ziemlich alles nennen, was sie wollen." Ein Lächeln umspielte ihren Mund. Zu den Menschen eine Verbindung zu schaffen, das war das, was sie am besten konnte. Verbindung und Vertrauen, während sie nach Informationen suchte.

„Dann können Sie mich Anita nennen, Holly." Sie blinzelte und sah weg. „Nun, Sie sehen auf jeden Fall viel besser aus als neulich. Gott sei Dank." Ein feiner Schauer lief über den Körper der Frau. „Haben Sie den Wahnsinnigen schon erwischt?"

Welchen genau? Sie hatten eine Menge zur Auswahl.

Anitas Augen verfinsterten sich. „Ich schätze, Sie hatten Wichtigeres zu tun, weil Brent Carver die arme Gina umgebracht hat. So ein süßes Mädchen." Ihr Blick war eifrig auf Hollys Gesicht gerichtet, auf der Suche nach Hinweisen, die die Gerüchteküche anheizen könnten.

„Es wurde noch niemand angeklagt." Vielleicht glaubten die Leute hier, wenn man etwas nur oft und laut genug sagte, würde es zur Tatsache. Besser als zu denken, dass das Monster immer noch da draußen unter ihnen war. „Ich würde dafür sorgen, dass Ihre Türen und Fenster nachts verschlossen sind. Nur für den Fall." Die Frau wurde blass.

„Wir überprüfen immer noch den Aufenthaltsort aller Personen von letzter Nacht. Und wir schließen damit Leute aus unseren Ermittlungen aus."

„Wir waren letzte Nacht alle hier", erklärte Anita schnell. Zu schnell.

„Von wann an?" Holly holte ihren Notizblock hervor.

Anita biss sich auf die Lippe. „Ich habe gegen halb sechs Feierabend gemacht. Ich arbeite nur dann länger, wenn wir einen Notfall haben." Sie nickte Holly demonstrativ ins Gesicht.

Das sollte bedeuten: *Du schuldest mir was.* Es war laut und deutlich.

„Mike und Grant kamen ungefähr zur gleichen Zeit aus dem Eisenwarenladen zurück." Anita lachte. Ein wenig schrill. „Wir sind dann alle zu Hause geblieben, haben *American Idol* gesehen und sind früh zu Bett gegangen."

„Ich liebe diese Sendung." Nicht, dass Holly jemals Zeit gehabt hätte, sie zu sehen. „Wo kann ich die Männer der Familie finden?"

„Grant ist im Laden und Mike ist unten am Steg." Anita biss sich auf die Lippe.

Holly drehte sich um, und tatsächlich, ein finster dreinblickender Mike Toben kam gerade an Deck eines kleinen Charter-Fischerbootes.

Holly verabschiedete sich von Anita und ging hinunter, um

mit Mike zu sprechen. Der Hund folgte ihr, wedelte immer noch mit dem Schwanz, ließ sich aber von einem guten Geruch im Gras ablenken.

„Hey", rief Mike, ohne sein übliches Strahlen. Er hatte einen blauen Fleck am Kiefer, als hätte man ihn heftig geschlagen.

„Wie geht es dir?" Holly lächelte. „Hast du dich geprügelt?"

Er berührte sein Kinn, zuckte nur mit den Schultern und wischte wieder die Oberfläche des Bootes ab. „Ich weiß nicht, warum ich mir die Mühe mache", sagte er mit Blick auf die bedrohlichen Wolken, „aber wir haben dieses Wochenende eine Buchung von einigen Anglern, und ich wollte es sauber bekommen."

Heute gab es kein flirtendes Grinsen. Überhaupt keine Leichtigkeit.

„Kanntest du Gina Swartz, Mike?"

Er verstummte und machte sich dann wieder daran, das Boot zu reinigen. „Dies ist eine kleine Stadt. Ich kenne jeden hier."

„Auch Brent Carver?"

Er presste seine Kiefer zusammen, die Muskeln spannten sich an. „Brent Carver ist ein mörderisches Arschloch, und wenn ich ihn jemals wiedersehe, werde ich ihm den Kopf abreißen." Blanke Wut entlud sich in ihm.

War das eine männliche Schutzbehauptung oder etwas mehr, etwas Tieferes? „Hattest du jemals eine sexuelle Beziehung zu Gina?"

„Wir waren Freunde, mehr nicht." Doch sein Blick veränderte sich, und plötzlich glaubte Holly ihm nicht mehr.

„Warst du jemals in ihrem Haus?"

Er presste die Lippen fest aufeinander und seine Augen funkelten, als ob er überlegte, was er ihr sagen sollte. „Sie hat mich vor ein paar Wochen gebeten, ihre Sanitäranlagen zu erneuern. Jeder verdammte Wasserhahn im Haus hat getropft."

„Ich werde deine Fingerabdrücke brauchen, damit wir sie von denen am Tatort separieren können. Ich habe ein Set im Geländewagen. Ich würde auch gerne DNA nehmen und dich somit aus allen Ermittlungen ausschließen."

„Ich will nicht, dass meine gottverdammte DNA im System ist, wie die eines gewöhnlichen Kriminellen."

Holly zog eine Grimasse. Leider war Mike mit seiner misstrauischen Art nicht allein. Sie hatten noch keinen einzigen Freiwilligen für ihre Datenbank. Sie würde Durchsuchungsbeschlüsse brauchen, was noch mehr Kopfzerbrechen und weitere Verzögerungen bedeuten würde.

„Wenigstens hast du ein anständiges Alibi, nicht wahr?" Sie lächelte und versuchte, ihn zu beruhigen.

„Was?" Er richtete sich auf und starrte sie an. Holly reagierte gelassen, balancierte aber auf den Ballen ihrer Füße, um für jede plötzliche Bewegung gewappnet zu sein. War Mike der neue Liebhaber von Gina? „Du und deine Mutter, ihr seht zusammen fern. Das ist ziemlich niedlich, obwohl ich dich eher für einen Eishockey-Fan gehalten habe." Jedes T-Shirt, das er trug, trug das Logo der Canucks.

„Ich sehe mir an, was immer sie sehen will." Sein Gesicht war hart. Die Augen flach. Unergründlich. Kein charmanter Schurke mehr. Der Typ war stinksauer.

„Dann kommst du jetzt mit mir hoch, damit ich deine Fingerabdrücke nehmen und dich aus unseren Ermittlungen ausschließen kann, okay?"

Anita lehnte sich an den Türrahmen und beobachtete die beiden.

„Gut." Mike schluckte, dann fragte er abrupt: „Hat sie gelitten?"

„Gina?"

Er nickte schnell. Auf seiner Stirn bildete sich ein feiner Schweißfilm. Die Nerven lagen blank. Warum? Liebhaber? Mörder? Ein verzweifelter Freund?

„Es tut mir leid", sagte sie sanft zu ihm, „ich kann keine Details der Ermittlungen preisgeben." Er wich zurück.

„Aber nein", fügte sie leise hinzu. „Das glaube ich nicht. Ich denke, es ging wahrscheinlich sehr schnell."

„Gut." Er blies einen langen Atemzug aus. Dann schniefte er laut. „Das ist gut."

Holly nahm seine Abdrücke unter dem wachsamen Blick seiner Mutter. Dann stieg sie in ihren Geländewagen und fuhr davon, wobei sie die beiden im Rückspiegel beobachtete. Mike – groß, dunkel und gutaussehend – neben seiner zierlichen, blonden Mutter. Irgendetwas stimmte definitiv nicht mit dieser Familie, aber Holly wusste nicht, ob es etwas mit ihrem Fall zu tun hatte oder nicht.

Ihr Handy klingelte, und sie sah, dass es Furlong war. Sie ging ran und wünschte sich sehnlichst, sie hätte genug Dienstjahre hinter sich, um den Kerl zu ignorieren, aber sie wusste, dass dies nicht der Fall war. „Ja, Sir?" Jede Silbe tat weh.

„Der Gerichtsmediziner hat uns ausnahmsweise einen ziemlich sicheren Todeszeitpunkt genannt, vor allem weil die Ermordete kurz vor Mitternacht mit ihrer Schwester in Vancouver gesprochen hat. Gina Swartz wurde zwischen Mitternacht und ein Uhr nachts ermordet." Hollys Herz machte einen kleinen Freudensprung, denn damit war Finn aus dem Schneider. „Befragst du immer noch Einheimische?"

„Jawohl, Sir. Ich habe gerade mit Anita Toben und ihrem Sohn Mike gesprochen. Irgendetwas schien mit ihnen nicht zu stimmen. Es ist möglich, dass Mike Toben der geheimnisvolle Liebhaber von Gina Swartz war. Ich würde gerne einen Durchsuchungsbeschluss beantragen, um eine Probe seiner DNA zu erhalten."

„Wirklich?" Furlong klang verwirrt. Müde. „Das klingt nach einem guten Plan."

„Bist du okay?"

„Nichts, was eine Verhaftung nicht heilen könnte."

Sie wollte sich für diese Frage in den Hintern treten. „Hat der IFIS noch etwas anderes in Brent Carvers Haus gefunden?"

„Sie haben ein paar Fingerabdrücke. Beweg deinen Arsch wieder hierher und lass uns sehen, was wir haben."

„Bin schon unterwegs, Sir."

„Und Holly?"

Ihr Herz krampfte sich schmerzhaft zusammen, weil sie noch mehr Kritik erwartete.

„Ich habe mich schon einmal danebenbenommen. Ich habe mich von den Dingen überwältigen lassen." Seine Stimme wurde leiser. „Ich hatte zu Hause ein paar Probleme und habe zugelassen, dass sich das auf meine Arbeit auswirkt. Wir müssen gemeinsam daran arbeiten, neu anfangen. Konzentriere dich auf den Fall."

Ihr Atem ging stotternd. Eine Entschuldigung? Nicht ganz, aber *wow* ...

„Lass uns diesen Killer schnappen, damit wir alle wieder nach Hause gehen können", sagte sie.

Er lachte mit einer so schmerzhaften Ironie, dass sie eine Ahnung davon bekam, warum sie sich kurz in ihn verliebt hatte.

„Wenn das nur meine Probleme lösen würde. Bis bald, Sergeant Rudd."

———

Zurück im Hotel ging Holly die Liste der Personen aus dem Dorf durch, die für die letzte Nacht ein solides Alibi hatten. Die große Mehrheit der Leute aus dem Meereslabor war erfasst, wenn auch nicht alle. Thomas Edgefield hatte kein Alibi, ebenso wenig Rob Fitzgerald, Gladys oder ein halbes Dutzend anderer. Trotzdem war es ein gutes Gefühl, ein paar Leute von der Liste der potenziellen Mörder zu streichen – vorausgesetzt, der Mörder war ein Einheimischer. Sie wollte herausfinden, ob sie von den Mobilfunkmasten Informationen erhalten konnten, die den Aufenthaltsort der anderen aufzeigen könnten. Leider war die Feuerwehr erst um halb eins gerufen worden, sodass die Feuerwehrleute dreißig Minuten Zeit hatten, um den Mord zu begehen. Keiner von ihnen war also unbedingt unschuldig. Der

Brandermittler konnte nicht mit Sicherheit sagen, ob das Feuer absichtlich gelegt worden war oder nicht, aber es hatte den Anschein, dass es sich um ein Ablenkungsmanöver handelte.

„Wir haben endlich Unterlagen von der Telefongesellschaft bekommen, die bestätigen, dass es um neun Uhr dreizehn einen Anruf bei Brent Carver gab. Er kam von der öffentlichen Telefonzelle in der Stadt", rief Messenger ihr und Furlong zu, der daraufhin grunzte. Sie arbeiteten in der Lounge.

„Vielleicht bekommen wir einen Durchsuchungsbeschluss für alle Anrufe, die von dieser Telefonzelle aus getätigt wurden. Ausgehende und eingehende", meinte Holly. Im Zeitalter der Mobiltelefone wurden öffentliche Münztelefone oft übersehen. „Rufen Sie die IFIS an und schicken Sie einen Techniker hierher, um zu sehen, ob wir DNA oder Fingerabdrücke bekommen können, die uns eine Identifizierung des Anrufers ermöglichen." Sie schaute auf ihre Uhr; sie war erschöpft, konnte es sich aber nicht leisten, langsamer zu werden oder eine Pause zu machen.

„Chastain und Malone sollen die Telefonzelle bewachen, bis der Techniker da ist. Vor Gericht wird das nicht viel nützen, aber es könnte uns einen Namen geben", murmelte Furlong und fuhr sich mit den Fingern durch das ergrauende Haar. Unter seinen Augen befanden sich dicke Tränensäcke. Jeder im Team sah langsam hohläugig vor Müdigkeit aus. „Wir brauchen eine Pause."

Holly sah auf. „Was ist mit Brent Carver?"

Sein Mund verzog sich. „Bevor wir das Messer gefunden haben, dachte ich, er wäre ein guter Kandidat, aber was für ein Idiot lässt eine blutverschmierte Mordwaffe auf seinem verdammten Bett liegen? Das kann nicht sein, und es stinkt nach einem abgekarteten Spiel."

„Es sei denn, es ist ein Bluff."

Er lachte. „Für so einen Bluff braucht man Eier aus Stahl, und niemand mag das Gefängnis so sehr, schon gar nicht dieser Kerl. Ich denke, wir müssen den Liebhaber von Gina Swartz als eine

Person von Interesse einstufen, aber das Labor ist überlastet. Ich habe vorhin versucht, sie unter Druck zu setzen." Er hatte den Anstand, verlegen dreinzuschauen. „Hat nicht geklappt. Was soll ich sagen? Ich bin manchmal eben ein Arsch." Der Blick in seinen Augen war fast gequält.

Dennoch hatte Holly nicht vor, ihn zu bemitleiden. Oder ihm zu verraten, dass das örtliche Labor diese speziellen Proben nicht hatte. Stattdessen ging sie vor das Hotel und rief Cassy an, um sich nach dem Stand der Dinge zu erkundigen.

„Ich komme voran, aber egal wie brillant ich auch bin, ich muss es noch ein paar Stunden in die PCR-Maschine geben. Ich habe Hautzellen und Sperma gefunden." Sie klang aufgeregt. Da sprach der Nerd aus ihr. „Ich habe auch verschiedene Bluttropfen getestet. Erstaunlich, wie viel die Leute beim Sex auf einem Laken hinterlassen."

*Vor allem, wenn einer von ihnen danach tot ist.*

„Wie lange, denkst du, wird es dauern, bis du versuchen kannst, es zu typisieren?"

„Ich werde ein paar Stunden schlafen gehen, während es sich verstärkt, und dann früh zurückkommen, um damit anzufangen, bevor ich meine reguläre Schicht beginne."

„Ich kann dir gar nicht genug danken."

„Ich schicke dir die Flugdaten und eine Hotelliste, sobald ich das hier fertig habe. Drei volle Tage, kapiert?"

„Ich hab's verstanden. Du hast doch nächsten Monat Geburtstag, oder?"

„Igitt. Erinnere mich nicht daran." Cassy wollte nicht dreißig werden. Aber sie strahlte. „New York City wird ein großartiger Ort sein, um mich davon abzulenken."

Holly legte auf und war froh, diesen Gefallen eingefordert zu haben. Sie sprang auf, als sie bemerkte, dass Rachel Messenger nur wenige Meter entfernt in der Dunkelheit stand.

„Tut mir leid", sagte Messenger schnell. Sie schaute über ihre

Schulter. „Ich habe gerade etwas über das Messer herausgefunden", flüsterte sie.

„Was?" Holly runzelte die Stirn und schritt auf sie zu. Ihr Herz begann zu klopfen. Was auch immer es war, es klang nicht gut. Messenger forderte sie auf, näher zu kommen. Sie verhielt sich seltsam, und Holly hasste Leute, die sich seltsam verhielten.

„Was ist los?"

„Wir haben einen telefonischen Hinweis erhalten, wem das Messer gehört. Die Kollegen haben die Nachricht an mich weitergeleitet."

Holly verschränkte die Arme. „Wem gehört es?"

„Thomas Edgefield." Messengers Augen starrten auf den Eingang.

„Scheiße." Holly biss die Kiefer zusammen.

„Ich habe auch eine Aufzeichnung, wie er am Tag vor Milbanks Ermordung in Tofino ein neues Messer gekauft hat."

Finn hatte sie angelogen. Holly presste ihre Lippen zusammen. Wut floss durch ihre Adern, aber sie wollte sie noch nicht herauslassen.

„Aber das Interessanteste ist Folgendes. Ich habe den Anruf mitgehört und die Stimme des Mannes erkannt, der uns den Hinweis gegeben hat."

„Wer war es?"

„Rob Fitzgerald. Finn Carvers Assistent."

Holly grübelte darüber nach. Entweder war Rob ein besorgter Bürger, der seinen Job nicht verlieren wollte, oder er versuchte, Edgefield den Mord anzuhängen, was bedeutete, dass er selbst vielleicht darin verwickelt war. „Ich möchte, dass Sie Rob Fitzgeralds Hintergrund überprüfen. Alles, von den Telefondaten bis zu den Finanzen." Sie sah sich um, die Wut gewann jetzt an Boden. Sie versengte ihre Haut. Köchelte in ihrem Herzen. „Ich bin in einer Stunde zurück."

„Wohin gehen Sie?", fragte Messenger.

„Ich werde Edgefield und Carver noch einmal wegen des

Messers befragen. Wir müssen herausfinden, wer über was lügt, bevor wir es dem Teamleiter sagen."

Rachel nickte schnell. „Ich werde nichts sagen. Melden Sie sich einfach, okay?"

Holly schnaubte. Messenger war um sie besorgt. Sie tippte auf ihre Smith & Wesson. „Ich habe Sie auf der Kurzwahltaste. Aber keine Sorge, ich kann auf mich selbst aufpassen."

***

Finn saß auf seiner Terrasse und trank ein kaltes Bier. Er hatte schon viele schlechte Tage in seinem Leben gehabt, und sie schienen nie leichter zu werden. Erst Ginas Tod, dann der Streit mit Holly und schließlich Brent, der wie ein mieser Krimineller abgeführt wurde. Er ballte seine Faust und hielt die Wut zurück, die durch seine Adern brannte.

*Idiot.* Was hatte er sich dabei gedacht, sich Holly zu nähern, obwohl er es sich verboten hatte. Und was war passiert? Innerhalb weniger Stunden, nachdem er herausgefunden hatte, dass er sich für sie interessierte, saß sein Bruder in einer drei mal drei Meter großen Zelle. Er kippte den Rest des Biers hinunter. Oh Gott. Die Emotionen brannten in seinen Augen, aber er weinte nicht. Er war nicht mehr das dumme kleine Kind. Er würde das in Ordnung bringen.

Stiefel stapften die Treppe herauf. Das wurde aber auch Zeit, verdammt. Er drehte den Deckel einer weiteren Flasche ab, lehnte sich in seinem Stuhl zurück und ließ seinen Blick frech über ihren Körper schweifen. Denn er hatte nichts mehr zu verlieren, und sie zu verärgern war nur ein Bonus.

Holly beugte sich herunter, bis sie auf Augenhöhe waren, ihr Blick war heiß wie Lava. Ihre Zähne bewegten sich nicht, als sie knurrte: „Du hast mich wegen des Messers angelogen."

Finn wurde für einen Moment schwindelig. Er hatte vergessen, dass er doch noch etwas zu verlieren hatte. Thom.

Er stand auf und zwang sie, einen Schritt zurückzutreten. Dann öffnete er seine Tür und zog sie in sein Wohnzimmer. Er wollte nicht, dass jemand dieses Gespräch mitbekam.

„Lass mich los."

Er ließ ihren Arm wie einen heißen Stein fallen. „Wie hast du von dem Messer erfahren?" Und was genau wusste sie?

Die Wut strahlte in Wellen von ihr ab. Nun gut, sie waren quitt.

„Das ist eine geheime Information. Erzähl mir von dem Messer." *Scheiße, Scheiße, Scheiße.*

„In Ordnung. Das Messer ist Thoms altes Tauchermesser. Er sagte, es sei vor ein paar Wochen verschwunden." Er fuhr sich mit den Händen durch die Haare. „Jeder hätte es aus seinem Spind nehmen können. Wir schließen sie nicht ab, und selbst wenn wir es täten, wäre es–"

„Das verstehe ich." Er beobachtete, wie sich ihre Kehle bewegte, als sie sich bemühte, das, was sie wirklich sagen wollte, zu unterdrücken. „Was ich nicht verstehe, ist, dass du gelogen hast, als ich dich nach dem Messer gefragt habe."

„Thom hat mit dem Mord an Milbank nichts zu tun, aber wenn du gewusst hättest, dass sein Messer die Mordwaffe ist, hättest du ihn genauso zum Verhör abgeführt wie Brent."

„Aus gutem Grund ..."

„Mein Bruder hätte Gina nie etwas angetan!" Er hatte sein Temperament immer unter Kontrolle. Immer. Aber im Moment war er bereit, gegen die Wand zu schlagen. „Du hast uns bereits von dem Mord an Milbank ausgeschlossen, da wir zeitlich gar keine Gelegenheit dazu gehabt haben können. Ich. Habe. Dir. Einen. Gefallen. Getan."

„Eine polizeiliche Ermittlung zu behindern ist eine Straftat."

In der Ferne grollte der Donner. In dem mondbeschienenen Raum hielt er seine Handgelenke zusammen. „Warum verhaftest du mich dann nicht?"

„Du bist unmöglich." Sie wirbelte herum und stakste zurück. „Worüber hast du mich noch belogen?"

Finn presste seine Lippen fest aufeinander. Er glaubte nicht, dass Brent jemanden umgebracht hatte, aber er wollte den Cops kein Futter geben, um einen Indizienprozess gegen ihn zu führen.

„Wenn du irgendetwas weißt, Finn, dann musst du es mir sagen."

„Ich weiß gar nichts." Er ging zum Waschbecken, füllte ein Glas mit Wasser, trank es aus und füllte es erneut. Er hörte das dicke Tröpfeln des Regens, als der Himmel endlich den Sturm entfesselte, den er den ganzen Tag über versprochen hatte. „Nur dass Thom und Brent keine Mörder sind."

„Wo ist er, der Professor?" Holly folgte ihm und lehnte sich gegen den Tresen.

Er war sich der Tatsache, dass sie zusammen allein waren, sehr bewusst. Eingeschlossen, während die Blitze über den Himmel zuckten. Seine Wut gab ihm das Gefühl, roh und ungeschützt zu sein. Die Emotionen pulsierten zu sehr an der Oberfläche.

„Er ist mit Laura Prescott, Brents Anwältin, in Port Alberni, bis sie ihn freilassen." Ein Donner grollte und ließ die Fensterscheiben erzittern. „Brent würde auf keinen Fall riskieren, wieder ins Gefängnis zu gehen. Er sagte, er hätte Milbank seit Monaten nicht mehr gesehen."

„Und ich dachte, du hättest nicht mit Brent gesprochen?", fragte sie herausfordernd.

Sie war scharfsinnig. Das musste er ihr zugestehen. Langsam wich die Wut aus seinem Körper und ließ ihn müde und verärgert zurück. „Ich habe mit ihm gesprochen, nachdem ich die Leiche im Wrack gefunden hatte. Ich habe ihn gefragt, ob er etwas gehört hätte."

„Hat er?"

„Nur, dass jemand nach Milbank gefragt hat."

Sie zischte. „Du kanntest also die Identität der Leiche vor uns?" Die Haut um ihren Mund wurde weiß.

Finn legte ihr die Hand auf die Schulter. „So war es nicht.“

Sie schüttelte ihn ab. „Wie war es dann?“

Er holte tief Luft, suchte seinen Zen-Modus und fand ihn in Hollys Gesellschaft nur verdammt schwer. „Ich hatte den Verdacht, dass es Milbank sein könnte, weil Remy nach ihm gesucht und die Größe der Leiche ungefähr gepasst hatte. Das ist alles, was ich wusste. Dass es Milbank sein *könnte*.“

Sie wandte sich von ihm ab. „Hast du Gina Swartz von dem Wrack erzählt?“

Ein Schock durchzuckte ihn. „Nein. Nein! Sie war in der Bibliothek, aber ich habe nicht mit ihr darüber gesprochen. Wenn man in dieser Stadt etwas geheim halten will, erzählt man es keiner Menschenseele.“

„Könnte sie gesehen haben, was du recherchiert hast?“

„Nein.“ Er schüttelte den Kopf und erstarrte dann. „Scheiße.“ Er schluckte. „Ich war kurz rausgegangen, um ein Buch aus der Hauptbibliothek zu holen – einem Nebenraum in der Nähe der Eingangstür. Als ich zurückkam, saß sie auf ihrem Platz, nachdem sie vom Mittagessen zurückgekommen war.“ Er schloss die Augen und versuchte, sich den Moment vorzustellen. „Ich hatte eine Liste der örtlichen Schiffswracks auf dem PC und eine große Karte von Crow Point ausgebreitet.“

Finn ließ das Glas fallen und es zersprang im Waschbecken. „Bin *ich* für Ginas Tod verantwortlich?“

Holly ergriff seine Hand und zog ihn von den glitzernden Scherben weg. „Sei vorsichtig. Ich helfe dir, das wegzuräumen.“

Er riss seine Hand weg. Blitze erhellten den Himmel und der Donner dröhnte. „Ist es meine Schuld, dass sie tot ist?“

# Sechzehn

Finn überragte sie, dunkel und bedrohlich, aber irgendwie wusste sie, dass er ihr nie etwas antun würde. Woher zum Teufel wusste sie das? Konnte sie hellsehen oder war sie einfach nur altmodisch dumm?

„Du hast sie nicht umgebracht, Finn. Wer auch immer ihr das Messer in die Brust gerammt hat, hat sie getötet.“

„Aber es ist meine Schuld, dass sie gestorben ist.“ Die Wut in ihm war greifbar, wie ein Tiger, der unter der Oberfläche seiner Haut gefangen war.

„Du kannst mir helfen, ihren Mörder zu fangen. Du kennst die Leute hier.“

„Niemand, den ich kenne, würde Gina wie ein Stück Fleisch abstechen.“

Holly wollte ihn trösten, wagte aber nicht, ihn zu berühren. Er war so schön, dass es ihr wehtat, wenn sie ihn nur ansah – blond, schroff und hinreißend. Die Konturen seines Gesichts waren in dem schwachen Licht scharf. Seine Schultern waren breit genug, um mehr als nur einen Teil der Probleme zu tragen. Und das tat er. Sie wusste, dass er es tat.

In ihm steckte ein fester Kern aus Ehre und Mitgefühl, der ihn unwiderstehlich attraktiv erscheinen ließ. Sie wollte die Arme ausstrecken und die Kraft in diesen Armen testen, die Härte seiner Brust gegen die Weichheit der ihren spüren. Ihr Körper stand in Flammen, und es fiel ihr schwer zu atmen, geschweige denn zu denken.

„Was willst du von mir? Eine nichtssagende Entschuldigung für etwas, das ich wieder tun würde?", fragte er.

Was sie wirklich wollte, war, das raue Kratzen der Stoppeln auf ihrer nackten Haut zu spüren. Nicht gerade angemessen. Sie trat einen Schritt von ihm weg.

„Dann habe ich eben wegen des Messers gelogen. Ich gebe es zu. Ist das eine so große Sache?"

Es *war* eine große Sache. Sie warf ihre Hände hoch. „Sag mir nicht, dass wir unseren Job schlecht machen, wenn jeder hier denkt, dass es okay ist, uns zu belügen." Alles, was sie wollte, war, einen Mörder zu fangen und aus diesem Albtraum zu verschwinden. Mit diesem Kerl herumzumachen stand nicht auf dem Speiseplan, egal wie hungrig er sie machte. Sie stemmte die Hände in die Hüften und erinnerte sich daran, dass sie ein Profi war, eine solide Polizistin mit einer verdammt guten Erfolgsbilanz bei der Ergreifung von Kriminellen. „Ich wollte dir sagen, dass dein Bruder nicht angeklagt wurde und im Moment nur zur Befragung festgehalten wird. Er ist okay."

„*Okay?* Verdammt!" Er trat einen Schritt zurück. „Du hast ihn in den Knast gebracht." Seine Augen funkelten silbern. Der Donner krachte, und ein Blitz durchzuckte die Nacht. „Er hat bereits ein halbes Leben in diesem Höllenloch verbracht. Es wird ihn umbringen, noch einmal dort hineinzumüssen."

Holly starrte zu ihm auf und versuchte, die Wut zu durchdringen. „Ich glaube nicht, dass er es getan hat", sagte sie leise.

„Und was ist mit diesem Arschloch von deinem Chef?"

„Er glaubt auch nicht, dass er es war."

„Ernsthaft?" Er starrte sie mit großen Augen an, als ob er ihr nicht glaubte. „Warum zum Teufel hast du ihn dann abführen lassen?"

„Er ist ein verurteilter Verbrecher, Finn, der eine sexuelle Beziehung mit dem Opfer hatte. Ich würde meinen Job nicht gut machen, wenn ich ihn nicht zur Vernehmung vorladen würde." Sie ballte die Fäuste und entspannte ihren Kiefer. „Er hat eine tolle Anwältin, und das Messer auf dem Bett zeigt, dass dein Bruder entweder ein größenwahnsinniger Psychopath ist oder dass er hereingelegt wurde. Polizisten sind nicht dumm, weißt du?"

Seine Lippen kräuselten sich und er knurrte, als er sich abwandte.

Weil er verletzt war, wurde ihr klar. Weil er Schmerzen hatte, und aus irgendeinem Grund tat ihr das auch weh.

Er stützte seinen Kopf auf seinen Unterarm und lehnte sich gegen die Küchenwand. „Als ich vorhin deinen Boss gesehen habe …" Seine Stimme war tief und rau. „Ich wollte ihn am liebsten auseinandernehmen."

„Willkommen im Club."

Finn drehte sich um und sah sie an. „Warum hast du mit ihm geschlafen?"

Ihr Mund wurde trocken. *Herr im Himmel.* Sie sollte ihm sagen, er solle zur Hölle fahren, aber sie waren hier in etwas verwickelt. Etwas, das nichts mit polizeilichen Verfahren zu tun hatte und sich über Konventionen hinwegsetzte. Etwas Elementares und Wesentliches. Wie Blut. Und Sauerstoff.

Es gab viele Gründe, warum sie mit Furlong geschlafen hatte. Einsamkeit und Dummheit waren die wichtigsten davon. „Meine Mutter war gerade gestorben."

Die Muskeln in seinem Kiefer spannten sich an, und sein Atem entwich als Dampf, der die Luft um sie herum erhitzte. Der Wind begann zu heulen. Die Bäume stemmten sich draußen gegen den tosenden Sturm, und ein ebensolcher rüttelte an ihren Sinnen und schwächte ihre Abwehr. Sie schluckte unbehaglich. „Ich brauchte jemanden, der mich festhält."

„Schlechte Wahl."

„Ja, es war eine schlechte Wahl." Ihr Herz stotterte. „Ich mache normalerweise keine Fehler." Sie trat einen Schritt vor und legte ihre Hände auf seine Brust.

Finns Hände griffen nach ihrer Taille, und es war keine sanfte Liebkosung. Die Hitze seiner Berührung brannte durch die dünne Schicht ihres Uniformhemdes. „Bin ich ein weiterer Fehler, Holly?" Seine Stimme war ein Flüstern auf ihren Lippen. Seine Augen waren wie Feuer in ihrer Seele.

Sie schüttelte den Kopf und stellte sich auf die Zehenspitzen, denn sie brauchte einen Kuss. Ihre Finger versanken in seinem Haar, und plötzlich war sie eng an seinen schlanken, harten Körper gepresst, als sie seine Lippen mit den ihren einfing. Sie fuhr mit ihrer Zunge leicht darüber, und dann, als sie sich gerade zurückziehen wollte, schob er seinen Mund über ihren und tauchte hinein.

*Oh, verdammt.* Das Verlangen flammte in ihren Adern auf, und sie versenkte beide Hände in seinem Haar, zog ihn näher zu sich heran und nahm jedes Detail ihres Kusses in sich auf – die Essenz, die Sinnlichkeit, die unerwartete Zärtlichkeit. Ihre Knie zitterten. Er schmeckte wie Magie. Als hätte jemand einen Zauber über sie gelegt, der sie dazu brachte, ihn mit jedem Atom ihres Seins zu wollen. Sie fühlte sich wie betrunken oder betäubt von nichts weiter als einem einfachen Kuss, der so komplex war wie das Universum.

*Es ist nur ein Kuss, Holly.*

Die harten Flächen seines Körpers fühlten sich fest und stark gegen die Weichheit ihres Körpers an. Seine Hände glitten in den Bund ihrer Hose, umfassten ihren Po und zogen sie gegen die feste Kante seines Reißverschlusses. Bei dieser Berührung explodierte ein Feuerwerk in ihr.

Gierige Finger öffneten die winzigen Knöpfe ihres Hemdes mit mehr Geschicklichkeit, als sie es konnte, selbst wenn sie nicht von innen heraus brannte. Er zog es ihr von den Schultern, fand ungeduldig den Verschluss ihres BHs, und die kühle Luft, die über ihre Haut wehte, verriet ihr, dass sie nun oberhalb der Taille nackt war. Seine Fingerspitzen flatterten über die verblassten blauen Flecken, und einen Moment lang dachte sie, er würde aufhören.

„Tut das weh?"

Sie schüttelte den Kopf, unfähig zu sprechen.

Er zog sein T-Shirt aus, und Holly glitt mit den Fingern fasziniert an den massiven Muskelpaketen hinauf und kratzte mit einem Fingernagel über die Bauchmuskeln, zunächst über eine Brustwarze, dann über die andere. Sie beobachtete das Gleiten seines Kehlkopfes, als er schluckte. Diese Augen, farblos in der Nacht, aber nicht weniger eindringlich, beobachteten sie mit einer brennenden Hitze – ein Feuer, das auf Sauerstoff wartete.

Sein Mund senkte sich auf ihre Brust, weiches Haar streifte ihre Haut, bevor das Vergnügen sie durchzuckte. Er saugte gierig und umspielte ihre Brustwarze mit seiner Zunge, während seine Finger an ihrem Gegenstück zupften und damit spielten.

Das Gefühl war so unglaublich, so erotisch und anziehend. In Hollys Kopf drehte sich alles, und die sanfte Schaukelbewegung, die er mit seinem Oberschenkel machte, brachte sie dazu, sich so sehr danach zu sehnen, ihn in sich zu haben, dass sie sich an ihm rieb, weil sie ihm näherkommen wollte. Ihre Finger fanden seinen Reißverschluss, und sie zog ihn vorsichtig herunter und bewunderte seine Länge und Breite, als er in ihre Handfläche sprang. *Oh, Gott.* Sie stöhnte, während sie mit ihren Fingern an ihm auf und ab und um ihn herum fuhr, bis sie spüren konnte, wie sich die Hitze direkt unter der Oberfläche seiner Haut zu entwickeln begann.

Finn öffnete ihren Gürtel, den obersten Knopf ihrer Uniformhose und schob den Reißverschluss herunter. Sie winkelte ihre Beine an der Wand an, um ihre Stiefel ausziehen zu können, erst den einen, dann den anderen. Das Gewicht des Ausrüstungsgürtels ließ die Hose den Rest des Weges zu Boden fallen. Sie trat aus der Hose heraus und stand nur noch in ihrem Slip und einem Spritzer Mondlicht da. Der Sturm peitschte mit entrüsteter Wut gegen die

Fenster und ließ sie in der Dunkelheit allein. Finn rückte näher und spreizte ihre Schenkel mit seiner schieren Masse.

Eine winzige Stimme in ihrem Hinterkopf flüsterte ihr zu, dass sie nicht hier sein sollte, dass sie das nicht tun sollte. Dann sah sie, wie er seine Jeans auszog, ein Kondom aus seiner Brieftasche holte, und die kleine Stimme war gefesselt, geknebelt und geriet in Vergessenheit. Er zog ihr den Slip aus, hob sie auf die Arbeitsplatte, und sie keuchte, als die kalte Oberfläche ihre nackte Haut berührte. Er lächelte und küsste sie wieder. Lange, langsame, hypnotisierende Küsse. Seine Finger berührten sie überall, trieben sie an, machten sie wild, bis sie keuchte und sich wand, ihn noch mehr wollte, ihn tief in sich vergraben wollte.

Holly nahm das Kondom und rollte es über seine dicke Länge. Ein feiner Schauer durchlief seinen Körper, und sie war erleichtert, dass ihre Berührung etwas in ihm auslöste. Finn drückte sich gegen sie, seine geschwollene Eichel war groß und dick. Sie versuchte, sich ihm zu nähern, aber er ließ sie nicht. Er beugte sich hinunter und fuhr mit seiner Zunge zwischen ihre Brüste, bevor er seinen Mund noch einmal über ihre Brustwarze schloss. Ihre Zehen krümmten sich, und sie sank mit dem Rücken gegen die Wand, zitternd und so erregt, dass sie zu schmelzen drohte. Sie konnte ihn spüren, genau dort, sein Körper spannte sich an aufgrund des Bedürfnisses, in ihr zu sein. Es war schon eine Weile her für sie, aber sie konnte sich nicht erinnern, jemals die Kontrolle verloren zu haben, konnte sich nicht erinnern, jemals so verzweifelt gewesen zu sein.

„Sag mir, dass ich kein Fehler bin."

Ihre Kehle wurde trocken, als ihr klar wurde, was er fragte und warum er es gerade jetzt fragte. Weil sie ihre Meinung immer noch ändern konnte, weil sie die Grenze noch nicht ganz überschritten hatte. Noch nicht.

Aber sie kümmerte sich nicht weiter darum. Sie versenkte ihre Faust in seinem Haar und zog ihn näher an sich heran, schlang ihre Beine um seine Hüften und führte nur seine dicke Spitze in sich ein. Ihre Muskeln begannen sich zu verkrampfen, bedürftig, besitzergreifend. Sie wollte, dass er sie ausfüllte, wollte ihn tief in sich aufnehmen.

„Sag es mir", forderte er und bewegte sich keinen Zentimeter, obwohl sich die Sehnen in seinem Nacken anspannten.

„Du bist kein Fehler."

Er packte ihre Hüften und stieß tief und hart zu, und alle Farben des Regenbogens schimmerten in ihrem Kopf. Sie stöhnte auf, und er fing das Geräusch mit einem Kuss mit offenem Mund ein. Er zog sie an den Rand des Tresens und drängte sich tiefer hinein. Schweiß überzog ihre beiden Körper. Ihre Haut drohte zu entflammen. Er bewegte sich in ihrer feuchten Hitze hin und her, aber er konnte nicht ganz in sie eindringen, und das brachte sie beide um.

„Vertraust du mir?" Er stützte seinen Kopf gegen ihre Stirn.

Beinahe hätte sie gelacht, aber ihr blieb die Luft weg. Sie lag nackt auf der Arbeitsplatte in der Küche dieses Mannes. Ihre Waffe und ihr Taser lagen auf dem Boden, und er fragte sie, ob sie ihm vertraute?

Finn zog sich aus ihr heraus, und sie biss vor Frustration die Zähne zusammen. Dann drehte er sie um, und sie schrie auf, als die kalte Oberfläche ihren Bauch und ihre Brüste berührte. Doch dann breitete sich langsam Hitze auf ihrem Körper aus, als er ihre Beine Zentimeter für Zentimeter weiter auseinanderzog. *Oh ...*

„Sag mir, wenn ich dir *in irgendeiner Weise* wehtue", befahl er grob.

Sie schluckte. *Whoa.* Sie fühlte sich entblößt und verletzlich und so erregt, als wäre sie in einem erotischen Film. Sein Atem drang an ihr Ohr, während sich seine Brust über ihren Rücken wölbte. „Du bist die schönste Frau, die ich kenne, weißt du das?"

Holly spürte das Kribbeln der Haare an seinen Schenkeln, fühlte die geschwollene Spitze seines Penis, als er in ihr heißes, feuchtes Inneres eindrang. „Ich bin nicht schön", verneinte sie. Sie holte tief Luft, und plötzlich füllte er sie aus, tiefer als zuvor, und es war ihr egal, ob sie schön war oder irgendeinen anderen verdammten kohärenten Gedanken hatte. Er war so tief in ihr, dass er jeden Winkel ihres Körpers und ihres Geistes mit der Art von bewusstseinsveränderndem Vergnügen erfüllte, die ihr die Sprache und den Verstand raubte. Finn war sanft, glitt mit langen, vorsichtigen Stößen in sie hinein und wieder heraus, die ein Gewirr von Bedürfnissen in ihr aufbauten, bis sie sich wand und keuchte und sich mit ihren Fingernägeln an seine Oberschenkel klammerte. „Mehr."

Er lachte, sein Atem war heiß wie der Atem eines Drachen, als er mit seiner Zunge über ihren Nacken fuhr. Und dann, endlich, fing er an, härter zu pumpen, tiefer zu stoßen und ihre Brüste zu packen, während er stieß und stieß und stieß. Holly flog wieder, geriet außer Kontrolle und zersprang in eine Million Glitzerstücke, die wie Sternenstaub funkelten. Sie spürte, wie sein Höhepunkt durch sie pulsierte, und ihre Muskeln bebten und ritten und melkten seinen Orgasmus, als wäre es ihr eigener. Dann sackte sie zu einer Masse aus knochenlosem Wachs zusammen und wartete darauf, dass ihr Herz wieder anfing zu schlagen.

Es fing mit einem Knall wieder an.

# Siebzehn

*Oh, verdammt.*

Was hatte sie gerade getan?

Sein Körper lag noch immer über ihrem, schwer und fest. Ihre Haut war klebrig von Schweiß und Sünde. Sein Atem war in ihrem Ohr, sein Herz pochte gegen ihren Rücken. Er war immer noch tief in ihr, pulsierend, ihre Herzen schlugen im selben Rhythmus. Ein Teil von ihr sehnte sich nach dieser Nähe, dieser Verbindung, die sie wie eine Metalllegierung verschmolz. So etwas hatte sie noch nie erlebt, und sie wollte nicht, dass es aufhörte. Aber egal, was sie von Finn Carver hielt, sein Bruder war immer noch ein Verdächtiger im Gefängnis. Sie schloss ihre Augen und drückte sich gegen seine Masse. „Lass mich aufstehen."

Finn beobachtete sie mit der Eindringlichkeit eines Raubvogels. Er konnte ihren Gesichtsausdruck ebenso gut lesen wie sie den seinen. „Verdammt, Holly."

Sie bewegte sich unruhig. Er zog sich zurück und kümmerte sich um das Kondom. Ein verdammtes *Kondom*, denn sie hatten verdammten Küchenarbeitsplatten-Sex, und sie hatte noch nie mit jemandem Küchenarbeitsplatten-Sex gehabt, schon gar nicht mit jemandem, der in eine Mordermittlung verwickelt war.

„Ich kann nicht glauben, dass ich das getan habe."

„*Wir. Wir* haben das getan", entgegnete er.

„Ich weiß, aber wenn jemand herausfindet, dass ich es mit dir getrieben habe, werde *ich* meinen Job verlieren. *Du* wirst wahrscheinlich ein verdammtes High-Five bekommen."

Sein Gesicht wurde hart, die Augen kalt und strahlend wie arktischer Sonnenschein. Sie versuchte, seine Hand zu greifen, aber er zog sie zurück.

Die kalte Luft strich über ihre nackte Haut, und sie griff nach ihrem BH und ihrem Höschen, kämpfte sich in der engen Küche hinein, während er sie mit einem Blick beobachtete, der sie wieder schmelzen und innerlich schwach werden ließ. Was war nur los mit ihr? Sie machte so etwas normalerweise nicht. Sie hatte keine Zeit dafür.

Er streckte die Hand aus und löste ihren BH-Träger, und sie erstarrte und wünschte, sie könnte mit ihm verschmelzen, als er mit einem Finger über die nackte Haut ihrer Schulter fuhr. Sie wünschte, die Umstände wären anders. Sie wünschte, sie könnte Finn ins Bett zerren und sich einen Nachschlag holen. Dass sie ihn in der Öffentlichkeit küssen und seine Hand halten und – verdammt – ihn einfach überall ablecken könnte.

Aber sie konnte es nicht.

Sie hatte es vermasselt.

Was hatte sie nur getan? Was für eine Polizistin benahm sich so?

Wenn sie etwas Integrität besäße, würde sie von ihrem Posten als Hauptermittlerin zurücktreten. Sie begann zu hyperventilieren, wobei die Luft nie ganz ihre Lungen erreichte. Jeder Atemzug wurde schwieriger, während die Panik immer größer wurde. Sie hielt sich am Waschbecken fest, falls sie ohnmächtig werden sollte.

Seine Finger drückten ihre Schultern. „Nicht."

Sie fluchte und kämpfte sich dann in ihre Uniform, schnallte sich den Gürtel um, der schwer von Ausrüstung und Verantwortung war. Ein Schmerz pochte in ihren Schläfen, als sie ihr Hemd zuknöpfte und ihr Haar zu einem Zopf zurückband.

„Geht es dir gut?", fragte Finn und klang dabei ruhig und resigniert.

Ihr Herz zog sich zusammen und sie stieß sich vom Waschbecken ab. „Mir geht's gut, aber ich muss los."

„Die Ungerechtigkeit bekämpfen und böse Jungs fangen." Seine Augen funkelten in der Dunkelheit, als er zurücktrat, um sie durchzuwinken. Ganz und gar nicht ruhig und resigniert. Verärgert wie eine doppelköpfige Klapperschlange.

Sie ging an ihm vorbei, und er ließ sie gehen. Hinaus in die Dunkelheit, wo die kalte Luft stach und Gewissensbisse sie überfluteten.

„Du kannst jederzeit wiederkommen, Süße", rief er ihr nach. „Ich helfe immer gern aus." Er schlug die Tür zu, und das Geräusch hallte durch die Nacht wie ein Donner.

Sie rannte die Treppe hinunter, nicht wütend auf Finn, sondern untröstlich. Denn sie hatte ihm nicht nur wehgetan, sie hatte ihn auch noch belogen. Und sie wusste aus eigener Erfahrung, dass das die schlimmste Art von Verrat war.

Ihr Handy klingelte gerade, als sie die unterste Stufe erreichte. „Rudd", meldete sie sich.

„Ich habe es verpasst." Messenger klang aufgeregt und nervös.

„Was verpasst?"

„Rob Fitzgerald hat die Telefonzelle benutzt, um anzurufen und den Hinweis auf das Messer zu geben."

Hollys Herz klopfte und sie blieb stehen.

Ein Truck fuhr vorbei, vom Tauchschuppen in Richtung Stadt, und Hollys Nackenhaare sträubten sich, als sie Fitzgerald hinter dem Steuer erkannte. Er winkte, und sie nickte und hielt seinen Blick fest, während er vorbeifuhr.

„Der Anruf erfolgte nur eine Stunde, bevor jemand dieselbe Telefonzelle benutzte, um Brent Carver zu Gina Swartz' Haus zu locken." *Wahrscheinlich, um ihm einen Mord anzuhängen.*

„Ich will alles über Fitzgerald wissen. *Alles.*" Holly starrte seinen Rücklichtern hinterher.

Die ganze Aufregung und Unsicherheit über das, was sie gerade mit Finn getan hatte, verflog, als sich ihr Herzschlag beruhigte. Sie funkte Malone an, dass er sie mit dem RCMP-Fahrzeug abholen sollte. Sie kamen der Lösung langsam näher, sie konnte es spüren. Und sie war im Begriff, die Nacht mit Erinnerungen an Finn zu verbringen, die sie wärmten, während sie ihren Hauptverdächtigen aufspürte.

———

Am nächsten Morgen beobachtete Holly durch das Fenster des Eisenwarenladens, wie ein IFIS-Mann mit Augenringen in der Größe von Kansas die Telefonzelle der Stadt auf DNA und Fingerabdrücke untersuchte.

„Erinnern Sie sich, ob gestern Morgen jemand dieses Telefon benutzt hat, Mr. Toben?", fragte sie. Sie hatte eine schlaflose Nacht verbracht und Fitzgeralds Haus von einem hohen Punkt auf dem Motelparkplatz aus beobachtet. Aber sein Truck hatte sich bis 7:30 Uhr nicht bewegt, als er zur Arbeit fuhr.

Grant Toben kratzte sich an seinem eisengrauen Haar. „Ich verbringe meine Zeit nicht damit, aus dem Fenster zu starren, junge Dame." *Junge Dame?*

„Das kann ich verstehen, Sir." Sie lächelte, aber es wurde immer schwieriger, ihren Charme einzusetzen, wenn sie eine Waffe und eine Dienstmarke trug. „Aber von hier aus haben Sie die Telefonzelle direkt im Blick." Das Geschäft befand sich auf der anderen Seite des Parkplatzes, direkt neben dem öffentlichen Telefon, von dem aus gestern Morgen beide Anrufe getätigt worden waren. Hatte der Mörder damit gerechnet, dass die Polizisten bereits am Tatort waren, oder hatten sie Glück gehabt? Wollte der Mörder Brent Carver verletzen, ihn am Tatort stellen oder ihn nur lange genug aus dem Haus locken, um dort die Mordwaffe zu platzieren?

Vielleicht war es alles zusammen, denn er war ein verdammt guter Mordverdächtiger.

„Wo ist Mike? Vielleicht hat er etwas gesehen."

„Ich erinnere mich, dass ich diesen jungen Mann aus dem Meereslabor hier unten gesehen habe." Er verzog das Gesicht, die Lippen verschwanden unter seinem dichten Schnurrbart.

„Welchen jungen Mann?", drängte Holly.

„Ich kenne seinen Namen nicht. Ein großer, schlaksiger Kerl. Braunes Haar, das ihm wie einem Mädchen über die Schultern fällt."

Holly verbarg ihre Aufregung hinter neutralen Gesichtszügen und hielt ein Foto von Rob Fitzgerald hoch.

„Genau, das ist er." Grant Toben nickte nonchalant. „Das ist der Typ. Und ich erinnere mich noch, dass ich es seltsam fand, weil ich weiß, dass er ein Handy hat, denn immer, wenn er hier ist, kann er seine Augen kaum lange genug von dem verdammten Ding abwenden, um eine normale Unterhaltung zu führen. Die Geißel der modernen Gesellschaft, diese verdammten Dinger."

„Sie müssen eine Aussage machen, Mr. Toben." Sie nickte Rachel Messenger zu, um die Befragung zu beenden, und obwohl diese Neuigkeit genau das war, was sie sich erhofft hatten, war es schwer, sich zu freuen. Tief in ihrem Inneren fühlte sie sich wie eine Schwindlerin. Wie jemand, der sich als Polizist ausgab. Die Art Polizist, die sie und ihr Vater beim Abendessen immer verurteilt hatten, weil sie mit jemandem intim gewesen war, der an den Ermittlungen beteiligt war. Und egal, wie unglaublich es auch gewesen war, es war trotzdem falsch. Sie warf einen Blick nach draußen und fing Furlongs Blick auf. Sie bedankte sich bei Toben und ging nach draußen. „Er hat Rob Fitzgerald als den Mann identifiziert, der gestern Morgen die Telefonzelle benutzt hat."

„Gut gemacht. Holen wir ihn ab. Hast du eine Ahnung, wo er heute Morgen ist?"

„Ich nehme an, er ist immer noch im Tauchschuppen."

Freddy Chastain sollte unauffällig ein Auge auf ihn haben. Was nicht einfach war in diesem Teil der Welt.

Furlong sah sie seltsam an. „Geht es dir gut?"

Der Gedanke, Finn wiederzusehen, beunruhigte sie. Sie hatte ihn genauso behandelt, wie Furlong sie behandelt hatte, und sie wusste, wie schlimm sich das anfühlte.

„Ich bin nur müde." Im Moment war sie so sehr damit beschäftigt, ihre eigene Täuschung aufrechtzuerhalten, dass sie die von anderen nicht wirklich verurteilen konnte, nicht einmal die von Furlong.

„Lasst uns den Kerl zum Verhör mitnehmen."

Sie sollte aufgeregt sein. Sie hatten einen brauchbaren Verdächtigen, einen, der sie nicht in einen unlösbaren Interessenkonflikt verwickeln würde. Aber Holly fühlte sich ausgehöhlt. Sie schämte sich dafür, wie sie einen Mann behandelt hatte, den sie mochte. *Wirklich* mochte. Messenger kam aus dem Eisenwarenladen, und sie kletterten alle in den Geländewagen und fuhren zurück zum Meereslabor.

Sie hatte alles verbockt. Sie hatte sich endlich in einen Mann verliebt, und dabei nicht nur ihren Job versaut, sondern ihn auch noch nach atemberaubendem Sex verlassen. Und jetzt musste sie so tun, als hätte sich nichts geändert. Als ob er ihre Welt nicht erschüttert und sie nicht so tief bewegt hatte, dass sie immer noch bis ins Mark erschüttert war. Sie musste so tun, als sei er nur einer in einer langen Reihe von Menschen, die sie befragt hatte und die ihr nichts bedeuteten. Denn sonst war alles, wofür sie je gearbeitet hatte, in Gefahr.

Sie konnte das nicht riskieren. Nicht einmal für Finn Carver – der vielleicht die verdammte Liebe ihres Lebens war.

———

Finn tauchte auf, und das Meerwasser auf seinen Lippen vermochte den Geschmack von Holly, der sich dort eingeprägt hatte, nicht zu vertreiben. Sie war weggegangen. Verdammt, er hatte immer gewusst, dass sie nicht bleiben würde, aber irgendwie hatte ihn die letzte Nacht wie ein Aufwärtshaken im Herzen getroffen. Unerwartet. Roh. Schmerzlich.

Das war der andere Grund, warum er ihr von vornherein aus dem Weg hätte gehen sollen.

Er hatte sich den Arsch aufgerissen, um sich auf die Tauchgänge des Tages vorzubereiten. Er hatte die Ausrüstung gereinigt und überprüft. Er hatte zwei Boote für einen einfachen Wracktauchgang auf der Leeseite einer der Broken Islands bereitgemacht. Dann hatte er die Tauchzeit voll ausgeschöpft und so lange wie möglich im klaren, blauen Wasser verbracht. Er hatte seinen Körper gefordert, war an seine Grenzen gegangen. Und trotzdem fühlte er sich wie ein verdammter Narr, weil er überhaupt etwas darauf gab, was eine Frau mit ihm gemacht hatte.

Sie hatten Sex der Extraklasse gehabt. Sie hatte einen Orgasmus gehabt. Er hatte einen Orgasmus gehabt.

Alles sollte prima sein.

Doch das war nicht das, was er im Moment fühlte.

Er spuckte seinen Atemregler aus und zog die Maske hoch auf den Kopf. „Darren – achten Sie das nächste Mal auf Ihre Aufstiegsgeschwindigkeit. Ansonsten haben Sie das toll gemacht." Er wischte sich das Wasser aus dem Gesicht und schwamm in Richtung des Bootes, wo die restlichen Studenten bereits an Bord waren. Rob war für das zweite Boot zuständig und gab ihm ein Handzeichen, dass alles wie geplant gelaufen war. Finn hievte sich selbst aus dem Wasser.

Die Augen seiner Mittaucher leuchteten, um ihre Lippen zuckte ein jubelndes Grinsen. Nichts konnte einen guten Tauchgang übertreffen, außer vielleicht spontaner Sex in der Küche.

„Hatten alle Spaß heute?" Innerlich brummte sein Körper vor nicht gelöster Anspannung. Brent war in einer gottverdammten Zelle, und Finn hatte die Polizistin gevögelt, der ihn dorthin gebracht hatte. Er war ein Arsch. Er wusste besser als jeder andere, dass man Menschen nicht zu nahekommen lassen sollte. Warum zum Teufel hatte er dann bei Holly einen so elementaren Fehler gemacht? Warum konnte er der Anziehungskraft, die zwischen ihnen bestand, nicht widerstehen?

Nachdem alle Platz genommen hatten und die Ausrüstung gesichert war, gab er auf dem Weg zurück in sein plötzlich stagnierendes, frustrierendes Leben Gas.

Rob folgte ihm dicht auf den Fersen, und beide verlangsamten ihr Tempo, als sie in die Bucht kamen. Sie fuhren an den Steg heran und machten fest. Er vergewisserte sich, dass die Studenten ihre Ausrüstung zum Reinigen mitnahmen, bevor er seine eigene Ausrüstung über die Schulter hievte und die Holzbretter hinaufschritt.

Der RCMP-Geländewagen rollte den Hügel herunter und kam im Schneckentempo auf sie zu. Er konnte sehen, wie Furlong am Steuer saß – ein Scheißkerl. Holly war neben ihm und wich seinem Blick aus.

Was zum Teufel wollten sie jetzt, oder waren sie nur auf dem Weg über die Bucht, zurück zum Hotel? Er wandte sich ab, es war ihm egal.

*Na klar.*

Die Studenten standen herum und warteten darauf, dass Rob den Tauchschuppen aufschloss. Es nervte ihn, dass er so viel vorsichtiger sein musste als früher. Er hörte das Zuschlagen von Autotüren und das Knirschen von Stiefeln, als die Polizei mit dem anfing, was auch immer sie zu tun hatte.

Er spürte Holly an seiner Seite, war aber zu stur, um sie zu grüßen.

„Rob Fitzgerald?", rief sie.

Finn schüttelte ein wenig den Kopf. Sie war nicht einmal wegen ihm hier. Es war wohl an der Zeit, Rob zu verhören. Er sah, wie der junge Mann, mit dem er in den letzten achtzehn Monaten zusammengearbeitet hatte, sich zu Holly umdrehte. Robs Gesicht wurde blutleer, und er stürzte sich auf ihre Waffe.

*Verdammter Drecksack!* Finn erwischte Robs Hand, drehte ihn herum und hatte ihn mit dem Gesicht nach unten im Kies, den Fuß im Nacken und Robs Arm in einem, wie er wusste, unerträglichen Winkel verdreht, und das in weniger als einer Sekunde.

Holly und die anderen Beamten starrten ihn mit großen Augen an, ebenso wie seine Studenten.

„Was zum Teufel ist hier los?", fragte er. Rob mochte es, sich zu amüsieren, aber er war immer verlässlich gewesen und man konnte gut mit ihm arbeiten. *Das heißt aber nicht, dass er kein Mörder sein kann*, erinnerte ihn sein Gehirn.

Holly nickte Messenger zu, die Handschellen um Robs Handgelenk schloss.

„Wir müssen nur mit Mr. Fitzgerald sprechen", antwortete Holly ruhig, ohne ihm in die Augen zu sehen.

Finn reichte ihr Robs anderes Handgelenk. „Warum?", fragte er und stellte sich Holly in den Weg. *Warum bist du gestern Abend weggegangen? Warum willst du nicht mit mir reden?*

Sie verengte ihre Augen. Aber wenigstens sah sie ihn endlich an.

„Wir müssen ihm ein paar Fragen stellen." Sie blickte über ihn hinweg in den Tauchschuppen. „Ich wäre dir dankbar, wenn du uns ein paar trockene Sachen für Mr. Fitzgerald besorgen könntest, damit wir ihm das Gespräch angenehmer gestalten können."

Das deutete darauf hin, dass sie ihn noch eine Weile verhören würden. Finn richtete seinen Blick auf Rob. Der Kerl sah aus, als würde er gleich den Mund aufmachen und betteln wollen.

„Wenn du irgendetwas mit Ginas Tod zu tun hast, solltest du hoffen, dass sie dich gut und sicher einsperren." Jeder, der nach einer Waffe griff, hatte etwas zu verbergen. Nicht einmal Finn war so verzweifelt gewesen – nein, er hatte einfach gelogen und sich in die Ermittlungen hineinmanipuliert. Finn schüttelte den Kopf über sich selbst, als er in den Tauchschuppen ging, Robs Tasche nahm und Jeans und T-Shirt hineinsteckte, von denen er wusste, dass sie seinem Assistenten gehörten. Als er wieder nach draußen ging, waren Furlong, Messenger und Rob bereits auf dem Weg zurück zum Geländewagen.

Er reichte die Tasche an Holly weiter. „Und wie geht es Ihnen heute Morgen, Sergeant Rudd?"

Sie nahm es mit gesenktem Kopf entgegen und murmelte: „Wenn jemand von letzter Nacht erfährt, werde ich suspendiert."

„Wem genau sollte ich es denn erzählen?"

„Die Leute werden es einfach *wissen*." Sie warf ihm einen Seitenblick zu. „Ich kann jetzt nicht darüber reden."

Er warf ihr einen Blick zu, der sie wissen ließ, dass er sie für verrückt hielt. „Das war's also?" Er lehnte sich näher heran. „Das ist alles, was du mir zu sagen hast?"

„Im Moment ist das alles, was ich sagen kann. Es tut mir leid." Sie marschierte mit Rob Fitzgeralds Sachen unter einem Arm davon. Die Autotür schlug zu und sie fuhren davon.

Finns Herz fühlte sich an, als hätte es die Nacht in der Tiefkühltruhe verbracht und wäre dann mit einem Vorschlaghammer mit voller Wucht getroffen worden. Und im Handumdrehen war er wieder das kleine Kind, das niemand wollte. Nun, scheiß drauf.

---

Rob Fitzgerald sass am Verhörtisch und schob trotzig das Kinn vor. Der Charme war verflogen, und zum Vorschein kam ein mürrischer, weinerlicher Mensch mit einem - bis jetzt versiegelten - Jugendstrafregister wegen Drogenbesitzes und Diebstahls.

„Sie wussten von dem Schiffswrack, nicht wahr, Rob?"

Seine Augen verhärteten sich. „Ich weiß nicht, wovon Sie sprechen."

„Ich spreche davon, dass Sie Len Milbank überredet haben, dort unten nach einem Schatz zu suchen. Und sobald Sie ihn dort hatten, haben Sie ihm ein Messer in die Brust gestoßen und dann die Leiche entsorgt."

Er presste die Lippen zusammen. „Das habe ich nicht getan."

„Dann sagen Sie uns, was Sie getan haben", drängte Holly.

„Ich habe Len nicht getötet." Er begann auf seiner Lippe zu kauen, ein sicheres Zeichen von Nervosität.

„Aber Sie kannten ihn." Vor einer halben Stunde hatten sie Telefonaufzeichnungen erhalten, die weit zurückreichten und eine Reihe von Telefonaten zwischen den beiden Männern bestätigten. Die Anrufe hörten auf, als Rob anfing, im Meereslabor zu arbeiten, aber Holly würde einen Monatslohn darauf wetten, dass sie danach ein Wegwerfhandy für die Kommunikation benutzt hatten. „Sie waren der Insider für seine Schmuggeloperationen."

Rob begann mit den Füßen auf den Boden zu tippen, sodass seine Knie schnell wippten. „Ich weiß nicht, wovon Sie reden."

„Ach, kommen Sie schon." Holly tigerte herum, unfähig, sich auf dem Stuhl neben dem finster dreinblickenden Furlong niederzulassen. Sie käme besser ohne ihn zurecht, könnte Rob Fitzgerald mit einem freundlichen Lächeln überlisten. Aber im Moment war ihr nicht nach Lächeln zumute. Sie fühlte sich innerlich tot. Geschwärzt und verkohlt, als wäre ein Waldbrand über ihr Herz hinweggefegt. Sie hatte Finn von Anfang an gesagt, dass sie keine Zukunft hatten. Es war nicht mehr als ein seltsamer Funken. Aber sie hatte ihn verletzt. Sie hatte es in seinen Augen gesehen und gespürt, wie es sich in ihren eigenen Gefühlen widerspiegelte. Sie hatte es vermasselt. Er musste sie jetzt hassen.

„Wir wissen, dass Sie wegen des Messers angerufen haben", erklärte sie.

Robs Blick traf den ihren, und sie erkannte Berechnung darin. Arglist. „Ich habe den Anruf wegen des Messers gemacht. Ich habe es erkannt, aber ich wollte nicht einfach aufstehen und vor allen Leuten etwas sagen. Es war das Messer meines Vorgesetzten." Er beugte sich über den Schreibtisch, ganz jungenhaft aufrichtig. „Ich *brauche* diesen Job."

„Sie haben kurz nach diesem einen weiteren Anruf getätigt." Er runzelte die Stirn.

„Der Anruf ging an Brent Carver. Jemand sagte ihm, dass es einen Mord in der Deerleap Road gegeben hat."

„Was?" Seine Augen wurden groß. „Ich habe nicht mit Brent Carver telefoniert. Mit diesem Kerl würde ich mich nicht anlegen." Er schüttelte den Kopf, dann schnellte sein Blick nach vorne. „Sie glauben doch nicht etwa, ich hätte Gina ..."

„Haben Sie?"

„Nein! Ich mochte Gina."

„Aber Len haben Sie nicht gemocht."

Er ließ sich in seinem Stuhl zurücksinken. „Keiner mochte diesen Wichser."

„Warum haben Sie dann für ihn gearbeitet?"

Er strich sich mit seinen langen Fingern über den Nacken. „Ich hatte nie eine Wahl", gab er zu. „Ich habe es geschafft, von den Drogen loszukommen, nachdem ich ein paar Mal erwischt wurde. Ich ging weg, aber sobald ich nach Hause kam, machte mich dieser Drecksack wieder süchtig."

*Hat er dir die Drogen in die Kehle oder in die Venen gezwungen?* Es war immer die Schuld eines anderen, dass man der Versuchung nicht widerstehen konnte.

„Er hat mir gesagt, wenn ich nach Bamfield ziehe, und nur ab und zu mit einem Typen, den er von der Küste her kannte, Kontakt hätte, würde er dafür sorgen, dass mein Leben rosig wird." Er ließ seinen Blick über das Verhörzimmer schweifen und rollte mit den Augen. „Milbank war schon immer ein verdammter Lügner."

„Also haben Sie ihn getötet?"

Rob strich sich seine langen Haare aus den Augen. Er konnte es anscheinend nicht glauben – oder er war ein verdammt guter Schauspieler. „Ich habe für ihn gearbeitet, weil er mir eine Scheißangst eingejagt hat. Ich habe ihn nicht umgebracht. Aus demselben Grund."

„Was ist mit Gina?", meldete Furlong sich zu Wort. Er schob ein Foto über den Tisch.

Robs Augen wurden weit und er hielt sich die Hand vor den Mund. „Whoa. Ich habe Gina nie etwas getan. Ich muss keine Frauen angreifen, um zu bekommen, was ich möchte." Er schenkte Holly sein bestes charmantes Lächeln, und sie wollte ihn ohrfeigen. Er hatte aufgrund von Ginas nacktem Körper angenommen, dass sie sexuell missbraucht worden war, doch soweit es der Gerichtsmediziner sagen konnte, war das nicht der Fall. Oder er war ein verdammt guter Lügner. Holly presste die Lippen aufeinander und musterte ihn genau.

„Wir haben einen Zeugen, der aussagt, dass Sie gestern Morgen die Telefonzelle benutzt haben. Es gab nur zwei Anrufe von diesem Telefon um diese Zeit. Bei dem einen ging es um das Messer. Bei der anderen ging es um Gina."

Seine Haut wurde blass und er schüttelte den Kopf. „Ich habe weder sie noch Milbank angefasst. Wo ist mein Anwalt?", schrie er und stieß mit den Beinen gegen den Tisch.

„Erzählen Sie mir, was mit Milbank passiert ist", forderte sie, als Furlong den Raum verlassen hatte, um den Anwalt des Mannes zu „suchen".

„Milbank war überzeugt, dass er von der Polizei beobachtet wurde, aber wenn das stimmte, wäre er jetzt wahrscheinlich nicht tot." Er hielt in der Bewegung inne. „Hören Sie, ich will nichts zugeben. Aber es ist möglich, dass Milbank jemandem Drogen gegeben hat, die für den Norden bestimmt waren, und dass diese Person sie weit draußen auf dem Meer gegen Geld getauscht hat. Und ein paar Tage später traf sich dieser Jemand mit Milbank, um ihm sein Geld zu geben, und ging dann mit einem kleinen Betrag für die geleisteten Dienste nach Hause, nur um zu erfahren, dass der hässliche Bastard sich hat umbringen lassen und das Geld nirgends zu finden war." Rob wischte sich die Nase an der Hand ab.

Er war also Milbanks Verbindung gewesen. „Dieser Jemand wird ein paar Namen und Zeiten nennen müssen."

„Ich gebe nichts zu, bis ich mit meinem Anwalt gesprochen habe." Er zuckte mit einer knochigen Schulter.

„Der Anwalt kommt. Hatten Sie jemals Sex mit Gina?"

„Sie war nicht mein Typ. Zu alt. Obwohl sie unter diesen alten Oma-Blusen heiß war. Wer hätte das gedacht?" Er pfiff, als ob er sich an Ginas nackten Körper von dem Foto erinnerte, das sie ihm gezeigt hatten. Selbst wenn er sie nicht umgebracht hatte, war er ein kranker Mistkerl.

Holly verbarg ihre Abscheu. „Würden Sie uns freiwillig eine DNA-Probe geben, damit wir Sie aus unseren Ermittlungen ausschließen können?" Sie könnten einen Durchsuchungsbeschluss bekommen. Seine Fingerabdrücke hatten sie bereits. „Es würde viel dazu beitragen, Ihre Unschuld zu beweisen, wenn wir Ihre DNA nicht in Ginas Haus finden würden. Oder Sie könnten uns einfach sagen, was wirklich passiert ist." Ihre Ungeduld sickerte durch, oder vielleicht war es auch pure Erschöpfung. Sie konnte sich nicht erinnern, wann sie das letzte Mal geschlafen hatte.

Rob lehnte sich in seinem Stuhl zurück und betrachtete sie mit einem harten, berechnenden Blick. „Sie denken, Sie seien etwas Besonderes, nicht wahr?", spottete er. „Dass Sie besser sind als ich? Das glaube ich nicht."

„Wie bitte?"

„Ich weiß, was Sie gestern Abend getan haben." Seine Augen funkelten verschmitzt. „Ich habe gesehen, wie Sie gestern Abend von Finn durchgenommen wurden. Seien Sie also etwas nachsichtig mit mir." Er warf einen Blick zur Tür. „Dann werde ich Ihrem Boss nichts sagen."

Ein flaues Gefühl kroch um Hollys Herz. Er bluffte. Das *musste* ein Bluff sein.

Seine Augen begannen zu tanzen, als er ihre Reaktion las. „Sie glauben mir nicht? Ich ging gestern Abend zu ihm, während des Sturms." Ihre Nerven lagen blank.

„Da habe ich ganz schön was zu sehen bekommen, Officer. Netter Arsch, übrigens."

Sie biss die Zähne zusammen. „Sie reden nur Scheiße, Fitzgerald, und Sie werden untergehen."

Sein Blick glitt über ihre Haut. „Im Gegensatz zu Ihnen, hm? Na ja, vielleicht beim nächsten Mal?"

Ihre Brust krampfte sich so sehr zusammen, dass sie glaubte, einen Herzinfarkt zu bekommen. Die Vernehmung wurde aufgezeichnet, und er hatte gerade ihre Karriere mit ein paar unbedachten Worten ruiniert. Und was noch schlimmer war: Er hatte sie und Finn beim Sex beobachtet. Sie fühlte sich vergewaltigt. Schmutzig. Abscheu durchflutete jede Zelle ihres Körpers.

Ihre Beine zitterten, als sie aufstand. Sie hatte diesen Job nicht verdient. Sie hatte diesen Job nie verdient. Sie nahm die Akte in die Hand und verließ den Raum. Auf der anderen Seite der Tür stand Furlong und starrte sie mit offenem Mund an.

„Ich bin fertig. Jemand anderes kann das Verhör übernehmen." Ihre Hände zitterten. „Ich setze die Verurteilung von diesem Arschloch nicht aufs Spiel."

Furlong klappte den Mund zu, seine Augen waren dunkel und besorgt. „Mach dir keine Sorgen", sagte sie bitter, „ich werde meinen Vater anrufen."

„Nimm deinen Urlaub." Er nahm ihr die Akten aus den Armen. „Halte dich bedeckt und sprich mit niemandem darüber. Ich regle die Sache."

„Die Sache regeln?"

„Ich werde mir etwas einfallen lassen. Sag es *niemandem*." Er trat auf sie zu und senkte seine Stimme. „Wie konntest du so *verdammt unverantwortlich* sein?"

„Ob du es glaubst oder nicht, ich mache es mir nicht zur Gewohnheit." Sie funkelte ihn an. „Ich will nicht, dass du irgendetwas regelst. Ich gehe zurück nach Bamfield, um meine Ausrüstung zu holen, und dann fahre ich nach Victoria. Ich werde meinen Vater anrufen. Dieser kleine Scheißer wird keine Polizisten erpressen oder sich um alles drücken, was er verdient."

„Holly ..." Furlong berührte ihren Arm und zog eine Grimasse.

„Ich wünschte, ich könnte das ignorieren. Aber wenn er schuldig ist und vor Gericht kommt, könnte er die Beweise so verdrehen, dass es wie eine Verschwörungstheorie aussieht, um den Namen des Bruders des Geliebten der Hauptermittlerin reinzuwaschen."

Holly schloss die Augen. Es war *so* gottverdammt schäbig. Ausgelaugt vom Schlafmangel und der Demütigung, wollte sie sich auf dem Boden zusammenrollen und sterben. „Ich ziehe mich von dem Fall zurück. Ich habe ihn erst nach seiner Verhaftung befragt. Der Fall ist grundsolide. Du musst entscheiden, ob ich disziplinarisch belangt werde oder nicht, aber ..." Ihre Kehle fühlte sich an wie zerbrochenes Glas, als sie schluckte. „Gib mir einfach ein paar Stunden Zeit, um mit meinem Vater zu reden, okay?"

„Ich kümmere mich darum", wiederholte er.

Sie marschierte erhobenen Hauptes davon. Wie hatte sie nur denken können, dass sie mit einer solch massiven Fehleinschätzung davonkommen würde? Sie stürmte in den Empfangsbereich. Dort wartete Thomas Edgefield geduldig auf einem der Stühle. Brent Carver wurde immer noch befragt. *Herrgott noch mal.* Sie fuhr sich mit den Händen über das Gesicht. Es war ein Albtraum.

„Holly! Sergeant Rudd." Er hielt einen USB-Stick hoch. „Ich habe gehört, dass Sie hier sind, und dachte, ich nutze die Gelegenheit, um Ihnen alle Details aus den Ermittlungen zum Mord an meiner Frau mitzuteilen."

Holly schnappte sich den Stick und stürmte zur Tür hinaus. Ihre Finger krümmten sich um den kleinen flachen Gegenstand. Sie konnte sich genauso gut Edgefields Fall ansehen. Sie hatte jetzt weiß Gott nichts Besseres mehr zu tun.

# ACHTZEHN

olly mietete ein Auto, um zurück nach Bamfield zu fahren. Sie hätte Steffie oder Messenger bitten können, ihre Sachen nach Victoria zu schicken, aber sie wollte verdammt sein, wenn sie irgendwen um einen Gefallen bitten würde. Und sie wollte sich ihnen stellen. Sich entschuldigen, anstatt sich wie eine Ratte zu verkriechen. Das Problem war, dass niemand im Hotel war, und sie vermutete, dass sie nach dem zweiten Mord immer noch die Bewohner des Ortes befragten.

War Rob Fitzgerald ihr Mörder? Sie hoffte es. Dieser kranke Voyeur sollte im Gefängnis verrotten, und die Menschen hier könnten ihr Leben angstfrei weiterführen.

Sie nutzte das Zimmer von Steffie und Messenger, um sich ihrer Uniform zu entledigen und in normale Kleidung zu schlüpfen, und machte sich dann auf den Weg zurück über die Einfahrt zur Bar, wo sie den Mietwagen abgestellt hatte. Sie lehnte sich gegen die Motorhaube. Der Gedanke an weitere zwei Stunden auf dieser grässlichen Straße, nur um nach Port Alberni zu kommen, brachte sie zum Innehalten. Sie konnte es nicht tun. Sie konnte sich nicht hinter das Lenkrad setzen. Sie warf einen Blick auf die bemalte Holzverkleidung des Motels an der Rückseite der Bar und betrat den kleinen Empfangsbereich. Ein junges Mädchen, etwa sechzehn Jahre alt, bediente die Rezeption.

„Ich brauche ein Zimmer für die Nacht."

„Sie sehen aus, als hätten Sie eine harte Reise hinter sich. Die Straße ist mörderisch, nicht wahr?" Das Mädchen kaute einen Kaugummi.

Holly blinzelte. Das Mädchen hatte sie nicht erkannt. Gott sei Dank. „So ist es." Sie übergab ihre Kreditkarte und wartete darauf, dass der Himmel ihr auf den Kopf fiel.

„Zimmer sieben." Das Mädchen lächelte, wobei eine kleine Lücke zwischen ihren Vorderzähnen zu sehen war.

Holly blinzelte, als sie ihr einen Schlüssel reichte. „Danke." Sie hob ihre Tasche auf und ging wieder nach draußen. Dort ging sie über die Dielen, deren weiße Farbe abblätterte, und schloss die Tür von Nummer sieben auf. Sie wappnete sich und betrat dann ein Zimmer, das zwar nichts Besonderes war, aber sauber, warm und zum Glück ruhig. Schnell warf sie die Tasche auf den Stuhl und schloss ihr Handy an das Ladegerät an. Sie war durstig, also setzte sie die Mini-Kaffeekanne auf und brühte sich eine Tasse.

Die Sonne schien schräg durch das Fenster, also zog sie die Vorhänge zu und hob ihren Laptop auf ihre Oberschenkel, während sie sich im Bett aufrichtete.

Holly steckte den USB-Stick ein, den Edgefield ihr gegeben hatte, und rief die ersten Polizeiberichte auf. Die Kollegen hatten viele Stunden damit verbracht, Leute zu befragen, aber genau wie sie hatten sie nicht viele Informationen aus den Einheimischen herausbekommen. Sie erkannte die meisten Namen wieder, und obwohl es einige Neuankömmlinge in der Gegend gab, waren viele der Einwohner dieselben.

Holly fand es seltsam, an einem so abgelegenen Ort zu leben. Der Gedanke, jedes Mal, wenn sie in die Zivilisation wollte, diese verdammte Straße nehmen zu müssen? Auf keinen Fall. Sie mochte die Wildnis, aber nur für kurze Ausflüge, nicht für das normale Alltagsleben. Was sie darin bestärkte, dass sie und Finn nie etwas anderes als eine lockere Affäre haben konnten. Warum also grub sich der Wunsch, ihn zu suchen und sich zu entschuldigen, mit nadelscharfen Krallen in ihren Verstand? Wollte sie eine Wiederholung der letzten Nacht? Ihr Körper sagte Ja, während ihr Verstand sich für ein klares Nein entschied.

Wollte sie ihn verletzen, sich noch mehr mit ihm anlegen, als sie es bereits getan hatte? Nicht, dass er gestern Abend versucht hätte, ihr nachzulaufen oder sie nach ihrem heutigen Zusammentreffen anzurufen. Warum sollte er auch? Sie hatte ihn mit einem klassischen Rein-Raus-Danke abgespeist.

Und obwohl es die meisten Männer nicht gekümmert hätte, wusste sie, dass es ihm nicht egal war. Sie hatten eine Nähe geteilt, die sie ruiniert hatte, weil sie Hand an ihn gelegt hatte und er sie geküsst hatte. Dann hatten sie einfach nicht mehr aufhören können, und jetzt wusste sie nicht mehr, wer sie war.

*Bin ich ein weiterer Fehler, Holly?*

Sie drückte die Augen zu, weil sie immer noch das Vergnügen seiner Berührung spürte und ihn immer noch so sehr wollte, auf so vielen Ebenen, dass sich ihr Puls beschleunigte. Aber warum sollte er sie jetzt wollen? Das würde er nicht. Niemand würde es tun. Und das war gut so. Aber es hinderte sie nicht daran, dass sich in ihr ein roher Schmerz auftat und sie mit einer gähnenden Leere erfüllte.

Er war vorbei. Und er war besser dran, wenn sie sein Leben nicht weiter durcheinanderbrachte.

Sie klickte auf die Tatortfotos des Doppelmords im Fall Edgefield. Die Bilder waren größtenteils schwarz-weiß. Einige in Farbe. Die ersten Bilder zeigten den Wald, nur einen Gewehrschuss entfernt. Bei der ersten Nahaufnahme des Opfers krampfte sich ihr der Magen zusammen.

Es hätte auch sie sein können, die mit eingeschlagenem Kopf

dalag. Die nächste Aufnahme zoomte heraus und zeigte das Baby, das ebenfalls einen Schlag auf die Vorderseite seines winzigen Gesichts erhalten hatte. Holly wischte sich mit einer Hand über die Augen, als sich ihr die Kehle zuschnürte. Sie nahm ihren Kaffeebecher vom Nachttisch und nahm einen Schluck, um sich zu beruhigen.

So hatte Thomas also seine Frau und seinen Sohn gefunden?

So stand es im Bericht.

Aber warum hatte der Mörder das Baby so sorgfältig in die Arme seiner Mutter gelegt, an ihre Brust geschmiegt? Geschützt im Tod, so wie es im Leben nicht der Fall gewesen war? Bianca Edgefield war nicht sexuell missbraucht worden, wie der Gerichtsmediziner festgestellt hatte. Jemand hatte ihr einfach einen Hammer auf den Schädel gerammt und sie zum Sterben zurückgelassen. Ein Mord aus nächster Nähe und persönlich.

Sie blätterte durch weitere Fotos, aber sie zeigten alle das Gleiche. Und keine Spur des zweijährigen Mädchens. Kein Blut.

Nur ihre kleine rote Jacke und etwas, das wie Schleifspuren aussah. Holly blinzelte auf ein Foto des Kindes.

Scheiße, sie hätten Zwillinge sein können, wenn man von dem breiten Lächeln auf dem Gesicht des Mädchens absah. Die meisten von Hollys frühen Fotos zeigten sie kurz vorm Weinen. Sie hatte es nicht gemocht, lange stillzusitzen. Sie berührte die pralle Wange des Kindes.

„Was ist mit dir passiert, Leah? Wo bist du hingegangen?"

Sie holte den Autopsiebericht hervor. Bianca war eine junge, gesunde, noch stillende Mutter von zwei Kindern gewesen, die an einem stumpfen Schädeltrauma gestorben war. Die Autopsie des Babys war nicht schlüssig. Obwohl der zertrümmerte Schädel eigentlich mehr enthüllte, als ein Ermittler je brauchen könnte.

Sie konnte keine DNA-Beweise finden. Dann wurde ihr klar, dass die DNA-Profilierung damals noch nicht einmal erfunden war. Vielleicht hatte Edgefield recht damit, auf die Wiederaufnahme des Falls zu drängen, obwohl wer wusste, in welchem Zustand die Beweise nach all der Zeit waren. Sie nahm den Hörer ab und rief Cassy an.

„Hey." Cassy klang unglücklich.

„Was ist los?"

„Die Ergebnisse der DNA-Tests sind da."

Aufregung machte sich in ihr breit. „Du hast sie schon fertig? Ernsthaft?"

„Was kann ich dir sagen? So weit, so gut. Ich habe zwei DNA-Sätze auf diesem Bettlaken gefunden. Die des Opfers und die einer anderen Person."

„Im System?", fragte Holly, bevor sie sich zurückhalten konnte.

„Nicht ganz", antwortete Cassy langsam.

„Moment. Du solltest nicht mit mir darüber reden. Ich bin von dem Fall abgezogen."

„Was?"

„Cassy." Holly stützte ihren Kopf in ihre Hände. „Ich habe es vermasselt."

„Was vermasselt?"

Holly schluckte. Sie hatte nicht vor, über ihre Fehler zu lügen. Nicht mehr. „Ich hatte Sex mit jemandem, der an den Ermittlungen beteiligt ist."

„Niemals."

„Oh doch. Das hatte ich wirklich. Und ich hatte zwei, vielleicht drei Orgasmen, um es zu beweisen. Und das Schlimmste daran? Ich will es wieder tun. Aber ich kann es nicht. Niemals. Ich kann nicht mehr in seine Nähe kommen." *Verdammt.* Sie umarmte ihre Knie, während ihr der Schweiß auf der Stirn stand.

„Aber", stotterte Cassy, „du bist doch sonst so bedacht ... und langweilig!"

Holly stieß ein leises Lachen aus. „Vielen Dank. Wirklich. Ich weiß es zu schätzen. Bedacht, langweilig, höchst unethisch und grenzwertig kriminell. Eine erfolgreiche Kombination für eine Polizistin."

„Heiliger Strohsack, Holly. Das kann doch nicht dein Ernst sein."

„Es ist mein Ernst." Innerlich wurde ihr wieder kalt. Demütigung wallte in ihr auf. Sie musste ihrem Vater das Gleiche sagen, und der Gedanke daran brachte sie fast um.

„Oh, Gott ..." Cassy klang, als würde sie gleich in Ohnmacht fallen.

„Geht es dir gut?"

„Ich habe nur ... ich habe nur ..." Holly konnte hören, wie ihre Freundin tiefe, beruhigende Atemzüge nahm. „Ich weiß nicht, wie ich dir das sagen soll."

„Wenn es um die DNA geht, musst du Furlong anrufen und ihn informieren."

„Du musst es zuerst hören."

„Ich bin den Fall los, Cass." Holly schritt im Zimmer umher. Sie hätte nicht anfangen sollen, über Sex zu reden, denn jetzt fühlte sie sich aufgebracht und nervös. Sie musste wieder zur Tagesordnung übergehen. „Ich habe eine Frage zu alter DNA."

„Holly ..."

„Was?", fragte sie ungeduldig. Der Gedanke an Finn und daran, dass sie ihn vermisste, beunruhigte sie. Sie musste arbeiten.

„Die DNA der unbekannten Person auf dem Bettlaken, das du mir geschickt hast ... Ich habe mir die mitochondriale DNA in den Hautzellproben angesehen. Mitochondriale DNA wird *nur* über die Mutter weitergegeben. Ich habe eine vollständige mütterliche Übereinstimmung mit jemandem im System gefunden."

Die Vorfreude brannte in Hollys Nerven. Sie hoffte, dass es Rob Fitzgerald war, dieser schmierige kleine Mistkerl. „Du musst es Furlong sagen, nicht mir", beharrte sie.

„Hör mir zu. Ich habe es durch CODIS laufen lassen und mit jedem DNA-Profil verglichen, das ich im System habe, genau wie

du es mir gesagt hast, und dabei wahrscheinlich mehr Datenschutz-
gesetze gebrochen, als es gibt." Holly zuckte zusammen.

„Erinnerst du dich an deinen letzten Fall, als wir deine DNA
von dem Messer abgleichen mussten, mit dem dich dieser Bastard
verletzt hat?"

So hatten sie ihre DNA von der der Frau trennen können, die
er getötet hatte. „Ja." Sie kamen weit vom Kurs ab. „Aber was hat
das zu tun mit–"

„Sie stimmt mit *deiner* DNA überein, Holly. Eine vollständige
mütterliche Übereinstimmung. Also habe ich auch die nukleare
DNA verglichen, was keine vollständige Übereinstimmung ergab.
Aber genug, um mir zu sagen, dass du da draußen einen Halbbruder hast. Und ich hoffe bei Gott, dass du nicht gerade lebens-
verändernden Sex mit ihm hattest, denn das Opfer hatte ihn ganz
sicher."

Holly ließ das Handy fallen und starrte es an. Sie war wie
erstarrt. Als sie es wieder aufhob, war Cassy immer noch da. Geduldig. Stumm. Eine wahre Freundin. Hollys Stimme zitterte: „Ich
verstehe das nicht. Mama hat gesagt, dass sie keine Kinder mehr
bekommen kann. Das habe ich dir doch gesagt." Sie wurde
langsam hysterisch. Sie konnte spüren, wie es unter der Oberfläche
ihrer Haut brodelte.

„Ich weiß, Süße. Deshalb habe ich noch etwas anderes
überprüft."

„Was? Was hast du überprüft?", rief Holly.

Sie hörte ein angestrengtes Schlucken. „Die Blutgruppe deines
Vaters ist AB positiv."

„Und?"

„Du hast Blutgruppe 0 negativ, Holly."

Sie verstand es nicht.

„Es ist einfach nicht möglich, dass der Deputy Commissioner
dein biologischer Vater ist."

Holly hielt sich den Mund zu und ließ sich auf das Bett sinken,
wo sie sich zusammenrollte. „Das muss ein Irrtum sein."

„Es ist kein Irrtum."

Hollys Kopf begann zu pochen. „Du willst mir sagen, dass meine Mutter eine Affäre hatte? Mein Vater ist nicht mein Vater? Und sie hatte noch ein Kind?" Das ergab alles keinen Sinn.

„Das ist möglich, nehme ich an." Holly konnte den Zweifel im Ton ihrer Freundin hören. „Es ist auch möglich, dass du adoptiert wurdest."

„Aber ich habe Babyfotos!" Schweiß rann Holly über das Gesicht. Er rann an ihrer Schläfe und ihrem Hals hinunter, ätzend wie Säure.

Cassy sagte einen Moment lang nichts. „Wenn du mir etwas von der DNA deiner Mutter besorgen kannst, eine alte Haarbürste oder ein paar Kleidungsstücke, kann ich einen weiteren Vergleich durchführen. Aber am einfachsten wäre es, wenn du deinen Vater fragst."

Das Pochen ihres Herzens war so laut, dass sie dachte, Cassy müsse es hören. Sie hatte keine Erinnerung an ihre frühe Kindheit. Es war, als ob dieser Teil ihres Lebens ausgelöscht worden wäre. Oder verdrängt? Aber wie viele Menschen erinnerten sich schon an ihre frühe Kindheit? Sie klickte auf das Foto von Leah Edgefield und starrte das kleine Mädchen an. Graue Augen. Wie sie. Wie Thomas Edgefield. Der Mann, auf den sie herabgeblickt hatte, seit sie ihm begegnet war. Der Mann, den sie bemitleidete.

Könnte er ihr Vater sein? Könnte *sie* Leah Edgefield sein?

„Holly? Geht es dir gut?"

Gott, sie hatte Cass ganz vergessen. „Mir geht es gut. Ich muss meinen Vater anrufen ..." Ihre Zunge wurde staubtrocken. Was sollte sie ihm sagen? *Ich habe mit jemandem geschlafen, der in die Ermittlungen verwickelt ist. Ach, und so ganz nebenbei, bin ich adoptiert?*

„Willst du immer noch, dass ich es bei Furlong melde?"

Lieber Gott. Das war zu persönlich. Persönlicher als irgendein Perverser, der sie beim Sex beobachtet hatte – und das war schon schlimm genug gewesen. Der Raum verschwamm vor ihren Augen.

Aber der Gedanke, adoptiert zu sein, bedrohte ihre Identität, jede Überzeugung, die sie jemals über ihren Wert als Mensch, als Polizistin, gehabt hatte. Ohne dieses Erbe hatte sie nichts. War nichts. Übelkeit stieg in ihrer Kehle auf, aber sie zwang sie zurück. „Ich brauche nur ein bisschen Zeit, um das zu verarbeiten."

„Ich verstehe, Süße. Es ist eine Menge zu verarbeiten, aber ..."

„Was?"

„Der Typ, mit dem du geschlafen hast. Könnte er vielleicht der Kerl sein, der mit der toten Frau geschlafen hat?" Und Hollys Bruder?

„Nein." Sie erinnerte sich daran, was sie zusammen getan hatten, und in ihrem Inneren drehte sich alles. *Gott, wenn Finn lügt oder sich irrt ...* „Sein Name ist Finn Carver, sechsunddreißig Jahre alt. Er war beim Militär, also könnte seine DNA noch im System sein, wenn sie sie nicht schon vernichtet haben. Sein Bruder, Brent Carver, neununddreißig, wurde gerade im Zusammenhang mit dem Mord an Gina Swartz befragt. Ich weiß, dass er eine freiwillige Probe beim IFIS in Port Alberni abgegeben hat. Er ist es nicht, aber würdest du ... könntest du ... nur um sicher zu gehen." Gefälligkeiten. Sie hatte kein Recht, um Gefälligkeiten zu bitten.

„Sein Profil noch einmal überprüfen und mit deinem vergleichen? Sicher. Es wird nicht lange dauern. Ich rufe dich so schnell wie möglich zurück. Bist du sicher, dass die beiden Brüder sind? Keine Halbbrüder?"

Holly erinnerte sich daran, wie ähnlich sie sich sahen – beide waren blond und blauäugig. Sie wusste, dass sie zusammen aufgewachsen waren. Sie konnte sich nicht vorstellen, dass ihre Mutter sie verlassen hatte und weggelaufen war, um die schöne und fürsorgliche Frau zu werden, die sie mit so viel Liebe und Anmut aufgezogen hatte. Ihr Magen überschlug sich. „Ich bin mir so sicher, wie ich mir im Moment bei gar nichts sicher bin." Dann ließ sie das Handy fallen, rannte ins Bad und übergab sich.

———

Finn hielt das Tauchprogramm des Meereslabors trotz der dünnen Personaldecke am Laufen. Er hatte einen Postdoc aus dem Labor und Scotty Wolf, den Hotelbesitzer – beide erfahrene Taucher – als Partner für einige seiner Studenten gewonnen. Er bezahlte sie in bar und mit Bier. Er hatte einen beschissenen Tag gehabt, aber er hatte alles erledigt. Er gab nicht auf und er versagte nicht. Es sei denn, es ging um eine rund 1,80m große Brünette mit Augen aus Stahl.

Jetzt war sein Bruder wieder zu Hause. Ohne Anklage freigelassen.

Sie kletterten ins Boot, erst Brent, dann Thom und Laura. Finn war so dankbar, Brent zu Hause zu haben, dass er alles tun würde, um das Band, das sie einst geteilt hatten, wieder aufleben zu lassen. Er legte ab und setzte mit ihnen über die Bucht. Der scharfe Wind war ein willkommener Hauch von Eis, der ihn nach einer weiteren fast schlaflosen Nacht wachhielt.

Brent trug die gleiche Kleidung wie gestern Morgen. Die Falten um seine Augen waren Furchen der Müdigkeit, umrandet von Kummer. Finn vertäute das Boot und sah zu, wie Thom Laura sicher auf den Steg half.

„Zeit zu gehen", befahl Finn Brent, der sich noch nicht bewegt oder gesprochen hatte.

Anstatt zu widersprechen, wie er es erwartet hatte, trat Brent auf den Steg hinaus und blieb dort stehen. Mit gebeugten Schultern.

Verloren.

„Ich bringe Laura nach Hause." Thom berührte ihren Arm, und Finns Augen weiteten sich. Es sah so aus, als wäre er nicht der Einzige, der letzte Nacht Glück gehabt hatte, aber Thom hatte vielleicht *wirkliches* Glück gehabt.

Im Gegensatz zu ihm.

*Denk nicht an Holly.*

Er trat näher an seinen Bruder heran. „Du musst Laura dafür danken, dass sie dich aus diesem Höllenloch herausgeholt hat."

Brent starrte stumpf auf die verwitterten Planken des Docks.

„Ist schon gut." Laura zog ihren Schal fester um die Schultern und lächelte ihn mit müden Augen an. Es waren lange vierundzwanzig Stunden gewesen. Sie rückte ihre Aktentasche zurecht, dann nahm Thom ihr die Tasche ab. „Erstaunlicherweise war ich sogar froh, helfen zu können." Sie machte auf dem Absatz kehrt und schritt davon. Thom folgte ihr mit einer Leichtigkeit im Schritt, die Finn seit Jahren nicht mehr an ihm gesehen hatte. Wenigstens einer kam stabiler aus diesem Schlamassel heraus, als er es zuvor gewesen war, und darüber war er froh. Er wäre sogar mit seinem eigenen verkorksten Liebesleben zufrieden, wenn er den Herzschmerz lindern könnte, der über Brent hereinbrach wie pazifische Wellen.

Brent ging mit müdem Schritt den Steg hinauf. Ein paar der Jungs lehnten an der Reling und beobachteten sie, sagten aber nichts. Finn warf ihnen einen Blick zu, der ihnen sagte, dass sie sich um ihre eigenen Angelegenheiten kümmern sollten. Thom und Laura bogen nach links in den Laden ab, aber Brent ignorierte alle, ging geradewegs nach Hause und schlüpfte mit der Leichtigkeit eines Mannes, der sich längst an die Schatten gewöhnt hat, in den dichten Wald.

„Du solltest ihr etwas dafür geben, dass sie dir geholfen hat. Die meisten Leute hätten dich da einfach verrotten lassen", rief Finn, während er mit ihm Schritt hielt. Diesmal ließ er ihn nicht gehen.

Brent brach die Spitze eines Bäumchens ab, als er sich den Pfad entlangschlängelte – das einzige Anzeichen dafür, dass er gehört hatte, wie Finn ihn ausschimpfte. Er stolperte über eine umgestürzte Kiefer und sah erschöpft und abgekämpft aus. Sie waren als Kinder so oft hierhergekommen, dass Finn das Gefühl hatte, in einfachere Zeiten zurückkatapultiert worden zu sein. Grimmigere Zeiten, in denen das Überleben einer Prügelei das Einzige war, was zählte.

In Anbetracht ihrer derzeitigen Lebensumstände irrte er sich vielleicht, wenn er dachte, sie hätten sich weiterentwickelt. Sie erreichten die Bucht, in der sie aufgewachsen waren, und beide standen da und betrachteten das kleine Stück Wildnis, das sie mit Recht ihr Eigen nennen konnten. Brents Blockhaus saß oben auf dem Hügel wie ein Zeugnis der Unverwüstlichkeit und Stärke gegen all die schlechten Dinge, die im Leben passieren konnten.

Ein Schauer lief ihm über die Schultern, als er sah, wie Brent das Haus betrachtete. Mit Abscheu und Ekel.

„Willst du es niederbrennen, so wie du die Hütte abgebrannt hast?"

Zusammengekniffene Augen betrachteten ihn.

„Das würde Dad gefallen." Finn stellte sich Brent in den Weg. Er schubste ihn und wollte eine Antwort. Er bekam nichts. „Dad würde sich kaputtlachen, wenn er sehen könnte, wie du dieses Haus und alle deine Bilder in Schutt und Asche legst."

„Was zum Teufel weißt du über meine Bilder?" Das erste Aufflackern von Feuer in der Glut der Trauer.

„Ich habe sie gesehen, als die Polizisten das Haus durchsuchten."

Brents Blick schweifte zu seinem Studio im ersten Stock.

„Ich habe sie aus unserer Kindheit wiedererkannt. Du warst schon immer gut." Die Emotionen begannen seine Kehle zuzuschnüren. „Ich kann nicht glauben, wie großartig du geworden bist."

„Ich bin nicht großartig." Brents Lippen kräuselten sich. „Die Leute sind einfach dumm genug, um viel Geld für ein bisschen Farbe auf einer Leinwand zu bezahlen."

„Das glaubst du doch selbst nicht."

„Sag mir nicht, was ich glauben soll!" Seine Stimme schallte wütend und laut über den Ozean. Wenigstens hatte er jetzt Gefühle, obwohl das vielleicht nicht so gut war.

„Dad hat dir immer gesagt, dass sie eine Verschwendung von Farbe sind. Aber schon als Kind wusstest du es besser. Du warst klüger. Besser als er."

Brent schluckte. Finn beobachtete, wie er seine Fäuste ballte und hoffte, dass er nicht gleich einen saftigen Haken abbekam. Obwohl er ihn in Kauf nehmen würde. Verdammt, wenn es ihn lange genug von Holly ablenkte, um etwas Schlaf zu bekommen, würde er den Schlag sogar begrüßen.

Der Wind blies sie mit einem Hauch von Wut an.

„Wer immer sie getötet hat, hat das Messer auf mein Bett gelegt." Die Luft knisterte um sie herum. Die Qualen in seinen Augen verstärkten sich. „Ich habe solche Leute im Gefängnis kennengelernt. Sie spielten gerne Psychospielchen. Es gefiel ihnen mehr, Menschen zu verletzen – auch Frauen – als sie zu töten." Brent schloss die Augen. „Hat sie gelitten?" Seine Stimme brach.

„Sie ist schnell gestorben." Sehr viel schneller als ihr Vater. Finn legte seine Hand auf die Schulter seines Bruders und drückte sie. „Ein Stich ins Herz. Sie war auf der Stelle tot." Finn wollte nicht an sie denken, weder nackt noch tot. Sie war seine Freundin gewesen, und seine letzte Erinnerung an sie war grausam. Brent brauchte so etwas nicht in seinem Kopf. Er hatte schon genug Albträume.

Die Augen seines Bruders blitzten auf, so wie seine eigenen, aber mit einer tiefen Dunkelheit darin. „Ich wollte sie nie verletzen. Ich habe ihr immer wieder gesagt, dass sie weitermachen soll, dass sie sich einen anderen suchen soll." Er stieß ein leises Knurren aus. „Sie hat auf mich gewartet, aber ich war nicht mehr der Junge, den sie geliebt hat. Ich habe es versucht, ich wollte wirklich, dass es funktioniert, aber die Dämonen ..." Er schüttelte Finns Hand ab. „Sie haben nie losgelassen." Er blickte auf den Ozean. Ihren Ozean. „Sie hat etwas Besseres verdient als einen miesen Sträfling, der den Anblick seines eigenen Gesichts im Spiegel nicht ertragen kann." Seine Gesichtszüge verzogen sich. „Aber wenn ich sie nicht wegge-stoßen hätte, wäre sie vielleicht noch am Leben."

„Wenn ich damals nicht eingeschlafen wäre, als wir Kinder gewesen waren, wenn ich ihm nicht gesagt hätte, dass er sich ficken soll, wäre vielleicht alles anders gekommen, und sie wäre wahr-scheinlich noch am Leben, und du hättest nicht Jahre im Gefängnis verbracht."

Brent atmete durch die Nase ein und aus. Und schüttelte den Kopf. „Ich hatte immer vor, den Mistkerl zu töten. Wenn ich schlauer gewesen wäre, hätte ich einfach dafür gesorgt, dass niemand die Leiche findet."

Finn korrigierte ihn nicht. Es war einfacher, das zu sagen, als die Wahrheit zuzugeben. Brent hatte ihren Vater geliebt. Auf eine perverse Art und Weise hatte Finn ihn auch geliebt. Das war die Macht der Eltern. Es war egal, was für einen Scheiß sie einem angetan hatten, man liebte sie trotzdem.

Es war ein kranker evolutionärer Witz.

Eine Gestalt stand auf der Straße hinter dem Haus. Thom. Er wartete auf Finn.

Finn legte seine Hand auf den Rücken seines Bruders, halb in Erwartung eines Schlags auf den Kiefer. „Kommst du zurecht?"

Brent stieß ein ersticktes Lachen aus. „Das bezweifle ich."

„Wirst du etwas Dummes tun?"

„Wahrscheinlich." Aber Brent lächelte, und Finn unterdrückte die drohenden Gefühle.

„Vergiss nicht, Laura zu danken." Brent sagte nichts.

„Das größte Gemälde, das du hast, sollte ausreichen."

Brent stieß ein unwilliges Lachen aus. „Wenn ich herausfinde, wer Gina getötet hat, kann sie sie alle haben."

Finn wollte ihm sagen, dass er nicht dumm sein und sein Leben nicht wegwerfen sollte. Aber was würde er an Brents Stelle tun? Er wusste genau, was er tun würde.

Er ließ Brent stehen und ging zu Thom auf die Schotterstraße. „Bleibst du nicht bei Laura?", fragte Finn spitz.

Thoms Rücken versteifte sich, aber seine Augen glitzerten. „Ich habe nur eine Dame nach Hause begleitet."

„Aber sicher doch." Wenigstens gab Thom dem Gedanken an eine Beziehung mit Laura eine Chance. Finn sollte begeistert sein. Thom und Brent waren beide aus den Ermittlungen heraus, obwohl jemand – vermutlich Rob – versucht hatte, sie zu belasten.

Und das war sein Ziel gewesen, seit er Len Milbanks verrottende Leiche gefunden hatte.

Aber innerlich fühlte er sich, als hätte jemand sein Herz gestohlen und es durch ein Aufziehspielzeug ersetzt, das nicht richtig funktionierte.

„Ich kann nicht glauben, dass Rob Fitzgerald etwas damit zu tun hat." Er hatte anderthalb Jahre lang fast jeden Tag mit ihm gearbeitet, und er hatte keine Ahnung gehabt.

„Geht es dir gut?", fragte Thom ihn plötzlich, mit einem besorgten Blick in seinen intelligenten grauen Augen.

„Ja", log er. „Lass uns etwas trinken gehen."

Sie gingen schweigend weiter, während die Dämmerung einsetzte. Ihre Schuhe knirschten auf dem Kies. Sie erreichten das Hotel gerade noch rechtzeitig, um zu sehen, wie die Polizisten die Eingangstreppe hinaufgingen. Finn machte sich bereit, Holly gegenüberzutreten, aber als er die Gruppe scannte, stellte er fest, dass sie nicht da war. Wo war sie? Verfolgte sie allein eine Spur? Der Gedanke machte ihn verrückt.

Malone sprang die Treppe herunter und kam mit vor Wut blitzenden Augen auf ihn zu. Er sah ihm direkt ins Gesicht. Finn blieb standhaft.

„Was zum Teufel haben Sie sich dabei gedacht?", schrie Malone.

Finn hob die Hände vor sich und beäugte den anderen Mann misstrauisch. Er mochte Cops – vor allem eine –, aber er wusste, dass es nicht viel brauchte, um eine Verhaftung zu provozieren, wenn sie sauer waren. Und Malone war stinksauer.

„Ich weiß nicht, wovon Sie reden."

Malone schlug ihm auf den Arm. Finns Augen verengten sich. „Fassen Sie mich noch einmal an, und es wird das letzte Mal sein." Er hielt Malones Blick stand und legte die Stirn in Falten. „Wo ist Holly?"

Der Schlag in den Bauch traf ihn unerwartet. Das Nächste, was er wusste, war, dass er bäuchlings im Dreck lag und Malone versuchte, ihm Handschellen anzulegen. Er drehte den Kerl auf den Rücken und hatte ihn in weniger als einer Sekunde fest im Griff. „Wo zum Teufel ist Holly?"

Die anderen Beamten eilten herbei. Keiner von ihnen sah glücklich aus. Finn kletterte von Malone herunter und dachte, dass er sich gerade eine Nacht im Knast verdient hatte.

Hollys Boss, dieser Wichser, stand da mit so etwas wie Mitgefühl in seinem Blick.

*Was zum Teufel?*

Malone stand auf und sah aus, als wolle er ihn wieder schlagen, aber Finn behielt den Mann im Auge. Er hatte sich mit dreizehn geschworen, dass er nicht zulassen würde, dass irgendein Arschloch Hand an ihn legte. Nicht ohne einen Kampf.

„Rob Fitzgerald hat einige unbegründete Anschuldigungen erhoben, wonach er Zeuge war, wie Sergeant Rudd eine Liaison mit *jemandem* hatte, der an den Ermittlungen beteiligt war." Furlongs Blick verriet ihm, dass er besser alles, was er sagen wollte, im Keim erstickte. „Sergeant Rudd hat sich selbst aus dem Team genommen, um den Fall nicht zu gefährden."

Rob, dieses Wiesel, hatte ihnen also nachspioniert. Beim Gedanken daran drehte sich Finn der Magen um. Er wollte wissen, in was Fitzgerald sonst noch verwickelt war, aber noch wichtiger war, dass er etwas über Holly erfahren wollte. „Was soll das bedeuten?" Dieser Fall bedeutete alles für sie. Hauptermittlerin zu sein bedeutete ihr alles. „Wo ist sie?"

„Sie ist zurück nach Victoria gefahren. Ihre Sachen sind weg." Die Antwort kam von Rachel Messenger, die sich auf die Lippe biss und verärgert aussah.

Thom wurde blass. „Sie hat versprochen, sich die Akte zum Mord an Bianca anzusehen."

„Nun, dafür wird sie jetzt Zeit haben, nicht wahr?" Furlongs Spott traf wie eine Peitsche.

Finn wandte sich ab. Sie hatte ihn davor gewarnt, dass sie das, was sie letzte Nacht getan hatten, nicht tun durften. Sie hatte es ihm gesagt, und er hatte es trotzdem getan.

„Wird sie deswegen ihren Job verlieren?" Seine Stimme war schroff. Er fühlte sich ausgelaugt. Holly liebte ihre Arbeit. Sie würde ihm das nie verzeihen. Er war nichts im Vergleich zu ihrer Karriere. Er war offensichtlich ein Nichts. Punkt. Es tat weh, dass sie ohne ein Wort gegangen war.

„Fitzgerald will einen Deal mit uns machen, indem er Dryzeks und Ferdinands Drogengeschäfte aufdeckt und dafür Immunität erhält."

„Immunität für Mord?" Finn biss die Zähne zusammen. Er konnte kaum noch Luft holen. Thom sah fassungslos aus. Rob war wie ein anständiger Kerl erschienen. Keiner von ihnen hatte eine Ahnung gehabt.

„Er hat noch keinen Mord gestanden. Nur Drogenhandel." Furlong schüttelte den Kopf. „Ich habe dafür gesorgt, dass er versteht, dass die Abmachung beinhaltet, dass er über *jeden* anderen Aspekt dieser Ermittlung den Mund hält, oder die ganze Vereinbarung ist hinfällig."

„Das war's also? Sie ist einfach weg?" Finn wusste nicht, was er jetzt tun sollte, aber er hatte sich definitiv hinsichtlich dieses Aufziehherzens geirrt. Dieses Ding, das ihm aus der Brust gerissen wurde, tat zu sehr weh, um nicht echt zu sein.

Die Polizisten wandten sich ab. Malone sah aus, als wolle er ihn wieder schlagen.

„Das erste Mal war kostenlos, aber das nächste Mal müssen Sie bezahlen", warnte Finn ihn.

Thom legte seine Hand auf Finns Schulter. „Das ist nicht das, was du im Moment brauchst."

Nein, was er brauchte, war Holly an seiner Türschwelle oder in seinem Bett und eine Woche ohne Unterbrechung. „Lass uns gehen."

Auf der anderen Seite der Bucht sagte er Thom, dass er schnell etwas überprüfen müsse. Er sprintete zu seiner Hütte und stürmte voller Hoffnung in sein Schlafzimmer. Aber das Zimmer war leer, das Bett gemacht. Kein Zettel. Keine Nachrichten auf seinem Telefon. Keine Holly.

Er schnappte sich eine Flasche Scotch aus dem Regal in der Küche und versuchte, sich nicht daran zu erinnern, was sie in genau diesem Raum getan hatten. Aber wegen seiner Schwäche war sie nun für immer weg. Unfähig, sich den Erinnerungen zu stellen, machte er sich auf den Weg zu Thom, fest entschlossen, sich bis zur Ohnmacht zu betrinken.

# NEUNZEHN

Mike saß an der Bar und starrte in sein Bier. Es war still. Keiner lachte. Alle waren grimmig und nüchtern, obwohl alle eigentlich nur betrunken sein und vergessen wollten. Vor einer Woche waren seine größten Probleme die Frustration darüber gewesen, nicht aus dieser langweiligen Kleinstadt wegzukommen, und die Ausdauer zu finden, im Bett mit Gina mitzuhalten, damit er nicht als Blindgänger dastand. Jetzt war Gina tot. Dryzek war auf dem Kriegspfad und suchte nach Dingen, die einen Scheißdreck mit ihm zu tun hatten, und die Cops durchkämmten jeden Winkel der Stadt.

Die Polizisten hätten ihm ein Gefühl der Sicherheit geben sollen. Taten sie aber nicht.

Er trank einen weiteren Schluck Bier.

Mike musste die Stadt verlassen, aber solange Dryzek nicht tot oder im Gefängnis war, wagte er es nicht, seine Eltern ungeschützt zurückzulassen. Er schob die Flasche weg und zog sich auf die Beine. Er tat ihnen keinen Gefallen, wenn er hier saß. Also machte er sich auf den Weg zu seinem Truck auf der anderen Straßenseite beim Eisenwarenladen, aber etwas vor dem Motel erregte seine Aufmerksamkeit. Er spähte gerade noch rechtzeitig um das

Gebäude herum, um zu sehen, wie eine in Jeans gekleidete Holly Rudd ein Zimmer betrat und die Tür hinter sich schloss.

Er runzelte die Stirn. Warum wohnte sie dort? Waren die Polizisten auf einer Art Undercover-Einsatz?

Sein Handy klingelte. *Dryzek.* Die Ungewissheit versetzte ihm einen Stich. Er war kurz davor, an Hollys Tür zu klopfen und alles zu gestehen. Dass er Ginas Liebhaber gewesen war. Dass Gina ihm von dem vermeintlichen Schiffswrack erzählt hatte und er es dummerweise Milbank gesagt hatte. Dass er die Tauchausrüstung aus dem Labor gestohlen hatte, damit sie es sich ansehen konnten, aber Milbank nie aufgetaucht war. Dass er in Finns und Brents Wohnungen eingebrochen war und Finns Waffe gestohlen hatte.

Aber er hatte niemanden umgebracht. Er hatte die Polizistin nicht von der Straße gedrängt.

Wer würde ihm das glauben? Es klang wahnsinnig. Als würde jemand ihm das alles anhängen wollen. Und er wollte auf keinen Fall seine Waffe verlieren, bis Dryzek eingesperrt war.

Eine andere Möglichkeit wäre es, Dryzek zu sagen, dass sich eine Polizistin im Motel befand. Und nach allem, was er sehen konnte, war sie allein. Der Motelbesitzer stand auf Remys Gehaltsliste, also würde es ein Kinderspiel sein, in den Raum zu gelangen. Vielleicht würde eine Polizistin als Geschenk ausreichen, um sich Dryzek vom Hals zu halten. Vielleicht würde ein Hinweis an die Polizei über die Geschehnisse im richtigen Moment dazu führen, dass Dryzek und Ferdinand für lange Zeit im Gefängnis enden würden. Oder vielleicht würde Holly etwas tun, wozu er nicht fähig schien, und diese Bastarde erschießen. So oder so, er hatte nicht viel zu verlieren, wenn er sie zum Opfer machte. Außer vielleicht seine Seele.

---

Cassy rief fünf Stunden nach ihrem letzten Gespräch zurück. Sie klang atemlos. „Tut mir leid, dass ich so lange gebraucht habe. Ich hatte einen Serienvergewaltiger, der nicht warten konnte. Ich habe lange darauf gewartet, diesen Kerl zu schnappen, und ich glaube, wir haben jetzt endlich seine DNA."

Holly konnte nicht sprechen. Sie fühlte sich wie in Watte gepackt, seit sie das letzte Mal miteinander gesprochen hatten, und tausend mögliche Szenarien gingen ihr durch den Kopf. Sie hatte ihren Vater noch nicht angerufen. Sie musste erst mit Cassy sprechen, bevor sie herausfand, wie sie mit all dem umgehen sollte.

„Finn und Brent Carver sind richtige Brüder und haben weder mit dir noch mit der unbekannten Person irgendetwas zu tun – außer einer sexuellen Beziehung, wie es scheint. Mit dem ersteren ... es sei denn, du hast mir etwas zu erzählen, bei dem es um zwei gutaussehende Brüder und den Traum-Dreier jeder Frau geht."

„Was?" Erleichterung machte sich in Holly breit, als sie diese Nachricht hörte. Sie legte sich auf das Bett und hielt die Tränen zurück, die aus ihr herausströmen und sie ertränken wollten.

„Ich bin pervers, ich weiß, aber ich will Details. Ist Finn so heiß, wie sein Foto vermuten lässt? Sein Bruder ist klasse. Und Süße, ich bin langsam verzweifelt. Ich hatte seit Wochen, vielleicht Monaten, kein Date mehr, und er sieht umwerfend aus ..."

„Ich glaube, ich bin verliebt. In Finn. Nicht in seinen Bruder." Sie holte erschrocken Luft, als Cassy verblüfft schwieg. „Ich habe es wirklich vermasselt. Ich habe wahrscheinlich meinen Job verloren, und er wird nie wieder mit mir reden." Und das war wirklich das geringste ihrer Probleme, auch wenn es der Grund dafür war, dass sie das Gefühl hatte, ein Bleigewicht auf ihrer Brust zu haben. „Und anscheinend habe ich einen Halbbruder in der Stadt." Sie setzte sich auf. Gott, was würde das alles bedeuten. Sie rief die Tatortfotos des Edgefield-Falls auf. „Ich glaube, ich könnte ein Mädchen namens Leah Edgefield sein." *Wie verrückt war das?*

„Wie bitte?", fragte Cassy.

„Vor dreißig Jahren gab es in dieser Stadt einen Doppelmord. Eine Frau, die mir so ähnlich sah, dass ihr Mann in Ohnmacht fiel, als wir uns trafen, und ihr kleiner Sohn wurden mit einem

Hammer erschlagen." *War er das wirklich?* Holly dachte plötzlich nach. Sie hatten keinen DNA-Nachweis für das Baby, nur die Annahme, dass er Biancas Sohn war, weil er das richtige Alter hatte und in ihren Armen gefunden worden war. Aber seine Gesichtszüge waren von dem Hammer zerschmettert worden. *Warum?* War es ein zufälliger Gewaltakt oder eine kalkulierte Täuschung gewesen? Sie hörte, wie Cassy etwas eintippte. „Ihre Tochter, ein kleines Mädchen namens Leah Edgefield, verschwand am selben Tag. Alle nahmen an, dass sie von einem Puma oder Wolf getötet wurde."

„Verdammt, du siehst ihr wirklich ähnlich."

In ihrer Brust klaffte etwas auf. Eine wilde und schreckliche Theorie. „Wir müssen ihre DNA testen. Die der Frau und des Babys." Bianca Edgefield könnte ihre Mutter sein. Sie betrachtete das Foto und versuchte, sich dieses Szenario vorzustellen. Versuchte, sich Thomas als ihren Vater vorzustellen. Sie schaffte es nicht.

„Es ist möglich, dass der Mord nichts mit dir und deinem Halbbruder zu tun hat", warf Cassy ein.

Aber es war ein verdammt großer Zufall.

Holly leckte sich über die trockenen Lippen. „Ich werde Dad anrufen. Ihm sagen, was du herausgefunden hast. Ihn bitten, die Exhumierung der Leichen von Bianca und Tommy Edgefield anzuordnen." Vorausgesetzt, sie waren nicht eingeäschert worden.

Sie blätterte in den Akten, die Edgefield ihr gegeben hatte. „Mein Gott. Er hat Anfang der neunziger Jahre sein und das DNA-Profil der Tochter erstellen lassen – von ihrer Nabelschnur. Er hat es beim BC Coroners Service hinterlegt." Ihre Kehle krampfte sich zusammen. Sie konnte sich vorstellen, wie er seine Energie kanalisierte und versuchte, seine Tochter zu finden, und niemals aufgab.

Wie würde er sich fühlen, wenn die Tochter nicht gefunden werden wollte?

„Ich schicke dir die Akte." Holly schaute auf ihre Uhr. Es war zehn Uhr. „Geh nach Hause. Es hat dreißig Jahre gewartet. Es wird einen weiteren Tag warten können."

„Das ist ein Scherz, oder?"

„Du musst müde sein." Und Holly war nicht bereit, sich den Antworten auf diese Fragen zu stellen.

Es herrschte eine merkwürdige Stille. „Du musst das nicht tun, Holly. Ich kann Furlong die DNA des Bettlakens schicken, und wir können eine freiwillige Probenentnahme durchführen und die Kandidaten einschränken. Er braucht von der Übereinstimmung nichts zu wissen. Niemand muss es wissen", beharrte Cassy.

„*Ich* muss es wissen. Thomas Edgefield muss es wissen. Ich brauche die Wahrheit." Und wenn Bianca ihre Mutter war, wollte sie die Art von Tochter sein, die sich genug kümmerte, um ihren Mörder zur Strecke zu bringen. Die Art von Polizistin, die um jeden Preis nach Gerechtigkeit suchte – so wie ihr Vater es ihr beigebracht hatte. „Vielleicht hatte Bianca Edgefield noch ein anderes Baby, bevor sie Thomas kennenlernte, oder vielleicht sollte das Ganze den Tod dieses kleinen Jungen vertuschen." Sie berührte das Foto seiner armen, zerschlagenen Wange.

„Ich werde daran arbeiten, aber es ist vielleicht nicht so einfach, wie es klingt. Die Techniken haben sich geändert. Es kann dauern, bis die Profile übereinstimmen, oder ich muss die Tests wiederholen."

„Was immer du tun kannst, Cass. Ich werde mit Dad reden und mich an die Arbeit machen."

Sie verabschiedeten sich.

Ihr Handy klingelte und sie erstarrte. Die dumme, mädchenhafte Närrin in ihr hoffte, es sei Finn, aber es war ihr Vater, und sie konnte es nicht länger aufschieben.

„Dad."

„Was ist los, Holly? Ich habe mit jemandem gesprochen, der sagte, du hättest dich selbst von dem Fall abgezogen, weil ein Typ unzüchtige Anschuldigungen gegen dich erhoben hat."

„Es waren nicht nur Anschuldigungen, Dad. Er hatte recht.

Ich habe eine Grenze überschritten. Ich habe mich mit jemandem eingelassen, der ein Zeuge ist." Das war früher ihr schlimmster Albtraum gewesen. Sie fühlte sich wie betäubt. Und sie hatte größere Probleme, mit denen sie fertig werden musste. „Ich habe Mist gebaut, Dad, aber ich muss mit dir über etwas anderes sprechen."

Sie hörte, wie er etwas sagen wollte, ignorierte es aber. „Wir haben DNA auf dem Laken der ermordeten Frau gefunden. Cassy hat mir den Gefallen getan und sie überprüft und ist auf ein paar merkwürdige Ergebnisse gestoßen."

„Warum reden wir überhaupt darüber, wenn du von dem Fall abgezogen bist?" Sie konnte die Wut in seiner Stimme hören. Sie hatte ihn enttäuscht. Gute Polizisten schlafen nicht mit Zeugen. Nun, sie hatte es getan, und jetzt mussten sie damit fertig werden.

„Cassy hat die Probe mit allen Datenbanken abgeglichen und", sie holte tief Luft, „es hat sich herausgestellt, dass ich einen mütterlichen Halbbruder hier in Bamfield habe. Und du bist nicht mein biologischer Vater."

Holly hörte ein Zischen, als ob er auf ein Sofa zusammengesackt wäre. Es war ihr bislang nicht klar gewesen, dass sie auf eine Art empörtes Getöse oder ein Wunder gehofft hatte, dass das alles ein schreckliches Missverständnis war und Cassy – die brillante Cassy – tatsächlich einen Fehler gemacht hatte.

„Oh Gott, Holly." Die Stille dehnte sich mit wachsendem Entsetzen aus. „Ich wollte nie, dass du es so erfährst."

Sie fühlte sich, als hätte man auf sie geschossen. „Ich wurde adoptiert?"

„Herr im Himmel. Grundgütiger, es tut mir so leid."

„Wurde ich adoptiert?" Ihre Stimme war scharf, wütend, aber sie wusste nicht, wie sie es anders machen sollte.

„Ja. Wir haben dich aus einem Waisenhaus in Calgary adoptiert, als du noch klein warst. Deine Mutter ..." Sie hörte ihn weinen und spürte, wie ihre eigenen Tränen über ihre Wangen liefen. „Ich wollte es dir sagen, aber sie hat mich nicht gelassen. Sie sagte immer nur, dass du jetzt uns gehörst. Dass du *unsere* Tochter bist." Schluchzer zerrten an ihrem Herzen. „Ich wollte es dir sagen, aber als sie starb, musste ich ihr versprechen, dass ich es nicht tun würde. Sie sagte, wir bräuchten einander mehr denn je. Sie war besorgt, dass wir uns auseinanderleben würden."

„Oh, Daddy, ich würde dich nie verlassen. Du würdest mich eher verleugnen, weil ich mein Leben total verpfuscht habe."

„Du hast dich für mich immer wie mein eigenes Kind angefühlt. Von dem Moment an, als ich dich in meinen Armen hielt, warst du mein", erklärte er grimmig.

„Aber du hast mich mein ganzes Leben lang belogen. Die Babyfotos ..."

„Deine Mutter wusste, dass du irgendwann einen Beweis brauchen würdest. Sie benutzte Fotos von irgendeinem obskuren Verwandten in Frankreich. Sie hatte Angst, dass du dich daran erinnern würdest, woher du kommst, und anfangen würdest, Fragen zu stellen. Und diese Vorstellung hat sie innerlich zerrissen."

„Ich habe keine Erinnerungen außer an uns als Familie." Die Emotionen überschlugen sich, und sie wünschte sich, das alles wäre nie passiert. Aber dann hätte sie Finn nicht kennengelernt, und obwohl sie sich wünschte, sie wären sich unter anderen Umständen begegnet, würde sie ihn um nichts in der Welt missen wollen.

Aber ihre Erinnerungen fühlten sich an wie ein riesiger Schwindel, ein massiver Betrug. Wie konnte sie ihrem Vater je wieder vertrauen? Dann erinnerte sie sich genau daran, mit wem sie es zu tun hatte. Er war der ehrlichste Mensch, dem sie je begegnet war. Er würde sie nie betrügen, es sei denn, er glaubte, es sei zu ihrem Besten. Sie musste ihn nur davon überzeugen, dass sie jetzt erwachsen war und kein verlassenes Kind mehr.

Er räusperte sich. „Dieser Typ, mit dem du dich eingelassen hast, ist das Finn Carver?"

„Ja."

„Liebst du ihn?"

Sie biss sich auf die Lippe. Keine Lügen mehr. „Ja, ich liebe ihn." Sie machte sich auf einen Vortrag gefasst.

„Dann gib ihn nicht auf. Der Job, das ist eine Sache. Aber die Liebe ..." Sie weinte so sehr, dass sie nichts mehr sehen konnte, aber ihr Vater sprach weiter: „Wahre Liebe ist selten. Lass ihn nicht gehen. Nicht einmal für den Job. Nicht wenn er so besonders ist, wie die Leute sagen."

Sie nickte. „Das werde ich nicht, aber jetzt musst du etwas für mich tun, und das wird schwer sein. Wirklich schwer. Du musst die Exhumierung von Bianca Edgefield und einem Baby anordnen, das zusammen mit ihr gefunden wurde und von dem man annimmt, dass es ermordet wurde."

„Warum sollte ich das tun?" Er war wieder im Polizeimodus.

„Ich glaube, sie könnte meine leibliche Mutter sein. Es läuft noch jemand in dieser Stadt herum, der meine mütterliche DNA teilt, und da ich dieser Frau, die vor dreißig Jahren ermordet wurde, sehr ähnlich sehe, muss ich annehmen, dass das eine Möglichkeit ist, oder? Also hatte sie entweder ein anderes Kind, das jetzt in Bamfield lebt ..." Wenn man sich die Zeitspanne ansah, in der Bianca Thomas Edgefield kennenlernte und heiratete und dann im Alter von vierundzwanzig Jahren starb, war das unwahrscheinlich.

„Oder ...", der Gedanke, der an den Ecken ihres Bewusstseins zu nagen begonnen hatte, schien so weit hergeholt, so abwegig, dass sie ihn kaum in Worte fassen konnte, aber sie musste ihn laut aussprechen, um die Reaktion ihres Vaters zu hören, „... jemand hat sie getötet, um ihr Baby zu stehlen, und hat es durch einen anderen toten Säugling ersetzt."

Die Stille war schwer. Kein gutes Zeichen.

„Vielleicht ist ihr Baby eines natürlichen Todes gestorben, vielleicht haben sie es getötet, aber was auch immer passiert ist, ich war im Weg. Oder vielleicht haben sie mich verkauft, verdammt, vielleicht haben sie uns beide verkauft. Ich weiß es nicht." Sie holte tief Luft, um ihre Nerven zu beruhigen. „Aber mein Bauchgefühl sagt mir, dass Biancas kleiner Junge noch am Leben ist."

„Meine Güte."

„Ich könnte auch falsch liegen."

„Aber du hast gute Instinkte. Die hast du von mir." Er lachte, aber es war gezwungen und hohl. „Du willst wirklich, dass die Untersuchung des Mordes an ihnen wiederaufgenommen wird?"

Sie dachte an Thomas Edgefield, einen Mann, der ein Leben lang auf Antworten gewartet hatte. Einen Mann, der ihr biologischer Vater sein könnte. „Ja. Und ich muss sehen, ob ich herausfinden kann, wer das tote Baby sein könnte." Und herausfinden, ob ihr neu entdeckter Halbbruder ein kaltblütiger Mörder war.

---

FINN LAG IM BETT UND WAR SICH SICHER, ER WÜRDE träumen. Die von Scotch überlagerte Müdigkeit ließ diese Fantasie sehr lebendig werden. Sie war warm und roch nach Holly.

„Wow, du bist stockbetrunken." Sie klang sogar wie Holly.

Er schlang seine Hand um ihr Handgelenk und zog sie zu sich heran, nur für den Fall, dass sie beschloss zu verschwinden. So waren Träume nun einmal.

Er legte sie auf das Laken und fuhr mit den Fingerspitzen über ihre Brauen. „Ich dachte, du wärst weg." Seine Stimme war schroff.

Sie starrte ihn nur mit großen, besorgten Augen an.

Finn fuhr mit den Fingern zaghaft über ihre Lippen. „Ich dachte, du hättest mich verlassen."

Hollys Augen schimmerten. „Es tut mir leid." Sie strich ihm über die Wange. „Ich bin mir ziemlich sicher, dass du dich morgen früh nicht mehr daran erinnern wirst, aber ich glaube, ich liebe dich. Und dies ist das erste Mal, dass ich so etwas sage."

Dann küsste er sie, auch wenn sie ein Traum war. Denn die echte Holly würde ihr Herz nicht in *seine* Hände legen, nachdem er ihr Leben so durcheinandergebracht hatte.

Finn fuhr mit den Fingern über ihren Körper und wünschte sich bei Gott, er hätte nicht so viel getrunken, obwohl sie sonst vielleicht nicht hier wäre. Und vielleicht war er dabei, seinen Verstand zu verlieren, aber im Moment war ihm das egal. Sie schmeckte nach whiskeygetränkter Sehnsucht und Verlangen. Er schob seine Hände unter ihr Tank-Top. Seidige Haut. Ein warmer Körper. Er berührte nackte Brüste. Eindeutig seine Fantasie. Da er nichts zu verlieren hatte, außer seinem Verstand, schob er seine Hand in den Bund ihrer Hose, tiefer, über ihren Hügel und tauchte in ihr heißes, feuchtes Inneres ein. Sie löste sich stöhnend von seinem Mund, ihre Finger gruben sich in seine Arme. Wenn man bedachte, dass dies sein Traum war, hatte sie viel zu viele Kleidungsstücke an. Er zog ihr das Oberteil über den Kopf und lehnte sich zurück, nur um sie zu betrachten. Sie war so schön. Blasse Haut, weibliche Linien, volle Brüste, schlanke Taille. Die Art von Bauchnabel, die zum Probieren einlud.

Er küsste sich seinen Weg über ihren Körper. Nippte an ihrer Haut, als wäre sie Nektar. Dann kümmerte er sich um ihre Hose und warf sie auf den Boden, zusammen mit dem seidigen Slip, der sich in seinen Fingern verhedderte. Sie lag ausgestreckt auf seinem Bett. Er nahm ihren Fuß in seine Handfläche, beugte ihr Bein und hob es hoch, während er sich küssend zu ihrem Knie vorarbeitete. Wenn dies ein Traum war, dann war er lebendiger als alles, was er je zuvor erlebt hatte. Sie öffnete sich ihm, und er presste seinen Mund auf Fleisch, das jedem Traum trotzte.

*Holly.*

Er zog sie näher heran. Atmete ihren Duft ein. Sie war hier. In seinem Bett. Und er dachte, sie hätte vielleicht gesagt, dass sie ihn liebte.

Ihre Hände strichen mit schwungvollen Bewegungen über seine Schultern. Seine Zunge rollte über sie, zurück in dieses heiße Stück Himmel. Er hielt seinen Arm um ihre Taille, um zu verhindern, dass sie ihn wegstieß, als sie kam. Er stieß tiefer zu, wollte ihre

Essenz, den Geschmack dieser Frau in sich aufnehmen. *Seiner* Frau.

Es gab keine andere auf dieser Welt für ihn. Es hatte ein Leben lang gedauert, sie zu finden, und jetzt ließ er sie nicht mehr los.

Als das Zittern aufhörte, kniete er zwischen ihren Schenkeln, und sie griff nach einem Kondom aus seiner Brieftasche auf dem Nachttisch und zog es über ihn.

Was für ein Traum. Er grinste, strich mit den Händen über ihre Hüften und zog sie an sich. Sie zappelte und versuchte, ihre Position zu verändern und noch näher zu kommen.

„Ich habe immer noch Angst, dass ich vielleicht träume." Wenn er jetzt allein aufwachen würde, wäre er so verdammt traurig.

Sie schlang ihre Finger um sein Glied und drückte so fest zu, dass er die Augen verdrehte, während sie ihn zu sich führte. Und plötzlich war er ganz in dieser Frau, so wie letzte Nacht, aber diesmal waren sie von Angesicht zu Angesicht und er konnte nicht aufhören, sie anzuschauen. Diese Augen, diese süße Nase, der üppige Mund, der perfekte Körper – auch noch ein paar blaue Flecken. Sie bewegte ihre Schenkel, nahm ihn tiefer in sich auf.

„Ich will dich nie verlieren." Jeden Moment würde er sie mit einem Heiratsantrag überrumpeln. *Halt die Klappe, Dummkopf.*

Härter, schneller, ein fester Rhythmus von Sex, der sich in seinem Blut aufbaute und an Schwung gewann, der sich in ihrem rasenden Atem und ihrem hüpfenden Puls widerspiegelte. Holly verschränkte ihre Knöchel fest hinter seinem Rücken. Er rieb den kleinen, empfindlichen Knoten ihrer Weiblichkeit zwischen zwei Fingern, während er sich in ihr bewegte, immer und immer wieder, und dabei genau den richtigen Druck ausübte, damit sie sich wand und krümmte. Sie schrie, verschwitzt und keuchend, und doch ließ er noch nicht nach. Er rollte sie so hin, dass sie oben lag, völlig knochenlos, schlaff und befriedigt.

Finn fing an zu lachen, seine Hände spielten mit den erigierten

Brustwarzen, die nach Aufmerksamkeit verlangten. Sie ließ ihre Hüften kreisen und er brach in Schweiß aus. Holly nahm seine Handgelenke und hielt sie über seinen Kopf, wobei sie eine Brust verführerisch in die Nähe seines Mundes tauchte. Er bäumte sich auf und genoss es, wie sie ihn reizte. Dann sank sie an ihm entlang zurück, nahm ihn langsam und tief, ließ ihn gemächlich an ihren Brüsten schlemmen und trieb ihn dann wieder hoch, bis er glaubte, vor feuriger, verzweifelter Lust zu sterben. Und dann lehnte sie sich zurück, hob die Hände in die Luft und ritt ihn. Langsam zuerst. Dann immer schneller und schneller, sodass sein Gehirn in einen Zustand der Trance geriet. Seine Finger gruben sich in ihre Hüften, während sie ihn immer näher an diese schwer fassbare Grenze brachte.

Dann berührte sie sich selbst. Ihre Hände glitten sinnlich über ihre Brüste, umfassten deren Gewicht, zwickten diese hübschen rosa Brustwarzen mit blassen, zierlichen Fingern. Sein Mund wurde trocken. Ihr langes dunkles Haar fiel ihr wie Seide über die Schultern. Ein schlanker Arm glitt tiefer, während sie stöhnte und ihre Hand durch ihre dunklen Locken gleiten ließ, bis sie ihn fest umklammerte, während er noch in ihr war. Er explodierte, weißes Licht brannte durch seine Augenlider, als er seinen Kopf zurückwarf und aufschrie. Finn spürte, wie sie erschauderte und sich zu einem weiteren Höhepunkt ritt, während er sie mit benommenem Staunen und Ehrfurcht beobachtete.

Holly brach auf ihm zusammen.

Er zog sie an sich und strich ihr das Haar von der Schulter.

„Ich liebe dich. Ich hätte nicht gedacht, dass ich dir das jemals sagen könnte. Verlass mich nicht." Gott, er war betrunken und erbärmlich. Er schlang seine Arme um sie, und sie schliefen ein, sie auf ihm liegend, immer noch verbunden.

Als er aufwachte, blendete ihn die Sonne, und sie war weg.

# Zwanzig

„Ich weiß, es ist eine Zumutung, aber ich muss unbedingt die Akten aller Kinder sehen, die 1982 geboren wurden." Holly stand auf der Eingangsstufe von Dr. Fielding, starrte in seine schlaftrunkenen Augen und dachte sich, dass ein stählerner Polizistenblick um fünf Uhr morgens besser funktionieren würde als ein Lächeln.

„Kann das nicht warten?" Er schaute mit einer Grimasse auf seine Uhr, und Holly hatte Mitleid mit ihm. Aber sie wollte es hinter sich bringen, und das Kribbeln in ihrem Nacken in Verbindung mit ihrem neu gewonnenen Wissen bedeutete, dass sie nicht schlafen konnte. Sie hatte einen Fall zu lösen. Ein Versprechen zu halten.

„Nein. Es kann nicht warten. Eine entsprechende Anordnung wird in diesem Moment an Ihr Büro gefaxt." *Hoffentlich.*

Seine Mundwinkel zogen sich nach unten, sein Blick war resigniert. „Geben Sie mir fünf Minuten, um mich anzuziehen."

Holly nickte und trat einen Schritt zurück. Sie war nicht suspendiert worden – soweit sie wusste. Also hatte sie ihre Uniform wieder angezogen, um es offiziell zu machen. Vielleicht war es etwas Persönliches gewesen, von der Straße gedrängt zu werden. Vielleicht ging es nur um den Mord an Bianca Edgefield, nicht um den an Milbank. Irgendjemand hatte wohl vermutet, dass sie Leah Edgefield war, und wollte nicht, dass zu viele Fragen über dieses lange zurückliegende Verbrechen gestellt wurden.

Ihr Vater hatte einen Richter dazu gebracht, die Exhumierung zu genehmigen, und jemand sollte Thomas ausfindig machen, um ihn um Erlaubnis zu bitten. Angesichts seines eifrigen Wunsches, den Mörder zu finden, glaubte sie nicht, dass das ein Problem sein würde. Aber trotzdem würden die Leichen erneut untersucht werden müssen. Sie hoffte, dass er damit einverstanden war.

Cassy hatte sich noch nicht bei ihr gemeldet, um ihr die Ergebnisse des Vergleichs von Leah Edgefields DNA mit ihrer eigenen mitzuteilen. Es würde Holly nicht wundern, wenn sie über ihrem Sequenzer eingeschlafen wäre. Sie versuchte, nicht an Finn zu denken und an die süße, betrunkene Liebeserklärung, die er ihr gemacht hatte. Es fiel ihr schwer, sich vorzustellen, dass er es wirklich ernst gemeint hatte. Und die Konzentration auf die Aufklärung eines Verbrechens half ihr, sich zu erden, bot ihr ein gewisses Maß an Ablenkung an einem Tag, an dem sie sie dringend brauchte.

Dr. Fielding folgte ihr in seinem Geländewagen zu dem winzigen Gemeindekrankenhaus, parkte neben ihr und versperrte ihr fast den Zugang. Vielleicht war er sauer, dass sie ihn aus dem Bett gezerrt hatte. Sie stieg aus und achtete darauf, den Lack ihres Mietwagens nicht zu zerkratzen.

Fieldings Gesicht wirkte gezeichnet, als er die Türen aufschloss und den Alarmcode eintippte. „Hier, Sie können den Computer im Schwesternzimmer benutzen, aber es ist noch nicht alles elektronisch gespeichert." Er deutete auf eine Reihe von Aktenschränken an einer Wand. „Die meisten Unterlagen von vor dreißig Jahren sind noch da drin."

Holly presste die Lippen aufeinander. Das könnte eine Weile dauern, aber *das* war der Job.

„Danke." Sie setzte sich an den Computer und beschloss zu

sehen, was sie in den Datenbanken finden konnte. Die Aufzeichnungen reichten bis ins Jahr 1985 zurück. Sie notierte sich alle Namen der Kinder und deren Geburtsdaten. Tommy Edgefield war sechs Wochen alt gewesen, als er angeblich gestorben war.

Das Telefon klingelte, schrill und laut in der Stille der Klinik. Sie hörte Dr. Fielding gerade sprechen, als sie die oberste Schublade des ersten Aktenschranks öffnete. Holly überprüfte das Datum auf der Akte – 1950. *Oh, verdammt.* Dennoch hatte sie eine gute Vorstellung von dem Zeitfenster, das sie im Detail untersuchen wollte. Vorausgesetzt, ihre Vermutung war richtig. Wer auch immer das Baby gewesen war, das man in Bianca Edgefields Armen gefunden hatte, er musste innerhalb von ein paar Monaten vor oder nach Tommy geboren worden sein. Aber sie beschloss, jedes Baby zu überprüfen, das innerhalb eines Jahres nach den Morden geboren wurde, die sich im Juli 1982 ereignet hatten. Sie arbeitete sich durch die Schränke und zog alle Akten über Neugeborene aus diesem Zeitraum heraus. Die Mädchen sortierte sie gleich aus.

Unglaublicherweise blieb ein Stapel von fünfzehn Jungen übrig. „Das muss ein Spitzenjahr gewesen sein."

Anita steckte ihren Kopf zur Tür herein und Holly zuckte zusammen. „Dr. Fielding hat mich herbestellt. Er sagte, Sie seien hier und er hätte einen Notfall in Eagle Ridge. Jeb Granger hatte letzte Nacht einen Hypoglykämie-Anfall. Er ist Diabetiker. Dr. Fielding wollte Sie hier nicht allein lassen, weil Sie mit den Betäubungsmitteln durchbrennen könnten." Sie grinste und ließ ihren Blick über die Akten schweifen, die Holly in der Hand hielt. „Martin hat eine Kanne Kaffee gemacht. Möchten Sie welchen?"

Dr. Fielding hieß also Martin mit Vornamen. „Gerne."

Sie ging weg, und Holly hörte das Rühren eines Löffels in einer Keramiktasse. Schritte kamen zurück in Richtung Büro. Das Büro von Anita. Sie sah sich um. Verdammt, hier war wirklich nicht allzu viel Platz. Sie schaute auf ihre Uhr. Es war noch nicht einmal sechs. Sie musste fertig sein, bevor das kleine Krankenhaus öffnete. „Ich habe einen Würfelzucker hineingetan, weil Martin meint, dass

Kaffee sonst wie Teer schmeckt." Sie stellte die Tasse auf einen Untersetzer neben den kleinen Stapel Akten.

Holly nahm die Tasse in die Hand und schlürfte einen Schluck. Wenn man bedachte, dass sie in der letzten Woche kaum etwas gegessen hatte, war Zucker eine gute Sache.

„Kann ich Ihnen helfen, etwas zu finden, oder ist die Angelegenheit streng geheim?"

Sie musterte Anita aufmerksam. „Ich sehe mir die Geburtsdaten von Babys in den frühen Achtzigern an."

„Oh mein Gott, warum?" Ihre Hand wanderte an ihre Kehle. „Es gibt doch nicht etwa ein Problem mit den Medikamenten? Weil mein Mikey 1982 geboren wurde?"

„Ich habe seine Akte gar nicht gesehen." Holly runzelte die Stirn.

„Ich habe ihn in Victoria zur Welt gebracht, es war keine Hausgeburt. Das hier sind die Unterlagen für die Hausgeburten."

Holly fluchte innerlich. Sie schüttelte den Kopf und beruhigte die besorgte Mutter. „Nur ein paar Unregelmäßigkeiten, das ist alles. Aber ich brauche die Aufzeichnungen über alle männlichen Babys, die zu dieser Zeit geboren wurden. Wie viele waren es?"

„Früher gab es viel mehr Familien in der Gegend. Die Zahl der Kinder in der Stadt ist beträchtlich geschrumpft ..." Anita brach ab. „Wie auch immer, ich kann alle Impfdateien aus dem Computer holen, das wird die meisten Kinder abdecken." Sie nickte dem PC zu. „Es gibt ein paar Familien – diese New Agers –, die nicht an Impfungen glauben. Sie verlassen sich darauf, dass wir anderen unsere Kinder einem Risiko aussetzen, damit sie sich selbstgerecht aufführen können. Nicht dass ich verbittert wäre oder so", murmelte Anita in ihren Kaffee. Holly trank ihren Kaffee aus. Sie fühlte sich plötzlich ausgedörrt nach einer Nacht voller Stress und glühend heißem Sex.

„Es ist noch mehr in der Kanne, wenn Sie noch etwas möchten", sagte Anita. „Bedienen Sie sich." Sie zeigte auf die Akten, die

Holly herausgezogen hatte. „Soll ich die für Sie kopieren? Und dann die Impfunterlagen abrufen?"

„Danke, das wäre großartig." Sie hätte von vornherein um Hilfe bitten sollen, aber sie hatte es allein machen wollen. Schlechtes Vorgehen der Polizei; *das* war der Grund, warum sie eine Kommandogruppe hatten. Damit niemand einen Tunnelblick bekam oder halbherzig vorging. Holly schüttelte den Kopf, sie war müder als sie dachte. Sie brauchte definitiv mehr Kaffee. „Möchten Sie auch noch eine Tasse?", fragte sie. Anita schüttelte den Kopf. Holly stand auf, und ihr wurde leicht schwindelig. Wann hatte sie das letzte Mal länger als eine Stunde geschlafen? Die Kaffeekanne stand in der Nähe der Eingangstür, erinnerte sie sich. Sie drehte sich um und stolperte den Flur entlang.

Ihre Beine fühlten sich hölzern an und sackten plötzlich unter ihr zusammen. Ihre Finger waren gefühllos. Die Zehen taub. Ihre Knochen wabbelig. Sie versuchte, den Mund zu öffnen, als sie auf ihr Gesicht krachte. Autsch.

Sie sah, wie jemand über sie hinwegschritt und die Eingangstür der Klinik aufschloss. Ein Auto stand direkt vor der Tür, der Kofferraum war weit geöffnet. *Hilfe.* Ihre Augenlider fühlten sich an, als ob jemand sie physisch nach unten ziehen würde, aber sie kämpfte gegen die schlafbegierigen Forderungen ihres Körpers an.

Anita Toben kam zurück, nahm ihre beiden Hände und zerrte sie zur Tür. Sie sah sich um und hievte Holly dann mit einer Kraft, die ihrer Größe nicht entsprach, über ihre Schulter und warf sie in den Kofferraum.

In ihrem Bedürfnis, etwas zu erreichen, hatte Holly sich wieder einmal über das gute polizeiliche Vorgehen hinweggesetzt. Sie war die ganze Zeit, die sie in dieser Stadt verbracht hatte, eine verdammte Närrin gewesen und hatte ihre Lektion immer noch nicht gelernt. Der Kofferraum schloss sich, und sie fand sich in vollkommener Dunkelheit wieder. Dann rissen die Drogen sie noch tiefer mit.

———

Während Mike das Boot, das sie morgen für die Angler brauchten, fertig reinigte, stellte er fest, dass in der Kombüse kein Feuerlöscher vorhanden war. Er war zu müde, um in die Stadt zu fahren und einen aus dem Laden zu holen, also sprang er in ihr kleines Schnellboot, um einen aus einem der Lagerräume zu holen, und bekam den Schock seines Lebens.

Eine unbekannte Tasche war in eines der kleinen Ablagefächer gestopft.

*Was zur Hölle?*

Er zog den Reißverschluss auf und war noch verwirrter, als er feststellte, dass die Tasche mit Bargeld gefüllt war.

Ein Knarren hinter ihm ließ ihn herumfahren. Sein Vater stand da und sah ihn mit einem grimmigen Gesichtsausdruck an. „Ich musste Milbank loswerden, bevor er dich mit in den Abgrund reißt, mein Sohn."

„Was?", fragte Mike. Es war, als hätte sein Vater plötzlich angefangen, Mandarin zu sprechen.

„Ich habe gehört, was er zu dir gesagt hat. Dass er dich umbringen will. Niemand bedroht meine Familie. Niemand." Grant Toben spuckte ins Wasser, beide Hände in die Taschen seines Sweatshirts gestopft. „Er kam an jenem Tag mit seinem Boot hierher, um nach dir zu suchen, aber du hast im Laden gearbeitet."

„Er sollte am Sonntag kommen, aber er kam nicht …"

Grants Schnurrbart kräuselte sich. „Er sagte mir, du solltest ihn zum Tauchen nach Crow Point bringen, und schaute immer wieder auf die Uhr, als ob er nicht mehr viel Zeit hätte. Wie sich herausstellte, hatte er recht." Das Lächeln seines Vaters wurde kalt. „Die Tauchausrüstung war hier, also habe ich angeboten, mit ihm da rauszufahren."

Die Tragweite dessen, was sein Vater ihm sagte, wurde Mike endlich klar. „Du hast ihn *getötet*?"

„Er hat mich angegriffen." Sein Vater richtete sich entrüstet auf. „Ich habe mich verteidigt. Ich stach zu und traf ihn in die Brust."

Mike starrte seinen Vater an, als hätte er ihn noch nie gesehen. „Aber du hast Edgefields Messer genommen. Und du hast ihm absichtlich eine Falle gestellt." Warum sollte er das tun?

Grants Augen bewegten sich. „Der Typ war ein Spinner. Ich habe versucht, der Stadt einen Gefallen zu tun."

*Das bedeutet, dass er es geplant hat.* Ein schreckliches Gefühl der bevorstehenden Katastrophe fraß sich in Mikes Brust. „Warum ist Len an diesem Sonntag nicht aufgetaucht?"

Die Wangen seines Vaters röteten sich, die Nasenflügel blähten sich. Er mochte es nicht, wenn man ihn auf seine Taten ansprach. Mike war es egal.

„Ich habe ihn angerufen", gab Grant zu. „Habe ihm gesagt, dass du krank bist und er stattdessen am Montag kommen soll."

Sein Vater hatte dafür gesorgt, dass er Len allein erwischte, und dann hatte er ihn umgebracht. „Oh, mein Gott, Dad. Weißt du eigentlich, was du getan hast?"

Sein Vater zuckte mit den Schultern. „Ich habe meine Familie beschützt. So wie es mir beigebracht wurde."

„Ich hatte es im Griff!", rief Mike.

„Sah für mich nicht so aus."

Mike ging hinüber, packte seinen Vater am Hemd und schüttelte ihn. „Du hast einen Mann getötet, verdammt. Jetzt versucht jeder Polizist auf der Insel, dich zur Strecke zu bringen. Wie konntest du das tun?"

Sein Vater sah plötzlich alt aus. Mike bemerkte, dass er ihn so fest umklammerte, dass er ihm wahrscheinlich wehtat. Langsam löste er seine Finger. „Oh, Gott, was sollen wir nur tun?"

„Er war kein guter Mensch. Du weißt, dass er nicht gut war." Grant kratzte sich an seinem schütteren Haar und räusperte sich. „Ich dachte, das Geld könnte nützlich sein, wenn dieser Bastard Dryzek wieder anfängt, dich zu bedrängen. Vielleicht verschafft es dir eine Fluchtmöglichkeit."

„Er hat dich und Mom bedroht." Sein Vater hatte einen Mann kaltblütig ermordet. Um ihn zu schützen. Mike schüttelte den Kopf. Der bleierne Himmel drückte auf ihn herab. „Ich gehe nirgendwo hin, bevor er nicht eingesperrt ist. Und das Geld ist vielleicht nicht einmal echt."

„Tja, Scheiße."

Der Mann, den er sein ganzes Leben lang als feinen, aufrechten Bürger gekannt hatte, hatte ein Leben genommen und schien sich kaum daran zu stören. Das Geräusch eines Motors ließ sie beide zusammenfahren. Hektisch schlossen sie das Ablagefach. Erleichtert sahen sie auf, als seine Mutter mit ihrer Limousine vorfuhr. Sie stieg aus und rang die Hände. „Sie hat es herausgefunden." In ihren Augen stand Angst, ihre Bewegungen waren unruhig.

Mike sprang aus dem Boot, ging zu ihr hinüber und packte sie an den Schultern. „Was ist los, Mom? Was ist passiert?"

„Sie hat es herausgefunden." Aber sie schaute nicht Mike an, sondern seinen Vater, und der war blass geworden. „Sie ist im Kofferraum."

Sein Vater nickte ruhig, als ob er wüsste, wovon sie sprach.

Mike stand mit offenem Mund da. „Was zum Teufel ist hier eigentlich los? *Wer* ist im Kofferraum?"

„Du sollst nicht vor deiner Mutter fluchen", blaffte sein Vater. Dann öffnete er überraschend den Kofferraum und enthüllte Holly Rudd, die Polizistin, die zusammengekrümmt und bewusstlos darin lag.

Mikes ganzer Körper vibrierte vor Schock. Er hatte sich gestern Abend dagegen entschieden, Dryzek von Holly zu erzählen. Er konnte es nicht über sich bringen, eine Frau in Gefahr zu bringen, und jetzt war sie hier, im Kofferraum. Er kniff sich, aber es änderte sich nichts. Er sah seine Mutter an. „Was hast du getan?" Seine Mutter und sein Vater sahen einander an. Was auch immer für eine stille Kommunikation zwischen ihnen stattfand, er wurde nicht mit einbezogen.

„Bring deine Mutter ins Haus. Hier liegt ein Missverständnis vor, und ich werde mich darum kümmern. Ich werde alles in Ordnung bringen." Seine Mutter zitterte so sehr, dass sie auf die Knie zu sinken begann. Mike fasste sie um die Taille und half ihr, um das Auto herum und die Verandatreppe hinaufzugehen. Als er sich umdrehte, war sein Vater bereits weggefahren. Mike sah seine Mutter an, der die Tränen über die Wangen liefen. Er erstarrte und schluckte ein schreckliches, immer weiter aufsteigendes Grauen hinunter. „Was meinte er damit, sich darum zu kümmern?"

Sie versuchte, seine Hände zu ergreifen, als er sie losließ. Mike rannte zu seinem Wagen. Er hatte nicht damit gerechnet, dass sie mitkommen würde, aber er hatte keine Zeit, sich mit ihr darüber zu streiten, als sie auf die Beifahrerseite kletterte.

---

Finn war im Tauchschuppen mit einem Kater, der normalerweise ein Bett, einen Krug Wasser und eine Flasche Tylenol erforderte, als Malone hereinkam.

„Wenn Sie es noch einmal versuchen wollen, geben Sie mir eine Minute, damit ich dieses Logbuch fertigstellen kann. Dann kann es losgehen."

„Ich darf Sie schlagen?", fragte Malone mit einem Funkeln in den Augen.

Eine Seite von Finns Mund verzog sich nach oben. „Sie dürfen es gern versuchen."

Malone grunzte. „Ich habe Anweisungen bekommen."

Finn runzelte die Stirn. „Für mich?"

„Für Holly." Malone schenkte ihm ein verschmitztes Grinsen. „Ich und der Deputy Commissioner spielen gelegentlich Squash zusammen."

Es klingelte in Finns Kopf. „Er hat Sie geschickt, um auf Holly aufzupassen."

Malone schnaubte spöttisch. „Ich bin wohl ein schlechter Leibwächter. Jedenfalls sollte sie im Motel sein, aber da ist sie nicht.

Und sie geht nicht an ihr Handy, also dachte ich mir, vielleicht wissen Sie, wo sie ist?" Er hob wissend die Brauen.

„Ich habe sie letzte Nacht gesehen." Zumindest glaubte er das – er war sich nicht hundertprozentig sicher, ob es nicht doch ein Traum gewesen war. „Sie ist gegangen, bevor ich aufgewacht bin."

Malone runzelte die Stirn. „Mir gefällt es nicht, dass sie da draußen allein ist. Nicht bei all dem, was gerade passiert." Sein Handy summte und er hörte eine Zeit lang zu. Finn schob die Tauchunterlagen beiseite.

„Okay, ich bin gleich da", sagte Malone. „Sie haben gestern Abend Remy Dryzek und Gordy Ferdinand aufgegriffen und genug aus Rob Fitzgerald herausbekommen, um sie festzuhalten. Wir haben auch ein paar Überwachungsfotos von dem schwarzen Truck, der Holly von der Straße gedrängt hat. Auf der Ladefläche lag eine Plane, die nicht dem Besitzer gehörte. Sie vermuten, dass der Angreifer ein Geländemotorrad bereithielt, mit dem er dann verschwand, als er den Truck abgestellt hatte. Das einzige Unterscheidungsmerkmal war, dass der Kerl einen Schnurrbart hatte, aber das ist hier in der Gegend nicht gerade unüblich."

„Es war eine Menge Planung nötig, um sie von der Straße zu drängen."

„Wir überprüfen alle Leute, die in dieser Gegend Motorräder haben."

„Nicht jeder meldet sein Motorrad an."

Malone nickte, dann sah er ihm in die Augen. „Ich war hart zu Ihrem Bruder. Es tut mir leid."

Finn zuckte mit den Schultern. „Ich schätze, ich hätte an Ihrer Stelle dasselbe getan."

„Kein Tauchen heute?"

Finn schüttelte den Kopf. „Wir sind gestern fertig geworden. Die Studenten haben heute Morgen noch eine Übung und dann sind sie fertig."

Malone räusperte sich. „Ich sollte Ihnen das nicht sagen, aber ... na ja, zumindest gehe ich nicht mit Ihnen ins Bett." Er grinste leicht spöttisch. Finn warf ihm einen Blick zu. „Wie auch immer, Sie sollten vielleicht zu Ihrem Kumpel, dem Professor, gehen. Der Deputy Commissioner wird die Leichen seiner Frau und seines Kindes exhumieren lassen. Der Fall wird neu aufgerollt."

„Dank Holly?"

„Ja." Malones Miene verfinsterte sich. „Sie wissen also nicht, wo sie sein könnte?"

„Keinen Schimmer. Thom ist den ganzen Morgen in Vorlesungen." Er stand auf. „Ich werde etwas herumfahren und sehen, ob ich sie aufspüren kann."

Malone gab ihm seine Telefonnummer. „Rufen Sie mich an, wenn Sie sie finden. Langsam bekomme ich ein ungutes Gefühl bei der Sache. Ich werde die Truppen zusammentrommeln."

Finn nickte und schloss den Schuppen ab. Dann ging er zu seinem Truck und trat aufs Gas.

———

Das Geräusch eines aufheulenden Motors liess Holly zu sich kommen. Ihr Kopf fühlte sich an, als wäre er voller Steine, und wo immer sie lag, war es eng und stank nach billigem Plastikteppich und Abgasen. Das Auto hielt an. Eine Tür öffnete sich. Sie versuchte, ihre Beine zu bewegen, aber sie waren wie tot. Eine Welle des Grauens überkam sie, als der Kofferraum geöffnet wurde und sie instinktiv ihre Augen schloss. Selbst wenn ihr Geist von ihrem Körper getrennt war, fiel es ihr schwer, so zu tun, als sei sie bewusstlos, während sie der Gnade eines anderen ausgeliefert war.

Licht durchflutete das Innere des Kofferraums, die Sonne schien warm auf ihre Wange. Das fühlte sich falsch an. Das Wetter sollte sich nicht so schön anfühlen, wenn man kurz vor dem Tod stand.

Raue Hände griffen unter sie und zerrten sie heraus. Sie gruben sich in ihr zerschrammtes Fleisch. Holly zuckte nicht einmal. Für diese Leistung würde sie einen Oscar bekommen. Schade, dass sie dann tot sein würde.

Ihre Finger begannen zu kribbeln.

Wenn sie es schaffte, das Ganze lange genug zu verzögern, konnte sie vielleicht denjenigen überwältigen, der sie sich über die Schulter geworfen hatte. Wahrscheinlich hatten sie ihre Waffe, aber sie hatten die Wirkung der Drogen überschätzt, denn sie war definitiv wieder zu sich gekommen, und sie war nicht die Art Mensch, der sich einfach ergeben und sterben würde.

Sie hörte das Zuschlagen weiterer Autotüren und Schritte, die durch das tote Laub des letzten Jahres stapften. Die Kavallerie?

„Geh nach Hause.“

Es war nicht die Kavallerie.

„Das kannst du nicht tun, Dad.“ Mike Tobens Stimme schallte durch den Wald.

„Es gibt keinen anderen Weg, mein Sohn.“ Es war Mikes Vater, Grant Toben. *Verdammter Hurensohn.*

„Wir können fliehen. Das Geld von Dryzek nehmen, neue Identitäten kaufen und ein neues Leben aufbauen.“ Er holte sie ein, und im Hintergrund waren weitere Geräusche zu hören. Weitere Schritte. *Verdammt.* Es war ein gottverdammter Mörderclub.

„Du hast gesagt, es wäre Falschgeld.“

„Ich weiß es nicht genau. Vielleicht hat Remy dieses Gerücht in die Welt gesetzt, damit es niemand stiehlt. Er gibt sich große Mühe, es zurückzubekommen.“

Grant Toben schüttelte den Kopf. „Ich kann das nicht riskieren. Und ich werde deiner Mutter kein Leben auf der Flucht zumuten.“

Er ließ sie auf den Boden fallen, und Holly musste sich sehr anstrengen, um nicht aufzuschreien.

„Sie ist wach. Betäube sie, Dad. Schnell, bevor sie dich erkennt.“

Grant Toben stieß ein müdes Lachen aus. „Dafür ist es ein bisschen zu spät, mein Sohn. Deine Mutter hat sie betäubt und in einen Kofferraum gesteckt. Ich glaube, sie wird sich an uns erinnern."

Holly versuchte, die Augen zu öffnen, aber ihre Lider wollten nicht mitspielen. Sie rollte sich auf Hände und Knie, wartete darauf, dass die Welt zur Ruhe kam, und kämpfte darum, die Kontrolle über ihren Körper zu erlangen. „Sie waren es also, der mich von der Straße gedrängt hat." Ihre Stimme klang rau.

„Nein, das war ich nicht", versicherte Mike energisch. Eine Welle des Mitleids für ihn stieg in ihr auf. Er war im Begriff, alles zu verlieren, was ihm wichtig war.

„Ich meinte nicht dich, Mike." Holly setzte sich auf die Knie, denn sie wusste, dass es noch zu früh war, um aufzustehen. Ihre Beine konnten sie noch nicht halten, aber die Muskeln begannen, lebendig zu werden. Sie befand sich im dichten Wald, ohne visuelle Anhaltspunkte. „Ich habe mit deinem Vater gesprochen."

Mike starrte seinen Vater an. „Dad?"

Grants Schnurrbart zuckte. „Sie hat zu viele Fragen gestellt."

Sie hatten ihr die Waffe und ihr Funkgerät abgenommen, aber ihr Handy übersehen. Sie steckte ihre Hand in die Gesäßtasche und tastete nach der Tastatur. Sie wählte, wie sie hoffte, den Notruf und betete, dass ein Mobilfunkmast in Reichweite war.

„Sie ist eine Polizistin. Es ist ihr Job, Fragen zu stellen!"

„Du verstehst nicht", schnauzte Grant.

„Aber *ich* verstehe", warf Holly ein. „Mike, diese Leute sind nicht deine richtigen Eltern ..."

„Du verlogene Schlampe." Grant schlug ihr mit der Pistole seitlich ins Gesicht und der Schmerz explodierte. Holly ging zu Boden. „Mein Gott! Dad, hör auf damit." Mike hockte sich neben sie. Besorgnis zeichnete sich auf seinen nüchternen Zügen ab. Gesichtszüge, die, jetzt wo sie es herausgefunden hatte, ihren eigenen so ähnlich waren.

„Wir haben die gleiche Nase und den gleichen Mund", flüsterte sie.

Er berührte ihre Stirn, als würde er nach Fieber suchen. „Du bist genauso verrückt wie er."

Sie forderte Grant auf, sie erneut zu schlagen, als sie ihre Theorie vortrug. „Du bist Bianca Edgefields Sohn. Tommy Edgefield."

Mike schüttelte den Kopf und richtete sich wieder auf. „Er ist gestorben. Erinnerst du dich?" Er wandte sich an seine Mutter. „Was zum Teufel hast du ihr gegeben?"

Seine Mutter weigerte sich, den Blick zu erwidern. Grants Kiefermuskeln spannten sich an, als er versuchte, seine Reaktion auf ihre Worte zu verbergen. Sie leugneten es nicht.

„Wir haben die DNA von Ginas Bettzeug getestet und eine Übereinstimmung mit jemandem aus dem System gefunden. Einer Polizistin. Mir." Holly griff nach seinem Hosenbein. „Du warst Ginas Liebhaber, nicht wahr?"

Mike massierte sich den Nasenrücken und kniff die Augen zusammen. Dann nickte er.

Mike war also Ginas Geliebter, und angesichts der körperlichen Ähnlichkeiten zwischen ihr und Mike waren sie fast sicher verwandt. Gut zu wissen, dass ihre Instinkte richtig waren, obwohl sie nicht die biologische Tochter ihres Vaters war – vielleicht ging es nicht nur um DNA.

„Du bist mein Halbbruder. Wir hatten die gleiche Mutter, aber verschiedene Väter."

„Wovon redet sie, Dad?" Mike schüttelte ihren Griff ab und wich ein paar Schritte zurück.

„Sie lügt." Grant spuckte auf den Boden. *DNA*, registrierte ihr Polizistengehirn. „Bianca Edgefield hat Thomas Edgefield bei jeder Gelegenheit zum Narren gehalten. Es hätten viele Leute sein können, die sie getötet haben."

„Sie hatten eine Affäre mit ihr …", erkannte Holly. Das fehlende Teil fügte sich ins Puzzle.

Die beiden hatten eine Affäre gehabt. Bianca wurde schwanger und sagte ihm, das Baby sei von ihm. Als dann das Baby seiner Frau starb, beschloss er, das von Bianca zu nehmen. *Wusste Thom davon?* „Es muss Sie doch verdammt erschreckt haben, als Ihre Frau und Ihre Geliebte gleichzeitig schwanger wurden. Oder war es ein Nervenkitzel für Sie? Damals waren Sie ein richtiger Hengst, nicht wahr?"

Grant richtete ihre Smith & Wesson auf sie, und die Kugel schlug nur wenige Zentimeter vor ihrem Gesicht in den Boden. Sie rollte zur Seite. *Scheiße.*

Anita Toben stand nur ein paar Meter entfernt auf dem schmalen, gewundenen Pfad. „Das ist eine Lüge. Sie lügt, Mike. Fall nicht darauf herein." Ihre Miene blieb ausdruckslos.

„Wie erklärt es sich wohl sonst, dass Mike mein *Bruder* ist, Anita? Sie haben unsere Mutter getötet und ihn entführt."

„Außer meinem Mikey muss noch jemand anderes mit Gina Swartz geschlafen haben." Anitas Gesichtsausdruck wurde mürrisch, sie verschränkte die Arme vor der Brust und wandte sich halb von den beiden ab. „Sie wissen ja nicht, wovon Sie reden."

„Grant hat Bianca getötet, nachdem Ihr Baby gestorben war", beharrte Holly. Hatte Anita ihr nicht von dem Traum erzählt, den sie gehabt hatte? Der Traum, in dem Mike tot war? Und dann war sie aufgewacht und es ging ihm gut? Weil Grant ihr ein neues Baby gestohlen hatte.

Aber sie musste es doch gewusst haben. Eine Mutter wusste so etwas doch?

Ringsum waren riesige Bäume und dichtes Gestrüpp. Oh Gott. Niemand würde sie hier draußen je finden. Tot oder lebendig. *Hinhalten, hinhalten, hinhalten.*

Die Falten um Mikes Augen kräuselten sich, als er versuchte, alles, was sie ihm sagte, zu verarbeiten.

„Grant hat mich von der Straße gedrängt, weil er Angst hatte, ich würde zu viele Fragen über Biancas Tod stellen und die Vergangenheit aufrühren. Er ist nichts weiter als ein Feigling. Es macht ihm nichts aus, unschuldige Frauen zu ermorden, aber er will den Preis dafür nicht zahlen, oder?" Sie fasste sich an die Seiten, als sie zu lachen begann. Hysterie war wahrscheinlich nicht förderlich für die Flucht, aber sie konnte nicht aufhören.

„Ich hatte keine Freude daran, Bianca zu töten. Ich habe getan, was ich tun musste, um das zu schützen, was mir gehört." Seine Augen wurden eisig und hart. „Ich hätte auch dich töten sollen, als du noch zu jung warst, um es besser zu wissen. Bekomme ich irgendeinen Dank dafür, dass ich dein Leben verschont habe? Nein. Ich bekomme nur Ärger, weil ich beschütze, was mir rechtmäßig gehört. Aber dieses Mal bin ich nicht in der Stimmung für Gnade." Grant hob erneut die Waffe, aber Mike stellte sich vor sie.

„Sie sagte *Frauen*, Dad. Wen hast du noch umgebracht?"

---

Finn ging zum Lebensmittelladen und fragte die Verkäuferin, ob sie Holly heute Morgen gesehen hatte.

„Nein." Sie verkaufte einem Kind einen Liter Milch.

„Da steht ein Mietwagen vor dem Krankenhaus. Wissen Sie, wem er gehört?" Das Krankenhaus war verschlossen. Es war möglich, dass das Auto Hollys Mietwagen war.

Die Frau zuckte mit den Schultern. „Ich schaue nicht ständig aus dem Fenster und beobachte die Leute, auch wenn das jeder denken mag." Allerdings hatte sie von hier aus einen perfekten Blick auf die Kreuzung. „Aber", sie warf ihm einen bösen Blick zu, „ich habe Anita vor kurzem auf dem Heimweg gesehen. Sie kam aus dieser Richtung."

Die Fakten begannen sich zu verdichten. Die Tobens hatten ein Geländemotorrad. Grant hatte einen Schnauzbart. Finn erinnerte sich noch an etwas anderes – Gina hatte gesagt, ihr neuer Liebhaber sei ein skrupelloser Frauenheld. Wenn es um Frauen ging, hatte Mike Toben kein Gewissen.

Aber er musste sich irren. Das waren doch nette Leute, oder etwa nicht?

„Danke." Er hielt am Eisenwarenladen an und versuchte, die

Türklinke zu betätigen, obwohl kein Licht brannte und das Schild „Geschlossen" an der Tür hing. Niemand war da, also stieg er in seinen Wagen und fuhr zum Haus der Familie Toben. Anitas Auto war nicht zu sehen. Mikes Truck auch nicht. *Wo könnten sie sein?* Dann erinnerte er sich an den alten Weg, der durch den hinteren Teil des Toben-Anwesens führte. Er wurde mehr von ATVs als von Autos benutzt, aber das war die Route, die er nehmen würde, wenn er nicht gesehen werden wollte. Verdammt, er hatte ja sonst nichts, was ihm einen Hinweis geben könnte.

Finn machte sich auf den Weg und kam sich dabei wie der größte Idiot vor, bis er an einer Abzweigung die Reifenspuren im Schlamm sah. Hier waren definitiv vor kurzem Fahrzeuge vorbeigekommen. Er rief auf Hollys Handy an und erlebte einen heftigen Adrenalinstoß, als direkt die Mailbox ansprang. Also hinterließ er eine Nachricht. Vielleicht war sie bei jemandem zu Hause und frühstückte gerade. Wahrscheinlich würde sie ihn auslachen, und sie müssten sich genau überlegen, wie er mit den Gefahren ihres Jobs umgehen würde. Wenn man davon ausging, dass „Ich liebe dich" dasselbe war wie „Ich möchte dich kennenlernen und ein wenig Zeit mit dir verbringen", dann sollten fünfzig Jahre gerade so ausreichen.

Wenn er sie fand, wollte er sie eine Woche lang nicht mehr aus dem Bett lassen. Nichts anderes tun als Sex haben, tauchen gehen und noch mehr Sex haben. Vielleicht essen und Bier trinken. Okay, das war eine ziemlich lahme Männerfantasie, aber *wo zum Teufel war sie?*

Er kurbelte das Fenster herunter und hielt Ausschau nach Autos, die in den Wald fuhren. Schnell trat er auf die Bremse, als ein großer Schwarzbär vor seinen Wagen schlenderte. Das Tier drehte sich um und schnupperte unbeeindruckt. Finn beäugte die Kreatur misstrauisch. Dann ließ ein Schuss sie beide aufschrecken, und jeder Tropfen Blut wich aus seinen Adern. Der Bär flüchtete, und Finn sah zwei Autos vor sich. Anitas kleine Limousine und

Mikes Truck. Er stellte den Motor ab und schob sich leise aus der Tür.

Lautlos bewegte er sich durch den feuchten, undurchdringlichen Wald und zügelte den Wunsch nach Eile. Sich heimlich zu nähern war wichtiger. Aber was, wenn Holly verletzt worden war? Es kam auf jede Sekunde an. Aber ohne einen Anhaltspunkt direkt an den Tatort zu stürmen, würde niemanden retten, und er wusste instinktiv, dass Holly in Gefahr war.

Er rief Malone an und erinnerte sich daran, ihm seinen Standort mitzuteilen.

„Holly hat vor etwa fünf Minuten den Notruf gewählt. Wir versuchen, ihren Standort einzugrenzen", berichtete Malone und klang außer Atem.

„Ich glaube, ich habe sie gefunden." Finn gab ihm eine Wegbeschreibung und legte auf. Dann steckte er sein Handy in die Tasche, schlich durch das Gebüsch, spähte um massive Kiefern und Fichten herum und kletterte lautlos über umgestürzte Zedern. Endlich entdeckte er sie. Holly war auf den Knien und Grant Toben stand mit einer Waffe in der Hand da, während Mike Toben hin und her tigerte und verwirrt aussah. Anita war auch da.

Holly versuchte aufzustehen. Er sah kein Blut, Gott sei Dank. Dann zog Mike eine Pistole aus der Hose, und Finns Blut gefror.

Die Zeit lief ab.

———

„Sie lügt. Ich habe niemanden umgebracht." Grant Toben klang wütend, weil sie nicht wie ein braves Mädchen gestorben war.

Holly lachte und kämpfte sich auf die Beine, schwankend und benommen. Wenn sie nahe genug an Mike herankam, um sich die Waffe zu schnappen, würde sie die Chance ergreifen. Andernfalls würde sie sich in die Büsche stürzen und zwischen die Bäume rennen, wo sie zumindest versuchen konnte, sie abzuhängen. Beine und Magen waren noch etwas wackelig, die Chance war also gering. Aber besser, als darauf zu warten, eine Kugel zwischen die Augen zu bekommen.

Sie dachte an Finn, hoffte, dass er nicht so trostlos enden würde wie sein Bruder, und spürte, wie ihr die Tränen kamen. Sie verdrängte die Gedanken. An Finn zu denken, würde sie im Moment nicht retten. Pessimistisch zu sein, würde auch nicht helfen. *Konzentriere dich.*

„Du hast mir bereits gesagt, dass du Len Milbank getötet hast, Dad." *Gut zu wissen.*

Sie beobachtete, wie Mike krampfhaft schluckte. Er stand zwischen ihr und seinem Vater. Sie glaubte nicht, dass Grant ihn erschießen würde, den Jungen, für den sie so viel geopfert hatten. Aber würde Mike sich wirklich seinem Vater widersetzen? Sie bezweifelte es.

„Geh zur Seite, mein Sohn. Lass uns dem ein Ende setzen."

„Du hast auch Gina getötet, nicht wahr?"

„Gina war ein Flittchen, das von dir die Nase voll hatte, zu diesem Arschloch Carver zurücklief und ihre verlogenen Lippen zusammen mit ihren Beinen öffnete."

„Ich habe sie geliebt!", rief Mike.

Grant sah einen Moment lang erschrocken aus und verlagerte sein Gewicht. „Nein, mein Sohn, du bist nur verärgert ..."

Einen Sekundenbruchteil bevor er sich auf seinen Vater stürzte, ballte Mike seine Hände zu Fäusten. Sie gingen in einem Haufen aus Armen und Beinen und fliegenden Blättern zu Boden. Mikes Pistole flog weg. Holly stürzte darauf zu und landete flach auf dem Gesicht im Dreck.

Anita Toben beugte sich hinunter, hob die mattschwarze Pistole auf und richtete sie auf sie. „Keine Bewegung." Ihre Hände waren ruhig.

Holly akzeptierte schließlich, dass sie sterben würde. Diese Frau hatte geschwiegen, während ihr Mann grausame Taten begangen hatte. Der kalte, berechnende Blick verriet ihr, dass es für sie einfach sein würde, jemanden zu töten, der genauso aussah wie die Frau, die damals ihren Mann verführt hatte.

„Wie haben Sie sich gefühlt, als Sie herausgefunden haben, dass er untreu war, Anita? Dass er Sex mit anderen Frauen hatte? Ich wette, sie war nicht die erste, oder? Wie hat es sich angefühlt, zu wissen, dass Sie im Bett nicht gut genug waren, um ihn zufriedenzustellen?"

„Halt den Mund. Schnauze!" Anitas Hände zitterten nun heftig. „Es war nicht so. *Er* war nicht so. Sie kam und schnüffelte nach ihm wie eine läufige Hündin. Wollte ihn nicht in Ruhe lassen!" Speichel spritzte von ihren Lippen, und sie wischte sich den Mund mit dem Handrücken ab, aber die Waffe wackelte nicht.

„Haben Sie Ihr eigenes Baby umgebracht? Es im Schlaf erstickt, weil es nicht aufhören wollte zu schreien?" Holly wurde mutiger.

Anita stand der Mund vor Entsetzen offen. „Nein! Es war plötzlicher Kindstod. Ich habe ihn für weniger als eine Stunde allein gelassen, und als ich zurückkam, war er ... kalt." Große, entsetzte Augen starrten sie an, als ob sie endlich begriffen hätte, was sie zugegeben hatte. Was sowohl sie als auch Grant getan hatten.

Grant taumelte auf die Beine, die Pistole immer noch in der Hand. Seine Lippe war blutig. Holly fluchte, als sie merkte, dass Mike bewusstlos dalag. Gott, sie hoffte, dass er nicht tot war.

„Geht es ihm gut?", fragte Anita mit hoher, besorgter Stimme.

„Er hat sich den Kopf an einem Ast gestoßen."

Anita machte einen Schritt auf ihren Sohn zu.

Eine Gestalt kam aus dem Nichts und warf Grant zu Boden. *Finn*. Anita richtete die Pistole auf die kämpfenden Männer und drückte ab.

Hollys Herz schlug ihr bis zum Hals. Mit aller Kraft, die sie besaß, taumelte sie auf die Beine, riss Anita die Waffe aus der Hand und stieß die Frau um. Die Männer kämpften immer noch. Holly schwankte, nutzte aber ihren Schwung, um ihr Knie zwischen die Schultern der Frau zu rammen, ihre Handschellen herauszuziehen und sie um Anitas dünne Handgelenke zu legen. Die Frau lag weinend im Dreck, neben dem Sohn, den sie als Baby entführt hatte.

Finn verpasste Grant einen Schlag auf den Mund, und der Mann ging zu Boden. Grant lag schwer atmend da, seine Augen waren wild und verzweifelt. „Dummes Arschloch! Warum mischst du dich in etwas ein, das nichts mit dir zu tun hat?"

„Es ist zufälligerweise die Frau, die ich liebe, die du loswerden willst, du Bastard." Hollys Herz schlug schneller, als Finn ihre Pistole aufhob, die zwischen den Blättern lag. „Es hat also *alles* mit mir zu tun. Aber du hast recht. Im Vergleich zu dir muss ich ziemlich dumm sein. Ich meine, du bist jahrzehntelang mit Mord davongekommen. Hast alle getäuscht. Wahrscheinlich hast du dich über Thom kaputtgelacht. Du musst einen Herzstillstand gehabt haben, als Holly auftauchte."

Grant fluchte. „Du hast vielleicht Nerven. Ihr Carvers seid nichts. Ein Haufen betrunkener, inzüchtiger Taugenichtse."

„Na ja, wenigstens hatte mein Bruder den Mumm, seine Verbrechen zuzugeben und seine Zeit abzusitzen, ganz zu schweigen davon, dass wir keine Kindesentführer in der Familie haben."

„Dein Bruder ist ein ungebildeter Schwachkopf, und du bist nicht besser."

„Deshalb ist er noch lange nicht weniger wert als du, Toben." Schweiß tropfte von Finns Schläfe. Er war blass vor Wut.

Holly humpelte auf ihn zu und berührte seine Schulter. „Er versucht, dich zu reizen. Er will, dass du ihn erschießt, damit er sich nicht für das verantworten muss, was er getan hat. Gib mir die Waffe. Es ist mein Job, ihn zu verhaften."

„Aber es ist mein Job, die Frau, die ich liebe, zu beschützen", erwiderte Finn.

Holly lachte. „Ich bin mir nicht sicher, ob wir unsere Beziehungsdynamik in diesem Moment diskutieren sollten, aber wir werden das noch besprechen." Sie zückte ihr Handy und zeigte es Grant, der blass wurde. „Ich habe vorhin den Notruf gewählt und das Handy angelassen. Sie haben alles mitbekommen. Das ganze Geständnis. Sie wissen, dass Sie Bianca Edgefield, Len Milbank und Gina Swartz getötet haben. Sie haben zwei Minderjährige entführt. Sie haben einen RCMP-Beamten angegriffen und gekidnappt. Grant Toben, ich verhafte Sie–"

„Nein!", schrie Grant, aber Finn packte seine Arme und drehte ihn mit dem Rücken zu Holly.

Holly zog ein Paar Kabelbinderhandschellen aus ihrer Tasche und legte sie Grant fest um die Handgelenke. Sie drehte sich zu Finn um und war überrascht, als er stolperte und sich in den Dreck und das Laub setzte. Dann sah sie das Blut, das die Seite seines T-Shirts durchtränkte. „Nein."

Sie zwang ihn, sich auf den Rücken zu legen, und zog am Bund seiner Jeans, um einen freien Blick auf die Wunde zu bekommen.

„*Dafür* haben wir jetzt keine Zeit, Baby." Seine große Hand berührte ihre Wange. In der schweren Düsternis des Waldes sah er unglaublich gut aus. „Aber später gerne."

„Sehr lustig." Sie schüttelte den Kopf. „Warum hast du mir nicht gesagt, dass du angeschossen wurdest?" Sie riss sich das Hemd vom Leib. Seine Augen weiteten sich, und er war offensichtlich im Begriff, eine weitere unpassende Bemerkung hinzuzufügen. „Lass gut sein." Holly drückte fest gegen die blutende Wunde an seiner Seite, und seine Augen rollten vor Schmerz zurück. Sie sah sich um. Sie brauchte beide Hände, um Druck auszuüben, um die Blutung zu stoppen, und ihr Handy war in ihrer Tasche. Die Sirenen waren nah. „Wir brauchen einen Krankenwagen. Wir haben einen Verletzten! Ich wiederhole, wir haben einen Verletzten!" Sie schrie in den Äther und hoffte, dass irgendwo jemand zuhörte. Sie konnte hören, wie sich die Büsche bewegten. Grant stand auf und versuchte zu fliehen. Er würde nicht weit kommen.

„Deine Kollegen werden gleich ganz schön was zu sehen bekommen." Finns Mund verzog sich zu einem seiner hübschen Lächeln, aber seine Haut war blass, und seine Augen begannen zu glänzen.

„Das ist doch nicht wichtig." Es war ihr egal, dass sie halb nackt war.

„Holly." Seine Augenlider begannen zuzufallen.

„Wage es nicht, mir wegzusterben, Finn Carver."

„Ich werde mein Bestes tun. Das ist nicht das erste Mal, dass ich angeschossen wurde, weißt du." Er biss die Zähne zusammen und ergriff ihre Hand. „Das hier war es wert. Um dich zu retten, würde sich alles lohnen."

Schließlich stürmten die Polizisten den Tatort. Sie konfiszierten die Waffen, hielten die Gefangenen fest, untersuchten den armen Mike, aber Holly kümmerte sich um nichts außer um Finn. Jemand wickelte ihr ein Hemd um die Schultern, Sanitäter kamen, Feuerwehrleute. So ziemlich jeder Mensch in Bamfield kam zu diesem abgelegenen Waldstück, das ihre Grabstätte hätte sein sollen.

Sie sah ihnen bei der Arbeit zu. Schließlich, nach gefühlten Stunden, ertönte das Dröhnen von Rotoren, als ein Hubschrauber der Küstenwache vorbeiflog und irgendwo in der Nähe landete. Sie legten Finn auf eine Bahre und Holly hielt seine Hand.

„Ich komme mit."

„Nur bis zum Hubschrauber. Wir haben nicht genug Platz an Bord und keine Zeit zum Streiten", sagte einer der Sanitäter zu ihr.

Finn streckte die Hand aus und drückte die ihre, als sie zum Krankenwagen liefen. „Ich werde nicht sterben, Holly. Ich habe noch viele Jahre vor mir, in denen ich mit dir in den Laken ringen möchte." Er grinste, als sie den Kopf schüttelte, dann stiegen sie in den behelfsmäßigen Krankenwagen und fuhren rückwärts über die unebene Strecke.

„Verdammte Scheiße, das tut weh!", schrie er, als sie auf eine Spurrille trafen.

Der Sanitäter lachte. „Na ja, wenigstens ist Ihre Lunge in Ordnung."

Finn ignorierte den Kerl. Er starrte ihr in die Augen. „Ich werde viele Jahre lang nichts Wichtiges ohne dich unternehmen. Kapiert? Wir sind ein Paar – du und ich. Und von nun an wirst du mich nicht mehr so leicht los." Sie merkte erst, dass sie weinte, als die Tränen auf ihre verschlungenen Hände tropften.

„Aber du musst zu Ende bringen, was du hier angefangen hast, Holly. Du musst mit Thom reden."

Sie schloss die Augen. Er hatte recht. Sie musste es beenden. Die Berichte schreiben, die losen Enden verknüpfen, die Sache zu Ende bringen.

„Wartest du auf mich?"

Er drückte ihre Finger so fest, dass sie schmerzten, aber sie beschwerte sich nicht. Sie küsste ihn, dann trat sie zurück, als sie Mike Toben – der wahrscheinlich in Wirklichkeit Tommy Edgefield war – und Finn, die gottverdammte Liebe ihres Lebens, in einen kirschroten Hubschrauber luden.

Jemand zerrte sie vom Hubschrauber weg, und als sie sich umdrehte, erkannte sie, dass es Professor Edgefield war, dessen Augen voller Sorge waren, vor allem, als er an ihr herunterblickte und sah, dass sie blutüberströmt war.

Der Hubschrauber hob ab und die Rotoren peitschten ihnen den Wind ins Gesicht. Plötzlich wollte Holly nicht mehr hier sein. „Oh, Gott. Ich muss ihm folgen." Sie wirbelte herum und schrie Furlong an, der auf sie zukam. „Wir brauchen hier so schnell wie möglich einen weiteren Hubschrauber."

Anstatt zu widersprechen, nickte er und sprach in sein Funkgerät. Plötzlich wurde ihr bewusst, dass ihr kalt war, und sie wickelte das Hemd, das sie trug, eng um ihren Körper. Sie begann stark zu zittern.

„Es tut mir so leid, Professor Edgefield." Gott, das klang jetzt seltsam, aber sie konnte ihn kaum Vater nennen. „Ich habe herausgefunden, wer Bianca ermordet hat. Es war Grant Toben. Es tut mir leid, Ihnen sagen zu müssen, dass der Junge, den Bianca zur Welt gebracht hat, vielleicht gar nicht Ihr Sohn ist. Tommy war wahrscheinlich Grants Kind, und er hat ihn entführt, als Anitas eigenes Baby starb."

Sein Mund stand vor Schreck offen. „Tommy ist am Leben?"

Sie nickte schnell und spürte, wie ihr erneut die Tränen kamen, als ein verzücktes Lächeln sein Gesicht erhellte.

„Und Leah?", fragte er hoffnungsvoll.

Holly öffnete mehrmals den Mund, aber zehn Sekunden lang kam nichts heraus. „*Ich* könnte Leah sein. Aber wir brauchen eine DNA-Bestätigung." Sie hielt ihm ihre Hand hin. „Es tut mir leid, dass ich das alles versaut habe." Sie biss sich auf die Lippe, als er sie nur anstarrte.

Thom zog sie zu einer Umarmung heran. Sie erwartete, dass sie sich komisch oder unwohl fühlen würde, aber die enge Umarmung fühlte sich tatsächlich richtig an. In der Ferne hörte sie weitere Rotoren. „Ich muss nach Finn sehen." Sie ergriff seine Hände und starrte in tröstliche graue Augen. „Ich verspreche, dass wir Zeit haben werden, uns kennenzulernen, aber im Moment muss ich ...“

Er nickte. „Ich liebe Finn wie einen Sohn. Ich komme nach, so schnell ich kann." Er schnitt eine Grimasse. „Aber zuerst muss ich Brent erzählen, was passiert ist. Das wird lustig."

Holly nickte, und ein taubes Gefühl der Kälte überkam sie. Der Hubschrauber landete, und sie rannte darauf zu, wobei sie sich tief bückte. Zu ihrer Überraschung stieg Furlong neben ihr ein. Als sie sich mit den Kopfhörern eingerichtet hatten, sagte er zu ihr: „So kann ich dich gleich befragen." Er schenkte ihr ein fast bedauerndes Lächeln. „Am Ende hast du die ganze verdammte Sache allein gelöst."

„Ich habe alles falsch gemacht ...“

„Aber du hast den Mörder gefunden, Holly. Und genau darum geht es in diesem Job. Die bösen Jungs von der Straße zu holen."

Sie konnte kaum sprechen, aber sie begann, ihm die Ereignisse des heutigen Tages zu schildern, während sich ihre Gedanken auf den Mann im anderen Hubschrauber konzentrierten. Falls er starb, glaubte sie nicht, dass irgendetwas jemals wieder von Bedeutung sein würde.

# Einundzwanzig

Mike schlug die Augen auf und sah Thomas Edgefield neben seinem Bett stehen. Sein Kopf pochte, und Schmerzen durchzuckten seine Augäpfel.

„Was ist passiert?" Dann überfluteten ihn die Erinnerungen in einer Welle des Entsetzens, und er wünschte sich, wieder ins Koma fallen zu können.

„Deine Eltern ..." Thom stolperte über das Wort. „Grant und Anita wurden in Gewahrsam genommen." Seine Miene verzog sich, als er sich den Stuhl neben dem Bett nahm. „Das muss ein Riesenschock für dich sein ..."

„Ich bin nicht dein Sohn", stieß Mike wütend hervor.

Thom wippte leicht in seinem Stuhl zurück. „Ich war dabei, als du im Bauch deiner Mutter herangewachsen bist, und ich habe geholfen, dich auf die Welt zu bringen. Denkst du, es interessiert mich, wessen Sperma dich erschaffen hat?"

„Bianca hat dich betrogen. Ist dir das völlig egal?"

Die Blässe von Thoms Haut vertiefte sich. „Es ist mir nicht egal, aber es ist schon lange her."

„*Sie* haben mich aufgezogen." Mikes Brustkorb zog sich

zusammen, und er fühlte sich, als hätte jemand ein Schwert durch sein Herz getrieben, aber es schlug einfach weiter.

„Ich habe dich geliebt, Mike, schon als Baby. Das tue ich immer noch, auch wenn du es wahrscheinlich nicht hören willst."

Mike zuckte zurück. Er hatte die Liebe nicht verdient. Er dachte an Gina und daran, was sein Vater getan hatte, um seine grausamen Geheimnisse zu bewahren. Er hatte zwei Frauen kaltblütig umgebracht. Zwei Frauen, die nichts anderes getan hatten, als sich in Toben-Männer zu verlieben. Seine Brust bebte, als er an Ginas schöne Augen und ihr sanftes Lächeln dachte. Wenn er sich nicht mit ihr eingelassen hätte, wäre sie nicht tot. Die Erkenntnis brannte in seinem Gehirn wie ein Brandeisen.

Eine Fülle von Traurigkeit war in Thoms Augen zu sehen. „Ich dachte, Grant wäre mein Freund. Ich kann mir nicht vorstellen, was du gerade durchmachst."

Doch, er konnte es.

Mike wusste, dass, wenn jemand Elend und Leid verstand, es dieser Mann war. Und es war die Schuld seines Vaters. Sein Vater war ein Mörder, und seine Mutter – die Frau, die ihn aufgezogen hatte – hatte davon gewusst. All die Jahre, in denen er ihre glückliche Ehe bewundert hatte, hatten sie einen faulen Kern von Brutalität und Mord verborgen.

Wozu hatte es ihn gemacht?

„Du hast eine Schwester ..."

Heilige Mutter, er hatte Holly vergessen. Er versuchte, sich aufzusetzen. „Geht es ihr gut?"

„Es geht ihr gut, und sie hat gesagt, dass sie später mit dir reden wird." Thom schnitt eine Grimasse. „Finn hat es am schlimmsten erwischt. Er wurde angeschossen, aber er wird durchkommen."

*Scheiße.* Wie ein dunkler Schatten glitt Brent Carver an seiner Tür vorbei. Die übliche Angst war verschwunden. Nichts, was Brent ihm antat, konnte dazu führen, dass er sich noch schlechter fühlte, als er es ohnehin schon tat.

„Finn ist ein guter Kerl. Ich bin froh, dass er wieder gesund wird." Er runzelte die Stirn. „Ich habe seine Waffe gestohlen."

Thom räusperte sich. „Ich glaube, die Cops haben ein paar Fragen."

Mike sah zur Tür und bemerkte zwei Mounties, die mit zusammengebissenen Kiefern geduldig an der Tür warteten.

„Du lässt sie besser herein." Mike spannte sich an.

Thom stand auf und reichte ihm ein Glas Wasser. „Warte nur noch eine Minute, bis deine Anwältin von der Toilette zurückkommt."

„Meine Anwältin?"

„Laura Prescott hat sich bereiterklärt, dich zu vertreten." Er warf ihm einen Blick zu. „Du bist nicht allein, Mike."

Mike wusste nicht, was er darauf antworten sollte. Er fühlte sich allein. Tatsächlich hatte er sich in seinem ganzen verdammten Leben noch nie so allein gefühlt, aber das war es, was er verdiente. Es war das, was er wollte.

Thom reichte ihm die Hand und drückte sie. „Gib dem Ganzen Zeit, mein Sohn."

———

In seinem Kopf herrschte so viel Schmerz, dass Finn sich wünschte, er würde nicht zu Bewusstsein kommen. Dann öffnete er die Augen und sah Holly neben seinem Bett sitzen. Sie sah ihn aufmerksam an und hielt seine Hand so fest, dass seine Finger schmerzten. Und der Schmerz war in Ordnung. Besser als gut. Denn es bedeutete, dass er nicht tot war und dass sie ihn tatsächlich liebte.

„Hey", sagte er.

Sie blinzelte schnell. „Selber hey."

„Geht es dir gut?"

Sie schüttelte den Kopf. „Ja." Dann drückte sie den Rufknopf für die Krankenschwester.

Finn lachte, aber verdammt, das tat weh. „Wie steht es mit mir?"

„Zum Glück hat die Kugel alle lebenswichtigen Organe verfehlt."

„Na ja, *so tief* ging der Schuss auch wieder nicht."

„Hey!" Holly erhob ihre Stimme. „Ich meine es ernst. Du hättest sterben können. Was zum Teufel hast du dir dabei gedacht, dich auf einen Mann mit einer Waffe zu stürzen?"

Er starrte sie an, bis sie aufhörte, wütend zu sein. „Ich würde das immer wieder tun. Wenn du mit diesem Teil von mir nicht zurechtkommst, solltest du besser sofort gehen." Obwohl er sie auf keinen Fall gehen lassen wollte.

Sie hielt ihr Gesicht in den Händen und sah völlig erschöpft aus. Dass er angeschossen worden war, hatte sein Übriges dazu beigetragen. „Wie sollen wir das nur hinkriegen? Dein Job ist in Bamfield. Ich weiß nicht einmal, ob ich noch einen Job haben werde, wenn diese ganze Sache vorbei ist. Vielleicht sollte ich einfach gleich kündigen."

„Wage es nicht zu kündigen. Ich bin *so* stolz auf dich. Du bist eine verdammt gute Polizistin." Und schon war sie wieder bei ihm in der Gegenwart. Sie beschäftigte sich mit ihm und nicht mit ihren Ängsten und Sorgen. Wer hatte denn keine Ängste und Sorgen? Er streichelte mit seinem Daumen über ihre Finger. „Ich kann überall arbeiten. Und irgendetwas sagt mir, dass Thom mich nicht mehr braucht, um ihn zu beschützen."

„Dryzek und seine Kumpels sind verhaftet worden", bestätigte sie. „Er hat den Beamten erzählt, dass Milbank dafür verantwortlich gewesen war, Thom zu verprügeln, bevor du aus der Armee entlassen wurdest. Sowohl er als auch Ferdinand streiten den Schmuggel ab, aber die Drogenfahndung ist ihnen auf den Fersen. Sie werden untergehen." Holly schenkte ihm ein kleines Lächeln. „Mike Toben hat eine böse Gehirnerschütterung, aber er wird wieder gesund. Na ja, so gesund wie es eben geht, wenn man bedenkt, was er gerade über seine Eltern erfahren hat. Ich muss mit ihm reden." Sie biss sich auf die Lippe – eindeutig widerwillig nach allem, was geschehen war.

Finn entdeckte Thom mit Laura im Korridor. Aber was ihn stutzig machte, war Brent, der sich mit einem großen, breitschultrigen Mann in einer Polizeiuniform unterhielt. Da prallten Welten aufeinander.

Er wandte sich wieder dieser besonderen Frau an seiner Seite zu. „Ich mache mir nicht viel aus Geld, was mich auf lange Sicht vielleicht zu einer schlechten Wahl macht. Vertrauen und Loyalität sind das Einzige, was mir wirklich wichtig ist. Und jetzt die Liebe. Ich liebe dich. Ich vertraue dir und werde dir bis zum Tag meines Todes treu sein. Alles andere können wir im Laufe der Zeit klären. Außer dass ich mir für dich jederzeit eine Kugel einfangen würde. Das ist eine Selbstverständlichkeit."

Sie versuchte zu lächeln, aber sie war ein absolutes Wrack, mit strähnigem Haar und verblassten, gelb gefärbten Blutergüssen um die Augen. Sie trug ein blutbespritztes Hemd – sein Blut, Gott sei Dank.

„Ich sollte dich jetzt einfach fragen, ob du mich heiraten willst. Die Schuldgefühle darüber, dass ich angeschossen wurde, sollten dich zum Altar tragen, bevor du kalte Füße bekommst und deine Meinung änderst."

Sie öffnete entrüstet den Mund. „Ich habe ja nicht auf dich geschossen. Und wenn es deine Vorstellung von einer gesunden Beziehung ist, dass sie auf Schuldgefühlen beruht, dann musst du noch viel lernen."

Er schluckte den großen Kloß hinunter, der sich in seinem Hals bildete. „Ich weiß. Ich habe das noch nie zuvor gemacht."

Wieder traten ihr die Tränen in die Augen, aber zum Glück wurden sie durch die schweren Schritte des großen Mannes in der schicken Uniform, der auf sie zukam, gerettet. Holly drehte sich um, sah auf und warf sich in die Arme des Mannes.

„Sie müssen Finn Carver sein." Der Mann reichte ihm die Hand zum Schütteln.

„Und Sie müssen mein zukünftiger Schwiegervater sein."

Der Mann lachte, und Holly legte ihre Hand auf den Arm des Mannes. „Du musst ihm die Kunst der Romantik beibringen, Daddy."

„Oh, ich weiß nicht ... nach dem, was ich gehört habe, habt ihr das schon im Griff."

Hollys Gesicht färbte sich feuerwehrrot, und sogar Finn verspürte Hitze in seinen Wangen.

„Ich wollte mich bei Ihnen bedanken." Seine braunen Augen leuchteten vor Aufrichtigkeit. „Dafür, dass Sie nicht nur das Leben eines meiner Officers gerettet haben, sondern auch das meines Kindes."

Finn war sich ziemlich sicher, dass er jetzt auch weinte, und dachte sich, dass er wegen der Schusswunde wahrscheinlich damit durchkommen würde. „Gern geschehen, Sir."

Und dann kam sein Bruder. Gefolgt von Thom und Laura. Brent sagte nichts, sondern beugte sich herunter, zerzauste sein Haar und stellte sich dann ans Fenster.

„Dad." Holly berührte den Arm ihres Vaters. „Ich möchte dir meinen anderen Vater vorstellen. Thomas Edgefield."

Die beiden Männer schüttelten sich die Hände, beide sichtlich erschüttert.

„Es tut mir leid, was Ihnen und Ihrer Familie widerfahren ist, Professor", sagte der Deputy Commissioner.

„Ich danke Ihnen. Und danke, dass Sie Holly so wunderbar erzogen haben." Edgefields Augen leuchteten wie Silber. „Sie ist absolut perfekt."

„Wohl kaum." Holly rollte mit den Augen.

„Perfekt für mich", warf Finn ein.

Brent grunzte. Holly schüttelte den Kopf, und Laura lächelte. Alles würde gut werden, wurde Finn plötzlich klar. Nach Jahren des Alleinseins hatte er jetzt eine Familie. Eine große, etwas seltsame Familie – und Holly war der Mittelpunkt davon.

Das war ein Anfang.

———

Danke, dass du Gefährliche Tiefen - Dangerous Waters gelesen hast. Ich hoffe, dir hat die Geschichte von Finn und Holly gefallen. Bist du bereit für den nächsten spannenden Teil? Wenn du dich für meinen deutschen Newsletter (https://www.tonianderson deutsch.com/) angemeldet hast, schicke ich dir eine E-Mail, sobald Stille Wasser - Dark Waters erhältlich ist.

Wenn dir dieses Buch gefallen hat, hinterlasse doch bitte eine Rezension bei deinem Lieblingshändler oder auf deiner Netzwerkseite. Rezensionen helfen den Lesern, die richtigen Bücher zu finden. Vielen Dank dafür!

# Danksagung

Ich habe diese Geschichte in der wunderschönen Gemeinde Bamfield, BC, angesiedelt, möchte aber allen, die diese Gegend besuchen, versichern, dass die Einheimischen sehr freundlich sind, die Landschaft atemberaubend und die Tierwelt artenreich ist. Bitte beachten Sie auch, dass ich einige der örtlichen Topografien an die Geschichte angepasst habe. Ich entschuldige mich also, wenn Sie mein mythisches Schiffswrack nicht finden oder Ihr Boot beim Versuch, einen zu seichten Fluss zu befahren, versehentlich auf Grund läuft.

Ein besonderes Dankeschön geht an Corporal Darren Lagan, Senior Media Relations Officer, BC RCMP, der meine vielen Fragen zu Mordermittlungen mit akribischer Detailgenauigkeit, beneidenswerter Geduld und einem dringend benötigten Sinn für Humor beantwortet hat. Alle eventuell in der Geschichte enthaltenen Fehler sind von mir, aber ich hoffe, man verzeiht mir ein wenig künstlerische Freiheit.

Das Schreiben kann ein einsamer Beruf sein, aber ich habe das Glück, zahlreiche wunderbare Online-Autorenfreunde zu haben, die mich relativ gesund erhalten. Ein besonderer Dank geht an Loreth Anne White, eine außergewöhnliche Skype-Freundin, die mich immer dazu zwingt, die schwierigen Fragen zu stellen. Außerdem meiner unglaublichen Kritikpartnerin Kathy Altman, die auch den gröbsten ersten Entwurf liest und mir nicht sagt, ich solle aufgeben, solange ich noch kann.

Eine große Portion Liebe an meine Familie, die mich jeden Tag unterstützt, und Dankbarkeit an meine Leser, die mich dazu bringen, jedes Mal ein besseres Buch zu schreiben.

Danke auch an mein Team für deutsche Übersetzungen: Martin Wick, Stef Mills und meine wunderbare Beta-Leserin Antje. Tausend Dank auch an meine Assistentin, Jill Glass für ihre wunderbare Organisation!

Toni Anderson schreibt düstere, heiße, romantische Thriller über das FBI-Milieu und ist *New York Times* und *USA Today*-Bestseller-autorin. Ihre Bücher haben viele Auszeichnungen gewonnen, darunter den Daphne du Maurier Award for Excellence in Mystery and Suspense, den Readers' Choice Award, den Book Buyers' Best Award, den Golden Quill Award, den National Excellence in Romance Fiction Award sowie den National Excellence in Story Telling (NEST) Wettbewerb. Sowohl im Vivian Wettbewerb als auch für den RITA Award der Romance Writers of America stand sie in der Endauswahl. Ihre Bücher wurden mehr als zwei Millionen Mal heruntergeladen.

Vor allem bekannt durch ihre „KALTE GERECHTIGKEIT"-Reihe, ist es vielleicht nicht überraschend, dass Toni in einem der extremsten Klimas der Welt lebt – in Manitoba, Kanada. Als ehemalige Meeresbiologin vermisst Toni das Meer, aber zum Glück kann sie zur Recherche für ihre Bücher viel reisen. Im Januar 2016 besuchte sie die Zentrale des FBI in Washington, D.C. und nahm an einer Führung durch die Weltweite Kommando- und Kommu-nikationszentrale des FBI (SIOC) teil. Sie hofft, aufgrund ihrer Google-Suchen nicht verhaftet zu werden.

Auf meiner Website findest du alle deutschen Übersetzungen meiner Bücher: https://www.toniandersondeutsch.com

Melde dich für meinen deutschsprachigen Newsletter an und erhalte zwei kostenlose, exklusive „Kalte Gerechtigkeit"-

Kurzgeschichten sowie Informationen darüber, wann meine nächste deutsche Übersetzung verfügbar ist.

Toni liebt es, von Lesern zu hören:
E-Mail: toni@toniandersonauthor.com
Website: https://www.toniandersondeutsch.com
Lerne Toni online kennen:

facebook.com/ToniAndersonDeutscheBucher
instagram.com/toni_anderson_autorin